沉默的校园

[英] 亚历克斯·伦顿 著
Alex Renton
何非 译

Stiff
Upper
Lip

Secrets, Crimes
and the Schooling of a
Ruling Class

外语教学与研究出版社
北京

献给理解并支持我的露丝·伯内特

咬紧牙关

看来你遇到麻烦了,
我勇敢的孩子,
因为我看到你骄傲地忍住
不让泪水流下来。
这就对了。如果你无法
避开困难,
那你就该坚忍,保持
"咬紧牙关"。

既然你无法摆脱
失望和焦虑,
你最好的选择
就是学会如何去承受。
如果为了获得生活的奖赏
你向前奔跑,绊倒了,
站起来,重新开始——
"咬紧牙关!"

让你的双手和良知

真实而纯净；

对卑鄙之事物不想不碰，

嗤之以鼻；

只用双手抓牢

那至纯至真。

即使难以做到，也要

"咬紧牙关！"

从童年到成年，

从出生到死亡，

英勇地去战斗吧，我的朋友

守护你的本色。

不要屈服，除非情不得已；

永远不要放弃战斗，

坚持到最后

"咬紧牙关"。

菲比·卡里（Phoebe Cary，1824—1871）*

---

* 菲比·卡里是一位著名的美国诗人，也是一位早期的女权倡导者。keep a stiff upper lip 这一俚语常用于形容坚忍的性格，尤其常被用来形容英国公学的学生，因为英国公学热衷于通过体育竞赛来培养学生坚韧的品质，达到"性格塑造"（character build）的目的。（书中注释若无特别标注，皆为作者注）

目录

作者的话　　v
引言：失去生气的人　　vii

第一章　离家

1. 八岁离家　　2
2. 预备学校的兴起　　12
3. "妈妈们当时是怎么想的？"　　23
4. 砖块父母　　37
5. 理想的抚育　　43

第二章　安顿下来

6. "童年的终结"　　50
7. 不可靠的记忆　　56
8. 小狗　　61
9. 不许打小报告　　69
10. 求救的呼号　　76
11. 让他们坚强起来　　83
12. 父母知道吗？　　88
13. 保护壳　　95
14. 遵从与反抗　　105

第三章　在公学长大

- 15．公学称王　　　　　　　　　　　120
- 16．现代化　　　　　　　　　　　　126
- 17．体育与上帝　　　　　　　　　　134
- 18．"参加体育比赛"　　　　　　　　142
- 19．仇恨与叛逆　　　　　　　　　　147
- 20．阶级、种族、融合　　　　　　　152
- 21．花钱买地位　　　　　　　　　　159
- 22．"不必小题大做"　　　　　　　　165

第四章　学校中的暴力惩罚

- 23．接受鞭刑　　　　　　　　　　　178
- 24．性和鞭笞　　　　　　　　　　　188
- 25．走向终结　　　　　　　　　　　195
- 26．女校中的惩戒　　　　　　　　　198
- 27．抗拒改革　　　　　　　　　　　201

第五章　爱与性

- 28．"禁欲之战"　　　　　　　　　　208
- 29．生而有罪　　　　　　　　　　　214
- 30．"邪恶的兽性"　　　　　　　　　218
- 31．生活的真相　　　　　　　　　　221
- 32．解放　　　　　　　　　　　　　236

第六章 格兰姆斯船长和胡克船长

33．"倒霉嗜好" 248
34．吐露心迹 256
35．不同的时代 265
36．宽容的传统 271
37．恋童癖现身 277
38．"男孩之爱" 283
39．伤害 293
40．地狱学校 302

第七章 直面恶魔

41．走近恋童癖 320
42．弗雷德和柯林 325
43．莫瑞斯 334

第八章 公学出品

44．余波 354
45．理解 366
46．今天 372

致谢 379
参考文献 380

作者的话

预备学校和公学

在英国，当我们说"公学"的时候指的是私立的中学。这是英国文化中又一个自相矛盾的例子，可以用来说明英国传统里那些死不改口的规则。这个术语可追溯至古老学术机构诞生的时代，比如依照法规而建立的温切斯特公学 (Winchester College)、威斯敏斯特公学 (Westminster School) 和伊顿公学 (Eton College)。而到了十九世纪和二十世纪，和其他许多事物一样，为了在理念和独特性方面向老牌学校看齐，新建立的收费学校也纷纷冠以"公学"之名。到 2017 年，共有 282 所学校自称是英国意义上的"公学"。*

为了避免引起混淆，本书使用"公学"一词时，指称

---

* 到 1871 年，只有 9 所学校被认定为"公学"。从那时起，只有"校长大会"的成员才自称为公学。校长大会是一个由自选出的"世界领先独立学校"组成的协会。

十九世纪末以来的私立学校，这些学校都是收费的，沿用传统体制，招收十二岁到十九岁之间的孩子。"预备学校"也是一样的，只不过它针对的是年龄更小的学生。我用"国立学校"来指称真正面向所有公众、不设阶级限制或收入门槛的学校。

参考文献和其他材料

相关的原始材料、脚注和更多资料的完整内容，可以在网站 www.stiffupperlipbook.com 上找到。该网站还为孩童时期遭受过虐待的同胞提供了一些有帮助的资源，涵盖身心两方面。

欢迎读者提出任何与本书相关的意见和问题，可通过同一网站与我联系。

引言：失去生气的人

噩梦来袭

在英国，许多小伙子在离开公学时还对实用的基础知识一问三不知，只会说母语，写作不尽如人意，祖国的经典文学和祖先精彩的历史对他们都如同尘封已久的书。他把大部分时间和精力投入到体育运动中，这带给他一些无价的品质——充满男子气概的直率性格，对谎言和卑鄙嗤之以鼻，既温顺又坚定，还有无所畏惧的勇气。他带着这些品质踏入世界，承担起征服地球、统治野蛮民族和建立帝国的责任……

T. L. 帕皮伦牧师（T. L. Papillon），《公学与公民》
（"The Public Schools and Citizenship"）

这本书并不是关于我自己的，但它发端于我的经历。1974 年，十三岁的我离开了我所憎恶的预备学校，我从八岁起就在那里寄宿读书。它已经完成了任务：让我顺利进入了一所著名的公学，从而踏上了一辆自十九世纪以来英国的特权阶层就规划好的通往成功的"直通车"；但这种人生是有代价的，并且还有副作用。其中之一就是我没有成为牧师帕皮伦口中的公民。

和一百多万曾上过寄宿学校且仍在世的英国人一样，我在离开学校多年后依旧试图忘记发生在那里的事。在自己孩子八岁或十三岁时，我没把他们送到寄宿学校去；但是在2013年圣诞节，我的学校连同它代表的一切又回到了我的生活中，被埋藏的记忆重新涌现。《每日邮报》发表了一篇题为《鲍里斯就读的学校正在接受性虐待案件调查》的文章，我读到它时，哭了。这篇文章说，一些人（不是鲍里斯·约翰逊）正在对学校两位前任教师的"可怕侵害行为"提起民事诉讼，警方已经着手调查。二十名前阿斯顿预备学校（Ashdown House Prep School）的学生发表声明说："这种虐待已经伤害了很多学生，在他们长大成人后仍然影响着他们的生活。我们认为我们必须回击，并采取行动阻止这种可怕的伤害，这是治愈创伤的一部分。"

他们比我小几岁，但我听说过他们，也知道他们说的老师。我跟母亲聊了聊，她告诉了我一些我已经忘记的事情。我和妻子露丝·伯内特重访了位于萨塞克斯的学校，那是我毕业离校后第一次回去。它变了，所有学校都变了，不过一些本质的东西没变。七岁的孩子仍然被送去寄宿。我们遇到了一个怯生生、泪涟涟的孩子，他看起来可怜兮兮的：他"还没适应这里"。校长向我们保证说他很快会挺过去的。寄宿学校曾经是并且一直是一件工具：简单、实用，有时则很残酷，像外科医生的锯子或牙医的钳子。

几个月后我在《观察家》杂志上发表了一篇文章，讲述我在阿斯顿预备学校遭受到的身体、心理上的虐待。我不是第一个这样做的人，许多曾就读于预备学校的作家都披露过类似经历。对于我们当中的很多人来说，这是一种明显不过的寻求治疗之举。不过，也许因为我的文章也探讨了近期保育机构里出现的虐待问题，又或许是因为《观察家》杂志那位精明的编辑——他也曾是寄宿学校的学生——邀请读者分享他们的故事，总之，我的文章获得了极大的关注。它在社交媒体上收获了成千上万的转发和评论。在我从事新闻调查和竞选新闻采编的二十五年职业生涯中，从未得到过如此多的反馈。

大部分评论都表达了同情。有些读者很快指出这篇讲述"上等人的虐待"的文章所包含的讽刺意味——人们付钱去让孩子遭受侵害。（一条评论说："有时候，我们并没意识到其实我们出身平凡有多么幸运。"）其他评论则质问：那又怎么样？有谁会觉得意外吗？"上层和中上层阶级"习惯于把子女送去寄宿学校，把他们托付给恋童癖们照顾，这一做法由来已久。人们谈论这一问题时引用了曾在公学就读的讽刺作家奥伯龙·沃（Auberon Waugh）的话："当然，英国人对孩子的仇视在整个文明世界都非常有名。"

另外一些人的抱怨不无道理：根据儿童委员会的说法，英国每年有近二十五万儿童遭受性侵，所以为什么要用这些陈年旧事占用我们和警察的时间？但对此予以反驳的观点也很有价值：因为如果这是统治阶级照顾他们子女的方式，那他们长久以来，在经营BBC和NHS*这些公共机构时总是如此粗暴傲慢、遮遮掩掩，也就不足为奇了。我们需要找出精英学校的问题所在，就像我们在斯托克·曼德维尔医院（Stoke Mandeville Hospital）事件**中干的那样。

很多人写来信件，分享他们的经历，讲述他们持续一生的悲伤故事。该杂志的负责人赶紧删了那些指名道姓的帖子，但即使这样，评论区和我的收件箱中也保留了数百个可信的故事，讲述了很多成年人在私立和国立寄宿学校中的犯罪行为。

---

* 译者注：NHS是National Health Service的缩写，即英国国家医疗服务体系。

** 译者注：斯托克·曼德维尔医院是位于英国白金汉郡艾尔斯伯里的一所以治疗脊椎损伤而世界闻名的医院。2011年英国爆出过令人震惊的性侵丑闻，已故的BBC主持人吉米·萨维尔被数百人指证实施性侵和强暴，其中很多次强暴就发生在斯托克·曼德维尔医院。

我在几周内阅读了所有邮件，这并不容易。有的人给我发了长达数十页的信件，有的把打磨好的准备出版的书稿章节发给我，也有的倾诉了自己的悲伤。许多邮件的第一句话都是："我从没对任何人说起过……"在读完这些信件的几天后，我做起了噩梦。我睡着了，但意识到有什么不对劲儿：很多残肢断臂散落在房间里，从床底爬到床上。

许多来信都收到了我预设的自动回复：承诺我会在几周内阅读并回信。通常自动回复会再次收到读者的答复说：讲述这个故事本身已经为他们打开了一扇大门。还有："别担心，我想那些寄宿生的悲惨故事就够你忙乎的了。你不需要回复我。在我发送邮件给你之后，我也给（某位同伴）看了，我们开始讨论这件事。迟到总比缺席好……"

也有一些邮件不容易处理。有人要求我干预，这种干预超出了我的能力范围。尽管我们确实调查过高登斯顿学校（Gordonstoun School），然而对一些争议颇大但财力雄厚的学校，报社没有足够的资金进行旷日持久的调查。有些人显然需要帮助，但我无法帮上忙。有些人有自杀的倾向，这些受害者知道当年侵犯他们的人仍然在这个系统中工作。大多数人得到的是统一答复。我建议他们采取如下方法：参加谈话治疗，继续战斗，诉诸法律手段。不过寻求法律援助并不一定是个好主意，它能帮你报复加害于你的人，但法律程序往往漫长烦琐，有时只会徒增你的愤怒和痛苦。有些电子邮件

xi

讲述了自己将性侵者告上法庭的经过，这些故事大多以失败和受挫告终，问题仍然得不到解决。到2017年初，此书付梓时，那些从2013年开始试图让阿斯顿以及虐待孩子的老师们付出代价的人仍然没有得到任何结果。

不过英国民法在不断变化。民法原本规定只能在事件发生后的三年内提出人身伤害的赔偿要求，这对受虐儿童意义不大，因为他们往往在事件发生多年后都不会揭发罪行，而吉米·萨维尔事件的受害者改变了这一原则：在严重的性侵案件中，法官可以延长追诉时效。因此，联合学校的受害者们一起开展民事诉讼就变得可行了。这些受害者当中的许多人在银行或金融业的其他领域工作，他们是来自公学的成功人士，相信起诉能让学校付出不菲的代价。如果学校的保险公司发现责任风险升高，他们就会施压，要求学校建设更强有力的儿童保护机制。一位著名的金融家告诉我，他将把得到的所有赔偿金直接存入慈善机构，用于为国立学校的儿童与青少年提供创伤咨询，"并不是说私立学校就不需要这个"。

最后，由于我信心不足，怕自己没能力当好电子邮件咨询师，也担心自己可能加剧别人的痛苦（我知道我会过于感性），我做回了记者。我给收到的指控建立了一个数据库，并开始寻找其中的模式。我把我的数据与其他记者收集的数据进行比较，发现至少有四分之一的特权阶级学校发生过成年人性侵事件，而实际的数量还可能更多。我意识到我们需要回到现代公学系统发端的十九世纪中叶，看看这一切究竟是如何发生的。

人们写信给我当然不是因为他们生活幸福。在大约 800 份叙述中，我只看到十几个人提到他们在学校度过的美好时光，而这些美好的故事中有一半也是为了与另一个朋友或亲戚的悲惨遭遇做对比。当我阅读这些故事时，我发现了许多以前不知道的事：其一是有多少女性遭受过严重的身心虐待和侵害——她们占了总数的近四分之一；其二是，直到二十一世纪，暴力、性侵和漠视这些问题在学校中有多么普遍。与此相关的是，被指控犯罪的老师几乎总是能逃脱制裁。通常的处罚不过是解聘，往往还夹带了一封使他们能够继续自己职业生涯的推荐信，这种情况一直持续到最近。性侵者在私立和国立学校间泛滥成灾，似乎雇用恋童癖或虐待狂是这个行业的传统，但我最关注的是那些并未达到犯罪级别的虐待行为。

有许多小孩还在非常年幼的时候就被家人抛弃，交给陌生人来照料，促使我写这本书的就是他们的故事。在二十世纪六十年代，英国寄宿生的入学年龄普遍是七八岁*。这些孩

---

* 1966 年的一项研究对寄宿学校的 2,794 名六年级学生进行了抽样调查，发现大多数学生在 11 岁之前开始寄宿，超过三分之一的学生在 8 岁之前开始寄宿。当时，有 1.7% 的英国学童寄宿。

子身处的新环境，缺少正常家庭的善意和关怀。我们知道，英国人对小孩既温情脉脉又凶狠暴力，这和其他欧洲国家不一样。在寄宿学校，来自孩子和成年人的残忍及霸凌构成系统的一项功能：它们并非单纯的惩戒行为，它们是这种教育模式的独特之处。正如我们今天看到的那样，大家都对这个问题漠然视之。我收到的叙述也清楚地说明，即使学校像托儿所一样舒适，对那些在幼年时期就被送去寄宿的人来说，与家人的突然分离所带来的打击也会产生持久而可怕的影响。有些人到现在仍然认为他们被送走是自己的错，有些人则感到父母的"背叛"给他们的未来蒙上了阴影；所有这些人还很年幼时就知道了，爱是有限度的。

当然，有的人认为这是件好事。有一名男子，他八岁时父亲去世了，一个月后他被送进寄宿学校："现在回想起来，那段经历塑造了我，它在我体内埋下了易燃的种子，因为太过危险，没法使用，也没法忽视；但它确实帮到了我。"有些人想要原谅父母，努力通过在悲伤的过往中找到美好时刻来获得内心的平衡；但是他们中的许多人仍然难以接受这样的想法，即父母与学校联起手来伤害自己——父母们知道他们亲爱的孩子会受苦，却认为这是件好事。当我第一次思考私立寄宿学校那些过时腐朽的东西时，我以为自己研究的是一桩数世纪来英国最有权势和受过良好教育的人进行的令人胆寒的欺诈犯罪。这种想法显然太幼稚了。事实更复杂，更可怕。

人类学家知道在很多社会里都存在虐待孩子的仪式化现象。那句熟悉的老话"吃得苦中苦，方为人上人"所代表的传统就是例证。某些文化爱护、珍惜孩童，也故意伤害他们。比如有些亚马孙部落会用热水烫孩子，用鲨鱼的牙齿刮伤孩子的皮肤，以此来教他们处理生活中不可避免的疼痛；但英国精英们与原始部落父母的关键区别在于：他们在孩子年幼时就郑重其事地把孩子送走。只有英国的父母会为了教育而放弃对孩子的爱和保护，只有他们会为了未来的特权而牺牲自己的幸福，放弃陪伴和帮助孩子成长的快乐。接下来我将试着阐释，整个阶级——在很短的一段时间内世界最强大的阶级——是怎样做出这个决定，认为它的孩子需要受苦才能成为有用的公民。

对这些历史的研究既令我着迷又令我不安。我遇到的第一个问题是收集证据。记忆不可靠，而且是流动的：我们在生活中编撰着童年的故事，从中提取有用的、能承受的东西。这个阶级受过自我保护和保密方面的训练，以隐藏真正的想法为荣；像所有统治阶层一样，他们对同样的问题总是有许多现成的观点，依表达对象不同——局外人、内部人士、少数人、全体——而说辞各异。

我这本书中的内容来源于多个渠道，最开始是我对自身经历和家人经历的回忆，我也引用了一些已出版的内容，因为涉及寄宿学校的文学和戏剧一直都对其残酷的一面有所批判,尽管这主要是为了给剧情增添娱乐性。有些时候,我也会引用现在在读学生的故事,但最常用的还是我的第一篇文章收到的读者反馈,我对那数百名决定重新审视他们最黑暗过往的男士与女士表示感谢,他们的坦率和诚恳帮助我完成了这本书,我希望这本书对他们也有帮助。

第一章

离　家

1. 八岁离家

一到了八岁，或在八岁左右，孩子们会像小鸟般从花园里飞走，永远不再回来……男孩们去了皮尔金顿那儿。皮尔金顿有根拐杖*。

J. M. 巴里（J. M. Barrie），《小白鸟》
（The Little White Bird）

二十世纪六十年代末的某年九月，父母把我送去了预备学校，那时我八岁半。我穿着崭新、硬得如同纸板的灰色灯芯绒短裤、及膝的灰色羊毛袜和黑得发亮的斯塔特莱特皮鞋**。短裤太大了，但我有一条松紧腰带，侧面有颗S形的银色扣子：我觉得那是一条蛇。在灰色的针织衫校服里是灰色的衬衫，上面有一截颜色不一样，那是一条蓝色的领带。父亲教会我如何打领带。在上车前拍的照片中，我的表情很严

---

* 皮尔金顿（Pilkington）是一所预备学校的校长——他是《彼得·潘》里的恶棍胡克船长的原型。

** 译者注：斯塔特莱特（Start-Rite）是英国的高档童鞋品牌。

肃,金发梳得整整齐齐,但我很兴奋。几周前,我还在熬夜收看尼尔·阿姆斯特朗踏上月球。现在,我把弟弟妹妹们留在了"家"这颗星球上,自己将去到一个新的世界冒险。

阿斯顿预备学校离我位于萨塞克斯的家不远。在近半个世纪之后,这二十五分钟的旅程仍然让我记忆深刻。从入学那天起,在未来的五年中,每年我们都要在这条路上走二十多次。我可以在脑海里还原那条路:每个村庄,每处转角,父母为了奖励我们在一家乡村商店购买的玛氏巧克力棒,母亲抹着眼泪的样子,还有她唱的歌和她不成功的笑话:"紧咬牙关,下巴扬起,眉毛放松,袜子拉起来,惯用脚在前,看看我们能否同时做到。"这笑话并没有减轻她内心的痛苦,也没能安抚我既害怕又悲伤的情绪。一个又一个学期过去了,这段可怕的旅程并没有变得更轻松。我记得有时会想:你就要回家了,有什么不开心的?

我记得第一次去时,父亲在学校门口停下车。他说最好现在就亲一亲抱一抱,在学校里不能这么做。这我大概可以理解。但在几天前的一场男人之间的谈话里,他给的建议让人莫名其妙:"记住,如果有比你大的男孩想带你进树林子里,要说'不'。"

我们在用灰色石头筑起的圆柱式门廊前的一条碎石路上停下车,学校看起来非常宏伟。我记得我看着行李箱和零食袋消失在建筑物内的黑暗和嘈杂中,台阶上站着校长比利·威廉森(Billy Williamson)。他身材高大,下颌厚实,顶着一个僧侣式的发型。为了和他握手,我不得不等着,他正忙着和一个穿着格子外套的矮个子女人交谈，她在介绍一个比我还要矮小的卷发男孩。那是玛格丽特公主和她的儿子大卫。等校长与王室成员说完了话，他便从上面向我们愉快地走来，步子很沉，隆隆作响。"他看起来很和善。"我母亲说。

分别的场景我不记得了。我记得母亲带我找到宿舍，那是一个空荡荡的房间，连着屋檐，里面有五张带烛台的像是医院用的铁床。有两张床已分给了新来的男孩。母亲收拾了一些行李，然后把我从小抱着睡觉的小猪塞到枕头下。不用说，她还让宿舍长对我多多关照。那是一个大我一两岁的男孩，那天晚上他给我们讲了一些学校的规矩。一个规矩是不许哭，任何时候，只要哭鼻子，他和副手就会惩罚我们。他说着狠狠地用腰带抽了一下床。那是和我的一样的蛇扣皮带，我之前觉得它很酷，现在觉得被抽到会很疼。

我的入校经历很平常，除了我不记得说了再见。大多数很年幼时就被送进这类私立或国立机构的人，对分离的时刻都记忆犹新。我从数百人那里了解到他们在寄宿学校的故事，很多人在入学时并不清楚他们来到这里后会经历什么。当然，年纪越小的孩子，越可能出现这种状况；而在二十世纪，成千上万的儿童在六岁甚至四岁时就被打包送走。这是这代人共同的经历：1967 年，英国有约 43,000 名儿童被送进了寄宿制的预备学校或启蒙学校。*

---

* 2016 年，私立学校理事会的寄宿学校里有 4,809 名儿童，占所有独立学校的 80%。

我在报到的过程中表现得十分得体，没有哭闹。通常孩子们都是被从私家车里拖出来的。很多时候，父母会骗孩子说"一会儿见！"，然后溜之大吉。我有一位朋友十一岁的时候被送到寄宿学校，她记得她沿着学校车道追着父母的车："中途他们刹了一次车，我以为他们为我停下来了，但其实只是准备转弯。在那之前，我不知道自己必须要留在那里。"

有些孩子见证过这一切，轮到他们离开家的时候，经历往往更悲惨。随行的弟弟妹妹们会永远记得，当离学校越来越近，哥哥姐姐们愈加悲痛，母亲和父亲之间的气氛就变得愈加紧张，有时还会出现强行拖下车的情况。"他的手指被一个一个地从头枕上掰了下来。"贝尔·格里尔斯（Bear Grylls）说。他现在是一位专业的冒险家，但他还记得第一次去拉德格罗夫预备学校（Ludgrove School）时看到他当军官的父亲在车里流泪时有多么震惊："到底是出于何种本性、何种爱，会让家长认为把孩子送去学校是件好事？这让我感到困惑。我的直觉告诉我这不是什么好事，但我能知道什么？我只有八岁。"格里尔斯恨透了他的学校时光。

一位在她父母工作的寄宿制预备学校长大的女士这样回忆那些分离时刻：

我目睹了寄宿造成的悲痛和创伤。我记得哭泣的母亲们，记得咬紧牙关的父亲们告诉他们心慌意乱的儿子"做个男人，成长起来"。我记得自己感到不解，他们那么明显地想把孩子赶走，那他们一开始为什么想要孩子？我的父母试图安抚悲伤的孩子们，尤其是年龄小的孩子——允许他们在床上放泰迪熊，开着宿舍的灯，听睡前故事——但我善良而温柔的母亲知道，无论她多么努力，都无法弥补他们失去的东西。曾经有一个男孩在每学期开始时都哭得很厉害，他因此受尽欺负。

很多人描述了他们难以置信地看着自家的汽车消失在杜鹃花丛后，只能转过头面对其他吵闹的孩子、嘈杂的走廊、奇怪的气味和冷酷的成年人，感到无比失落。一位在九岁时经历这一切的朋友总结说："那是童年的结束。"

这些入校故事还有另一面：孩子们会从他们清澈睿辨的视角来观察父母奇怪的行为。母亲们敏感脆弱或泪眼婆娑；而大多数父亲——如果他们也会到场的话——会感到轻松甚至愉快。奥伯龙·沃在他的书里写道，他父亲"因即将摆脱他的孩子们而流露出不加掩饰的喜悦之情"。他为了庆祝假期结束，举办了一个派对："爸爸会系上白色领带，穿着燕尾服。他的演讲总是围绕着他有多么高兴我们要回到学校这一主题进行。"大多数母亲会难过，无论是当时还是现在。"每次送他们回学校我都哭成个泪人，"一位年纪稍轻的母亲告诉我，"我尽量快点开车走，因为我知道我这样会让他们难堪。最后我只能让别人送他们去学校。"

当然，把一个小孩托付给陌生人来照看，并不是件易事。对于七岁甚至十二岁的孩子来说，这段分离的时间就像一辈子那么长。"我们在学期过半的时候就来看你，亲爱的！"任何有日托经验的父母都知道，大多数孩子对上学一开始就持反对态度，即使他们明白只需要分离几个小时。我在整理这些到校第一天的故事时发现，其中也有少数并没有流露出悲伤；当然，愉快的送校经历和引人入胜的自传格格不入，因此也就不太会被发送到我的邮箱里。这些故事都是对几十年前发生的往事的回忆，通常在心理治疗过程中被一遍又一遍地复述，并被拼凑、重塑；但这并不会使它们变得毫无价值：它们具有启发性，既生动又有悲剧色彩。"罗宾"是我阿斯顿的校友，在给我的邮件中他这样写道：

我记得快九岁时有这么一天，毫不夸张地说就好像是发生在昨天一样，给我留下了极大的创伤。我记得他们在校门附近的车道尽头把我放下来，在那里我向妈妈挥手告别。作为一个小男孩，那种被抛弃的感觉把我淹没了。我想知道自己为什么要来到乡下读预备学校，和完全陌生的成年人待在一起，忍受基督教的那套东西，忍受他们时不时的"傻乎乎的异常行为"！我把童年抛在了身后，成了一个英格兰人，等到第一个学期结束时，我最小的妹妹出生了。她出生在中国香港。我感到自己被替代了。

"罗宾"在精神病院度过了超过四分之一的人生。他把他走进阿斯顿校门那一刻当作生命的转折点，正是那一刻造就了现在的他：中年，病痛缠身，内心空虚，"无法信人，无法爱人"。对于一些更加幸运的人来说，可怕的离别是他们不平凡的幸福人生的开端；但离别带来的伤害仍然存在并有着持久的影响。同样存在的还有对漠视孩子的大人的愤怒，他们一时兴起，竟为孩子选择了铁牢一般的命运。鲁珀特·埃弗里特（Rupert Everett）在自传中讲述了他七岁时与母亲的告别：

> 当松开我的手时，她说"亲爱的"，听起来很随意，"我们可能会在你喝茶的时候离开，所以现在亲亲你"。她跌跌撞撞地上了车，关上门。我低头看着滴在鞋子上的泪水：那是一双斯塔特莱特的新凉鞋。上周我还很爱它们，但现在它们只是某场加害于我的阴谋中的同伙。我无法抬头。我不想看到母亲眼中的背叛……
>
> "你在看什么，亲爱的？"她在哭，睫毛膏往下掉。
>
> "我的鞋子。"我说。等我抬起头时，车已经开走了。

第一位描述来到寄宿学校经历的人是小说家威廉·萨克雷（William Thackeray）。1817年，他五岁的时候，在四岁表弟的陪同下，离开在加尔各答的父母前往南安普敦的寄宿学校。英国殖民地官员的孩子就读寄宿学校在那时很普遍，在二十世纪三十年代，我住在印度的姨妈和她的姐姐，也分别在四岁和六岁的时候被送去了寄宿学校。到了1860年，有数十所新的寄宿学校成立，萨克雷仍在反思将小孩送出家门的后果。

> 我回想起那天我和母亲（还有一个行李箱和毯制旅行袋）驾着马车驶向大道尽头，我们在那里等了几分钟——直到听

到"反抗者号"的车轮如同赴死般轰隆隆地向我们冲过来。随着一记响亮的马车号声,箱子被提上了四轮大马车,马凳放了下来。啊!我看到了秋日夜幕,听见车轮启动,心中感到一阵剧痛:无论男孩还是男人,都不会忍心看着他人与自己的孩子分别。

萨克雷把自己学生时代的一连串惨痛经历写进了小说。在私人信件中,他讲述多年来他唯一的期望就是梦见母亲。他在一篇发表于杂志上的文章中写道:"在学校的第一个晚上,生硬的床,生硬的训斥,陌生的男孩欺负你,笑你,用他们的快乐刺激你。我们大多数人都记得在陌生学校的第一个夜晚是什么样的。"我想一些父亲不愿送孩子回学校,这也许不是因为他们生性冷漠,而是因为他们害怕此行可能勾起的回忆。

和第一次踏入校门一样,第一次受辱的经历在许多人那儿也仍历历在目。就像囚犯刚进监狱时或者新兵在入伍仪式上要被脱衣检查,从熟悉的环境到新环境的过渡常伴随着对正义的亵渎,对常态的颠覆。"我认为学校知道必须要击溃我们的精神防线。"一位通信者写道。大多数人被糟糕的食物吓了一跳:冻成一块的肥肉,不知来自哪种动物的肉团,令人愤怒的饥饿感。现在回想时,这些经历常常被当作笑料;但是,所有的父母都知道,熟悉的食物对孩子有巨大的抚慰作用。

在那儿睡的第一个晚上同样让人难忘:在家里,睡觉意味着睡前故事和拥抱,意味着温暖和安全。在阿斯顿,床既不温暖也不安全。在第一晚熄灯后，宿舍长说，这条腰带会用于惩罚新人，不能哭鼻子，也不能发出其他声音，包括床板弹簧的吱吱声。这不仅仅是一段恐怖的记忆，还是一种人们直到成年都会牢牢记住的屈辱。"我在1958年到达黑泽葛洛夫预备学校（Hazlegrove Preparatory School）时已经八岁了，"一封邮件里这样写道，"在第一个晚上，我放在宿舍床上准备和大家分享的所有玩具车就被扔出了窗外。另一个同一天入学的'新男孩'的遭遇和我的差不多，他有尿床的毛病。如果大家能对他表示一点点同情也许会让他好过些……一天早上舍监怒气冲冲地把他尿湿的床单扯下来，用它去擦他满是泪水的脸颊，可这些都无济于事。"

在给新人下马威的仪式中，成年人往往比孩子更可怕。演员塞利娜·卡德尔（Selina Cadell）告诉我她1961年在彼得莱斯中学（Bedales School）度过的第一天，那时她八岁。

我看到父母开车离去，不知道什么时候才能再见到他们。我记得的第一件事是舍监递给我很大一杯牛奶。而就在几分钟前，她问我母亲："有什么是塞利娜不喜欢的吗？"我母亲只说了"牛奶"。我理所当然地以为她没听明白，轻轻解释说牛奶会让我恶心反胃。

"我不关心你会怎么样，总之喝完之前，不准离开这个房间。"她回答说。

我开始慢慢喝。令我惊讶的是，舍监此时拿出一把剪刀，开始剪我的头发。我的头发很长，被她剪得很短。我吐脏了地毯。在被带到宿舍之前，我被迫清理了那一团混合了自己的呕吐物和头发的脏污。

第一晚我哭了一宿，但是宿舍恶霸的粗暴和恫吓让我很快安静下来。我在心里哭泣。

萨克雷的回忆录让人印象深刻，不仅因为他是第一个讲述这类故事的人，而且因为与许多人不同，他讲的是自己的经历。大多数回忆录用头几天或头几年的残酷经历做一个铺垫，来衬托往后的快乐时光。它使故事剧情完整，教导我们如何成熟，学会不抱怨、不自怜。而萨克雷没有像其他作者一样陷于扭曲的自嘲和自我贬低，他没有粉饰自己的痛苦，没有把痛苦变成什么有价值的东西。

也有的孩子蹦蹦跳跳地就去上学了，而且一直都快快乐乐。但显然，面对人生中第一次分离带来的巨大冲击，能够泰然处之的孩子少之又少。当然，离别是人生旅途中必不可少的仪式；当一扇门关上时，另一扇门才会打开。离别是伟大的维多利亚时代小说的核心，让二十世纪的英国儿童浮想联翩。对于那些现在回过头去、带着痛苦或者疑惑回顾与陌生人相伴的童年时光的人，最初与家人的隔绝只是一个故事的开始。几十年后，包括我在内的许多人仍在努力寻找这个故事的真相，理解它的含义。

2. 预备学校的兴起

预备学校兴起的最基本的驱动力是传统——遵循传统，或者花钱进入传统。我们家世代都是寄宿生。母亲来自一个苏格兰的宗主世家，家中有十一代寄宿生，他们都离开艾尔郡的山谷出去寻觅教育机会。这个传统持续到我们这一代。在此之前，对于掌管苏格兰、英格兰乃至是整个大不列颠帝国的权贵阶层来说，选择任何其他的道路都是不可想象的。我父亲的家族只有三代寄宿生，这种情况更为常见。他们是新兴的富人权贵阶层，在一个世纪甚至更长的时间里，他们也带着极大的热情进入到传统的私立寄宿学校系统中。

伦顿夫妇（Rentons）是十九世纪初爱丁堡修士门街上一家店的店主，他们的孩子在城里的日间学校读书。在二十世纪初，我的祖父和他的两个兄弟就在那时时兴的英国寄宿制预备学校读书，为上哈罗公学（Harrow School）"做准备"。像成千上万的人一样，这个家族在英国工业化和帝国财富时代兴旺起来，由于精明地投资了锡兰茶园，他们从爱丁堡的旧城区搬到了贝德福德郡的庄园和伦敦骑士桥的房产中。我的曾祖父詹姆斯·伦顿（James Renton）通过种植和销售茶叶变得富裕和有权势，但他浓重的爱丁堡口音暴露了出身。和大多数人一样，他选择用学校来为孩子们镀金，让他们更容易在社会上出人头地——尽管如此，这只为我的叔公诺埃尔（Noel）带来了一个小有名气的军团中尉的头衔。后来，1915年他在西线上战死了，还不满二十一岁。

我们今天所知道的私立寄宿学校诞生于十九世纪，并在像伦顿家族这样的庞大新兴中产阶级的推动下迎来了大发展。在十九世纪四十年代到七十年代间，英国精英们上的古老学校——拉格比公学（Rugby School）、伊顿公学、哈罗公学、温切斯特公学等等——被迫逐步进行了一系列的改革，这使它们在下个世纪乃至更长的时间内成为英国教育——以及其他方面——的标杆。所有的改革都很实用。最重要的是引入了入学年龄限制、入学规则和入学考试，这为当时以暴力、混乱和极高死亡率而臭名昭著的教育机构带来了一些秩序。十八世纪的伊顿公学如同猎熊场，六岁的孩子常常与二十岁的成人学生一起生活和学习。学校有史以来最小的学生是彭布罗克伯爵（Earl of Pembroke）和情人姬蒂·亨特（Kitty Hunter）的私生子，他于1766年入学，只有四岁。这名男孩以奥古斯塔斯·雷格纳·雷布克（Augustus Retnuh Reebkomp）之名被送入学校，年龄稍大一点的孩子没花多少功夫就从他的姓氏猜出了他父母是谁。*

随着国立教育于十九世纪末在英国正式确定下来，这种体系成了教育的标准，其运作模式也被世界大部分地区的中

---

* 译者注："Reebkomp"是由其父姓"Pembroke"字母重新排列而成。

小学竞相效仿。与此同时，在十九世纪中叶及下半叶，有数十家新的收费型中学创办了起来，包括利物浦学院（Liverpool College）、布赖顿中学（Brighton College）、格拉斯哥和爱丁堡公学（The Glasgow and Edinburgh Academies）、费蒂斯公学（Fettes College）、马尔伯勒公学（Marlborough College）和拉德利公学（Radley College）。主要是因为那些更古老的学校没有足够的空间来容纳愿意出钱的新兴中产阶级的儿子——还有少量的女儿。这些一夜之间就变身为古老学校的教育机构，刻意在仪式、纪律，甚至建筑风格上效仿那些更古老的学校。它们也需要一批毕业于预备学校的十三岁的学生入读。

"公学"之所谓公学，是指它们是根据法规设立的，并且在法律上得到承认。想要进入公学，学生就必须有所准备，得先上预备学校或私立学校，私立学校是指任何人都可以开设的学校。在二十世纪二十年代，有240所预备学校培养男孩进入海军学院。在那里，他们先当学员，之后能成为军官。直到二十世纪六十年代，除了像伦敦西区圣保罗中学（St. Paul's School）等少数建在闹市区的学校，预备学校和公学几乎完全只招收寄宿生。

在学校里寄宿制逐渐成为大势所趋。在十九世纪学校大规模扩张之前，大部分上学的孩子住在遍布英国各地乡村的老房子里面。孩子们要么在家里接受辅导，要么只能离家上学；但是很快离家就成了神圣之举，新的小学也要求学生住校。学校不仅要为孩子们准备课程，还要帮他们在未来适应单性别群体寄宿生活的种种严格要求。此外，寄宿还为提供床位和食物的老师们带来收入。直到二十世纪末，即使在费用最昂贵的学校，工作人员的工资也非常低。在公学的整个历史中，学校彰显了将经济和实用性转变为自身气质的天才创造力，这是培养英国精英的神奇配方中的一味材料。因此他们就招募年龄较大的孩子来完成控制年龄更小的孩子的工作，随之产生了"级长""监督生"这些有悠久历史的角色。这种节约成本的解决方案搭配着灌输诸如勇敢、坚韧和——一个常用术语——"男子气概"等美德的手段。就这样，用恐惧和暴力建立起的纪律制度与冰凉的宿舍和恶心的餐食一起，成为学校魔法的一部分——被认为对塑造个体大有助益。

私立学校是一座金矿。一个人只要受过教育，再拥有些忽悠家长的本事，就能在这一行轻松地安身立命。到十九世纪末，英国有700所具有资质的预备学校为新老公学提供生源，不过其中只有11所面向女生。据报道，在1981年时，英国私立学校的数量是570所，每所学校大约有一百多名学生，大部分是寄宿生。

我母亲的家族弗格森家族，为了确保在权贵集团中占有一席之地，一直把孩子送出家门。詹姆斯·伦顿以及许多人——无论是在当年还是现在——也把孩子送入私立学校，给他们镀一层金，以便他们以后能跻身权贵行列。他们是不可能让孩子们进入有乡村口音的公学的。口音是"上流社会"最明显的标志之一。维多利亚时代晚期的精英们就总称自己来自"上流社会"。为什么在兰开夏郡开工厂的暴发户喜欢把孩子送去遥远的南方贵族学校，政府在1864年成立的负责审查公学的汤顿委员会（Taunton Commission）调查过这个问题，他们得出结论，认为原因就在于家长期盼"孩子可以改掉北方口音……并远离家庭的影响"。

此外还有一些更少提及的因素。很重要的一个是维多利亚时代称之为"兽性"（beastliness）的威胁。历史学家乔纳森·盖索恩-哈迪（Jonathan Gathorne-Hardy）写道，预备学校大幅扩张的时期与人们对公学中的道德败坏感到恐慌的时期恰好一致："已经到了刻不容缓的时候了，必须把九岁、十岁的可爱小男孩从那些色眯眯的十八岁大男孩的双手中解救出来。"但是，还存在另一种同样强大的"道德"压力：要将男孩从母亲和家庭的"阴柔化"影响中解救出来。

学校的任务不仅仅是培养女孩和男孩的"品格"，尽管这个词在校长的文章中总排在第一位。课堂上有课堂上要做的事，尤其是在公学采用选拔性入学考试之后。数学比较重要，科学就无所谓。孩子们首先需要了解《圣经》和各种古代语言。在二十世纪五十年代之前，公学以及许多效仿公学的文法学校主要的教学内容都是针对拉丁语和希腊语的。直到二十世纪八十年代，学习语言对于获得奖学金仍然很重要。

那时的一个普遍看法是，除非你在八九岁时就开始学拉丁语，否则你将没法跟上这个学制前进的步伐。这在我就读的阿斯顿尤甚。古希腊语晚一年开始，也是必修课。1817年一个关于预备学校教育的报告称，男孩普遍五岁开始学拉丁语，六岁学希腊语。在阿斯顿，我们这些最高年级、正为十二岁的奖学金考试做准备的学生，会被要求将任何一段英文完美地翻译成拉丁文——也会被要求尝试翻译诗歌。周五教授拉丁文散文课的老师是比利·威廉森，他每堂课都会用教鞭猛敲我们的课桌，有时还会抽在我们身上。

七岁的温斯顿·丘吉尔（Winston Churchill）在位于阿斯科特的圣乔治学校（St. George's School）上课的第一天，就被拉丁语吓坏了。他母亲离开后，一位老师把他带进教室，给了他一本书并命令他学习拉丁语名词 mensa（桌子）的词形变化。那是 1882 年，这位未来的首相之前从未读过或说过拉丁语，但他仍然记住了书上所写的内容。读过他的书的人想必听过这个故事：mensa，一张桌子；mensa，O 桌子；mensam，一张桌子；mensae，桌子的；mensae，向桌子或朝桌子；mensa，用桌子、在桌子上或从桌子上。

老师回来时，小温斯顿还念叨个不停。就像每个七岁的机灵孩子那样，他问道："老师，这是什么意思？"

"它的意思就是桌子。Mensa，一张桌子。Mensa 是名词的第一变格。一共有五个变格。你已经学会了第一变格的单数形式。"

"但是，"我又问了一遍，"这是什么意思？"

"Mensa 是一张桌子的意思。"

"那为什么 mensa 也表示 O 桌子？"

"O 代表'哦'，是呼格……当你称呼桌子、呼唤桌

17

子……或和桌子说话时就该这样叫它。"

"但我从来没有这样做过。"我诚实地脱口而出。

"如果你鲁莽无礼,将会受到惩罚,很多惩罚,我跟你说,很严厉的惩罚。"这是他最后的答复。

那就是我第一次接触古典文学。我早听说,许多最有智慧的人都从中汲取慰藉,并获益匪浅。

像许多写到寄宿学校的回忆录一样,丘吉尔行文中语带讽刺。他的传记作者证实,所谓严厉的惩罚是真实的恐吓。丘吉尔曾因弄坏校长的帽子以及从食品室里偷糖而遭到过鞭打。"效仿伊顿公学,用桦树鞭打学生是课程的一大特色。"他写道。学校会要求全体学生聚集起来,让他们听一位或几位犯错学生被"鞭打到血流不止"时发出的尖叫声,这种事一个月能有两三次。当时的学生还传言校长亨利·斯尼德-金纳斯利牧师(Reverend Henry Sneyd-Kynnersley)是性虐狂。他只活了三十八岁,据说去世时正在鞭打一名学生。

丘吉尔的童年很悲惨。他在回忆录中描述了自己"焦虑的生活":两年后他被带走了,因为他生病了,也有可能是精神崩溃了。有报道称他被带走是因为他的保姆看到了他屁股上遭鞭打后留下的紫色瘀斑,并愤怒地告诉了孩子的美国母亲珍妮。

丘吉尔勋爵和夫人为他们的孩子选择了圣乔治,是因为它是"这个国家最热门、昂贵"的学校——这一标准在今天仍然通行。我的父母选择了阿斯顿预备学校,多年以后我问他们为什么，他们说，因为不远，还因为一些邻居家的孩子在那里表现不错。它声誉不错，能让孩子考进伊顿公学，我父亲就曾是伊顿的学生。学校还被选入了1973年的公学年鉴，在三十二年内赢得了150项奖学金，并提供课外兴趣班，例如木工、射箭和拳击，还有室外游泳池；而且那儿比大多数学校更时髦，费用也更昂贵。

二十世纪六十年代是寄宿制预备学校的鼎盛时期：1967年，有超过六万名孩子在寄宿学校上学，其中四分之一是女孩。大多数学校是私营的，通常由校长持有，一直到二十世纪八十年代末当独立检查变得严格起来后，这种情况才有所改变。在六十年代和七十年代任职的一名预备学校的老师告诉我，检查的内容主要看校长和当地教育机关的负责人有没有关系——如果关系不错的话——这不难做到，只要给检查员送上一份礼物——学校会在检查之日前收到提醒，从而有时间搞好卫生，把学生弄得漂漂亮亮的。这套流程的运作要求客户——也就是父母们——给予学校充分的信任，并愿意合作。

阿斯顿预备学校就很典型。它是由威廉·兰德尔·李（William Randall Lee）于1843年在布赖顿创立的。两年之后镇上的公学布赖顿中学开始招收学生，并严格限定只接受"贵族"学生。在1930年之前，学校一直由同一家族和家族成员的配偶管理。李的家族很成功。根据1897年《晨报》上的讣告，威廉的儿子阿瑟·李（Arthur Lee）教了"无数的同龄人的"，包括一些将军和热那亚公爵的孩子。李在1886年将学校从布赖顿的一座排屋搬到了阿斯顿森林旁边的一栋乔治时代的房子里，这是一步妙着儿。我在1969年才第一次见到这栋房子。它建于1794年，矗立在一片都铎时代的庄园中，其建筑师足可去设计华盛顿的国会大厦及白宫的柱廊。优雅的门廊把我们迎入学校，向我们讲述着了不起的民主信条。

早期的阿斯顿预备学校现在已经没有留下多少痕迹了。在二十世纪三十年代的一些回忆录中，它是一座小型的"野蛮"机构，里面有许多"可能是虐待狂"的老师，包括校长阿瑟·埃维尔（Arthur Evill），他曾拿着一根三英尺*的拐杖朝一个男孩身上抽去。记者休·马辛贝德（Hugh Massingberd）在他的自传里说："一位虐待狂式的老师残酷对待学生的方式，给我父亲留下了心理阴影，此君名叫埃维尔先生，名字倒是很贴切**。"相较于其他对当时寄宿学校生活的描述，这显得稀松平常。当我1969年去到那里时，埃维尔的后代也在那里上学。

在这些叙述中，学校和它五十年后没什么两样。男孩们在满是"牛粪堆"的高尔夫球场上打球，游泳池冷冰冰又黏糊糊，老师们吃最好的食物。一名前中士每周会带孩子们去做两次体操，他把他们一排一排地堆起来，摆成人形金字塔，同时做一场"道德讲座"。其中的一番说教给作家兼冒险

---

* 编者注：英制长度单位，1英尺约为0.3米。

** 译者注：埃维尔（Evill）与"邪恶"（evil）拼写接近。

家德斯蒙德·菲茨杰拉德（Desmond Fitzgerald）留下深刻的印象："职责就是职责，必须履行。"那是在1925年，当时菲茨杰拉德只有8岁。

像许多回忆录作者一样，菲茨杰拉德迫切希望大家了解那里的制度有多残酷，当时的他有多惊恐；但是，另一方面，他希望读者不要认为这对他造成了任何伤害。他对那些将"他们随后的出格行为"归咎于残酷的寄宿学校和虐待狂老师的人嗤之以鼻。"我承认，我对目前很多人的做法有些恼火，他们把自己的错误归咎于别人、别的事，除了他们自己。"他说。尽管阿瑟·埃维尔会给男孩们"戴假发"，就是扯男孩耳朵前的短头发，他还是很好地完成了他受雇要完成的工作：让男孩们进公学。菲茨杰拉德之后就读于威灵顿公学（Wellington College），假期期间他也常常不得不留在学校，"我的家人在肯尼亚"。他在十年的寄宿生涯中仅回过一次家。如果你相信他的回忆录，那也随你。

1969年我在砾石路上遇到的比利·威廉森是在第二次世界大战后不久接管阿斯顿预备学校的。二十世纪四十年代早期，他还在一所名叫韦尔斯利之家的学校任教，他的一名学生是出版商安东尼·布朗德（Anthony Blond）。他在回忆录中将威廉森描述为一名"魔术师"，一位才华横溢的老师。布朗德说，威廉森"爱上了'男孩'这个概念，如果一位老师要保持理智（而不是做个鸡奸者），他就不得不这么做"。威廉森热衷于鞭打学生们的"光屁股"，但这并没有减少他们对这位老师的喜爱。威廉森与韦尔斯利之家的一名学生的母亲结了婚，并用她的钱从前任校长的遗孀手中买下了阿斯顿预备学校。

当我的父母遇到他时，阿斯顿的人数已增加了一倍，等待名单上还列着一串名字。不过威廉森的继任者告诉我，这家私人企业总是处于破产的边缘，而这，他解释说，也是学校当时聘请了那么多水平很差的老师的缘故："我们很绝望！"在我所处的时代，老师们会突然离职，与之相伴的是一些令人震惊的传闻。不管学校的财务状况如何不稳定，阿斯顿的收费都远高于当时的平均水平，那时我的父母正计划将我的四个弟弟妹妹也送到寄宿学校去。1969年在阿斯顿一年的费用为600英镑（相当于2017年的9,500英镑），但今天在阿斯顿预备学校寄宿的费用超过了26,000英镑。

3. "妈妈们当时是怎么想的？"

"这的的确确是把我钉上十字架受折磨，但我认为这是必要的牺牲，我希望未来能够证明这是为了艾普尔好。"

桑德拉·罗斯（Sandra Ross）在2010年的一部电视纪录片中讲述她如何看待送自己八岁的孩子去英国军队补贴的寄宿学校就读一事。

如果今天在一个没有寄宿学校传统的地方讲起这些故事，让人疑惑的首先是妈妈们。她们怎么能这样做呢？她们怎么能忍心送走那么小的孩子，把他们托付给陌生人？她们怎么能对孩子经历的苦楚视而不见？今天，母爱被视为绝对而不可侵犯的，至少与不可靠的父爱形成鲜明对比。受过教育、有话语权的女性几乎无法想象人们为何会自愿抛弃幼子。

然而，在十九世纪和二十世纪，成千上万的中产阶级母亲就是这么做的，并且有一堆这么做的原因。文化、父权家长制、强大的社会压力，以及女性、甚至中上层阶级的女性都缺乏世俗教育的现实，这些都是原因。别人告诉我说，上几辈的女性并不像我们今天那样爱孩子，或者上层阶级生性敏感阴郁。我认识一位杰出的信奉荣格的精神分析医生——他也曾是伊顿公学的学生,并且还是寄宿生心理问题专家——他把这一切都归结于俄狄浦斯的神话以及女性对她们儿子的"潜在仇恨"。这样的解释很牵强。首先,这无法解释为什么女儿们也被送去寄宿? 在二十世纪六十年代末这个行业的高峰期,有五万名女学生寄宿。

许多母亲会将送孩子上寄宿学校的责任推给自己的孩子,即使在今天也是如此。"我没有这个想法——我讨厌当年上的寄宿学校,但她愿意去。"最近一位十岁孩子的母亲在漂亮的米德兰兹预备学校告诉我,"当然了,哈利·波特就是上的寄宿学校。我还在为此难过时——到现在依然如此——她已经下定决心了,期盼着开学。这让人伤心!"《汤姆求学记》(*Tom Brown's School Days*)是第一本宣传寄宿学校的小说,小说于 1857 年发表,那之后孩子们都求父母送他们去读寄宿学校;但是与此同时,父母也在孩子们心中植入了这一想法;我们引导着他们接受我们希望他们去做的事,如果他们同意了,一旦出了什么差池,父母也不会那么内疚。自然,那些听说寄宿生活将如假日野营一般美好、只有几节课要上的孩子,在发现事实并非如此时,即便是对着最慈爱、最亲近的父母也张不开口。

有些父母似乎不想去看望他们的孩子。这种残忍给孩子带来了深深的伤害。一位叫克莱尔的通信者告诉我:"六十年代那会儿,我七岁,去了一所老式寄宿学校,第一个学期没有收到我父母的任何来信,我鼓起勇气询问校长,是不是我的父母去世了而没人告诉我。她解释说他们很忙。因为他们住在国外，我每年最多只有十周的时间能和他们待在一起。我对此耿耿于怀：我明白了自己在他们心中的分量。"

甚至今天，许多预备学校的老师都讲到如何妥善安置那些在假期中被留下的孩子的问题。有些孩子的父母在国外没办法接走孩子，有的父母干脆忘记了有孩子这回事。一位在二十世纪七十年代就读于阿斯顿的男性告诉我说，他的母亲只来接过他一次。"她认为那没必要。她性格坚韧，认为我们也应该这样。我是她的第三个孩子，我认为她对我并不是很关心。"在她唯一来接儿子的那次经历中，她打开车门，对着一个长得很像她儿子的男孩说："来吧，快点进去。"然后就带着他走了。直到她把车开到学校道路尽头时，那孩子才有机会告诉她，她弄错了。当说起这个故事时，写信者大笑道："当然，她回来找我时，这都成了我的错。"

在校门的另外一边，不难发现一些人在哭干眼泪之后对父母产生了怀疑，或者说对父母之爱产生了怀疑。寄宿学校的舍监——现在称为宿舍管家——一般不会在自己孩子年满十三岁之前将他们送去寄宿。他们知道有很多父母利用学校来做什么。"杂物收纳处""长期儿童看护中心"是我从老师嘴里听到的一些说法。一所著名寄宿学校的校长的女儿告诉我，有些寄宿生的父母常不来接孩子。她总看到父亲耐心地打电话向那些父母解释他们真的需要来把孩子接走了。"好吧，我们可以照看他们几天，但之后我们自己也要放假了。"小说家威廉·博伊德（William Boyd）总结道："基本上人们把孩子送到寄宿学校去的真实又秘而不宣的原因就是自私。"他在高登斯顿忍受了长达十年的"惩罚性奴役"。

作家贝拉·巴瑟斯特（Bella Bathurst）十一岁时进入寄宿学校。她记得自己不止一次被父母忘在了学校里。"那是期中假时，到处乱糟糟的。我想最终会有人把我解救出来。当你凝视着窗外，看着其他女孩都离开了，一边等待着……你确实会思考，是不是没有人爱我。这段记忆困扰了我一生。"另一名女性在三岁时被送去和她姐姐待一起，她姐姐在一间比利时修道院寄宿。当然，她的记忆已经模糊了，但她仍然有印象，那时她一年顶多回一次家。"当我问修女为什么我要留在那里时，她们说我的母亲不爱我，因为上帝不爱我。"她很清楚地记得，有一次她不听话，被锁在了煤窖里做祷告。当我问她这对她成年后的生活有什么影响时，她笑道："根本没有，这和英国的寄宿学校比起来不算糟糕！"她和她在英国寄宿学校受过教育的丈夫也把自己的孩子送进了寄宿学校，不过不是在三岁的时候。

父母把孩子送走的理由很多。在许多叙述中，孩子去寄宿是因为家庭正处在危机之中，可能经历了死亡、疾病或感情破裂。但一般来说，工作是首要的原因。英国政府之所以每年在寄宿学校上投入八千万英镑，主要就是为了军人的孩子们（以军官家的孩子为主）在父母为国服务的时候能得到照顾；但是除去这些理由，还有很多其他类型的家长让自己的孩子住在学校，即便学校离家并不远。

文化的力量很强大。父母在我和兄弟姐妹八岁时，先后把我们送去寄宿学校，主要原因是他们认识的所有人都是这么做的。只要付得起学费，那些在寄宿学校上过学的父母都不会想到其他选项。但也有父母是自主选择送孩子去寄宿学校的。贝拉·巴瑟斯特的母亲当初是跟着她的兄弟姐妹们一起上的寄宿学校；但是，那是在二十世纪三十年代，她当时只有六岁，对一个女孩来说还太小。"我认为外婆不得不这样做，因为那是战争时期，她应付不过来。"

父母常常将自己学生时代的美好回忆用作延续传统的理由。心理治疗师尼克·达夫尔（Nick Duffell）回忆起他母亲讲述"上寄宿学校神奇美妙的往事；直到生命即将结束时，她才披露出她当时的恐惧"。给我写信的艾莉森·科利特（Alison Collett）这样说道：

> 从来没有觉得我父母曾为他们的所作所为感到后悔，即使现在我母亲也会捍卫她的决定，部分原因是她"喜欢"她九岁时入读的公学，认为我和四岁就被送入孤儿院的父亲相比"幸运得多"。那些听我讲述过往的人——都是三言两语的客观描述——没有不被吓到的。因此我很难理解我父母为什么不承认这一切。

而其他一些明显爱着孩子的父母，他们的行为可以用现代心理学来解释。人们对过去创伤的普遍反应是把它们"正常化"，即把它们变成常规的、可以理解的东西，并且学会与之共存。还有什么比把心爱的孩子送去寄宿学校更能向自己证明寄宿学校的经历是值得肯定的呢？最新的表观遗传学理论可以为另一种更深层的影响提供解释。这一理论认为，我们的DNA在周遭环境的压力下会快速变化，这使我们能够适应环境，也让我们的孩子更易知道如何应对这些压力。这也为这个阶级为什么会把上寄宿学校的习惯代代相传提供了一种可能的解释。

我母亲的家族有十一代人都上了寄宿学校，对于家里的男孩来说，这种传统似乎无法撼动。对弗格森家族来说，寄宿起到了重要的作用。他们是古老乏味的苏格兰贵族弗格森宗族的领导者。弗格森的先祖是一千多年前从爱尔兰搬过来的，他们后来与诺曼底入侵者联姻，在苏格兰西南部占领了土地。从那以后，他们一直住在那里，庄园和家庭的财富在几个世纪间时涨时消。弗格森在英国十七、十八世纪的战争中属于胜利的一方，由此获得了爵位和更多的土地。他们通过在西印度群岛经营奴隶制的甘蔗种植园而变得更加富裕。弗格森家族在十九世纪和二十世纪协助建设、治理大英帝国，并卖掉了大部分土地来换取荣耀和去四处冒险的旅费。在苏格兰类似的家族有数十个。

对这样的人来说，在教育上砸钱是必不可少的。教育能为他们带来人脉和保护，使他们免遭英格兰贵族对苏格兰人的偏见。我的两位弗格森家族的外祖父学习了科学和农业。他们努力改良土地，改善人民的生活。但我的大多数祖先学的是拉丁语和希腊语，还有一点历史、《圣经》和一些数学知识——这些才是贵族应该学的。家族档案中存有他们许多人的信件,他们在信中抱怨学这些既无聊又无用,特别是在工业时代即将到来的时候;但是这种经历把他们塑造成了家族发展所需的男人:能在军队或法庭里有所作为的男人,他们可以轻松地进入上流社会俱乐部的客厅,缔结一门无论对延续血统还是财富扩张都有利的亲事。这种教育颇费周章,有时对父母和孩子来说都是煎熬,而且花费还不菲。直到十九世纪中期,弗格森家的男孩们都还要从利斯乘船去到伦敦周边上学。每个男孩的学费都比一个技术工人一年的薪水还要高。这是一笔巨大的开支,但也是一项物有所值的投资。

我说"男人"和"男孩"是因为这个阶级的女性很少去学校,去学校的女孩也只是十几岁时去"休整"一下。现在在祖屋居住的一家是家族里最先把女儿送去接受与儿子同样教育的。我的母亲和她的姐姐在第二次世界大战期间和之后都在那幢房子里生活,与各种堂姐妹以及其他地方来的女孩一起由家庭教师培养,而她们的兄弟则去了预备学校,然后升入伊顿公学。她们受教育的程度不低:我母亲是一位作家,还是一位成功的女商人。保留下来的信件和手札上说,弗格森家的女人在学识上不输给任何男人。她们当中有些掌管着家里各项事务,丈夫对她们言听计从,我可怕的曾外祖母就是其中之一。而所有女孩中只有一个去过寄宿学校:我的曾曾外姨祖母伊丽莎白在1846年时入读了寄宿学校。

家庭档案中的信件和日记表明我的祖先们并非不爱孩子:他们想念孩子,探访孩子,每周写信给孩子,当孩子从英格兰放假回家时,他们特别高兴。1845年,我外祖父的祖父查尔斯·弗格森爵士花了好几天的时间与他十五岁的女儿伊丽莎白争论，希望她放弃去布赖顿中学寄宿的想法，这一想法得到了她母亲的支持。他在日记中这样写道：

另一方面，看到现在的伊丽莎白是多么的优秀和快乐，我感到焦虑不安。因为对成功的追求，对所谓的学识提升和心性修养的追求，会消磨掉她这份鲜活的纯真。此外，两年的漫长时间里只有假期才能回来，这令人很痛苦。只有上帝才知道什么是最好的，我现在只想上帝告诉我答案。无论是什么决定，如果不是对我亲爱的孩子具有长远的益处，我决不会答应。阿门。

他屈服了。

据说我的外祖父在预备学校并不开心，但是在这几代人中，只有两人在寄宿学校遇到了大麻烦。1746年，我十六岁的曾曾曾外叔祖约翰·弗格森突然从位于北安普敦郡的学校辍学，把他父母吓坏了。他决定加入英国军队，与那时威胁着伦敦的英俊王子查理和他的高地叛军作战。事实证明，这是一个不错的选择，弗格森一家因站在胜利者一方而繁荣了起来，不过约翰之后继续待在部队中，再没回过学校。

接下来的这位情况更加糟糕。1894年，我的曾外叔祖艾伦·弗格森，一个笨手笨脚的十六岁的受气包，因为从拉格比公学脱逃而被送进了格兰诺蒙德公学（Glenalmond

College）。几周后，他纵火烧毁了学校在珀斯郡郊区的一座哥特式建筑的一侧，折合成现在的物价共造成了200万英镑的损失，这在国际社会上引起轰动。他的父亲，第六任从男爵詹姆斯爵士是一名国会议员，还是前新西兰总督。尽管全家人都在帮他，让他得到患精神障碍的诊断，但他仍因纵火罪被判入狱一年。即便如此，我的兄弟和几个表兄弟还是入读了重建后的格兰诺蒙德公学。

人们常说，除了富有的英国人，没有哪种文化的孩子会在这么小的年纪自愿与家人分开。这话不假，至少在二十世纪六十年代之前的确如此。当人类学开始成为一门流行的学科——这门学科在从公学毕业的冒险家中尤其盛行——人们惊喜地发现，许多原始文化里也有让孩子与家人分开的传统，一般是为了庆祝孩子长大成人并训练他们的生存技能。具有独立思想的马赛人（Maasai）吸引了肯尼亚的英国殖民者的注意，他们将马赛人浪漫化为非洲版的亚瑟王的骑士。人们把寄宿学校制度和马赛人的习俗放在一起进行类比，后者的传统是把所有青春期的孩子（被称为摩拉尼）聚集在一起，让他们共同生活，学习长大后成为勇士的必要技能。

然而，在所有这些社会中，分别仪式都发生在青春期前后，而且只会分开几个月。没有哪个社会，无论是传统的还是现代的，父母会与孩子每年至少分开八个月，并从小孩七八岁开始一直这么持续十年。有几所学校崇尚古老的斯巴达文化的尚武之风，将斯巴达的古训当作校训，*但即便是斯巴达人对孩子充满传奇色彩的严厉训练也只会持续几天，而不是几个月。

在第二次世界大战之前，就读于寄宿学校的大多数孩子最开始是由家仆和家庭女教师在主人家里抚养长大的。不过儿童成长学的主导理论"依恋理论"得出的结论是，成长中的儿童所需要的是一个可靠的、能够给予关爱的人，以及一种连续性和安全感。收了薪水的母亲角色也许做到这一点，但要让学校给孩子以拥抱，它们做不到。

从十八世纪中叶开始，关于母亲所扮演的角色和学校的作用的争论就一直持续着。有关家庭管理和抚养子女的实用书籍纷纷出版，作者大多是女性。通常这些书都会向母亲强调她们的作用，特别是在抚养男孩时的重要性。到十九世纪中叶，母亲们被警告，不要让仆人去扮演母亲的角色。有人提出，女性的道德感要强于男性，母爱是纯洁的救赎之爱，且这在将基督教信仰灌输到孩子的成长过程中显得极其重要。母亲的角色非但不单调乏味，反而是英勇的，值得让有学识的女性投身其中。美国诗人威廉·罗斯·华莱士（William Ross Wallace）在1865年发表的一首诗中有这样一句经常被引用的名言："轻推摇篮的手就是统治世界的手。"

但是在家里也需要有严厉的爱。许多维多利亚时代的母

---

* 就像劳莱特学校的校训"斯巴达是你的，为它增光添彩"（Spartam nactus es, hanc exorna）。

亲和校长一样，相信体罚是一种道德工具。维多利亚女王时代最受欢迎的女士期刊之一《女王》(The Queen)于1866年冬季刊登了一系列标题为《少年纪律》和《幼儿纪律》的文章及回信。这场争论肇始于一封来自署名为 I. M. L. 的母亲的信，在那封信中这位母亲首先提到了一位朋友的建议，让她对家中甚至年龄最小的孩子也进行惩罚，让家里的捣蛋鬼自己从抽屉中取出木棍接受惩罚，这样做可以让孩子变得更加谦逊；但是，I. M. L. 继续说道："一想到要打我五岁的维奥莱特，我的心就颤抖不已……那些和我一样的母亲是否意识到，为一点儿琐事就抽打孩子，其实是在惩罚我们自己。"*

另外一些人提到了母亲的本能和内疚感，他们和现在那些批判母亲为了工作而不照顾孩子的人是一家子。1899年，在当时为自由女性主义发声的《威斯敏斯特评论》(The Westminster Review)上，一位匿名作家谴责了女性"将自己最强大的职能转交给了护士、教师和校长……这是在拿男孩成长中道德品格塑造过程里最危险的一步开玩笑：指望仅靠花钱就能得到无瑕的成品。"1896年在同一本杂志上，另一位评论家以"女性的诞生"("The Making of Woman")为题，宣称："喜欢让孩子接受学校教育而非家庭教育的女人承认，自己无法或不愿承担做母亲的责任。"社会历史学家克劳

---

* 历史学家伊恩·吉布森在他的书中指出，《女王》和其他维多利亚时代晚期家庭杂志上关于体罚的大量信件，是由前公学的一些狂热的男鞭刑爱好者撰写提交的供他们娱乐的恶作剧材料。

迪娅·纳尔逊（Claudia Nelson）说，这些指责的背后是对自慰和同性恋现象的深深恐惧。自慰和同性恋是单一性别寄宿学校为人所知的特征，如果有母亲在身边，孩子就不容易染上这些"恶习"。

但是这些文章是写给新兴的中产阶级的，他们是第一批在决定如何教育孩子方面有自主权的人。上层阶级一直对寄宿学校争论不休，到了二十世纪仍然没有消停。那时候人们认为母亲应该与孩子保持距离，照顾孩子的工作不体面、很麻烦，甚至很无趣。在孩子到青春期和明事理的年龄之前就应该把他们看管起来，他们大部分时光都该与父母分开度过，眼不见心不烦，只要在早餐时和就寝前在父母和祖父母面前亮个相就可以了。这样的做法和另一种理念息息相关：母爱可能是有害的。

这是维多利亚时代后期人们的普遍看法，但在那时人们也花了很多时间和心思来思考如何向孩子灌输道德观念，如何培养"男子气概"，防范例如"奥斯卡·王尔德（Oscar Wilde）的罪孽"那样男子气概的可怕对立面*。夏洛特·格斯特（Charlotte Guest）是实业家兼国会议员乔赛亚·格斯特爵士（Sir Josiah Guest）的夫人，她因要把三个儿子送去寄宿学校而悲伤不已。她特别担心孩子学会说脏话、受到"不良影响"，这些担心都不无道理；但是在听了兼任牧师的哈罗公学

---

* 译者注：奥斯卡·王尔德是十九世纪末著名爱尔兰作家，1895年曾因同性恋获罪入狱两年。

校长——孩子要去的学校就是哈罗——的建议后,她被说服了。格斯特夫人在1845年9月的日记中写道:"他们的未来看起来很悲惨,但每个人都说这是抚养男孩的唯一途径。怎么办?作为一个可怜软弱的女人,我如何能对抗整个世界?"认为男性主导的文化剥夺了所有上层社会妇女对孩子的教育话语权的看法有些荒谬。在弗格森家族,数代母亲在为子女选择学校时发挥了主导作用。有时候,也有像丘吉尔的母亲一样的人,她们会从学校把孩子接走带回家;但是,要和家里其他成员唱反调一定很难,特别是在父亲和兄弟们都以传统和成功为借口坚持他们的想法时。

此外,到维多利亚时代晚期,关于母亲角色的讨论已经达成共识:把孩子留在家中将置孩子的道德成长和身体健康于危险境地。这一观点是由一群身兼牧师与校长职责的人鼓吹出来的,他们管理着学校并在期刊中肆意地用庄严肃穆的语气传递这一结论。二十世纪初,桂冠诗人约翰·梅斯菲尔德(John Masefield,十九世纪八十年代时曾在沃里克的国王学院寄宿,在那里过得很不开心)反对母性崇拜,他说孩子应该由男人来教育。事实上,他把母亲强迫孩子的行为定性为犯罪:"自'母亲人格'成为所谓的'教育因素'以来,整个世界的男子气概都在稳步下降。"

因此,将孩子送走的压力更大了:对于更富裕的阶层来说,直到二十世纪后期,都没多少人对这种做法提出异议。母亲因孩子的过早离开而经历的痛苦——我相信,这种痛苦无论是对十九世纪还是现在的寄宿生的父母都同样真切——

被崇高化，人们将之视为为了孩子的利益而做出的无私牺牲。人类学研究里可以找到相似的例子。中国有缠足的习俗，由母亲监督着把女儿变成瘸子，这种做法一直持续到二十世纪初。在某些文化中，是母亲而不是父亲负责监督和指导自己的女儿去毁损她们的阴部。男性可能是向孩子施暴的决定者，但暴力的实施离不开女性的积极参与。这是因为母性的本能并不是坚如磐石的，很容易被社会文化击溃。一位女性告诉我说："我讨厌妈妈送我去寄宿学校，我永远不会原谅她。她从不听我讲话，她就是个婊子。"然而，她和身为陆军军官的丈夫也把儿子们送去了享受国家补贴的寄宿学校。

4. 砖块父母

就算是条狗,我也不会在它七岁的时候送它去寄宿学校。

儿童发展心理学家,约翰·鲍尔比(John Bowlby),
1973 年 *

如今,儿童精神科医生或心理治疗师在给有心理问题的孩子治疗时,首先要看的是他们的"依恋模式"。在婴儿和值得信赖的照顾者之间建立联系是一个简单的原则,也是现代理念中培养一个情绪健康之人的核心。一本标准教科书上写道:"与最初照顾者的依恋关系对于儿童的健康成长至关重要。如果没有这种联系,孩子的内心往往会感到担忧和焦虑。"如果孩子得到的照料时有时无,或者父母缺席、粗暴、不可靠,则可能被诊断为回避型或混乱型的依恋模式。这问题广为人知——依恋理论主导儿童发展科学领域已达五十年之久——对此能采取的应对措施有很多。第一步是让孩子说出他们的焦虑或愤怒,了解是什么促使他们在操场上打其他小孩,或

---

* 鲍尔比本人在那个年纪上了寄宿学校。

害怕回家。

没有建立良好的依恋关系可能会引发灾难。心理治疗师罗宾·巴尔伯尼（Robin Balbernie）表示："不安全的依恋模式隐含着持续终身的风险因素，会带来包括学习、人际关系、养育子女、职业选择以及情感和心理健康方面的问题。"巴尔伯尼曾在儿童和青少年心理健康服务的一线部门工作过，且早年为政府相关政策的制定提出过建议。如果遇到在教室乱砸东西的孩子，或周一带着满身瘀伤来上学的孩子，他是可以介入并设法解决问题的人。

和他所处行业的其他人不同，巴尔伯尼说话生动形象，就算是面对议会委员会提出正式建议时也是如此："不安全依恋会导致的最糟糕的情况是，孩子的性格将围绕生存而不是爱发展。'混乱型'的依恋是最严重的不安全依恋类型。除了一触即发的压力反应之外，孩子内在没有连贯的工作机制，只混乱地堆积着曾经的悲伤、恐惧和困惑。"对于监狱、看护机构或精神病院的被囚禁者而言，幼年生活中依恋关系不佳十分常见。抑郁症和药物依赖也和它关系密切。

有些人不太赞同权威的依恋理论，尤其是近年来遗传学研究有了更多发现，这些发现显示性格特征是在出生时就被"编辑"到我们体内的，这表明先天特征可能比后天养育更重要；但是神经科学的最新发现为依恋理论提供了有力的支持。现在这一结论被普遍接受，遭受虐待和创伤的儿童与被正常对待的儿童相比，大脑的容量会有所不同；神经影像学在前额叶皮层、杏仁核和海马体发现了差别。另一种技术显示前者的神经网络可能出现了异常。

这项研究诞生了一门新的学科——神经心理学。神经心理学对有类似创伤的孩子进行研究后发现了一系列潜在的问题:"这些孩子可能在智力、记忆力、注意力、反应抑制和情绪辨别方面有缺陷。"最后引起研究依恋理论的学者共鸣的是"不良的情绪调节",它是混乱型依恋的典型症状。比如剑桥大学神经科学教育中心的乌莎·戈斯瓦米(Usha Goswami)所使用的先进脑成像技术,可不考虑婴儿是否遭到虐待,仅根据他们"不良"或"良好"的依恋关系,显示出婴儿大脑的差异。

显然,关注寄宿经历及其后遗症的心理学家都对依恋理论非常感兴趣。稍后我将更多地讨论两位心理治疗师尼克·达夫尔和乔伊·莎弗莱恩(Joy Schaverien)的研究,他们开创的针对成年人"寄宿学校综合征"的治疗目前很火。他们认为,对依恋关系的突然打破而言,寄宿学校是一个独一无二的因素,而且可以证明它会对孩子造成伤害。其中的一个关键点在于,当突然的分别发生时,孩子知道自己信赖的主要看护者认为这对他有好处。因此,如果学校不尽如人意,孩子会判断,到底是他(或她)还是看护者错了。这可能造成巨大的创伤。很多情况下,孩子们是在寄宿学校的门口意识到成年人的爱是有限的。

心理学家谈论情商受限,以及患有"混乱型依恋"的儿童在应对机制上的匮乏。而这个看似单薄且枯燥的专有术语描述的其实是一种基本又极具破坏性的心理状态:它让人明白爱是不可靠的；信任可能会被背叛；别人说爱你并不算数，爱你的人必须证明他/她的爱。

你可能会反驳说，既然父母能如此冷漠地把七岁的孩子扔在学校不管，他们肯定在孩子婴儿时期也不尽责，但实际上，我身处的阶级和文化环境大体上还是为孩子提供了不错的依恋关系：这些人比他们上一辈更有人情味，特别是在大多数中上层家庭不再把孩子交给仆人之后。研究表明，早年依恋关系良好的孩子适应力更强，所以也许我们能够更好地承受被送往学校的打击。许多心理学家写道，早年有安全依恋关系的人具有"自我修复"的能力。

用依恋理论来批评寄宿制度存在一个大问题。目前尚无对童年中期依恋关系突然破裂的临床研究。大部分学术工作着眼于婴儿时期，针对青春期的研究少之又少。因此，尽管现在有许多一线的医护正参与达夫尔所谓的"寄宿学校幸存者"研究，他们对依恋问题的诊断仍然只有几个零星的孤例来支撑，这与年龄较小的孩子的依恋关系不同，后者的问题是由长期被忽视造成的，而不是突然的断裂和完全的抛弃。考虑到今天有将近一百万英国人上过寄宿学校，这显得有些奇怪。一些分析人士警告我说，不要高估童年中期依恋关系破裂产生的风险；到七岁时，很多人的人格已经长成。对"寄宿学校综合征"持怀疑态度的威廉·梅雷迪思-欧文（William Meredith-Owen）认为："挑战也有好处。"他补充说明："但是我不赞同不幸对孩子有好处的说法。"

因此，留给我们的只有故事。你会发现，这些故事的力量很强大。有大量的一手资料可以追溯到十九世纪。其中有充足的证据表明，父母和孩子在第一次分别时都发生了巨大改变。一位母亲说："我再也不觉得他是我的了，学校把他从我这里带走了。"一位前寄宿生说："我再也不能和他们建立良好的关系。爱和童年这些东西，在八岁的时候就离我而去了。"

我发现没有哪所寄宿学校会认为依恋理论很重要或与他们有任何关系。寄宿学校协会没有拿出任何一位心理学家的说法来反驳现在被称为"寄宿学校综合征"的成人情绪问题。然而，早在约翰·鲍尔比提出该理论之前，"依恋"的源动力和影响力已经至关重要。英国寄宿学校系统的核心，同样也是成效的来源，就是人们认识到，如果让孩子在年龄尚幼时离开家，他们就会像被从狗窝里带走的小狗一样，将情感需求转移到学校，转向他们的老师、同学，还有机构本身。而这个被孩子寄托了情感的机构，就是精神病学家在研究制度化的病患时所称的"砖块母亲"（brick mother）。正如巴尔伯尼所写，在人类进化的过程中，建立依恋关系的自然方法——学习社交技能，形成认同感、自信心和自尊心——往往被用来建立"群体凝聚力"。

就像格兰诺蒙德公学的校歌中唱的，学校成了"男人该有的母亲"。许多曾经在寄宿学校上过学的人说，学校已经成了他们的家。有人认为这是一件好事。我在一场关于寄宿学校价值的辩论会上听到切尔滕纳姆女子学院（Cheltenham Ladies' College）的一名学生说："（学校里的人）比我家人好"（2014年在爱丁堡大学，听到这里时，许多观众都发出了沉重的叹息）。耶稣会的创始人说:"把你七岁的孩子交给我培养,我会还给你一个男人。"家庭纽带是一种很深刻的联系,切断这条纽带能唤醒人强大的本能。如果你想要培养一个人对某个团队或某种意识形态一生的忠诚,那么在年幼时就把他/她送去寄宿学校看起来是个明智的选择。

5. 理想的抚育

你的家或许谈不上完美,但至少是一个充满爱而不是恐惧的地方,让你不用一直对周围的人保持警惕。可八岁的时候,你突然被带离这个温暖的窝,被扔进一个充满暴力、欺诈和秘密的世界,就像一条金鱼被扔进一个满是梭子鱼的鱼缸一样。*

乔治·奥威尔(George Orwell)

似乎每个人都知道不幸的童年是什么样的,但是纵观不同的文化环境,对什么才是一个幸福的童年却没有统一定论。在为这本书做调研期间,我问过遇到的每位专家——儿童心理学家、心理治疗师、创伤和解析虐待专家、神经心理学家、儿童成长作家,当然还有教师——幸福童年的定义是什么,但我没有得到一个满意的答案。一位著名的心理学家说,唯一可以提供有价值的答案的是孩子们自己。因此,我问了我的孩子

---

*《快乐就是这样》,1952年发表于美国《党派评论》杂志,出自乔治·奥威尔。由于害怕诽谤女校长,奥威尔的这篇文章直到1967年才在英国发表。

们，他们的幸福童年的标准是什么。当时只有十岁的妹妹说："就是知道自己被爱，感到安全，并且想要什么就有什么。"而十六岁的大孩子说："有好用的 Wi-Fi 网络。"

你可能意识到了，儿童成长科学是不准确的。不仅专家们对好的童年难有定论，有关的观念也在不断地变化。同样，幸福的童年对于成年幸福的重要程度也是如此。另外一个问题是，美好的、快乐的童年和有效的童年在哪些方面是一致的？或者说，它们之间是否有共通之处？在雷切尔·卡斯克（Rachel Cusk）的小说《梗概》（*Outline*）中，有个角色反复提到他母亲看待人生苦乐的智慧："世上没有完美的童年，尽管所有人都说有。"这个想法和一种观念不谋而合，即充实而丰富多彩的童年生活需要一些艰辛、严厉的爱。这里我们听到了前维多利亚时代观念的回声：在理性和上帝还没有被灌输进他们的头脑之前，孩子的天性是邪恶的。《每日邮报》（*Daily Mail*）的女性版块最近刊登了一篇标题为《为什么一个幸福的童年会让你成为一个不幸的成年人》的文章，作者将她长大后的失败归因于在舒适的乡村地区度过的童年。她引用播音员柯丝蒂·杨（Kirsty Young）的话："我不希望我的孩子们感到'幸福'……不时尝尝幸福的甜头，他们就算幸运的了。我希望他们知足常乐，能实现自我价值。"

许多寄宿生的父母都曾有不快乐的寄宿经历，我问他们为什么还要把自己的孩子送去寄宿，他们中很多人的理由依旧是困难与打击能带来好处等老观念。心理治疗师可以轻而易举地解构这样的观念——病人需要用积极的方式处理他们的创伤，以便与创伤和解。因此，可怕的经历会慢慢转变成必要的经历，然后可能转变成积极的经历——积极到他们把自己最珍爱的孩子也送去经历同样的痛苦。

家长通常还会提到另一件事，即情况也没那么坏：自他们那个时代以来，学校已经变了很多。温斯顿·丘吉尔第一个挺身而出，嘲笑了这句成年人的陈词滥调。考虑到他的学校有多不堪，他的话没法让人宽心。最简单的表述是，少量的痛苦是正常且必要的。"我们知道你不开心，你的父亲也是过来人。"我的父母说，许多人也这么附和着，"看看你的父亲，他就做得很好。"通常人们认为这样解释就足够了，但千百年来孩子们被迫做许多野蛮的事情，我们现在不会再用相同的辩词去开脱：这些扫烟囱的小个子长大了还不是好好的？*

显然，成年人务实的想法决定了孩子会度过怎样的童年。如果说我们相信童年时代学到的教训可以塑造我们成年后的行为，那么我们首先需要判断的是我们想要看到什么样的行为。不过这些标准一直在变。过去五十年来的研究表明，父母对子女道德品质的期望清单发生了有趣的变化。以前，诚实名列榜首，接着是顺从、举止得体、从善如流；但是随着时间流逝，顺从在榜单的排名下滑了，独立自主的品质（思想独立和自力更生）有所上升，尤其是在中产阶级父母的观念里。就算诚实也不像从前那么受欢迎了。

---

* 译者注：十九世纪之前很多富人和教会会让穷人的小孩爬进烟囱里清扫煤灰。

幸福童年的记忆不仅因定义的变化而变化，同时回忆本身也是变幻莫测的。该领域的许多研究人员对成年人的童年记忆持高度怀疑的态度，成年人可以根据需要决定最适合自己的童年记忆，对真实的记忆进行选择、掩饰、清理或者抹黑。多名写信人坦率地说，除了个别印象深刻的瞬间，他们对学校生活的记忆并不多。这是长期创伤常有的反应，但是这也可能意味着他们主要感受到的是乏味而非痛苦。一份该领域的学术评论曾不动声色地下结论道："根据成年人的回忆重建的童年，从定义上来说既不完整也不准确。"

有些研究走得更远。瓦莱丽·辛纳森（Valerie Sinason）是一名专门研究"成长障碍"的心理学家，也是一位涉猎充满争议的错误记忆领域的理论家。她写道："对依恋关系的研究表明，家庭成长背景足够好的人能够记住童年的积极和消极事件，而那些家庭经历存在问题的人则不愿想起任何消极的经历。令人惊讶的是，'他们有一个美好的童年'是那些虐待成性的父母提到子女时的普遍说辞，子女也常说'我有一个美好的童年'。有没有可能……所谓幸福的童年只是常见的错误记忆？"

这并非第一次有门外汉试图深入学术心理学内部，妄图寻找一点有价值的东西，却无功而返。这一套东西无论是对寄宿学校的幸存者还是它的捍卫者来说都没什么用处。你只能得出如下结论：只要你记住它是快乐的，发生了什么事并不重要。这个问题的核心是心理学之父认为记忆以及正常态这个概念存在不确定性——"一部理想的小说"，西格蒙德·弗洛伊德曾这么说。

有大量研究表明，人如果有一个糟糕的童年，即便是被虐待或留下创伤的童年，也不意味着他的余生都将活在缺憾中。哈佛的格兰特研究（Harvard Grant Study）是针对男性幸福状况进行的追踪时间最长最彻底的研究，它得出结论，幸福的关键是相信自己有一个快乐的童年，尤其是相信自己和母亲关系亲密。这项研究自1938年起对268名男性——这些人大部分都不在世了——进行了追踪。该研究也表明，这些人可以完全改写他们对过去的印象：血腥残酷的战争在记忆里变成快乐的战争，青春期的基督徒改头换面成彻头彻尾的不可知论者，虐待成性的父母随着岁月的流逝逐渐变成温柔体面的形象。同时，也有大量研究表明，一个人即便经历过痛苦的童年，包括遭受心理虐待和性虐待，仍可以成长为优秀成功的成年人，或者成为一个幸福的普通人。

这又把我们带回到定义之争上。1977年一本关于哈佛格兰特研究的书将幸福生活定义为"成功的事业和圆满的婚姻"。今天很少有人再用这种实利主义的观点轻率地给幸福下定义。虽然维多利亚时代的人也许会抛出"美德""责任"这些词，但格兰特研究仍算很好地提炼了现代寄宿学校制度诞生后的一百五十年里中产阶级对幸福的期许。

寄宿学校制度变化不大，变化大的是我们对什么是幸福以及如何实现幸福的定义；而格兰特研究最值得关注的结论是，即使有足够的证据表明一个人脑海中美好的童年记忆是后天形成的，但研究也表明只要他相信自己童年过得很幸福，他在事业或经济上就更容易取得成功,在个人生活中也会表现得更好。在三十年里长期负责这项研究的乔治·瓦利恩特(George Vaillant)对七十五年来收集的大量数据进行了分析,得出一个简单又令人释然的结论:"幸福就是爱。就这么简单。"

第二章

安顿下来

6."童年的终结"

用胃疼掩盖情绪,这听起来是英国人的做派。

雷切尔·卡斯克在《梗概》中描写主人公思家心切

随着父母的车远去,预备学校的孩子们在迈入校门的那一刻,来到了一个陌生的世界。我找不到可信的叙述说哪个十一岁以下的孩子很享受入校的最初几天或几周。许多人都谈到困惑、疲惫和我们现在所说的压力。所有这些都来自学生需要在恐惧和缺乏隐私的氛围中从零开始熟悉环境,学习校规、礼仪,这一切跟囚犯去到监狱差不多。

一位女性在九岁时被送去了寄宿学校,因为她父母在海外工作——这在当时和现在都是常见的理由。她给我写了一张长长的清单,罗列出令她感到迷惑的各种学校规定和习俗。其中一条是禁止大声哭泣,否则"会受到惩罚"。"现在我已经六十四岁了,可直到今天,我难过的时候还是会把自己关在厕所里。这是我在很多年前就养成的让自己生存下来的行为习惯,厕所是我唯一可以拥有私人空间的地方,在那里,我可以尽情发泄悲伤而不用担心被排挤。"

有的人把这段时期称为"童年的终结"。有的人则说:"从那以后，我就再也没有安全感了。"许多人列出了自己犯过的微不足道的错误——用餐时排错了队，叫了同学的教名，尿床——这些小错导致了他们终生患有社交障碍。在那样一个时刻，大门砰的一声猛地关闭了，记忆在多年之后也已面目全非，在现代的记载中难觅踪迹。不过，还是可以找到一些。

我十一岁那年因为生病而不用参加体育活动，他们让我留在阿斯顿的校园图书馆里。按照学期报告的说法，我是个书呆子。不过我在图书馆里写了一本小说，描写刚进一所预备学校头几天的生活。很明显这所预备学校就是我就读的学校："贝瑞利"和我的学校地址相同，校长是同一个人，只是换了个名字。现在再读这篇小说，我对那时自己写下这个故事的强烈渴望感到震惊。

我母亲将这七页纸收进了一个大本子里，纸上是整齐、紧凑的笔迹。我写了一个关于新生男孩的故事。最开始是他母亲的视角。她开车离开时擦了擦眼泪，对自己说："好了，我确定这是一座非常棒的学校。"被留下的小男孩惊讶地发现，这里每个人都身材高大，嗓门也很大，宿舍里寒冷又脏乱，还有纪律仪式和暴力恫吓。校长令人害怕，他那庞大的身影在人林中神出鬼没，他顶着一头僧侣式的发型，下颚宽大，学生但凡露出一点胆怯或懦弱就会受到他的攻击，他对一个德国孩子有着"孩子气的偏见"，"他认为如果能从哪个小孩那里找点乐子，便会毫不留情地戏弄那个孩子"。

故事从到达学校开始。最初新生被女舍监带入学校时，他有一种"强烈的眩晕感"：

一群可怜的孩子被迫离开家，远离舒适安宁的生活，成为这所庞大又奇怪的预备学校机器的加工对象……他们心里满是眼泪，以至容不下对家的想念。此刻，他们被这个新世界震撼到了，顾不上思念家。

我希望这七页小说如果继续写下去，会写到一些校园趣事，但大多数内容是在发泄愤怒：我气愤霸凌者和道德败坏的成年人拥有的不公的权力，气愤自己没有选择命运的基本权利。你可以从温斯顿·丘吉尔那里听到同样的怨恨。在离开学校四十年后，他这样说起那所令他"憎恨的"位于阿斯科特的圣乔治学校：

就跟让我出生到这个世界上一样，关于离开家，没有人问过我的意见……我要离开家很久似乎是为了去聆听老师们的教诲……可我毕竟只有七岁，在托儿所开开心心，那里有我所有的玩具。我有这些奇妙的玩具：一台"蒸汽机"，一台幻灯机，还有一群能和千人部队媲美的"士兵"。现在我只有功课……

丘吉尔和许多人一样，从童年的天堂跌落，被送到了地狱。这个形容并不夸张：他不仅没了玩具，而且失去了爱。

圣乔治现在是一所女子公学：它的网站上提到了丘吉尔，但只是用他来说明学校有多现代和时髦。大部分对它的描述，无论是发给我的邮件还是已出版的回忆录中的，都在试图于不幸中寻出片刻的快乐时光；但有些人——比如丘吉尔——认为他们并不需要美化自己的经历，或者重新编织记忆，他们的故事读来往往令人愤怒和难以置信。一位写信者这样描述二十世纪七十年代伦敦周边学校的孩子们，他们都来自在非洲居住的英国富侨家庭：

他们那时年龄都很小，最大的不过六岁。现在回过头去看，很多人都有严重的创伤，表现在他们会定期尿床或者尿裤子，而这本身又会招来嘲笑。我记得一个冬天，我把一个男孩从比赛场上带回学校，因为他被冻坏了，自己根本无法走回去。(另一个男孩)比我儿子现在还要小，由于他非常想念母亲，所以老去挤着兄弟睡，一直被责骂。这些事我现在想起来都觉得恶心。

记述里不仅有愤怒，还有为适应这个不公的世界生出的痛苦。最终，随着孩子放弃获救的希望——很多颇具说服力的心理学理论都描述过这一心理过程——这些情绪逐渐演变成更深层的情感。孩子们接受了一个冷酷的观念，即他们对之前照顾者的信任是一种误判。他们的精力转向了如何应对现实以及生存，这种新的行为模式不但将塑造他们未来的自我，还将伴随他们的余生。

我在阿斯顿预备学校的第一个学期过得很艰难，跟大多数人叙述的差不多。这里充满暴力，令人震惊，但我生存了下来：我学会了如何适应这里。我的宿舍里有三个新生，还有两个在学校里待了一两年的老生。我们只有七八岁；他们有九、十岁。第一件给我留下清晰记忆的事是，我们一爬上冷硬的床，另外两个大男孩就开始对我们训话——这成了我十一岁时写的小说里的桥段。

他们说，如果我们违反任何规定，作为宿舍长和副宿舍长，他们有权鞭打我们。整理床铺时如果没能将床罩的四角折成三角形的"襟翼"状也会被惩罚。体罚工具是"竹子做的鞭子，尾端散开，抽起来尾部会甩开打在身上，特别痛！"。我小说中的宿舍长说："非常痛。"但在现实中，男孩们用的是皮带，有蛇形扣的那种。

那天晚上大男孩们并没有用那条皮带抽我们，但在接下来的几周里我们还是挨了打。那个扣子打人很疼，可最让我们吃惊的还是他们的暴力——我母亲很少打我，所以这种体验我无从比较。我们违反的规定是"禁止熄灯后发出声音"——如果比利·威廉森喝醉了，他会为这条禁令惩罚整个宿舍，也许这就是宿舍管事者的规定如此严苛的缘故。他们甚至把"制造噪音"的范围从说话扩大到哭泣或让床板的弹簧发出声响。

我记得我努力把枕头捂在脸上，压住想家时的抽泣声，同时还得像石头一样安静地躺着，防止生锈的旧床板发出声音。我们三个新生都一样。如果宿舍管事的发现有男孩在哭，把他从床上拉起来用皮带抽时，我们余下的人就会大大地松一口气。他被打的声音可以掩护我们，让我们在床上活动一下僵硬的四肢,也许还能借此机会小声哭一会儿。偷偷哭泣的故事一次又一次上演。一位朋友笑着对我说:"随着时间的流逝,我训练了自己。一开始我允许自己隔一天哭一次,后来每周只哭一两次,慢慢递减。到第二年,我就不哭了!"他是一位有执业资格的心理治疗师,坚信学校"从没伤害到我"。

我不记得最初的几周里发生的其他事情。很少人会记得。回顾过去,大部分人只记得困惑迷茫和缺乏隐私,而不是被欺凌或遭到体罚。《纳尼亚传奇》系列小说的作者C. S. 刘易斯生动地描写了早期寄宿学校生活和它带来的迷茫:

> 从我的视角来看,学校最大的缺点是它不是家……大家在课堂内外花时间逃避或顺应集体做出的各种令人费解的行为……裸砖走廊里总是回荡着连续的脚步声,这脚步声时不时地被猫叫声、打架声和突然爆出的笑声打断。每个人都在"前行"或"闲逛"——在厕所里,在储藏室里,或者在大厅里,这就像是永久居住在一座大型火车站中。

7. 不可靠的记忆

想找到完全可靠的故事并不容易。考虑到时间和经验会重塑记忆，要发现真正可靠的叙述就必须找到尽可能接近事发时的记录。这样的记录少之又少。这些学校早就知道，外人会对他们有诸多疑虑，而且无论怎么训练孩子们忠诚，他们还是可能会很坦率地说出事实，给学校招来麻烦。让那些好奇心重的作家把触角伸进寄宿学校，就好比向他们开放屠宰场，这对保障肉类市场的未来不是什么好事。过去的情况一直是这样的：在1857年关于公学教育的讨论中，《泰晤士报》发表了一篇文章，其中写道："父母们尽可放弃对过程穷追猛打，只需结果令人满意即可。"

关于儿童寄宿教育的最佳材料可追溯到1968年，罗伊斯顿·兰伯特（Royston Lambert）和斯潘塞·米勒姆（Spencer Millham）共著了一本有名的书，叫《温室社会》（The Hothouse Society），写的就是国立和私立的寄宿学校。兰伯特是社会学调查先驱，也是二十世纪七十年代选择性教育方面的专家；米勒姆则长期从事儿童社会政策方面的工作，曾为终结残酷的"少年犯感化院"奔走。兰伯特和米勒姆都出生于工人家庭，在去牛津大学之前就读于国立日间学校。他们是少数几名作为局外人去思考公学整个系统的研究者。作为评论员兰伯特第一个认为,无论是在国立学校还是在古老的公学,寄宿对儿童实际上非常重要。

政府为《温室社会》的研究提供了资金支持:研究人员花了几个月的时间观察、采访、收集了66所中学的状况并整理成书面记录(采访对象不包括十一岁以下的孩子),调查范围涵盖了国立学校和私立学校,包括行为矫正学校、传统学校以及一些新式学校。他们对孩子们的讲述进行了编辑,以保持各方意见平衡,反映整体的观点。

总的来说,在数百条引用的材料中,负面报道约占百分之三十,但这本书很公正,兰伯特和米勒姆的态度不偏不倚。他们只是偶尔表示震惊,尽管他们披露出的事实令人震撼。在对那些小男孩令人心碎的遭受身体虐待的描述进行筛选之前,他们写道:"霸凌是(国立寄宿学校里)的一项主要消遣。""消遣"一词是罕见的误诊。

这些孩子充满激情与洞见的声音始终萦回不散。《温室社会》迎来了一场抗议风暴,这不足为奇。主要原因是人们对男生之间同性恋交往的记录不满,认为这十分下流(众所周知,兰伯特本人也是同性恋)。更大的挑战是,本书提出了一个全新的概念——决策者应该认真对待儿童的意见。随着《温室社会》的出版,兰伯特作为政府资助的社会学家的职业生涯也到头了,不过那时他已经同意成为达廷顿学堂(Dartington Hall)的校长,那是一所实验性的、具有明显自由主义倾向的寄宿学校。

《温室社会》中的大部分故事以不幸开始，问题最终都得到了解决或被改善。一个十八岁的学生回忆说他"起初很迷茫"："前几天我没有任何朋友……我真是太糟糕了，一直想逃走，但后来确实有所改善。"或者，在遭受了长期的痛苦、殴打、勒索和霸凌之后，他们对采访者说："但现在我如鱼得水。"这可能就是心理学家所说的"习惯化"，他们对这个环境已经如此适应，以至修正了自己最初的反应。这么做的问题在于，孩子们开始相信自己不喜欢这种经历是不对的，他们指责自己过于软弱或者过分敏感，而实际上当时他们什么也没做错。

在恶劣的环境中生存的确需要一定程度的妥协，因为身体和心灵无法长期承受巨大的压力和焦虑；但是"适应"包含了各种各样的实际反应。以下是一个两三年前进入一所"新式"学校的十五岁女孩的叙述：

我记得妈妈把我送来学校后的第一个晚上。我一个人在学校里闲逛，身前走着一个高个子的男孩。我们即将穿过几扇回转大门，我不知道是应该转身跑开，还是冒着被沉重回转门撞到脸的风险走进去。我刚下定决心要勇敢一点，没有想到的是，这个男孩停下来为我把住了门。从那以后我再也没想过家。

下面的记录来自一个十一岁新入学的男孩，他就是老师

口中的"还没适应"的人:

（学校）是个臭垃圾堆，是他妈的集中营，外面看起来像宫殿而里面是牢房。我讨厌它，我来这里只有七周。它糟糕透顶。食物都是狗屎。我真的很讨厌这里，不开玩笑。我们每周只能出校门三次，汤姆金斯先生是个同性恋！

习惯化还意味着找到一种迁就他人的叙事方式。我找到了一封我在阿斯顿的时候给年龄最大的妹妹写的信。可能是我九岁左右写的，她比我小两岁。我们关系很亲密，我告诉了她一些无法向父母倾诉的事情。她非常担心我，这一定让我感到很内疚，因为我知道她也即将来寄宿学校上学。因此，我在信中写道：

亲爱的克里斯：

学校并没有我想的那么糟糕，回去以后总会觉得好多了。我现在住着高年级宿舍，并没我想象的那么坏。实际上还挺好玩的，很有趣。我们养的豚鼠怎么样了？

爱你的亚历克斯

有趣的是，兰伯特似乎倾向于相信，古老的、收费的"公学"（他将它们与"普通"私立寄宿学校区分开）里的精英学生们更加快乐。当讲到一个十四岁的孩子为同龄人的恶毒和虚伪感到震惊并想念家人时，他说："公学偶尔也受到批评……"，接着他介绍了一种获得允许的欺凌、剥削他人的制度——"学长制度"。在伊顿公学这一制度直到1980年才告终，在一些同类学校里则延续到最近。所谓学长制度就是年龄大的孩子可以将年龄小的孩子当作免费劳动力。兰伯特提出了种种理由为学长制度辩护，他认为这是一件好事，因为这是帮助新生"融入校园生活的重要手段"。

其他叙述也差不多。无论是私立还是国立学校，都有好有坏，就像有些孩子能适应有些则不能一样。当然，二十世纪盛行的所有学校制度都是以十九世纪的私立学校为蓝本建立的。在大多数有钱人的学校里，纪律和教育体系的核心是特许虐待的存在，而这种做法被其他学校忠实地复制了过去，无论是寄宿制的还是走读制的。自二十世纪四十年代以来，许多学者和政治家一直在争论国立和私立学校是否应该合并。尽管罗伊斯顿·兰伯特研究的不是这个话题，但他基于自己的研究结果认为两者应该合而为一。显然，他在公学听到的悲惨遭遇要更少，但这是因为公学学生的生存待遇更好，还是因为他们被灌输的不该抱怨的行为准则呢？

8. 小狗

"我真的真的真的不喜欢。"一个来自霍特里预备学校的十一岁的孩子回忆起第一个学期,"我记得第一天晚上看到窗户上的栅栏时想着,'哦,完蛋了!'我真的真的感觉自己被遗弃在了这里……现在情况还不算糟。"他在 1994 年面对英国广播公司的采访时如是说。这个片段来自英国广播公司一部精彩的纪实片《望子成龙》(*The Making of Them*)。(标题引自一位风趣随性的母亲对自己为什么要把八岁的孩子送去寄宿学校时的解释。)电影里年幼学童坦率地谈论着他们的生活,这恐怕是被审查、删减得最少的一手材料。

十一岁的亚历山大戴着金丝边框眼镜,穿着花呢外套,打着领带,在摄像机前十分放松。他笑着说起七岁时的痛苦经历,就像一位老绅士回忆起战争中的艰难时期。"我只有一个朋友,在这之前我只见过他一次。我们仅仅是碰巧坐在了一起。不过他还认识别的人。我只能一个人待着。一个大男孩逮住了我——好吧,不是逮住,而是发现我——在一个储物柜后面哭……大多数人来这里时都不喜欢它,但是他们逐渐习惯了。有一个人真的非常讨厌这里,我忘了是谁,反正他决定下个学期不再来了,但他的父母又把他拖回了学校,真的。不过,"他又笑了笑,"现在都好了。"

在这部电影的结尾,我们听到亚历山大的父亲讲述了这个故事的原始版本。他坐在家里的沙发上,喝着白兰地兑苏打水,告诉我们,和孩子同龄的一个小孩必须"被下大剂量的镇静剂"才能"被拖回学校"。他继续说道:"我不知道是什么让他觉得这么难受,他很憎恨学校……但现在是个完全正常的小伙子。"

这部电影现在还能在 YouTube 上找到。在当时也没引起多大关注,尽管确实有些父母把孩子从霍特里转到了别的学校,霍特里是电影拍摄的两所学校之一。之后很少有私立学校会再犯这种错误,让电影制片人自由采访(并剪辑成片)。导演科林·卢克(Colin Luke)跟我讲述了拍摄过程。为了安抚情绪紧张的校长,他雇用了最年轻、最孩子气的摄影师。他要求他们蹲着拍摄所有东西:乔治亚风格的门廊、孩子们、老师、走廊,模仿孩子们的身高,这样我们可以从孩子的视角观察这一切。

孩子们暂停采访时,卢克的摄影师没有停止拍摄,这可以让我们看到这些孩子的真实想法——有些片段会让你感叹:"哦,天哪,他们还这么小。"一个牙齿缺了一块的九岁金发男孩被问到寄宿学校给他带来了什么时,回答说:

它改变了我……等我长大了,二十岁左右时,如果成为商人,我将需要管理自己的生活。寄宿学校能够让人学会自我管理,处理自己的事,而不需要别人的帮助……上寄宿学校对我来说是一项成就,这里使我成长……它教我懂得责任,确实使我改变了很多。

他表现得很庄重,对每个长名词都加以重读,就像是一个成年人在发表演讲。最后,他累坏了,演不下去了。摄影师问他几岁时,他换了个表情,笑得很开心,向我们讲述了他的生日聚会:"我有一个小丑生日蛋糕,真的很漂亮,小丑鼻子上的东西特别好吃,是红色的,我把整个鼻子都吃了,真的很好吃!"

导演没有直接说明拍摄这部电影的目的,但它展现的都是分离带来的痛苦,以及父母和孩子如何去适应,这是这部电影难能可贵之处。里面没有描绘暴力或霸凌行为,相反许多学生谈到安慰其他因想家而哭泣的男孩。学校这个小社会运转良好,就像监狱一样;但是我从其他一些叙述中了解到,这两所学校在别的历史时期也存在寄宿学校常见的问题,包括纵容暴力、包庇无能的老师。

对于第一个漫长的秋天以及之后的那个学期,我记得的不多。家里的来信,短暂的快乐时刻——主要和食物有关,好像总是吃不饱——惩罚,威廉森的暴脾气,悲伤的时刻——妈妈给我的护唇膏在我手里折断了,为此我哭了整整一个晚上。那些偶尔的善心从灰色的生活里凸显而出,就像钻出层云的山尖。我记得我曾找借口待在被褥保管室里,那是女舍监和她的助手工作的地方,因为我被女性温柔的说话声和笑声吸引了。难怪在各种对学校时代的回忆中都有和女舍监或女清洁工有关的故事,"整个学校都爱她们"。

心理治疗师认为,当孩子们在无法获得身体上的爱抚和安慰时,让他们服从于一种权力制度是非常可怕的。当然,那不是你想的那种身体接触。我记得有一个晚上,当大家都在外面摔打一个新来的小男孩时,我们在公共浴室里浑身赤裸地发着抖,我记得他的皮肤还是暑期晒成的褐色,光滑而美丽。我们只有八岁:我现在认为我们那么做是因为当时非常渴望身体接触。

大卫·康威尔(即作家约翰·勒·卡雷)*在小说和发表在报纸杂志上的文章中描写了他悲惨的学校时光。那时他面对的是双重的抛弃,母亲离开了暴力的父亲,放弃了家,所以他和哥哥被送去了寄宿学校。康威尔辗转于多所学校之间,当时他只有五岁,自此开始了"十六年没有拥抱的时光"。他也在其他男孩的怀抱中寻求安慰。康威尔在1977年出版的回忆录中写道:"为了爱,在死寂的深夜,我们拥抱彼此颤抖的身体,从一张床偷偷溜到另一张床上,就像离了水的青蛙渴望一片池塘。"我记得在我和室友相互拥抱以后,我们仍然以姓氏而非名字称呼对方,这是规矩。

无论是过去还是现在,人们都认为与亲人的接触可能会打断磨炼孩子性格的正常过程。一位二十世纪二十年代的校长拦下了一名上门的母亲,她想用一种特别的方式来看望她

---

* 译者注:大卫·康威尔(David Cornwell)是英国著名间谍小说作家约翰·勒·卡雷(John le Carré)的本名。

刚来寄宿的孩子："如果您养了一只小狗,您会把它的尾巴一英寸*一英寸地剪掉,还是一次性全部剪掉?"历史学家维维恩·布伦登(Vyvyen Brendon)写道,有些校长在男孩们"摆脱最初的思家之苦"前禁止他们与家人通信。即使在今天,许多预备学校和公学,包括昂德尔和阿斯顿,也建议寄宿的新生报到后头几周里家人不要来访,甚至不要打电话。对于小狗和孩子来说,断奶都是个艰难的过程。

预备学校里的男孩和女孩们可以获得的第一个喘息机会是拿到短时离校许可或者等到期中假的时候,即秋季学期开始后第六周的周末。**关于第一次休息的记忆与第一次报到的一样生动。从许多记载可以明显看出,一些年幼的孩子以为放假意味着他们得救了。一旦他们回到家里,那些爱他们的无所不知的大人就能发现自己犯了多么可怕的错误。他们以前可都是这样的。所以,等待孩子们的是失望。一般来说,家里人这时已经习惯了孩子不在的状况。一些孩子会发现他们的卧室已经挪作他用。家人庆祝我回家,他们看上去都非常想念我,但我记得,我在第一个期中假回家后发现,我在家中的房间已经被一只人见人爱的小猫占用了。

心理分析学家乔伊·莎弗莱恩说,她的许多前寄宿生病

---

* 编者注:英制长度单位,1 英寸 =2.54 厘米。

** 祖先们每学期在学校待的时间比我们更长,伊顿公学的学期是用"半年"来划分的。亚瑟·柯南·道尔爵士在九岁时上了寄宿学校,在十九世纪六十年代末到七十年代,他在斯托尼赫斯特每年只有六周的假期。他不喜欢这段经历。(译者注:现代英国中小学为三学期制,每个学期中间都有一周左右的期中假。)

患决定不与父母交谈：她推测，他们实际上是缺乏表述内心痛苦的词汇。他们可能通过身体不适表现自己的感受，例如在回学校的路上晕车或者肚子痛。我的那些写信人常说，他们不告诉父母是因为他们不想让父母失望。"毕竟他们是省吃俭用才送我去上学的，他们希望我过得愉快。我不能告诉他们说他们犯了一个可怕的错误。"

一些父母只听他们想听的东西，只会根据他们想要的答案来提问。纪录片《望子成龙》里就有一个例子很好地说明了这个问题。父母在学期过半时开车把孩子接走，并问孩子："你过得愉快吗？"这是一位留着和法拉·福西特（Farrah Fawcett）一样发型的母亲开口问的第一句话。（在之前的影片里我们在她家见过她，她说不想和男孩通电话，因为小孩在打电话时喜欢撒谎说他们过得不开心。）"这里很不错吧，东西好吃吗？"儿子看了她一会儿，思考如何回答。"非常好。"他说。"是吗？那真是太好了！"她笑着说。

电影中的一位已经成年的前寄宿生指出，儿童心理治疗师要让孩子"坦露心声"——即与人讲述被虐待的经历——变得越来越困难了，因为孩子们开始接受他们的经历了。他们会认为如果发生的事情不是"很美好"，那可能是因为自己犯了错。"如果我在九岁或十岁的时候被人问到过得好不好，我会说：'好吧，我一开始想家，现在我已经适应了，谢谢。人不能永远跟在妈妈屁股后面。住在宿舍其实挺好玩的。'你会学会长大，有你该有的样子。你必须当一个好孩子，适应学校，融入这个系统，但是我仍然非常想家。"

我不记得父母在我第一次回家时是否问了我过得好不好。如果他们问了，我肯定没法告诉他们我在宿舍里经历了什么：要不就是因为害怕挨打直挺挺地躺在床上不敢发出一点声音，要不就是光着身子和别的男孩抱作一团。我能说的只有我可以展示的东西——因寒冷而长了冻疮，膝盖和后背上满是红斑，皮肤因为湿疹或其他毛病而疤痕累累。母亲给了我一些我需要的东西，药膏和一点点同情；但是我从未向她展示被殴打留下的痕迹，那需要越过一道我那时还不明白的界线。尴尬和羞耻使我沉默。一位朋友告诉我，她保持沉默是因为她不想父母有负罪感。

在期中假的时候，我在阿斯顿的某位室友确实告诉了父母在宿舍里夜间发生的事情。回到学校后的第二天早上，我们都被叫到了比利·威廉森的书房。我们五个人走进了那间小小的充斥着陈年烟草味的木顶房间，盯着门边装着他的手杖和高尔夫球杆的瓷罐。那两个恶霸看起来也很弱小害怕。比利却很轻松。

"我对你们所有人的表现很失望，很不满。你们的学长知道，我不满时会惩罚你们。你们宿舍里的一个男孩在期中假期间背叛了学校和同学，跟父母讲了五号宿舍里的纪律问题。"他停顿了一下，让学生体味这话的分量，接着再侃侃而谈。我不记得他是否也讲了他最喜欢的寓言，那个斯巴达男孩把狐狸崽藏在衬衫里的故事。（最终，狐狸咬死了这位小战士，但是他抱怨了吗？不！）比利肯定说了："绅士不会告密。"在学校里，告密其实是能被接受的——实际上，纪律制度就是建立在这基础之上；但那只能关起门来说，出了校门，一切都要显得风平浪静。我不记得我们受到了什么惩罚，但这一次，他没从罐子里拿出手杖。他放过了我们："如果我从五号宿舍再听到任何类似的事，还有谁打小报告，我将毫不犹豫地把你们所有人都拉来揍一顿。"

自此，我们学会了在学校里生存的第一条，也许是最重要的一条规则。

9. 不许打小报告

今天,"曝光"是一个充满争议的话题。英国防止虐待儿童协会(NSPCC)汇编的统计数据显示,遭受成年人性虐待的儿童有三分之一没有将事件曝光,或者直到成年后才披露真相。正如上文所述,年幼的孩子隐瞒或者对此含糊其词有几个原因:第一是因为羞耻感。这些孩子感到羞耻并很悲伤,他们非常困惑,对性规则一知半解。这种困惑很容易被成年人或大一点的孩子利用。所谓在学校"安顿"的过程就是学习社会的规则和规范的过程,它涉及的是你如何生存的问题。现在回过头看,这个过程像是精心安排的,意在让精英构建一个维护自身特性的俱乐部,而实际上孩子们也确实借此生成了未来所必需的品质:坚忍。

乔治·奥威尔是最早一批描绘寄宿学校生活对成年人产生广泛影响的人。他在二十世纪三十年代后期发表了一篇措辞严厉的文章《快乐就是这样》,里面谈到了迫使他对预备学校的情况保持沉默的压力:

无论遭受了什么程度的欺凌,你都没法补救。要保护自己,你只能打小报告,而这在学校里是不可原谅的罪过,除非是在一些严格规定的特殊情况下。写信回家并请父母带自己走，更是想都不要想，这样做是在承认自己过得不好，承认自己不受欢迎，男孩永远不会这样做。男孩们如同活在乌有之乡的人*：他们认为不幸是可耻的，必须不计一切代价掩盖。

有些勇敢、愤怒的人会打"小报告"。就像在我的寝室发生的那样，这种反叛行为一般不能带给孩子他希望的结果。温斯顿·丘吉尔之子伦道夫·丘吉尔（Randolph Churchill）记录了他在桑德罗伊德学校（Sandroyd School）向校长报告霸凌行为后发生的事，这一举动"和在国际联盟里发谴责声明一样毫无用处"，有时则可能带来更可怕的后果。一位通信者向我讲述了二十世纪六十年代初在坦普尔格罗夫预备学校（Temple Grove Academy），他和两个朋友去找校长，希望能从接连不断的性骚扰中脱身：

一天早晨，我记得是夏季学期的某个周一，我们三人在校长办公室外面排成一排，来报告周末发生在身上的可怕事情。我们一起进去，讲述了发生的事情，实际上淡化了一些具体的细节。校长听完之后，让我们在办公室外面等着。然后，我们被一个一个地叫进去，每个人都被打到半死，他说我们"编瞎话"造谣学校工作人员。当然，这是我们唯一的

---

* 指的是塞缪尔·巴特勒想象的另一种社会的居民，在他的小说《埃瑞璜》（1872）中有描述。

"投诉途径"。这也是为什么我们几十年来从没告诉父母发生了什么,我们知道了"编瞎话"的代价。

如果这些规则不能让孩子们停止控诉,那么许多学校——特别是女子学校——就会控制甚至审查信件,以防一些令人不快的细节溜出校门。那位讲述了在厕所找到个人空间的女士在她列出的控诉单中写道:"工作人员会审查寄回家的信件,每周一次,在周日礼拜后。从我这么小的时候开始,他们就在侵犯我的自由。"在萨塞克斯的圣奥宾斯学校(St. Aubyn's School),给父母写信是一项集体活动,那些老师认为写得"太悲伤或太自怜"的信会被读给所有人听。

我不记得我们学校审查过信件,但其他的校友说有。在一封早年的信件中,我建议父母设计一套密码,但这可能只是因为那会儿的我,就如同我自己的孩子在十岁左右时一样,热衷于玩间谍和秘信的游戏;而且我的信可能不需要审查:我知道父母不想听到我说过得不好。我们第一年的书信内容主要是关于家里新养的猫,关于我想在期中假时吃的食物和我收集的邮票。我妻子认为这些信件读起来令人难过,压抑着情感,只谈到无聊的感冒和我每周的学习成绩。直到我十岁或十一岁时,信里才提到霸凌。我会说到其他的孩子,但更多时候抱怨的是校长的口头辱骂。我没有提及鞭笞体罚。我的父母很在意这个:经常在信里讨论他们提出的解决问题的办法。在我八九岁时,我们的通信内容简短又阳光,都是关于排名、食物或缺少食物。

一些历史学家相信，现存的信件说明了孩子们普遍还是喜欢预备学校的。考虑到审查制度的存在，这个结论显然十分愚蠢。罗尔德·达尔（Roald Dahl）在他的童年回忆录《好小子》（Boy）中简洁地说明了事实。1925年时，他九岁，刚开始寄宿。"没什么途径，因此我们没法在学期中间向父母抱怨任何事情……实际上，我们做的可能正相反。那个危险的校长会靠在我们的肩膀上，读我们写的东西。为了取悦他，我们会写一些关于学校的好事情，并说这些老师有多可爱。"达尔附上了他的第一封信，内容和我给家里写的极其相似：

9月23日
亲爱的妈妈：
　　我在这里过得很愉快。我们每天都踢足球。床没有弹簧。您能把我的集邮册寄来吗，还有很多邮票。老师们都很好……

　　维维恩·布伦登发现了一些逃过审查的信件。最古老的一封来自年幼的托马斯·麦考莱（Thomas Macaulay），他是维多利亚时代的政治家、历史诗人。他从剑桥郡预备学校给母亲写了一封绝望的信，请求母亲带他回家。以下是年仅十二岁的麦考莱在1811年秋季学期开始时写的信：

　　我不能忍受离开家这么久（将有四个月）。我不知道该怎么安慰自己，也不知道该做什么……当我和其他人在一起时，不得不装作一副高兴的样子。我忍不住想哭的时候，在威伯福斯（反奴隶制活动家的儿子）说笑话时，还必须装作被逗乐了。因此我除了坐在房间里哭、想家、期待放假以外，没别的事情好做。我的难受比去年多十倍。我本来不想抱怨，但真的办不到。

像许多父母一样，麦考莱的父亲在这之前和之后都写信告诉他要笑着忍耐：他的痛苦来自道德上的缺陷，这是他必须要承受的。"向上帝祈祷……当自私的喜好让你无法履行自己的义务时，上帝会让你快乐地放弃它们。"

彼得·斯科特（Peter Scott）是爱德华七世时期一位探险家的儿子。他于1918年入学，当时七岁，六年前他的父亲在南极去世了。第二年夏天，他写了一封信：

哦，妈妈，带我回家，回家，回家，甜蜜的家，没有地方和家一样……如果可以的话，请让我远离这个乱糟糟的宿舍。我爱你。

斯科特夫人心软了，她把小男孩接出学校，带他去意大利旅行（但第二年又把他送回了学校）。

很少听说有孩子因为不开心而被接走，但有时候"神经性疾病"可以帮孩子"蒙混过关"，就像十岁的温斯顿·丘吉尔那样。十九世纪的政治家、通俗小说作家爱德华·布尔沃-利顿（Edward Bulwer-Lytton）的母亲的确从学校把他接走了。

儿子因为受到欺凌而变得大不一样,这让她震惊不已。他去那儿才两周。

私立学校的老师由于知道学校的真实状况,相较于他们的顾客,他们对自己的孩子要更宽容——他们当中很少有人会把自己八岁的孩子送去寄宿。约翰·雷(John Rae)和他的妻子达夫妮(Daphne)一生都在寄宿学校担任教学和管理工作,他们任职的学校包括哈罗公学和威斯敏斯特公学。他们的六个孩子中有三个在二十世纪七十年代开始寄宿。当一个女儿在入学四天后要求离开那儿时,两人心软了。他们的双胞胎儿子在预备学校待到第五个学期时逃跑了出来,说自己已经受够了。两人再次成全了孩子。

达夫妮·雷和丈夫很幸运,他们能够听到孩子的诉苦并做出回应;而她在学校遇到的许多父母则根本不在意,"他们乐于放弃责任"。在与学生家长打了二十五年交道后,她对英国上流社会无论如何都坚持要求子女寄宿的做法感到十分不解。达夫妮·雷在四岁时就开始住校。"有些孩子在性格气质上就是没法适应寄宿学校的生活,"她写道,"任何以强迫他们寄宿来'使他们坚强'的尝试都可能让他们十分痛苦。"除非家里没有办法,她问道,为什么一定要让小孩去寄宿?为什么不问问这些"通常是最后一个知道的"孩子的想法呢?这些问题振聋发聩,因为发问者是著名的威斯敏斯特公学校长的夫人,而威斯敏斯特是最伟大的传统公学之一。有人说(尽管约翰·雷否认),达夫妮的书直率过头了——里面描绘了同性恋和霸凌,还讲述了其他学校掩盖的秘密——很多人对此很生气。约翰·雷是一位成功的改革派人士,在校外也很受欢迎,但他于1986年离开了威斯敏斯特公学,当时只有五十五岁。

10. 求救的呼号

我最亲爱的妈妈：

非常感谢您的来信，还有这本超棒的书。离开家这个可怕的变故让我既难过又害怕……这里是一个可怕的洞窟。这学期我活不下去了。

永远爱你

特别爱你的

黑斯廷斯（Hastings）*

大多数不能或不愿倾听孩子诉苦的父母，最后他们的孩子都停止了抱怨，融入进学校。这些曾就读寄宿学校的人对这种转变的记忆大多十分模糊。有人说"事情最终似乎并没有很糟糕"，或者"我想我一定是不想家了"。没有某个转折点，也没有顿悟，叙述中的下一个事件就是那么令人愉快，和之前截然相反。这段记忆变得模糊，或者令人惊异地缺失了——大部分前预备学校寄宿生需要在追问之下才能回忆起

---

* 这是在1883年，十四岁的沃纳·黑斯廷斯写给他母亲的信。赛琳娜·黑斯廷斯，《红伯爵》（布鲁姆斯伯里出版社，2014年）。

那五年时间里发生的点滴——按照寄宿学校心理治疗师的解释，这是由于他们因创伤而屏蔽了记忆。这种解释似乎过于简单，但是通过修改记忆来重塑个人历史，让已经成年的前寄宿生们可以和过去和解，这个观点很有趣也很重要。有很多这样的例子。一位前寄宿生告诉我，他记得在第一个学期，他给母亲写了好几封信问能不能把他带走，后来他适应了学校，但在母亲去世后，他又找出了这些信，发现在那一年里自己竟然寄出了数十封信，哀求母亲带他离开。一些孩子会用更加激烈的方式表达自己的愿望。在我们学校，据说为了能够回家，一个十岁的男孩不惜从窗户跳了出去。人们找到他，带他去了医生那里，他的脚踝打上了石膏，但是父母直到他假期回家才知道这件事。

尽管没有确凿的证据，一些研究十九世纪学校的历史学家仍认为，校园里的自杀很普遍。为了家庭和机构的声誉，学校一般会尽力掩盖消息。盖索恩-哈迪说，维多利亚时代发生在学校的死亡事件"极为普遍"——死因包括事故、天气和疾病等，最年幼、弱小的男孩首当其冲。一些维多利亚时代的校园小说中有天气导致孩子患病死亡的情节。我的祖先詹姆斯·弗格森在拉格比读书时，学校经常由于暴发霍乱而关闭；他的舍监就死于一次霍乱瘟疫。学校里死亡事件频发，也是议会在十九世纪六十年代成立调查委员会的原因之一。

有时自杀会引起公众的关注。1877年，《泰晤士报》报道了一起著名又悲惨的自杀事件，引发公众的强烈抗议，最终政府介入调查。这就是基督公学（Christ's Hospital School）十二岁学生威廉·吉布斯（William Gibbs）的惨案。他在学校上吊身亡，法官宣称死亡原因为"偶发的精神错乱"。

吉布斯是个快乐的男孩，直到他被级长霸凌；后来又因为对体育老师无礼，遭了一顿鞭打，他最终逃出了学校。父亲逼他回学校去，那里有一场公开的鞭刑等着他，那是对逃跑的惩罚。鞭刑开始前，他被锁在医务室里。两个小时后，人们发现他死了，身子吊在一根系着窗户的绳子上。我收到的来信中，有一些"蓝色制服"描述此事的证词*。一位牧师详细地说明了从基督公学逃跑将受到怎样的惩罚：被桦树鞭抽三十下。他说被这鞭子抽比被海军的九尾鞭抽还疼。他还说在某一次轻罚中，他从同学"脆生生的肉"里挑出了十多块桦树枝的碎片，那是个"非常瘦小、弱不禁风的小伙子"，因偷了一些糖而遭到不公正的鞭刑。

"我的看法是，先生，可怜的小吉布斯是被霸凌和鞭刑以及对未来的恐惧'逼死'的……"他在信中写道。调查结果认为没有人需要为吉布斯之死负责，吉布斯是死于"体制的缺陷"，这再次引发人们的强烈抗议，人们要求学校搬出伦敦（最终学校的确搬了）。基督公学现在仍然在西萨塞克斯郡的霍舍姆经营得风生水起，钟情于其古老的服装和仪式，但是官方校史对桦树鞭或威廉·吉布斯只字未提。

吉布斯的事件是为数不多的得到官方报道的自杀事件。

---

* 译者注：从十六世纪中期开始，蓝色制服就是基督公学的制服。

儿童成长方面的书籍认为，青春期前儿童尝试自杀的案例非常罕见。现实的情况是，由于这种事会带来污点，人们很少会把儿童的死亡报道为自杀。现代研究表明，自杀实际上是十五岁以下儿童死亡的主要原因。达夫妮·雷说，学校中的"非自然死亡"比人们想象的更为普遍，她讲述了一起预备学校里发生的由霸凌导致的悲剧。在我收到的邮件中，有许多令人震惊的自杀未遂的故事，有时被当作笑话讲出来，有时是为了说明当事人的无能；但是很难说自杀是否仅仅是为了寻求关注。有几起企图溺水自杀的事件，一般发生在学校的游泳池里。一个人告诉我，在二十世纪四十年代的某间预备学校，他和朋友们摘紫杉浆果吃，他们知道这对马是致命的。"你是想自杀吗？"我问。"不，"他想过以后回答道，"我认为我们只是不想待在那里了。"一个可怕的现实是，我收集的大部分自杀故事都是成年人的，他们的亲朋好友相信，他们从来没有从在学校遭受的痛苦中走出来，所以最终选择了自杀。我上学的那间小型预备学校在二十年中至少有六个这样的案例。

成年人很少对自残和逃跑的人表示同情。罗尔德·达尔的故事代表了许多人的情况。他假装得了阑尾炎，希望从讨厌的预备学校回家。他成功了，但是一回家就被家庭医生看穿了。医生好心地建议他回去："生活很艰难，越早学习如何面对它越好。"

这一直都是孩子得到的标准回应。有些故事详述了某些父母表现出的令人难以置信的冷酷无情，但一般的家长只是懒：你会克服它的，你太夸张了，或者情况并没你想的那么糟。当那些写信者在几十年后听到父母和老师说，他们当年有多么"幸运"时，他们仍然会愤愤不平。长辈说：生在其他家庭，他们可能会是孤儿，要不就是难民或穷小孩。一位女性讲述者在学校里总是孤身一人，常被欺负，直到她差点自杀。"我从未告诉父母我在学校里有多难受。他们省吃俭用把我送去上学，对此我感到无比内疚。告诉他们我不开心显得我很没良心。"一位获得基督公学奖学金的女生在信中说："我们经常被提醒，要记住出钱供我们上学的人，我们背负着欠他们的债，因此我们必须心存感激，顺从他们的要求，遵守各种制度和规定，无论是否合理……"

二十世纪有一批作家，他们曾经是寄宿学校的学生，在作品中描写了孩子们在与专制的抗争中表现出的力量和意志，C. S. 刘易斯就是这些作家中的一个。他在1955年出版的回忆录中写道，1910年时，他和兄弟向父亲抱怨他们就读的那所赫特福德郡的小型寄宿学校有多么残酷和愚蠢，但是父亲置若罔闻。(在回忆录中，刘易斯称学校为贝尔森，那是纳粹集中营的名字。*) 刘易斯认为父亲只听自己想听的话，甚至当父亲读着学校明显在撒谎的宣传手册时——"他也是在头脑中自行编撰了一个学校里的故事"；但是，刘易斯就像他之前和之后的许多寄宿生那样，原谅了父亲：

---

* 译者注：贝尔森为纳粹德国在二战期间于德国北部汉诺威附近建立的集中营，全称为贝尔根·贝尔森集中营。

我们没有尽最大的努力（告诉他学校的真相）。像其他孩子一样，我们没有一个标准可资比较。我们认为贝尔森的悲苦是所有学校共有且不可避免的。虚荣心封住了我们的嘴巴。从学校回到家里的男孩喜欢吹嘘……他不愿被当作胆小鬼或者爱哭鬼；如果说出集中营的真相，就意味着承认自己在过去的十三周里一直是个脸色苍白、浑身颤抖、泪水涟涟的可怜虫。

除了愚昧和故意装聋作哑之外，父母对孩子的抱怨和乞求无动于衷的背后可能还隐藏着更黑暗的一面。我们不难得出结论：大多数家长都知道，当孩子们被送到学校时，他们会遭遇怎样的不幸。C. S. 刘易斯写道，但愿大多数父母和他父亲一样，他们的无动于衷真的源于无知："如果每一代的父母都知道儿子在学校的真实情况，教育的历史将大不相同。"

但是他们怎么可能不知道呢？从十九世纪初开始，公学的孩子们所经历的事情几乎就不是什么秘密。在亨利·菲尔丁（Henry Fielding）、查尔斯·狄更斯、乔治·艾略特（George Eliot）的那些家喻户晓的小说中，在议会委员会的报道中，在克鲁克香克（Cruikshank）等艺术家的漫画中，在《笨拙》（Punch）杂志上，鞭刑、死亡、斗殴、盗窃和霸凌的故事比比皆是。

布伦登收集了许多父母不愿送走孩子的故事，学校里那些说脏话、咒骂的行为让他们踌躇再三，更不要说（正像一位打算送小孩去伊顿的家长说的）"污秽、渎神、暴饮暴食和混乱不堪";甚至还有更阴暗的秘密——那些不能大声说出来的罪恶——但早就广为人知。十八世纪和十九世纪有过多起针对校长侵犯或殴打学生的刑事审判的报道,小道消息里的传闻则更多。

最早记录在案的学校性侵事件流传很广,许多书籍中都有提及,涉案人是伊顿公学一名十六世纪的校长尼古拉斯·尤德尔（Nicholas Udall）。他喜欢鞭笞体罚学生,打起人来很卖力。他曾抽了一名十一二岁的学生"53鞭",原因是这名学生没去上拉丁文课。1543年,尤德尔被一些他性侵过的男孩恐吓勒索,然后被枢密院裁定犯有当时的鸡奸罪。在有人向亨利八世求情后,他的死刑被减为一年有期徒刑,他出狱后,还担任了威斯敏斯特公学的校长。尤德尔坐过山车一般的从业经历在其他人的生平中也并不罕见。

11. 让他们坚强起来

柏拉图认为守卫国家的人应该和他们的父母形同陌路。英国人没有到那个程度,不过,那些祖国将来的统治者会在八岁的时候被带走,一年有四分之三的时间和家人天各一方,不能提起自己的母亲或者使用自己的教名。他们按照柏拉图所崇尚的斯巴达传统接受教导和培养,长大后将成为真正的守卫者:这样铁面无私的守卫者在历史上还真是无人能及。

菲利普·梅森(Philip Mason),《统治印度的人:守卫者》
(The Men Who Ruled India: The Guardians, 1963)

许多父母认为在寄宿学校难免会发生一些不愉快的事,这很正常。从我祖先和其他人的信件中可以看出,维多利亚时代的父母并不比现在的父母缺少爱心,但对统治阶级来说,"坚强起来"对培养有用的公民至关重要。这种观念对应了一种至今未被彻底抛弃的信仰:孩子生而有罪且无知,成人必须把他从天生的邪恶引向智慧和良善;而达到这种目的的方式之

一就是让他感受痛苦,包括精神上和肉体上的双重痛苦。*

有些预备学校的孩子确实很年幼,但学校并不会仅仅因为孩子还没到青春期就给予他们温情。暴力的惩罚加上道德的规范,这些在青少年学校通行的做法,对六到八岁的孩子也同样有效。研究公学历史的乔纳森·盖索恩-哈迪写道,拉格比公学的阿诺德博士(Dr. Arnold)和他的前辈们认为"鞭打有益于心灵"。阿诺德博士是所有公学校长中最具影响力的一位。

如果说某些预备学校很野蛮、残酷,那是因为中学就是很野蛮、残酷的:几十年来对古老机构的管理不善,让习俗变成了现实。正如二十世纪最早期的一位批评家卡思伯特·沃斯利(Cuthbert Worsley)所言,"早期的公学显然存在严重的师资不足问题。由于缺少补救的办法,蛮横、恐吓和使用武力可以说成了为数不多的解决方案"。这一问题在二十世纪末之前并没有得到多大的改善。人员不足仍是常态,暴力惩罚也如此。即使在我上寄宿学校时也一样,校长们仍然没有把教牧关怀和儿童辅导看作是他们的分内职责。

父母们相信这种强硬的做法有效果。后来当上了首相的索尔兹伯里侯爵三世说:"我父亲的想法是,男孩们在各方

---

* 乔纳森·盖索恩-哈迪在1975年出版的记述公学伟大历史的书中写道:"在所有形式的教育背后(直到1890年),基本观点都是基于基督教/波林布鲁克派的观点:人们,尤其是儿童,由于原罪而天生邪恶……孩子们天生不是很好,必须被教育成好的,而方法是以一套优越的成人纪律和训练手段来培养他们。"他继续说,这种想法"在今天仍然非常强大"。

面过得越艰苦，他们长大后就会越坚强、越优秀。"他在六岁时被送到寄宿学校。他后来说："我在那里就是待在一群恶魔之中。"男孩们被磨刀用的皮带抽打，早上六点就得起床，直到十点才有东西吃。（让学生挨饿常见于维多利亚时代的故事中，甚至在贵族学校里也司空见惯。学校这么做要么是因为校长是个吝啬鬼，要么是因为有人相信饥饿能提升道德感——或者两者兼而有之）。索尔兹伯里侯爵三世说他"这样事实上什么也没学到"。1849年，他在伊顿公学度过了同样悲惨的一段时光。只有十岁的他，被霸凌、吐口水，天天挨打，最终被迫休学了。*

尽管索尔兹伯里侯爵三世对待自己孩子的态度是出了名的新潮，但他对他们的学校教育方式仍然没有跳出父辈的窠臼。他的五个儿子在家里待到十三岁，随后也都去了伊顿公学。其中至少有两个孩子不喜欢他们所受的教育——罗伯特·塞西尔勋爵（Lord Robert Cecil）抱怨说他"十三四年"的时光都被浪费在了学习古典文学上。不过他们都完成了自己的使命，在教会、军队、政治和外交领域享有很高的地位（罗伯特勋爵在1937年获得了诺贝尔和平奖）。当然，他们把自己的孩子也送去了同一所学校。

查尔斯·达尔文（Charles Darwin）代表了维多利亚时代的另一类家长。他的父亲是位医生，他在1818年九岁时入读了什鲁斯伯里公学。查尔斯在那里过得很开心，因为他可以

---

* 编者注：此处应为作者考证失误，索尔兹伯里侯爵三世在1849年时已经十九岁。

随时跑回离校仅一英里*远的家。他认为他所接受的古典教育"可怜"且"愚蠢"。他不赞成这种"过早地让男孩离开家庭、打断家庭依恋关系的制度"。从他的信中可以看出，他一直在为是否应该送走心爱的儿子威利而烦恼；但在1852年，十三岁的威利还是去了拉格比。达尔文的想法与索尔兹伯里侯爵三世的大同小异："我不敢让一个没有在好学校里历练过的年轻人面对这个充满诱惑的世界。"

到维多利亚时代后期以及二十世纪初，很多父母可能不会把孩子送到他们的祖父或曾祖父所知道的"熊窝"——用亨利·菲尔丁的话说，那里是"恶习的温床"；但在公学大行其道的二十世纪，无论是身体虐待还是精神虐待，在大多数人眼中是很正常的校园风气。

一个又一个的故事告诉我们，有些孩子在学校所要承受的情绪压力之大，远远超过分离带来的创伤。有的人因为父母一方去世，不得已而来到寄宿学校，结果与兄弟姐妹天各一方，这更增添了悲剧色彩。赫伯特·阿斯奎斯（Herbert Asquith）就是一个例子，他的父亲是与他同名的自由党首相。1891年，只有十岁的他在母亲去世后不久去了寄宿学校，远离当时已在政坛崭露头角的父亲和四个年龄在一岁到十二岁之间的兄弟姐妹。小阿斯奎斯写道："我见过的人里面没有谁会满怀热情地回顾自己在私立学校的生活。我也一样。"

1968年，在母亲去世后不久，后来的喜剧演员艾迪·伊

---

* 编者注：英制长度单位，1英里约等于1.6千米。

泽德（Eddie Izzard）和他的弟弟一起去到寄宿学校，当时他只有七岁。他说："一整年我都止不住哭泣……我的舍监帮了不少忙，他一找到机会就会打我。"一位通信人告诉我，1969年时他九岁，父母因飞机失事丧生后，他来到了英国，被送进一所寄宿学校。不久之后，他开始梦游，"在努力适应新环境的过程里，我经常被人发现在半梦半醒的状态下四处游走，对着墙壁尖叫"。最后负责人只能用让他服用安眠药以及把他安排到舍监的床上睡觉来解决问题。对学生因家庭变故受到打击而出现的问题，学校似乎不会采取什么有效的解决措施。人类学家朱迪思·奥克利（Judith Okely）讲述了她九岁时的事。她的舍监告诉她："你父亲过世了，我知道，但你不准再哭了，你知道学校规定晚上七点之后不许大声喧哗和吵闹。"以下故事来自另一位在二十世纪五十年代就读于一所著名寄宿学校的通信人：

> 我是这一事件的亲历者：我们三十个十二岁左右的孩子一起到了一个大教室准备参加历史考试。其中一个男孩突然哭了起来，并在之后四十分钟的考试中愈发得不可控制。在考试结束我们交上考卷之后，考场里一位监考的老师尝试让哭泣的男孩停下来，并关心地询问："到底是怎么了，你怎么这么伤心……"我听到这个男孩回答说："我刚刚得知我爸爸妈妈在车祸中去世了。"

12. 父母知道吗？

学校是训练学生"坚强起来"的机器，这一观点并非毫无争议。实际上，维多利亚时代中期的家长似乎比一个世纪后的家长更能理解和担心孩子们的不幸，也更渴望照顾他们。在那个时代，人们正开始越来越重视孩子的情感需求。查尔斯·金斯利（Charles Kingsley）和查尔斯·狄更斯的小说把孤儿与受剥削的儿童引入公众的视野：《尼古拉斯·尼克尔贝》（*Nicholas Nickleby*）描绘了严酷的学校以及疯狂残忍的校长，类似的情况至今屡见不鲜。（不妨试试在谷歌新闻里搜索斯奎尔斯先生*或多西伯义斯堂。）

一些更加轻松的小说也曾描写预备学校的艰苦生活。比如漫画小说《反之亦然：给父亲的教训》（*Vice Versa: A Lesson to Fathers*），由托马斯·安斯蒂·格思里（Thomas Anstey Guthrie）创作，他是幽默杂志《笨拙》的撰稿人。这本小说自1882年出版以来，一直广受欢迎，并被改编成电影和电视剧达八次之多，它讲述了自负又富有的中产阶级父亲

---

* 译者注：斯奎尔斯是狄更斯小说《尼古拉斯·尼克尔贝》中的一个人物，是一所寄宿学校的校长，对学生非常残忍。

保罗·巴尔蒂图德的故事。假期快结束的时候，巴尔蒂图德的儿子想到又要回到残酷的寄宿学校去，回到那个手杖不离身的校长身边，心里很难受。可巴尔蒂图德先生却宣称，学生时代是一个人一生中最美好的时光（这即使在当时也算是一种愚蠢的陈词滥调）。事实上他真的许了个愿，希望让自己去学校。因为一块魔法石，愿望成真了：儿子和父亲互换了身体和身份。巴尔蒂图德先生在学校中饱受摧残，当他从格兰姆斯通博士身边和难以忍受的学校逃回家，再次回到自己的身体之后，才意识到，学校本质上残酷又不公。（与此同时，他的儿子在城市中经营着父亲的办公室，过得十分快活。）这本书即使是现在读来，也仍然妙趣横生。

1847年出版的《简·爱》（*Jane Eyre*）是第一部描写女子寄宿学校的文学作品。十岁的简被她讨厌的姑母送去了洛伍德，那是一所为穷人家的孩子和孤儿开设的学校。这个地方和《尼古拉斯·尼克尔贝》中的多西伯义斯堂一样残忍无情：在这里女孩们受冻挨饿，不过没有挨打。简在那里待了几个月后，学校里暴发了一场斑疹伤寒瘟疫，简的朋友死在了她的怀里。这在十九世纪中期很常见，当时很多公学经常不得不因为流行病而关闭。之后，学校经历了现代化改造，简最终成了一名家庭女教师。当时受过教育的女性能从事的工作并不多，其中之一就是在学校或富人家里当教师，这也是十九世纪女子学校兴起的原因之一。

在当时，《汤姆求学记》与勃朗特和狄更斯的小说一样广受欢迎。十九世纪，有十多部以学校为背景的小说得以出版,《汤姆求学记》是第一部,也是最成功的一部。这部作品的重要之处在于,汤姆和他的朋友斯库德激发了此后一系列学生英雄形象的塑造,像吉卜林(Kipling)笔下的斯塔基(Stalky),还有比利·邦特(Billy Bunter)、莫尔斯沃思(Molesworth)、詹宁斯(Jennings),以及圣特里宁学院(St. Trinian's)和马洛里之塔(Malory Towers)的女孩们。他们的故事风行一时,在各个阶层广为流传。这些故事有着共同的核心主题——"暴政"之下的各种恶作剧,以及团结的同伴拥有战无不胜的力量。许多文学和电影作品描绘纳粹战俘营中的公学小伙们也使用了相同的主题,甚至一些同类型的人物。在千禧年末,就在这个叙述模式即将过时之际——尽管还有巨蟒剧团和特里·普拉切特(Terry Pratchett)的戏仿——J.K.罗琳(J.K. Rowling)出现了。从霍格沃茨(Hogwarts)的建筑风格到儿童巫师的气质,都可以看出《哈利·波特》(Harry Potter)在很多地方借鉴了托马斯·休斯笔下的十九世纪三十年代的拉格比中学。

现在读来,汤姆·布朗的故事太过说教了,非常乏味。至少近一百年来,年轻的读者都被提醒,这本书读一半即可。在现代人看来,这本书是反对寄宿学校的宣传读本,和伊妮德·布莱顿(Enid Blyton)及J.K.罗琳的作品完全不同,后两位的作品把成千上万的孩子送去了寄宿学校。如果狄更斯的斯奎尔斯是个典型的残忍校长,那么休斯笔下的弗莱什曼(Flashman)就是实至名归的标准上流社会的恶霸。小说最初的(也是最好的)几个章节里对辱骂和暴力着墨不少——霸凌、苦役、敲诈和鞭打——十一岁的汤姆甚至还被弗莱什曼架在篝火前烤。

但休斯并不认为《汤姆求学记》是一件攻击拉格比公学或寄宿学校的武器。这部小说是他对自己心目中的大英雄、改革派校长阿诺德博士的赞颂之作；且没有证据表明，维多利亚时代的孩子或家长会因为读了《汤姆求学记》而放弃入学——书里展示的校园生活好玩的地方很多。尽管有众所周知的危险，但寄宿学校无论是在过去还是现在都是一个令人向往的地方：一场真正的大冒险的起点。狄更斯笔下的小内尔因为贫穷而死去——贫穷真不是什么好东西——但是，被鞭打、狠揍、炙烤过的汤姆幸存了下来，成为一个敬畏上帝的维多利亚绅士，一个快乐正直的大人。

这就是它成为所有校园小说中最伟大、最具影响力的一部作品的原因（在小说出版一百年后，它仍然位居英国和英联邦男孩们最喜爱图书名单的前三）。这本书极其出色地（尽管篇幅很长）传达了一个关键信息：艰难岁月造就了优秀的基督徒。**穿过逆境，飞向群星** *。小说明确指出，无论多么心不甘情不愿，危险是成长的一部分，应该欣然接受它。

要驳斥这种看法可不是一件容易的事。有一些维多利亚时代的中产阶级父母被朋友和亲戚批评说，他们在家抚养孩子的方式过于温和。到十九世纪末，人们普遍认为，如果让男孩沉溺于温柔乡，远离各种磨难和打击，他成年后很可能

---

* 译者注：原文为拉丁语 Per ardua ad astra，曾是英国皇家空军的座右铭。

有道德上的缺陷，这会使他无法成为治理社会、领导帝国的人才。柏拉图的一段文字被广泛引用，其中苏格拉底认为，在抚养孩子的过程中不应该让他们知道父母的存在。沃尔特·F. 比克内尔（Walter F. Bicknell）是一位颇有影响力的校长，他在一本知名杂志上写道，让孩子寄宿是为了让他们摆脱家长们的无能和道德上的不负责任，而这些正是现代中上层阶级家庭的特征。比克内尔自己也是位父亲。"男孩的优点往往是从学校里学来的，而他的大部分缺点是在家里养成的……"

这是当时社会的普遍看法，并得到了医学杂志的支持，妇女和宗教人士也写文章响应。1848 年，纳撒尼尔·伍达德（Nathaniel Woodard）写道："理想的做法是让孩子们远离家庭的有害影响。"作为一名圣公会的牧师，他和他的支持者，包括首相 W. E. 格拉德斯通（W. E. Gladstone），筹集了 50 万英镑创办了蓝星公学（Lancing College）和另外十所寄宿学校，它们大部分至今仍在运营。* 这些学校公然宣称要"占领中产阶级"，让孩子们成为基督徒。1874 年，尽管伍达德有疑虑，但他们也为女孩建了一所寄宿学校。

维多利亚时代晚期英国最有影响力的教育观念，是推崇通过体育运动、艰苦生活和禁欲来培养男孩的"男子气概"。随着孩子年龄的增长，家长们会越来越注意他们在性方面的

---

* 伍达德公司今天经营着 21 所圣公会学校，其中大部分都是全寄宿学校或部分寄宿学校。

行为，父母们担心青春期的男孩会与仆人发生关系；但或许更令他们担忧的是另一种威胁：女性化。这并不是一个简单的关于性的问题。毕竟大多数故事都指出，如果家长不想让男孩堕落，就应该把他带在身边，但是过度学习又会给孩子带来道德和身体上的缺陷。"一个由柔弱的书呆子组成的国家很难有效地形成保护国家自由的坚实堡垒。"这是一名教育家颇具代表性的言论（从1872年开始）。他的话代表了这个国家大部分人的观点，组织体育运动能够解决智力主义的侵蚀和男子气概不足的问题。当帝国处在危难之际，不送孩子去学校寄宿，这种行为不但在宗教上是不虔诚的，在世俗意义上也是不爱国的。

娘娘腔的男孩

如果一个年轻人因不想打板球而出言不逊，

（假设他身体强壮，肌肉发达）

我会操起三柱门的杆子，

也不伤其要害，只把他揍得鼻青脸肿。

他的心间藏着一个所罗门顽童

在叫喊："不打不成器。"

因为，如果连上球场都畏畏缩缩

那活在世间又有何用？

闲逛游荡，抽泣颤抖，

一会儿头疼，一会儿腹痛。

想到这儿我很难开心起来,

如果被那样一个魔鬼附身——娘娘腔的男孩!*

E. L. 布朗(E. L. Browne),圣安德鲁预备学校校长

伊斯特本,1890—1933

现在很少有人会有这种担忧了,但是把小孩送去寄宿的理由在一百五十年里一直都没变。其一是获取社交优势;其二体现在妈妈网(Mumsnet)最近的一个评论帖子里。这个帖子是对一个八岁孩子痛苦经历的回应。那个男孩最近刚去寄宿学校,母亲远在千里之外。他母亲说接到学校的反馈,称男孩不能照顾好自己,穿衣服不够快。学校的告状让男孩在电话里"哭得停不下来"。在这个帖子里,许多人带着或多或少的疑惧问道:为什么把这么小的孩子送去寄宿?"我们送他去寄宿是因为等他长大一点儿后,就能上英国的公学了。"那位母亲回答说。

---

* 这首诗于1900年发表在学校杂志上,还有另外五节,在诗的最末,布朗对"一个胖乎乎的热切小伙"抒发了令人惊讶的"爱"。

13. 保护壳

孩子一旦在寄宿学校安顿下来——他们必须这样做——许多有意思的事情就会接踵而至。现代心理学研究团队把它们归结为"习惯化"或"正常化"的过程。专门研究"寄宿学校综合征"的心理治疗师指出，孩子们会以一套固定的程序来帮助自己应对远离家人带来的伤痛：悲伤会使孩子形成一套自我保护策略，其中包括"极端警惕"，甚至"人格分裂"——分裂为隐秘的自我和外在的自我。

乔伊·莎弗莱恩在标题为"被囚禁的孩子"的章节中讲述了她的病人如何应对伤痛。有些人选择"自我封闭"——这是常见的荣格心理学术语。他们经历了心理"冻结"，导致一个保护性外壳——"全副盔甲的自我"——的形成。尽管这个术语使用了比喻，但是它的分析立足于可以证实的事实。我收到的许多前寄宿生的原始记录都准确地描述或提及这一点。（有些——并非所有——描述可能是基于这种心理分析展开的。透过他们的信件很容易看出来谁接受过治疗，谁没有。）

在寄宿生们第一次回家后，一些家长就会注意到他们的"保护壳"。有些家长可能会很吃惊。一位痛苦的母亲写道："只是一个学期，他就彻底变了，变得以自我为中心，对我们和他的哥哥弟弟们不再感兴趣。"她儿子后来自杀了。在成年后，这种自我保护的本能可能会让前寄宿生沾染上性瘾或"过早地切断亲密关系"，以防止被再次抛弃。

愤怒是创伤的另一种表现。在心理治疗师诊断寄宿学校综合征的过程中，"愤怒管理"是重中之重。许多人在说起自己时运不济的时候，都会提到他们对不公正行为感到极度的愤怒，一句普通的抱怨"这不公平"，背后是内心中被压抑的熊熊怒火。被压抑的愤怒和伤痛最终会找到发泄的渠道，有创伤的儿童因此会变成更具破坏力的青年。一位男士在毕业五十年后仍然怒不可遏：

我是一个非常挑食的人，自闭的性格让我对一些食物敬而远之，比如：肥肉和软骨、牛奶、胡萝卜、甜菜根……我学会了坐在桌子的另一端，这样他们就看不见我盘子里剩下什么，但我还是经常受到老师们的嘲笑和折磨，他们似乎很喜欢强迫我吃那些我真的吃不了的东西。结果我进食的速度越来越慢，到最后我几乎不怎么吃东西了。

有一次午餐时间，校长发布了一个公告。他说："有一个孩子，他在餐桌上表现得十分邋遢，令人反感。我们必须采取极端措施来给他上一课，帮助他重新回到文明社会。你们可能已经注意到，我的旁边有一张桌子，这张桌子对着一面镜子，因此当那头蠢猪在糟践面前的食物时，他可以看看自己那张令人恶心的脸。这张桌子就是'猪桌'。从现在开始，它将是沃森用餐的桌子。好吧，沃森，来'猪桌'就座吧。"

我记得我坐到"猪桌"边，看着镜子中那双望着自己的眼睛，感到孤单、沮丧、愤怒。我内心越来越生气，决定死也不吃东西了。我不记得绝食了多久才让他们意识到他们无法让我屈服，这只会让一个孩子死在他们手上。他们心软了，让我回去坐在正常的桌子边；但是在此之前，又发了一则公告，表示希望我已经吸取教训，还说以后这样的举止都将受到惩罚。后来，我十几岁的时候出现了严重的进食障碍，我会暴饮暴食，把自己塞满，直到再也吃不下去为止，好几个小时里肚子又胀又疼。至今我每次进食依然要进行一番斗争。

许多前寄宿生，无论是否接受过治疗，都意识到他们的人生已经被打上了分离和其他创伤的印记；然而，他们的反应——你也可以说他们的应对策略——却相差极大。在远离母亲和兄弟姐妹之际，如果你能把被剥夺的情感重新转移到集体或者朋友圈，你的学生时代可能会是一场令人兴奋而充实的旅程。创伤和幸福确实可以并存。在文学作品和一些私人信件中，都可以找到成长于逆境之中的孩子们深厚的友谊、爱和信任。

对一些前寄宿生来说，没有什么比当选级长、赢得比赛或者成为某个有势力的团体中的风云人物更让人兴奋的。暴力在帮助孩子们建立起关系纽带方面也功不可没。许多孩子从霸凌中获得了极大的乐趣，他们不惜花费大量的时间、发挥出色的创造力来追求这一爱好（有许多男孩在木工课上制作出了"能给西班牙宗教裁判所留下深刻印象"的酷刑工具)。许多学校和评论者将霸凌视为有助于磨炼性格的一种方式。毫无疑问,直到最近霸凌行为在许多学校中仍是被默许的,被当作一种维持纪律的手段;而在学生未来的生活中,它则会成为罪恶感的源泉。

部分适应能力强、小心谨慎的孩子能找到其他乐趣。他们中的一些人借由这段经历成就了非凡的职业人生。我们都听过一些老掉牙的故事。有些寄宿生会用笑话来分散霸凌者的注意力,避免被欺负,后来他们成长为职业喜剧人,这样的故事并非无稽之谈。作家也是如此,他们在熄灯后插科打诨,让大家在无聊的宿舍生活中得到一丝娱乐,自己则从中学到了写作技巧。我的预备学校里这两类人都有:在严酷的独裁统治下,那些喜剧表演者就像地下出版物作家一样勇敢,因为熄灯后讲话可能会受到鞭刑。

喜剧演员兼《第三只眼》杂志*投资人彼得·库克(Peter Cook)毕生致力于批判权威的浮夸和虚伪。库克告诉他的传记作者,他在预备学校和公学时都曾被霸凌,尤其是被英格兰板球运动员泰德·德克斯特(Ted Dexter)欺负,他的幽默大部分来源于自身经历。他十分讨厌在伊斯特本的圣贝德公学度过的两年时光,那时他才七岁,年幼、孤独,还有哮喘病。"我不喜欢挨打,不喜欢离开自己的家,那让我害怕;但

---

* 译者注:《第三只眼》(Private Eye)是英国著名双周刊杂志,主打讽刺和揭发各种丑闻,内容辛辣幽默,充满正义感。

那也让我训练出一种防御机制,通过使别人发笑来避免挨打。我可以把他们逗乐,让那些本想揍我的人哈哈大笑,这样就不会挨打了。"

受学校经历影响最严重的人会变得自我封闭。他们会把自己藏起来,由于忧郁或与众不同的性格,他们可能会被其他人排斥。这本身也许是叛逆的早期表现,是当体制要求他们加入某个团队或者为了学校利益而压抑自己的个性时故意表现出来的拒不合作。有很多人都有强烈抗拒参加比赛的经历。我也不喜欢比赛,因为天气冷,容易受伤,甚至有时还会被羞辱;而在另一个层面上,我觉得自己也是在坚持个人立场,坚持个体有不融入某个团体的权利。四十五年后,我遇到了当年预备学校的一位老师。在一通费力的介绍之后,我说记得他的蓝眼睛。他说:"我也记得你的眼睛。你的眼神透着怀疑:你属于那种从没真正相信过什么的人。"

十几岁青少年的叛逆常比成年人的更有爆发力、更激动人心。叛逆催生了革命文化和职业的政治家,孕育了特工、反叛者、艺术家和伟大的论战主义者;但是,是那些年轻的男孩和女孩自己首先种下了那颗伟大而生机勃勃的种子。

作家西里尔·康诺利(Cyril Connolly)曾就读于南海岸的圣西普里安学校(St. Cyprian's School),和他同时代的乔治·奥威尔在一篇充满批判性和怒气的文章中大肆抨击这所学校。奥威尔的传记作者后来解释说,奥威尔在文章中夸大了学校的恐怖之处(尽管奥威尔在写到学校时光时严格要求自己不能顾影自怜)。康诺利也唾弃圣西普里安学校,但他的适应能力让他足以在各种规定和纪律中找到自己的乐趣。他创办了一份地下报纸，里面有各种笑话和戏仿，对圣西普里安年迈的教师、他们"鞭打男孩"的习俗以及英文老师对虚饰文风的追捧等大加嘲讽。尽管康诺利那会儿才十二三岁，但他的《圣西普里安编年史》(*St. Cyprian's Chronicle*)在当时很具颠覆性。为了让自己免遭毒打，他在刊物上画了充满嘲弄性的除尘掸子的广告，还撰有代写论文的启事，酬劳只要两个苹果。在一个专栏中，康诺利承诺不说谎，除了在为逃避惩罚或避免"伤害朋友人格"的情况下：这和学校里的规则正好相反。

有些叛逆发生在校园外，有些在暗中进行；但是即使对那些没有反抗的人来说，叛逆也会赋予他们力量，帮助他们治愈创伤（正如一位受访者所言，"让我感到有尊严"）。英国政府里的一位要人对我讲述了发生在他就读的一所臭名昭著的预备学校里的事。学校里发生了一起破坏校园艺术品的秘密行动，整个学校都为之震惊，校长大发雷霆并出言威胁。"老实说，那个一次又一次搞破坏让校长丢脸的男孩就像罗宾汉一样，他帮助我们重新建立起了自尊。他是红花侠*，是蝙蝠侠。在我心中他一直是个英雄：他甘冒巨大的风险来拯救我们，使我们不致陷入那个无法摆脱的深渊。在某种程度上，他让我的校园生活变得更有生命力——我不是一个斗士，但

---

* 译者注：红花侠（The Scarlet Pimpernel）是英国作家奥尔瑞夫人写作的小说中的一位贵族侠士。

想要支持那些斗士。"

隐秘的叛逆也很有效。前寄宿生们告诉我，他们如何在面对老师或霸凌者时低声表达自己的怨恨并从中得到安慰："只是轻声地反复咒骂'王八蛋、狗屎、恶棍'就能帮我保持理智。"作家弗朗西斯·惠恩（Francis Wheen）曾在科普索恩预备学校（Copthorne Preparatory School）遭到查尔斯·内皮尔（Charles Napier）的性侵。为了复仇，惠恩偷内皮尔的啤酒和香烟。内皮尔是个性侵惯犯，他用啤酒和香烟来贿赂男孩们，让他们听任自己的摆布。

约翰·勒·卡雷在演讲和写作的书中都曾动情讲述他遭遇的苦难及侮辱。他为"无礼、懒惰、不爱干净、撒谎等各种奇葩理由"而挨打，据他说，一位老师的痛打导致了他后来的耳聋。和乔治·奥威尔一样，他也因多次尿床受过惩罚，一直持续到十几岁。他的传记作家亚当·西斯曼（Adam Sisman）深入研究了他的一些自传体小说（例如《完美的间谍》），发掘出隐藏在小说背后的作家悲惨的校园经历，这些经历很明显地指向了那种英国人对体制、机构的质疑，对那些在其中混得风生水起之人的不信任。

年轻的勒·卡雷于第二次世界大战期间在学校寄宿，他觉得寄宿生活"就像生活在被占领的土地上"。他很早就开始叛逆，在自己的头脑中：决定支持德国人，"因为每个人都非常讨厌他们"。一位耶稣会预备学校的前寄宿生说，因为那里的僧侣爱打人，总没完没了地说教，他对俄国人产生了同情。还有几位说到他们故意不在教堂里面祷告，因为校长让他们这么做。在规模较小的学校里，校长通常也兼任牧师。有一个人说："我会跪下，闭上双眼，在脑子里唱披头士的歌。"

大多数个人的叛逆跟违反规定有关。有的孩子会选择撒谎。不准撒谎可能是学校里最严格的规定之一，仅排在要对外界保守学校秘密之后。有几位作家在回忆往事时认为这条规定颇不寻常。七岁的伊夫林·沃遇到的第一个校长有一个奇妙而荒诞的名字：格兰维尔·格伦费尔（Granville Grenfell）。他在汉普斯特德预备学校"仅会因极其过分的行为实行鞭笞：撒谎和作弊在他和我们所有人看来都是极端的恶行"。

盖索恩-哈迪说："懒惰、撒谎、欺骗、逾矩（逃跑）、偷窃（行骗），在阿诺德和后来的校长们看来都是滔天大罪。"1832年阿诺德因一个男孩撒谎而打了他一顿——之后他发现孩子是无辜的，于是当着全校师生的面谦卑地发表了道歉声明。在其他学校，撒谎和偷窃会被用桦树鞭抽打，这种惩罚会留下严重的伤痕，普通的违规一般用竹藤来惩罚。没人对这样的刑罚提出异议。在爱德华·本森（Edward Benson）任职威灵顿公学校长期间，一位同时代的作家写道："（体罚）对于他来说，是拆穿一个男孩的谎言后令人满意的奖励。"本森深得维多利亚女王和阿尔伯特亲王的欢心，他卸任校长一职后，于1883年成了坎特伯雷大主教。

在那些最受欢迎的寄宿学校小说中，常有展现谎言及其腐蚀性和成瘾性造成恶果的情节。塔尔博特·贝恩斯·里德（Talbot Baines Reed）1881年到1882年之间在《男孩们自己的报纸》(Boy's Own Paper)上连载的《圣多米尼克学校五年级》(The Fifth Form at St. Dominic's),成书一百年后还在不断重印。就像那时的大多数小说一样,这本书讲述了一个粗糙的道德故事,不过里面有足够多的体育英雄让一代又一代的男孩们仰慕,使读者群远远超出了目标受众。书中的反英雄是一个名叫爱德华·洛曼的不受欢迎的男孩。对他来说,所有错误都源于一个借用钓鱼竿的谎言。"他突然决定要撒一个谎,但是从这里开始,他撒了一个又一个的谎,仿佛他一生中除了谎言什么都没说过!唉,也没有退路可回去!"接下来洛曼不可避免地犯下了其他更严重的罪行:玩台球、赌博、酗酒、欠债和盗窃,最终他被驱逐出境,流放到了澳大利亚。小简·爱被罚站在凳子上,受尽羞辱,残忍的校长禁止其他学生和她说话,因为简的姑母说她是个骗子;但是我们知道,真正说谎的人是校长和姑母。

即使在今天,学校仍会极其严厉地处置撒谎者,严厉到令人诧异的程度。有一个小孩于2014年入读某所知名的公学,他的母亲告诉了我他在适应环境的过程中遇到的种种麻烦以及她的担忧。早些时候,学校打电话来说这个男孩因轻微脑震荡被送进了疗养中心,她去看望他,孩子跟她讲了一个不大可能发生的故事:他跌倒了,然后头砸在了一块木头上。几天后,他的宿管打电话来说事情原委已经查清楚,她儿子实际上是被另一个男孩打到了头,为了不让那名男孩陷入麻烦,他找了块木头当借口。宿管裁定,两人将受到同等严厉的惩罚——她的儿子挨罚是因为撒谎。

孩子和成年人一样，很容易撒谎。临床研究表明，根据不同的情境和诱因，几乎可以说每个孩子都会撒谎。处罚或道德警告——比如复述乔治·华盛顿砍樱桃树的故事——能起到纠正的作用，但也只是暂时的。现代儿童成长理论要求父母容忍和理解孩子撒谎，把撒谎看作是培养孩子想象力的一个必要的部分。成年人说谎成性，却严厉、盲目地惩罚撒谎的孩子，这么做很虚伪。有人说一旦孩子们认识到大人的虚伪——尽管他们迟早会认识到这一点——纪律执行起来就难了。

但为了建立一个能自己运作下去的团队，或者树立一种信仰——这在十九世纪末成为学校教育明确的目标——谎言必须被清除。要保证机器的稳定运行，维系摇摇欲坠的纪律大厦的基础，必须让学生讲实话。因此，必须夸大这种无伤大雅的小错误引发的后果，尽管这种小错误人人都会犯；告诉学生撒谎会让他们下地狱，或者至少能让他们挨一顿校长的鞭子。很自然地，说谎的孩子们在发现成年人也说谎的时候（这是不可避免的），会更加憎恨成年人。

14. 遵从与反抗

还有其他一些压力会被强加到孩子们身上,尽管它们可能影响孩子们的自然成长,但看起来似乎的确让学校培养出了那种他们想要的学生。在任何一所学校中,让学生感到压力最大的事都是必须遵守规矩。即使有些学校并不主动对学生施压——另一些学校则不然——孩子们也会给自己施压。学龄孩子的父母都明白那种害怕穿错衣服的压力和无法融入集体的恐惧。对无法回家得到慰藉的孩子来说,这些担忧更加复杂。

一位妈妈告诉我,在她八岁的孩子开学一周后,她不得不开车去学校给他送去了一个新的行李箱(是那种可以上锁的木箱,孩子们用来装玩具和其他私人物品)。他打来电话,哭着说他原先的那个行李箱"太花里胡哨了"——箱子的边角上有皮革加固条。

她把这个故事当笑话讲给我听,但她显然希望我理解她对孩子的需求有多敏感。她去到学校,校长的老婆转交了箱子,但是拒绝了她想跟孩子打声招呼的请求:"没有好处。"伊夫林·沃也说过,他不得不去信给爸爸,告诉爸爸少写信。他喜欢收到信,但每次当信在众目睽睽之下被交到他手上时,信的数量总会引来一番冷嘲热讽。

很多寄宿生都有关于泰迪熊的故事：这位快乐的睡前时光伙伴，在感伤容易引起猜忌的世界里，常遭不测。泰迪熊总是被嘲笑、掳掠，甚至仪式化地毁掉，结局惨淡。厨师安东尼·沃勒尔·汤普森（Antony Worrall Thompson）说，他第一次寄宿时才三岁，在一家托儿所。他八岁时去了一所预备学校，在那儿目睹了"泰迪熊大屠杀"。"一旦相互间熟识起来，男孩们就开始找泰迪熊的麻烦。胳膊不见了，耳朵被割掉，有的泰迪熊被塞到马桶里，有一个甚至被煞有介事地放火烧掉了。"他的泰迪熊弗莱德很幸运地躲过了这些劫难。"要不他非抓狂不可。"

身体虚弱或者运动能力不佳的学生容易受到排挤，想家的学生则通常不会，因为这种情况很普遍，不过因思家心切而整天哭泣的又是另外一回事了。想家这个问题在回忆录和寄宿学校"幸存者"的心理医生那里常被提及。乔伊·莎弗莱恩愤愤不平地批评人们对想家这种切肤之痛总是轻描淡写："'想家'这个词无法表达寄宿学校的孩子所承受的深切的失落感……"

"想家"曾被看作是种攸关生死的传染病。思乡病（nostalgia）——这个词由一位瑞士医生首创，结合了希腊语中"家"和"痛苦"两个词——对军队的士气影响巨大，以致十八世纪的将军会遣返或者处决那些饱受思乡之苦的士兵，以免他们把情绪传染给其他士兵。不过学校通常对想家这种事保持一定的宽容，因为就像晕船一样，想家看起来并不能说明一个人是强是弱。科林·卢克的电影中有个有趣的片段，一位和颜悦色的女老师在教导新来的学生应对思乡之情。"这很正常，"她说，"你们会克服的。"老师的出发点是好的，但是学生接收到的信息却是应该忽略或者隐藏这个问题和它带来的伤害，只须接受、隐藏情绪，把它置于保护面具之下。

要求孩子融入集体听起来并不过分，这是孩子社交生活的正常组成部分；但是急于求成地强迫孩子这么干，又不援以关爱和帮助，会给很多孩子的自我意识造成极具破坏性的伤害。贝拉·巴瑟斯特在十一岁时去了寄宿学校，因为她的父母在美国工作。从一开始她就觉得来错了地方。她入学考试考砸了，没能去一所更好的学校，只能走后门到了这一所。在这里她觉得自己很蠢，不受欢迎。"就跟在其他事情上一样，我年轻那段时间糟透了：长相平平，笨手笨脚，没有幽默感，无趣，不招人喜欢。我害羞得要死。别人只要跟我说一句话，我就会脸红。实际上，女校长叫我'穴居人'。"

很快，她开始自残。"我会用皮带抽自己，"她说，"不久后干了更狠的事。有一次我往伤口上涂了漂白粉。"今天人们把青春期的自残看成是为了维持自控力或者摆脱内心的伤痛，但是巴瑟斯特认为她的行为动机更复杂。"我是在惩罚自己为什么不能像其他人那样，为什么没法成为他人期许的我。各种敲打和挤压都不能让我融入学校和父母要求我适应的环境，于是我决定自己来试一试。我在家时曾经因为学习表现不好而挨打，所以我觉得自残会有用。"当然，学校认为她只是在"寻求关注"而未予理会。

还有一些问题需要用善意和关爱去化解,有些另类的寄宿生可能会被同龄人或老师认为是在标新立异而受到惩罚。许多通信者都有写到,他们因与众不同或生理缺陷而吃尽苦头,即便是像胎记、口吃或读写障碍症这样的轻微缺陷,也成了他们的诅咒,甚至口音都会让一个小孩遭受欺凌或者排挤。在我的预备学校,有两个孩子最不受待见,其中一个是因德国姓氏(他的故事出现在我那本七页的小说中,但我也解释说,校长那么干是由于纳粹炸死了他的妻子),另一个孩子则是因有先天性疾病,无法控制自己的膀胱。米勒姆和兰伯特引述了几个新入学的孩子的叙述,他们最糟糕的记忆就是被年龄大的孩子挑毛病:"他那双是不是招风耳?他的鼻子是不是太逗了?"

当然,排斥异己这种事在大多数社群中都会发生,但是以下结论是显而易见的:在寄宿学校这种封闭的场所,与众不同或者行为怪异会招来更强烈的敌意。很多人记得学校里弥漫的势利感:阶层和财富的标识非常精细,一个不标准的重读、一个错误的用词或者父母的一个不当行为——比如拥有一辆与家庭身份不符的汽车——都会让小孩变成一个异类而遭排挤,短则一个学期,长则一辈子。学会了这套集体把戏的孩子们会把它用到后来的生活中,演变成微妙的感知力,让英国人在自己的群体和阶层里抱团并把异己者排除在外,这看起来是无法避免的事。很多学校公开鼓励和助长势利的风气,校长会挑出父母有钱、有头衔的家庭的孩子,对他们区别对待,嘲笑出身贫寒的孩子。在一些预备学校里,孩子们会按照他们父亲所在的伦敦俱乐部——这些俱乐部很排外，一般按成员拥有的特权来划分等级——组成不同的小团体。

关于势利学生的故事比比皆是，几乎所有讲述寄宿学校生活的文字都或多或少提及，即使是伊妮德·布莱顿的《马洛里之塔》系列中正直的女主角，也曾嘲笑一个孩子的口音土气，还揶揄某位同学的父母品位不高。奥威尔认为无论是对孩子还是老师来说，势利是整个预科教育体系的一部分。用他后来的话讲，他去到伊顿公学时是"一个可恶的小势利鬼"。

现在回想起来，我们那时都不约而同地很势利，对所有人的姓氏和住址了然于胸，对口音、举止乃至衣服的裁剪体察入微，这真是让人惊讶……"你爸爸一年挣多少钱？你家在伦敦什么地方？是骑士桥还是肯辛顿？你们家有几个卫生间？你们家雇了多少仆人？你们有管家吗？那你们有厨师吗？你的衣服是在哪里做的？你假期一共看了几场演出？你带了多少钱回来？"诸如此类。

我曾见过一个刚满八岁的小男孩，他在新学校面对连珠炮似的问题时一路撒谎，几近绝望：

"你们有车吗？"

"有。"

"哪种车？"

"戴姆勒。"

"马力多少？"

（稍做停顿之后他决定铤而走险。）"十五马力。"

"车灯是什么类型的？"

小男孩有些晕了。

"什么类型的车灯？电灯还是乙炔灯？"

（停顿了更长时间，决定再次铤而走险。）

"乙炔灯。"

"哈哈！他说他爸爸的车是乙炔灯的。这种车灯几年前就不用了。他爸爸的车肯定老掉牙了。"

"烂透了！他在说瞎话。他没有车。他只是个海军。你爸爸是个海军。"

诸如此类的故事不胜枚举。

父母把孩子送到这种学校，本意就是要磨平孩子的棱角，所以他们对此基本上没有异议。如果父母们支付费用就是为了让孩子们顺从，学校有的是方法来达到目的。就像让孩子们遵守纪律一样，避免孩子偏离中产阶级的行为规范，能带来实在可观的经济效益。对许多家长来说，学校的意义在于阶级优势，正如此前一位评论家说的："父母可以通过让他们的儿子就读名校来获得社会声望；儿子的名校可以帮助父母获得新的关系网，改变出身……就提升社会地位而言，读私立学校是有回报的。"

一切都是老样子。眼见为实的社交优势将压倒其他本能。我在爱丁堡遇到一位女士，她正在办手续把十五岁的女儿转到费蒂斯公学的A班，尽管她女儿在国立学校过得很开心，成绩也很好。"这样她就可以认识些能派上用场的人。"我问她这是什么意思，她不耐烦地回答说："你懂的，对的人。"

寄宿学校的孩子坏起来和最坏的大人有一拼。当然，他们也可能比大人更好：心地非常善良，富有同情心。许多写信者讲述了学生如何去做员工不能或者不愿去做的教牧关怀工作：对他们来说，这表现了当时的学校有多反常。

乔伊·莎弗莱恩最令人痛心的病人之一是一个被她称为"西奥"的人。西奥在读书时遇到的最糟糕的时刻是，一次躺在宿舍里，听着隔壁床上的男孩哮喘发作呼吸困难。当时西奥和其他孩子想去帮助他，但他们不敢，因为他们非常害怕违反宿舍熄灯后不准起床的规定。明知是正确的事却不能去做，这对西奥来说是一种"煎熬"，他感到了一种痛彻心扉的不公，在这个时刻他失去了任何希望。同样，当奥威尔坐在椅子上哭泣着等待因再次尿床而受体罚时，他认识到"我不可能在我生活的世界里成为一个好人"。这一认识给他带来了颠覆性的影响，他说道，这是"我童年时代最重要、也最难忘的一课"。

一些孩子接受了管理制度，他们遵守规则和仪式，忍受各种羞辱：他们充分利用这一切，茁壮成长，并且按照他们自己的说法，过得很快乐。他们学会了最重要的一课：最好把情感隐藏起来以免让自己陷入麻烦。他们迈入中学的校门，伴随着青春期的紧张和兴奋，一切都将重演，而且还会变本加厉，但是他们早做好充分的准备了，足以从容应对。（到二十世纪六十年代,公学学生里有百分之五十的男生寄宿,女生比例略低。)这种快乐是真实的吗,或者仅仅是孩子们为环境所迫而不得不采取的应对之举?对此,这个系统的支持者和批评者永远没法达成一致意见。也许这两者实际上是一回事。

确实有一些人打破了沉默,孩子的父母也采取了行动,这并不是不可能的。温斯顿的儿子伦道夫·丘吉尔告诉他的姐妹,在威尔特郡的桑德罗伊德学校里,一个老师把他带进房间中,让他"摆弄他的器官"。一位保姆无意中听到这段对话,并通知了丘吉尔,后者开车直接去了学校。"我想我从没见过他这么生气。"伦道夫说。老师被解雇了。

但更多的时候,这种"偷偷摸摸"的事是不可想象的。承认自己过得不开心让人感到羞愧,此外还有一个更可怕的问题:担心别人不相信自己。维维恩·布伦登的一位受访者讲述了他的女校长如何撕毁了一封他写给父母的信,他在信中说想家。她跟他说,不应该寄这封信,这样他才能"更善良、更勇敢"。这个男孩从来没有告诉父母他有多讨厌那所学校,或者他挨过多少打:"不管怎样,他想,如果他真的告诉了他们真相,而他们又没有为他转学,那他该怎么知道他们还爱着他呢?"

我现在知道我确实告诉过母亲关于数学老师喜欢翻我们短裤的事,他给我们糖果让我们别说出去;但是奇怪的是,我想不起来自己跟她提过这件事。直到2013年,报纸报道了对阿斯顿预备学校虐待指控的刑事调查,她才向我提起我曾告诉她基恩先生用"我不喜欢的方式"抚摸我,她为此开车去学校抗议。校长的妻子维奥莱特·威廉森(Violet Williamson)接见了她,并说服她冷静下来。校长夫人说提正式的投诉会引起不愉快,此外,孩子们很会编造这类故事。我母亲现在觉得她当时是被逼着放弃了投诉。(从我目前了解到的其他人在学校的经历来看,威廉森夫人显然对处理这种会面驾轻就熟。)基恩先生在那个夏季学期结束时离开了学校,我不知道这是不是我母亲的功劳。

几十年后再听这个故事让我明白了为什么校长总认为我是一个"肮脏的骗子"——他一再用这个罪名指责我。在我待在学校的余下日子里,他一直叫我"滑头";但是我确实打破了当初要永远对父母保守这个秘密的信念——这辈子要一直将它深埋心底。我在想我抹去了对母亲吐露真相的记忆,也许不是因为它和"乌默它"*的宏大叙事相左,而是因为害怕倘若父母置之不理我将要承受伤害。

这些都是说出事实伴随的风险,既复杂又影响深远。一位叫迈克尔·贝尔(Michael Bell)的写信者在回顾婚姻破裂时说道:

> 我的父母不想承认他们把我送到那所学校是做了件错事:当我试图告诉他们我不开心,告诉他们某个老师在找我的麻

---

* 译者注:乌默它(Omerta)又称缄默法则,是黑手党之间的规矩,即不管是谁都不能向警察告密。

烦时，他们说我错了；所以我压制住了自己本能的反应，试着用他们的方式看待问题。结果是我无法再去感受生活中发生的事情，我似乎成了注视着自己的旁观者，这是一种"人为的自闭症"。

现在，在我品尝到婚姻的苦涩后，这段记忆又回到了脑海中；但这只是冰山一角，我在布萨姆学校因为许多事不开心，我努力把混乱的想法编织成语言告诉父母，但他们制止了我，想尽办法把我的想法引导到其他方向，把其他话塞进我的嘴里：他们不想听到我说在学校不开心，不愿面对要做出把我从那里带走的艰难决定。

现在我明白了！我的父母教导我不要去理解所处的情况，也不要对此做出回应，无论我怎么想，结果都一样。他们给我施加压力，让我屈从这个谎言，活在这个谎言中。这就是我的问题所在：我不能对自己的处境做出回应，什么也做不了。

寄宿生们极其推崇缄默法则，以至于它可以让追随者们把负面的情绪变成积极的情绪——"塑造它们"。一个比较极端的正常化的例子是，仅仅为了证明在八岁时离家寄宿让自己获益良多，许多父母会如法炮制，把他们的孩子也送去寄宿。我认识几个这样做的男士，他们把孩子送到曾让他们遭罪的同一所学校——这么干要么是勇敢，要么是极其麻木不仁，随你怎么想。不过我还没有听说哪位曾在寄宿学校待过的母亲做过同样的事情。

寄宿生们离开学校几十年后仍然能感受到这些规则的影响。他们对学校和记忆的忠诚已经远远超出理性的范围。那些否定学校的人会因为背叛而受到惩罚，这种惩罚可以持续数十年。当一个名人直言不讳地谈到他不愉快的校园生活时，他的同学们通常会马上表示抗议，称他的故事是假的。他们通常会暗示，问题出在抱怨者自己身上而不是学校：他无法克服自身的弱点。如果这个名人是像乔治·奥威尔这样的人，那么这些问题会更加尖锐。乔治·奥威尔已经被视为学校乃至整个阶级的叛徒。最近，诗人安德鲁·莫辛（Andrew Motion）和戴安娜王妃的弟弟厄尔·斯宾塞（Earl Spencer），在回忆他们在梅德韦尔·霍尔学校（Maidwell Hall School）（30年后纪录片制作人科林·卢克拍摄的其中一所学校）的不愉快经历后，遭到了抨击。《每日邮报》刊登了另一位梅德韦尔·霍尔学校前学生的文章，在文章中，作者用欢快的语气描述了一群老男孩的欢乐聚会，说到他们"脱掉拖鞋，从冷水中起身，深情地回顾小时候在那里的冒险经历"。这种维护学校的行为也许看起来很有吸引力——忠诚，但是它却让一些残暴无能的校长在二十世纪躲过了监管和审查，使他们成为协助罪犯和性侵者逍遥法外的共犯。

十三岁的时候，男孩女孩们要参加考试，然后进入公学。即使入学考试成绩不佳，只要付上一笔钱，也会有一所学校给他们一个名额。在二十世纪末，这笔钱的数目大概是一个普通英国人一年的收入。在学校里，他们会认识到生活的真相，学会如何生存，尽管其中很多并不是在正式的课堂上学到的。就像我的一名通信者说的那样："预备学校教会我的都是有用的东西，虽然十一岁真的太小了，还不知道怎么让男人舒服。"

对那些未来身居要职的人来说，也许学校教育最重要的一点是促进了他们两个自我的发展——属于个人的真实自我和属于公众的建构出来的自我——也就是童年创伤心理学家所说的分裂的人格。一个自我容纳个人的情感，另一个自我面向世界以及它所包含的威胁。伊夫林·沃在他的童年回忆录序言中清楚地提到了这一点。他解释说，他的故事划分成家和学校两个部分，这不仅仅是作品结构上的需要，而是它们必须分开。"学校……在接下来的八年里是一个不同的世界，有时令人愉快，但更多的时候不是，里面住着一个非常不同的相当令人讨厌的男孩，而一年另外三分之一待在家的时光中，并没这个小孩的位置。"

盖索恩-哈迪引用一项对二十世纪六十年代在以色列集体农场长大的儿童的研究，来说明预备学校在引导孩子去重新建立纽带方面与集体农场有多相似："因为与家人分开，孩子们变得相互依赖；他们对父母的爱和忠诚在很大程度上转向了同龄人群体。"无论是有意的还是无意的，要培养一支自给自足的精英队伍去管理一个社会或者帝国，没有比这更好的方式了。

很早就有人提出，这个过程也许会给孩子留下伤痕或者让他们产生扭曲的心理。1888年，年轻的鲁德亚德·吉卜林发表了短篇黑色小说《黑羊咩咩》，这本书可以看成是对那些在印度的英国父母发出的警告。这些父母喜欢把孩子留在国内，以免孩子染上热带的致命疾病，同时也能让他们接受更好的教育。故事直接取材于作者自己的经历——六岁时被送回英国，和无情的养父母一起生活，在接下来的五年里几乎没见过自己的亲生父母。当吉卜林故事中的小男孩庞奇在十一岁与母亲团聚时，他高兴地告诉小妹妹："现在一切都不同了，我们是有妈妈的孩子了，就像妈妈从没离开过一样。"但叙述者反驳道：

哦，庞奇，事实并非如此，因为当年轻的嘴唇喝下了仇恨、怀疑和绝望的苦水后，世界上所有的爱都没法把它们的味道全部带走；尽管黑色的眼睛也许会偶尔看见光明，在没有信仰的地方传播信仰。

如今，该系统的捍卫者说："寄宿学校并不适合所有孩子。"他们暗示不适合的学生可以被筛查出来，但是事实远非如此。一旦进入寄宿学校就很难出去。过早离开父母的孩子往往无法发声，即使是在极度悲痛的情况下也是如此。正如我们所看到的那样，他们可能什么都不会说。这里还有另一名梅德韦尔·霍尔学校的毕业生，他总结了二十世纪六十年代末和七十年代初长达五年的暴力、羞辱和焦虑对他的影响：

当我离开梅德韦尔·霍尔来到哈罗时已经完全没有人样了,虽然那时我并不知道这一点。遇到问题时我不懂向人求助。我是个恶霸,有进食障碍,还患有时不时发作的恐慌症。我不知道什么是善良,在我的世界里没有善良这回事。我被一股力量一步步逼着走到这里,沦为一个暴徒,任何开创事业、坠入爱河或建立友谊的机会都被彻底摧毁了。我对这个世界如此愤怒,以致后来我变得无法无天。我对任何权威都毫无敬意,不到两年就被赶出了哈罗,这个结局并不意外。

1974年7月,十三岁的我离开阿斯顿去了伊顿公学。我从学校给父母寄去的最后一封信表达的不是生气,而是胜利:

下周的这个时候,我就不再是预备学校的学生了!我会是一个成品,包装好,贴着标牌,但还得再来点加工!周五见——只剩下120个小时了!

第三章

在公学长大

15. 公学称王

> 威灵顿没有教给我学问，也没有给我带来任何名气……不过它教会了我在被打时要保持微笑，尽管太阳穴就像正被铁锤砸，要爆出血来；吃任何扔给我的东西，没有就饿着；钦佩那些运动员、队长、杰出选手，对获奖者和级长心怀敬意而不是嫉妒。
>
> 伊恩·汉密尔顿爵士（General Sir Ian Hamilton），诗人、小说家，1915年在灾难性的加里波利战役中任地中海远征军司令。

到了二十世纪初，公学已经成为大英帝国国家形象的一部分。尽管这些学校中的大部分只有不超过五六十年的历史，但在这个国家里，它们的地位、制度和理念都和英国国教一样稳固。很难想象精英阶层或有抱负的中产阶级会考虑任何其他形式的教育。十九世纪最伟大的首相兼自由主义者W. E. 格拉德斯通在十九世纪二十年代时曾就读于伊顿公学，他在1890年说："公学制度是英国最伟大的制度，哪怕跟上议院比也是这样"，取消公学"就像敲掉英国社交生活的门牙"。

格拉德斯通观点的核心是坚信学校对于国家乃至整个

帝国的顺利运行至关重要，这一观点几乎得到了整个统治阶层和中产阶级的认同。伊顿公学以及其他学校——这些学校的运动场已种下了赢得滑铁卢战役的种子，就像威灵顿公爵（Duke of Wellington）当年说的那样*——是"铸就帝国建设者的造币厂"**：培养标准化的军官、商人、行政官员或外交官的生产线。许多女子公学在气质上也和男子学校相仿，有越来越多的女孩入学接受教育，尽管当时女性在社会上扮演的主要角色还是生儿育女、相夫教子，至少在第一次世界大战之前是这样的；不过那时所有的男孩和女孩身上都被深深地烙上了责任和忠诚的印记：帝国的克隆人阶层。这一切听起来一点都不英国。

公学的发展在多大程度上得益于有意识的组织运作，这得打个问号，但是公学制度带来的影响毋庸置疑。这些学校为大英帝国的崛起立下了赫赫战功，因此，围绕它们的功效建构出一套神话也不是什么难事。这种想法很快成为现实。依靠仅有的那么一些行政官员，你有什么办法去管理这个

---

* 威灵顿公爵（后来成为首相）曾在十八世纪八十年代就读伊顿公学，之后他把儿子们也送去了那里。这句话成了教育产业史上最伟大的广告语，但威灵顿在观看伊顿学生打板球时，似乎只说了一句："让我们赢得滑铁卢战役的东西生长于兹"，一位同时代的人将这句话解读为"游戏和运动可培养男子气概"。法国历史学家查尔斯·德·蒙塔朗贝尔伯爵在1856年出版的一本关于英国社会的书中将公爵的这句话翻译为："滑铁卢战役就是在这里取得胜利的"（C'est ici qu'a été gagné la bataille de Waterloo）。

** 爱德华·C.迈克，美国历史学家，写于1938年。他这句话带有讽刺意味。

4.2亿人口的帝国？它比世界之前的任何帝国都大。因此，拥有一支自信可靠的干部队伍至关重要。到了1919年，殖民地办公室撤掉了招聘帝国资产管理者的广告：它仅面试、招收由公学教师、牛津大学和剑桥大学导师推荐的毕业生。

从加拿大到南非，再到印度和澳大利亚，英国公学的理念传播开来，各种跟风机构纷纷建立，梦想把经济移民和被放逐罪犯的孩子变成绅士和统治者。学校志在为"不列颠号"舰艇培养合格的船员，但他们使用的神奇药水很难称得上是教育。到十九世纪末，他们中的大多数人都坚定地站到了知识分子的对立面，主要原因是虚荣心作祟——不应该教绅士去学商人的那套把戏。有人对此持批评意见，尤其是帝国的伟大诗人吉卜林，但影响甚微。大多数人认为，学校的功能是向学生灌输十九世纪英国基督教的道德准则，培养"男子气概""得体举止"，让学生熟悉团体运动纪律。一言以蔽之，就是塑造"性格"。教授知识，特别是实用性的知识，不在需优先完成事项清单的前列。

那时学校真正关心的是打造一个有向心力的群体，建立一种持久的等级制度。人们在这种等级制度之下，要想往上爬，就必须服从传统、尊重长辈以及严守公共道德。帝国的历史学家凯瑟琳·蒂德里克（Kathryn Tidrick）认为，这个理念师承自拉格比的阿诺德博士，由他的改革实践和发表的一系列文章建构成形。这位最伟大的公学校长对革命和下层阶级有着深深的恐惧，他引入了一种道德政治作为统治阶级的指路明灯："他把这样一个理念直接引入到教育系统中：统治阶级是由上帝任命的，对权力的使用负有责任。在学校里男孩们将密集、系统地认知这个观点，如果是在家里的话，只有少数孩子能零星地接触到它。"

这项工作不是通过政府法令或者某项特别制定的政策来完成的，而是在得到赞助阶层的同意后由学校自己完成的。在公学制度出现的时期，国家只介入过一次——1868年颁布的"公学法案"。这个法案脱胎于政府调查委员会两次调查的结果：克拉伦登委员会在1861年和1868年对"九所古老的公学"*进行了调查，1868年那次把调查范围扩大了，增加了780多所文法学校。他们调查了学校的财务状况——几个世纪以来，校长们肆无忌惮地滥用捐赠基金——考察了学校的课程设置，发现了问题：首先，学生死亡人数过多；更令人不安的是，孩子们学习的内容主要是古典文学，他们不上自然科学课程，学校没有设置任何有关物理、化学和生物的课程。委员会的调查人员询问了曾就读于这九所优秀学校的牛津大学学生，发现他们对地理、历史和科学知之甚少，甚至在英语阅读和拼写方面也"严重不足"。有说法认为，那时的科学教育比三百年前的还更糟糕。校长们对这些问题不以为意。1861年，当克拉伦登委员会请伊顿公学的查尔斯·古德福德（Charles Goodford）比较古典语言、数学和现代语言的

---

* 七所寄宿学校（伊顿公学、切特豪斯公学、哈罗公学、拉格比公学、什鲁斯伯里公学、威斯敏斯特公学和温切斯特公学）和两所日间学校（圣保罗公学和麦钱特泰勒斯公学）。

价值时，他毫无愧色地答以如下比例："15∶13∶1。"他不愿在科学上花任何时间。

经过三年的辩论，议会根据委员会的报告制定了"1868年法案"。这个法案比较温和，提倡孩子们学习古典文学、数学、现代语言、两门自然科学、历史、地理、绘画和音乐。法案也提到了宗教信仰的自由，但它仍坚持认为，在纪律、工作时间和人员配备方面，"校长应该尽可能不受约束"。直到一百二十年之后，有效的监管机制才被引入到公学系统内；而时至今日，私立学校仍被区别对待，受监管力度也弱于国立学校。

在这些学校负责人和他们友人的力争之下，公学法案屈服了——和现在一样，当时议会里有很多公学毕业的老男孩为维持现状而战。他们很肯定公学与政府提供的公办教育应保持不同，并遵守不同的规则。该法案将窃取古建筑和捐赠基金的行为合法化——这些建筑或基金本来是专为教育穷人而建造或设立的，如今却为富人所有。类似的事在现代依然存在，成立于1870年的号称"苏格兰伊顿公学"的费蒂斯公学就是一个令人震惊的例子*。这项法案使私人可以开办寄宿学校，且不受除了他们的客户之外的任何人监管或监督。

---

* 威廉·费蒂斯爵士以遗赠的形式捐出1,400万英镑（已折合为今天的物价）创办了这所学院，用于孤儿的"赡养、教育和日用起居"，并帮助那些"在一生中遭遇不幸、无法给孩子提供适当教育的人"。2012年，在750名入学儿童中，只有5人没有支付任何费用。这所学校受到了苏格兰慈善监管机构的严厉批评。

在官方调查之后出现的唯一重要变化，发生在 9 所老式公学的管理方面：董事会制度和汇报年度账目等成为学校的标准配置。规范化提升了消费者的信心，推动新的私立学校纷纷建立，这些学校在风格和气质上效仿"伟大"的古老学校，里面充斥着"虚假的传统和捏造的俚语"，一位研究维多利亚时代的历史学家 A. N. 威尔逊（A. N. Wilson）尖刻地评论道。在克拉伦登委员会发布报告后的四十年里，被承认的公学由 9 所增加到了 104 所，甚至更多。到二十世纪七十年代，公学数量增加到了 200 所，今天则有 282 所*。

---

* 校长大会是一个由顶尖私立中学（包括 50 所海外学校）自己评选建立的组织。该协会成员在 1964 年号称有 8.6 万名学生，2015 年称有 21.5 万名学生。

16. 现代化

十九世纪六十年代的改革确立了英国的教育分化制度，这一制度一直延续到今天。这些改革最终也为教育的普及奠定了基础，并第一次为女孩教育的糟糕状况发声。克拉伦登委员会指出，全国只有 14 所女子中学，而且这些学校都存在一些缺陷："教学内容不全面，资金不足；不成体系；管理松散，好虚饰浮夸；不重视基础；在时间分配上过分注重培养礼仪，并且不是通过科学智性的方式去教授；缺乏组织——这些问题充分说明我们收到的投诉非常严重。"

不久后，一场引领后来的女性参政主义和女权主义的运动开始了，它为中产阶级家庭中女孩的教育奔走呼号，认为她们应该像她们的兄弟一样接受教育。这一运动首先必须赢得中产阶级的支持，改变他们的思想，说服他们接受教育应不分性别、完全平等的观念。1843 年教育家威廉姆斯·埃利斯夫人（Mrs. Williams Ellis）说："首先要做的是接受女人不如男人这一事实——心智和体力上都如此。"维多利亚女王在一封给她大女儿的建议信中写道："教育也许有点过头了。"那些认为应该让女儿接受一些教育的人付钱让家庭教师在家授课——在十九世纪中叶，英国大约有 5 万名家庭教师，其中包括夏洛蒂·勃朗特（Charlotte Brontë），她的工资低得出奇。

到了二十世纪，女子寄宿学校开始兴盛起来。1910年时，全国有15所女子公学，共有5,000名学生。到1944年，一共有10,500个女孩在女子公学寄宿，国立学校中还有4,000个女孩——是男寄宿生的五分之一。六十年代末是寄宿学校的顶峰，那时有140所获得认可的女子公学，甚至多过男子寄宿学校。约有50,000个女孩寄宿在各类中学中，是男孩数量的45%。

那些得到认可的女子公学通常比男子学校小得多，而且更多地迎合走读生的需要；但这些学校从体育理念到课程设置，在各方面依然只是模仿男校。历史学家盖索恩－哈迪写道："女子学校认为这些学校光存在就是一种革命了。"不过它们没有模仿维多利亚晚期男校的等级化——或者是因为那时它们数量太少。一些男校是有意识地面向商业中产阶级开放的，其他的则服务于那些财富的继承者或历史悠久的大家族的后裔。

那些男子学校一直忽视女学生的存在。剑桥大学直到1948年才允许女性以与男性相同的方式获得学位。校长大会是由公学自己内部挑选出的一批精英学校组成的联盟，尽管该联盟接受女子学校作为成员，但直到1996年才在名称上加上了"女校长"。二十世纪七十年代的经济冲击使男女同校突然受到追捧，这给那些陷入财务困境的学校带来了一线生机。

在课程方面，学校和家长基本上不理会议院增设更多科目的建议。公学法案颁布九十年后，我父亲在伊顿公学读书时仍然把超过百分之六十的课程时间用在学习拉丁语和希腊语上，另外至少还有百分之十五的时间花在了基督教上。孰轻孰重，公学的校长们分得很清楚：阿诺德博士制定好的课程政府不能干涉，不管帝国多么需要工程师和科学家，学校的目标却是培养有修养的绅士。在法案颁布后的几十年里，校长们撰写了很多小册子，对体育、锻炼、宗教和严厉的纪律等做了规定。正是因为男孩们（越来越多的女孩也是如此）非常厌恶拉丁语和希腊语，让他们花几个小时去学习这两种语言才是合理的：可憎的乏味对精神的培养大有裨益。1936年时，米尔希尔学校（Mill Hill School）的校长宣称："当一个男孩学会了他所深恶痛绝的拉丁语语法，他就学到了关于公民身份的无价一课。"

希利·哈钦森·阿尔蒙德（Hely Hutchinson Almond）极尽完美地总结了这套制度。希利·哈钦森·阿尔蒙德热爱橄榄球和长跑，他也是劳莱特学校的校长，职业生涯从克拉伦登委员会报告一直持续到20世纪初。他热衷于推崇运动的"劳莱特主义"：体育锻炼、新鲜空气和冷水浴。他出版了一本书，专门梳理他最喜欢的阿诺德博士的名言。在《劳莱特纪事报》上，他按照重要性逐项列出了培养一个合格男学生的几个方面："第一，性格。第二，体质。第三，智力。第四，礼仪。第五，知识。"

认为学校对学习——或者至少是那种需要书籍和教师的学习——抱有敌意的大有人在，直到二十世纪仍然如此。由公学毕业生组成的左翼知识分子对公学的批评主要就集中在这一点上。弗吉尼亚·伍尔夫（Virginia Woolf）的丈夫、小说家兼出版商伦纳德·伍尔夫（Leonard Woolf），曾在十九世纪末就读于寄宿制预备学校，后来又到圣保罗公学学习，那时正值体育运动热潮的最高峰。他是个书生气十足的犹太人，对这段经历深恶痛绝，直到1960年仍然愤愤不平。赞同他观点的人应该不在少数：

公学是英国庸俗主义的养成所。你在这里要是开发头脑、追求好奇心和原创性、热爱"学习"、热衷读书或者任何和艺术有关的东西，一旦被发现就会受到猛烈的批评和迫害……并不是只有男孩们这么认为，几乎所有的老师也认同和鼓励这种态度。知识分子不受待见，被人鄙视，这一点从过去到现在没什么两样。

奇怪的是，尽管伦纳德博览群书，擅长社交，他仍然接受了那个观点，认为英国公学的运营是为了教育。早在《汤姆求学记》中，布朗先生就解释了父母们的目的："我才不在乎什么希腊虚词或者双伽马——他妈妈也不在乎。把他送到学校是为了什么？好吧，部分原因是他想去。要是他能长成一个勇敢、善良、诚实的英国人，一位绅士，一个基督徒，那我会非常满足。"五十年后，前拉格比校长T.L.帕皮伦牧师写了一篇大言不惭的文章来讨论学校和公民身份的关系："我们从可靠的权威那里得到保证，智力教育在最著名的英国公学中无关紧要，而我们国家很大一部分'管理阶级'都是由这些公学培养出来的。"概括来说，这些学校提供的教育糟糕到令人羞愧，但大英帝国的成功表明，这无关紧要，学生们仍成长为了快乐能干的小伙子。

二十世纪七十年代中期当我在伊顿读书时，人们依旧对伦纳德看到的"拖船工"（学者）持有敌意。他们看起来可能很普通，但是如果你和其中的一个做朋友，就意味着告诉别人你也是个"书呆子"。1988年当圣保罗公学的校长试图让不爱运动的乔治·奥斯本（George Osborne）当学生代表时，热衷体育运动的老师极力反对，以至校长不得不做出让步：未来的财政大臣被给予了一个低得多的职位。曾在1988年至1996年担任英格兰橄榄球队队长的威尔·卡林（Will Carling）说过，在二十世纪八十年代初他上的赛德伯学校（Sedbergh School），橄榄球的重要性压倒一切："那真是超现实主义。所有一切都是为了抬高那些参加橄榄球联赛运动员的地位。"

正如曾短暂任教于公学的塞缪尔·贝克特（Samuel Beckett）所言，公学毫无疑问一直都是"富人和贵族"的学校*；但是到二十世纪末，家族决定一切的时代结束了。随着一些成功的学校认识到对外公布的学术成就排行榜对招生有直接影响，他们对生源变得挑剔起来，一些能力低下的学生开始被学校拦在门外。《每日电讯报》前主编查尔斯·穆尔

---

* 当他辞去北爱尔兰坎贝尔学院那份毕业后一直从事的令人生厌的工作时，校长抗议道："但是，贝克特先生，你难道没有意识到你在教导阿尔斯特的菁华吗？"贝克特回答说："是的，这菁华又富又厚。"

（Charles Moore）写道，二十世纪七十年代当他在伊顿公学念书时，那里仍然充斥着"地主绅士们"毫无进取心的儿子："有些人只看《体育生活》，还觉得难。"他承认这种情况已经改变。如今，要让孩子进入伊顿公学你得多付点钱——按现在的物价换算，学费是过去的三倍；且这些十二三岁的男孩必须在学业成绩上高于平均水平才会被录取。

克拉伦登勋爵发表于1864年的报告首次提到了另一个更重要的问题，这个问题在二十世纪引发很多批评：公学制度本质上是不健康的，它在自我延续，非常封闭，正如一位保守派历史学家所说，是"乱伦的"。传统和自信阻碍了改革，甚至阻碍了学校与不断变化的世界保持同步发展。"掌管这些学校的人就在学校围墙内长大，满脑子都是学校里的偏见和观念，没有任何外部的经验，这对任何学校来说都肯定是不利的……"克拉伦登勋爵总结道。看看学校是怎样对教职员工所犯的虐待罪睁一只眼闭一只眼的，就会发现这一评价非常中肯，而这些老师对此也心知肚明，正好利用它为所欲为。不过这些学校的成功在一定程度上也恰是因为他们完全相信自己所做的工作是不同凡响的——同样的自信还是支撑帝国的基础。

直到1942年，政府才从更广阔的教育视野和英国社会背景来重新审视公学。之后，一个教育委员会——该委员会由苏格兰法官弗莱明勋爵（Lord Fleming）担任主席，成员还包括罗丁女子学校（Roedean School）的女校长和一名即将在伊顿公学上任的校长——几名成员合写了一份激进的报告，建议将公学和国家资助的寄宿学校合并，这样一来，这些学校就可以共同受益于寄宿制毋庸置疑的优点。为了支持自己的观点，弗莱明引用了二十世纪三四十年代各校毕业生进入公务员系统、海军和外交部门人数的统计数据，结果很惊人——寄宿学校毕业生占有绝对优势。

那些反对该计划的人经常提到，如果一个"穷小孩"被送进公学，他将会很痛苦。一位校长写道："把公学向所有阶级开放的想法用意是好的，但是除了强烈的不满以外，我看不出这一做法还能带来什么。这对许多孩子来说意味着他们的生活方式和习惯将被完全改变，可能会让他们滋生一些恶意，更不用说对学生家庭的影响了。想象一下斯特普尼男孩是怎么度过假期的。"弗莱明委员会的建议没被采纳。

二十世纪六十年代，工党政府试图解决贫富差距问题，但它的拳头打在了棉花上——一个公学培养出的僵化、保守的系统，其中还包括相当多的工党议员。纽瑟姆勋爵（Lord Newsom）领导下的公学委员会在1968年发表了关于未来教育的《纽瑟姆报告》。像一个世纪前的克拉伦登那样，纽瑟姆对学校自我封闭的本质提出了批评："在校长大会的寄宿学校里，有百分之七十的老师自己就毕业于校长大会中的学校，而这些人，在非校长大会的中学里占比不到五分之一。他们一直待在公学里，从学生变为老师，就像国立系统中的老师也一直待在国立学校中。两个系统之间并不会相互学习。"

二十世纪六十年代的改革雷声大雨点小，对公学没有造成什么影响，但是招生制度的废除让一百多所古老的国立文法学校改制为了"综合性学校";它们摇身一变也成了收费的私立学校——"公学"。与此同时,许多学校因成为慈善性机构而获得巨大的税收优惠——工党政客自二十世纪七十年代以来就承诺要结束这种错误的做法,但始终没有成功。这些学校在两个世纪后仍然保持着当前的运营模式,这证明行政手段完全奈何不了它们。

17. 体育与上帝

> 人生就是一场板球赛,种种诱惑像投手一样吸引着我们。
> 亨利·德拉蒙德牧师(Reverend Henry Drummond)创作的青少向畅销小说《巴克斯特的第二局》(*Baxter's Second Innings*,1892 年)

不管是在男校还是女校,"责任""荣誉""骑士精神""纪律"和"体育精神"这些词,都常常回荡在公学校长的讲坛上,并在学生们创作的诗歌及小说中回响;但是就公学的遗赠而言,在这个传统和神话中,没有什么比体育精神更为重要。到世纪之交时,团队运动——特别是板球和橄榄球——已不仅仅是作为隐喻与公学的孩子们应信奉的价值观和行为准则联系在一起,体育竞赛就是公学生活的基础。

这个观念是突然之间形成的。直到十九世纪六十年代,大多数学校都没有运动场,没有正式组织的体育比赛;然而到了十九世纪九十年代,体育已经成了这个系统的核心。体育锻炼,以及公平竞争、纪律、个体利益服从团队利益等观念,是伟大的集体协作诞生的前提——这是从讲台上传来的神谕:看看吧,看看耶稣和他的门徒们,或者纳尔逊和他的舰长们。

1934年日记作家哈罗德·尼科尔森（Harold Nicolson）在写到威灵顿公学时认为，对体育的推崇并不仅仅关乎体育：它是在反学习。他在1899年满心忧虑地去到这所学校，他抱怨道："我确信，如果我以学习希腊语扬抑符的激情去对待板球和球棒，再加上细心和努力，应该会有个不错的未来……"他找到了自己未来的路：他要成为一名外交官、工党政治家和爵士。尼科尔森继续写道："有些男孩觉得智力能力在某种程度上是女性化的，只有通过身体上的较量，才能向人们展示'男子气概'或让自己融入那种氛围中去。从目的论的角度来说，这就是我们所有人被送到伯克郡去的唯一原因。"那个不爱运动的聪明孩子当年尝到的苦涩，几十年后也依然浓烈。

对体育的狂热主导了学校生活的各方面，尤其是道德。因此，当尼科尔森在威灵顿的时候，马尔伯勒公学的月刊上有这样一句话："一位真正有骑士精神的足球运动员……无论是在言语上还是在行动上，都不会犯撒谎、欺骗或吝啬的罪行。"这是当时非常普遍的看法，与新的"强健的基督徒"精神相互呼应，这种"强健的基督徒"精神是从维多利亚时代末期到二十世纪中叶一直主导着学校生活的、勃兴的崇尚男子气概的英国国教主义的外在体现。正如许多作家不失幽默地指出的，这有点滑天下之大稽。"三根树桩，一个三柱门"，痴迷于体育运动的校长E.L.布朗这样解释圣三位一体的教义。二十世纪二十年代，圣保罗公学的一名高年级男孩告诉阿瑟·考尔德-马歇尔（Arthur Calder-Marshall）："基督会为他的学校努力拼搏……如果当时有赛艇队，他可能会为他的校队奋力划桨。"考尔德-马歇尔后来成为一名小说家和社会工作者，（在1934年的叙述中）他告诉我们，他很快就放弃了宗教转向和别的学生相互手淫。

运动能提升道德的信念与另一个有趣而独特的英国观念交相辉映，即荣誉比成功更重要，参与比获胜更重要。大英帝国兴起的神话被用来说明这样一个悖论：看淡胜负才可能胜出。男孩们被告知，弗朗西斯·德雷克爵士（Sir Francis Drake）在他的水手们从普利茅斯出发与更强大的西班牙无敌舰队作战之前，坚持让他们先打完一局保龄球。能够在紧迫的灾难面前保持镇定从容，是一项令人钦佩的品质；而局外人不能理解这种行为，使它更加难能可贵。

1900年，一位校长写道："让我们感到自豪的是，外国人无法理解疯狂的英国人。无敌舰队庞然迫近时他们还在打保龄球，或者当对手忙着修建野战工事、挖战壕时，他们却把自己的地方整平，造出一片板球场来。"他接着说，正是这种态度"使英格兰成为主导世界的国家"。英国陆军军官在第一次世界大战中表现如此糟糕，伤亡如此惨重，部分原因——在二十世纪的批评者看来——就是由于上述观念，再加上英国人认为公学的运动健将们天生会成为能干军官的那份自大。

英国公学创造体育项目就好像是为了给生活提供一个范本和隐喻。诚然，今天最受欢迎的一些团体运动——橄榄球、足球、曲棍球——最初都是在维多利亚时代的中学和大学中被正式确定下来的;但有一点再清楚不过,体育运动连同学校的一些年代久远的做法——从男孩们共享床位到老师擅用捐赠基金——是在十九世纪中叶被规范化的。直到十九世纪四十年代初,可以对比赛结果下赌注的拳击或赤拳格斗在大多数学校中仍非常流行;在马尔伯勒公学,最受欢迎的游戏之一是猎蛙,学生们将自己打死的青蛙垒成一堆,垒得最高的一方获胜。在哈罗、伊顿、拉格比和其他学校中,有各种形式的集体足球赛,和今天一些城镇在节日里踢的足球赛很像。切特豪斯的足球赛是让一个小孩当球,直到 1824 年耶稣受难日,萨福克伯爵(Earl of Suffolk)的小儿子"被拖了一段距离,一堆小孩压在他身上,他受了伤,没多久就死了"。到十九世纪九十年代,学校中不规范的体育竞赛结束了,赌博也被禁绝,运动规则被正式确立下来,裁判、队服、球场和球队代表色等逐一被引入到体育竞赛中。

这些改革与同性恋及手淫引发的道德恐慌——至少在学校里是这样的——同时到来。人们认为严酷的运动训练是解决"兽性"爆发的最优方案;并且,道德、宗教、健康、阶级意识和体育运动结合起来可相互推动、形成一股导向球队及国家荣耀的合力,就像橄榄球比赛中队员们抱在一起争球那样。"运动主义"崇拜的兴起与现代意义上的竞技几乎没有关系,因为跳跃或跑步等个人项目并不受重视,团队和比赛才是重点。

一些观察家对这一点有误读。德国记者卡尔·海因茨·阿布斯哈根(Karl Heinz Abshagen)于二十世纪二三十年代在英国待了十年。他完全相信,不管是有意的还是无意的,公学是非常成功的优生政策的组成部分。在他1938年出版的一本关于英国上层阶级的书《国王、贵族和绅士》中,他描述了英国精英阶层如何将子女与社会其他阶层隔绝十年,以便培养出那种肯定能受希特勒赏识的超级不列颠人。在观察到"上层阶级和其他阶级之间明显的族群差异"后,他写道,有组织的体育运动和"优良的血统"在英国起了作用。这些差异都是看得见的,不仅体现在下层对上层拥有不可思议的服从性上,还体现在他们的体型、外表和言语上。只有"形成社会中坚力量的地主贵族"才能发出作为单词首字母的h,比如"house",不会被他们读成"ouse"。这一点即使是大人物的仆人也几乎做不到,不管他们怎么努力。阿布斯哈根接着写道:

英国大部分人口都不高,个子中等偏矮的居多,他们通常吃得多,体型粗壮。高大健壮的运动员和身材苗条、双腿修长的女人,经常被作为英国人的代表展现在德国人面前,但实际上,这种人多数只能在英国上层阶级中找到。

该书英译本在英国出版后受到嘲笑,但是有一位当代评论家这样说:"阿布斯哈根先生应该加上这点才公平:公学的许多毕业生把自己出色的体格和发育(这就是他们的训练)……归功于'优良的血统';同样,他们把享有的权利归结为家族的特权,尽管没法证明。他们声称自己是另一个种族，和他的说法稍有不同。"培养精英是那些崇拜柏拉图、推崇体育运动的校长的梦想，从阿诺德博士到高登斯顿的库尔特·哈恩（Kurt Hahn）莫不如是，在这一点上，他们的想法和纳粹关于优等种族统治世界的理念可谓异曲同工。

阿布斯哈根可能是在开玩笑，也许他这么写是因为明白纳粹德国想要读到什么，但他确实洞悉了学校及其功能。他认为寄宿制和团体运动能比走读学校的训练更好地培养学生的"同志情谊"。"公学的主要目标不是传授知识，当然也不是传播对学生未来职业生涯有用的实用信息，而是要把学生培养成小圈子的成员。"他解释了中产阶级是怎样花钱——以"巨大牺牲"——让他们的子女进入某些尽管不是统治精英级别的学校的；但实际上，即使是更低阶层的英国人，也会学习爱国主义精神、团队精神、他们作为领导者的职责以及独特的着装风格和谈吐方式。

今天，体育在英国学校和学校课程中仍然占据主导地位，在许多别的国家看来，体育在英国学校中的重要性已经到了不同寻常的程度。这片土地上的私立学校，没有哪所不在宣传册和网站上大力鼓吹它们的体育设施和体育成绩。当然，孩子们需要锻炼，很多人也真的喜欢锻炼。我自己的孩子就从训练中获得了极大的乐趣，代表学校参加团体竞赛更是让他们激动不已。

我的经历则完全不同。像许多人一样，我的运动生涯从早期开始就很惨淡：因为个头太小和性子胆怯，各种体育比赛都把我拒之门外，这加剧了我对体育的厌恶，以及对这个强迫你去运动的系统的厌恶。我下文会讲到，这是一段有其积极影响的学习经历；但是——无论你是运动达人还是书呆子，是勇敢的争球前卫，还是口袋里装着小说的不情愿的边裁——团体运动过去是、现在也仍然是"作为公学根基的……社会价值观的仪式性象征"，这是历史学家兼社会学家约翰·韦克福德（John Wakeford）的观点，我们很难反驳。

体育可以直观地展现一些存在于教育中的社会差距。2014年，我痴迷于运动的女儿从城里的国立小学转到了一所私立小学。那所国立小学中几乎没有女孩能参加的比赛，男孩也只能在课间踢几脚球；但在新的私立小学，学校每周都会组织进行几个小时的体育活动，还会带学生游泳。到了二十世纪九十年代，在十一岁的孩子中，每周上两小时体育课的比率，私立学校要比国立学校高出一倍。大约同一时期，毕业于国立学校、热爱板球的保守党首相约翰·梅杰（John Major）发布了一份名为"发展体育"的政策文件，试图以推动体育运动来解决这个城市化的现代国家中存在的道德和社会问题——这一理念与维多利亚时代晚期校长们的想法不谋而合。

在2016年，由精英学校组成的校长大会仍然在吹嘘："校长大会成员的学生平均每周参加五到六个小时的体育锻炼和比赛——是国立学校学生的两倍。"优质的体育设施或者优秀的团体运动竞赛成绩，仍然是一所学校吸引家长的关键——因此现代私立学校在球场和体育馆上投入了大量资金。

可事实应该是这样的：体育和教育成就没有联系，即使有，联系也不紧密。"让孩子们多去运动"一直是政策制定者逃避解决更棘手问题的不二选择。

女子寄宿学校也急不可耐地采纳了通过运动来提升道德的做法，就像它们效仿了男子学校的其他大部分规则那样。一些团队运动被认为不适合女孩，比如足球和橄榄球直到最近才被女校接受。不过这个观念——体育运动消耗青少年的体力，让他们没有精力再去做一些不妥当的事——仍然非常有影响力，使鼓励运动被看作具有一种道德上的善。

"女孩们像男孩们一样奔跑，这样你们就不必去想他们了。"按照小说家伊丽莎白·阿诺特·罗伯逊（Elizabeth Arnot Robertson）的说法，这就是二十世纪三十年代谢伯恩学校的风气。夏天有板球，冬天有曲棍球，都是必修课。这些活动看上去起了作用："我们非常非常热衷比赛，平时交谈的主要话题就是校内比赛，小心翼翼、刻意表现得对它们很感兴趣。"她和其他几名女性还指出，体育运动也常被用来形容她们在寄宿学校的生活。级长会这样斥责那些违反规定的女孩："你刚才的行为不像个板球手"，即使当她们不在球场上的时候也一样。

18. "参加体育比赛"

留着八字胡的尤斯塔斯·汉密尔顿·迈尔斯（Eustace Hamilton Miles）于十九世纪七十年代在马尔伯勒公学上学，那个时候要玩猎蛙的游戏是晚了一点，但如果是想成为一名哲学家兼运动员的话，时机恰好。从1898年到1905年，他六次成为货真价实的世界网球冠军；在1908年的奥运会上他以39岁的年纪摘得一枚银牌。退休后，他写了不少书，主题涉及希腊语、拉丁语句法乃至"素食主义的失败"等，当然，还有体育的价值。他在1904年出版的《参加体育比赛：盎格鲁－撒克逊体育精神》一书中宣称，板球运动阐述了生活中十一个"有价值的理念"："合作、分工、专业化、服从单一组织者（或许有一个理事会为他提供建议）、民族性格、地理及其影响、艺术与艺术解剖学、生理学与卫生学、伦理学，甚至——如果对这项运动学习得法的话——还包括具普遍性的教育方法。"想象一下，韦恩·鲁尼（Wayne Rooney）* 突然从男孩卧室的海报上走出来，滔滔不绝地发表上述宏论。

迈尔斯有本书的标题引自那个时代最著名的一首诗，他

---

* 译者注：韦恩·鲁尼是英国当代著名足球运动员。

选了其中最响亮的叠句:"加油!加油!赢得光彩!"那时,整个国家,连同不断加长的殖民地名单上的地区,都认同和支持亨利·纽博尔特爵士(Sir Henry Newbolt)在1892年发表的诗歌《生命火炬》中表达的价值观。这首诗首先提到的是克利夫顿公学(Clifton College)的板球比赛,纽博尔特就是从这所公学毕业的,这是一所有意在气质和建筑上都效仿那些"伟大"公学的新学校。然后,场景从绿油油的球场切换到血淋淋的沙漠,在那里我们看到了十九世纪八九十年代英国军队参与的灾难性的苏丹战争,我的曾祖父直接从伊顿公学出发,作为一名年轻军官参加了这场战争。无论以什么标准来衡量,这场旷日持久的战争都是帝国的一次丑陋失败,可以与二十一世纪伊拉克的毁灭相提并论。这是一场毫无意义的破坏性战争,以戈登将军(General Gordon)和数千名埃及士兵在喀土穆被屠杀为高潮,让英国人哀痛震惊;但这首诗把所有恐怖的现实变成了一场歌颂大无畏英雄精神的盛典,败战也因此变成了一场胜战。

今夜的决赛场地一片寂静,
拿到十分,赢得比赛,
用力投掷、灯光熠熠,
一个小时的比赛,胜利属于我们。
这不是为了锦绣战袍,
或一个赛季的荣誉虚名,
队长猛拍他的肩头,

"加油!加油!赢得光彩!"

沙漠已被浸红,
红色漫上已为废墟的广场,
加特林机枪哑火,上校阵亡,
硝烟尘土遮蔽了军团的视线。
死亡之河已冲溃堤坝,
英格兰就在远方,为了荣誉而战,
喊声激荡在男生的队列,
"加油!加油!赢得光彩!"

这是年复一年的誓词,
学校根基之所在,
她的孩子们都须谨闻,
铭记于心。
它使每个人都欢欣鼓舞,
终身秉承如传递燃烧的火炬,
为身后的祖国献出一切,
"加油!加油!赢得光彩!"

稍有历练的人都会对这类东西嗤之以鼻(下一个十年,出现了第一部对公学和帝国的夸夸其谈提出温和批评的小说),但纽博尔特爵士在1938年去世之前一直在殖民地巡回朗诵这首诗。就像亚瑟·休·克拉夫(Arthur Hugh Clough)

出版于维多利亚扩张时代初期的《不要说努力终成空》("Say Not the Struggle Nought Availeth"),"加油!加油!赢得光彩!"所勾勒出的简单观念是帝国自信心的源泉。根据哈罗公学其中一位最著名的校长亨利·蒙塔古·巴特勒(Henry Montagu Butler)的说法,他的孩子们需要知道的一切都在这首诗里面了。他在第一次世界大战前夕说:"无论是关于板球……还是关于政治或职业,除了'赢得光彩'之外,我想不到我还能满怀信心地推荐其他什么格言。"二十世纪的历史书一再指出,在1914年到1918年的战争中,军队口中唱着纽博尔特的歌,脑海中浮现着板球比赛时的英勇行为,向着屠杀大步前进。另外很自然地,战争开始后,已经贵为爵士的纽博尔特得到了一份负责政府宣传的工作。

他们真的把壕沟里的短兵相接和学校里的体育比赛混为一谈了吗?这当然是一个流行的比喻。"一封封来自前线的信,诉说着他们很高兴没有让学校、家族或团队失望……类似的主题在学校的讣告中被再次讲述。为你的学校尽力争胜意味着为国家死得其所,两者实际上是相通的。"盖索恩-哈迪写道。战争中最著名的故事之一是士气高涨的士兵们冲出战壕,一边向敌人发动进攻,一边追着球跑。这种情况至少发生过两次,1915年在卢斯,1916年在索姆河(袭击开始时,一名上尉将橄榄球踢进了无人区)。大多数人都死了,但是球还在——在满布灰尘的军队博物馆你还可以看到那些裂开口的泥巴色的球。

约翰·霍恩(John Horne)和其他研究体育史的社会学家

猛烈抨击维多利亚时代经久不衰的体育至上主义，认为它是上层阶级镇压社会的特洛伊木马："（体育）并没有被看作是纯粹的消遣，它们是强大而声誉卓著的社会践行者的载体，传递其青睐的价值观，目的是生产并延续一种强调精英道德责任和男子气概的文化……"

你可能会对此提出异议，特别是质疑学校，体育是否服务于维持专制，体育精神的出现和学校面临的各种压力（社会、宗教和经济上的）是否纯属巧合；但是还有更紧要的一点：体育作为生活、管理、商业和人际关系的一种精神面貌而兴起，其造成的破坏远甚于它为十九世纪的精英阶层加固权力带来的好处。体育建起一个信条：输赢没关系，参与最重要。一直以来，对这种态度嘲笑者有之，钦佩者有之。它意味着英国人是无法被击败的，其结果就是——看看那些大家耳熟能详的讲述英国失败的故事，从克里木半岛发起冲锋的轻骑兵，一直到斯科特的南极探险，再到敦刻尔克大撤退，那些莽撞的集体行动留下的血和泪，英国在其历史记述中一概轻描淡写。与牺牲和勇往直前带来的荣耀相比，这些代价微不足道。

19. 仇恨与叛逆

如果你像奥威尔和尼科尔森一样,既不热衷也不擅长体育——你不接受"这个为压抑我们性欲而隐秘进行的法西斯阴谋",就像朱利安·巴恩斯小说中一个男孩说的那样——那么你该怎么办?我那时从没加入过任何球队,无论是校内球队还是校队,但是为自己着想,我还是被迫上球场,直到十五岁左右。我体验过膝盖沾满泥巴,感受过寒冷和无聊,我现在要为自己的经历说几句。你不仅软弱、缺少男子气概、没有意志和勇气,而且——上帝保佑你——也是个懦夫,这种道德上的愧疚感一直伴随着我们中间许多不爱运动的人。一些人敢直接对这种狂热说不,乔治·奥威尔就是其中之一。他清楚地看到了足球狂热带来的影响,不管是对场上的还是场下的人:

> 我讨厌这项运动。因为我看不出它有什么乐趣和用处,我很难在进行这项运动时表现出勇气……爱踢足球的都是身材高大、喧闹、骨节明显的男孩,他们对冲撞和踩踏体型更小的男孩很在行。这就是校园生活——强者不断战胜弱者,美德来自胜利……

传统观点认为，奥威尔和许多人本能地反对团体、等级制度和顺从带来的压力，他们为自己所受的伤害和感受到的愤怒在文化和政治上寻求表达的渠道：他们是运动崇拜的局外人。我自己在就读的两所公学中都坚定地对运动敬而远之，我明白反对运动本身也是一种宗教，是在秉持一种与团队精神和强健的基督教理念背道而驰的信仰体系。当其他人在泥巴地里奔跑的时候，我们躲在后面看书、聊天、听音乐，搞阴谋诡计来破坏他们那一套东西。反对运动意味着接受另一种强有力的哲学，其中的思想包括抵制群体思维、尊重智力以及鼓励离经叛道。我们是体育蹩脚者俱乐部的成员，二十世纪宽容的自由主义传统就植根于此。

尽管有一些学校甚至把高度近视或患哮喘的学生也赶到橄榄球场上，但也有些稍微宽厚的学校——比如我就读的学校——允许甚至鼓励反抗者留在室内，甚或默许他们到自行车棚那边抽烟。叛逆还是顺从，当我们被迫在两者中做出选择时，我们的世界观也被局限在狭小的空间里。"我们渴望读书，渴望性，拥护精英政治和无政府主义。"朱利安·巴恩斯在谈到二十世纪六十年代自己的学生时代时写道，"在我们看来，所有的政治和社会制度都是腐败的，我们拒绝考虑除了享乐主义式的混乱之外的其他选择。"在 1968 年上映的由两个前公学男孩拍摄的电影《如果》中，叛逆者隐藏的关涉生存焦虑的不满在结局时转化为了一场屠杀。大多数上过公学的人不会把这一幕当作隐喻——这是批评家们的看法——它完全可能在现实中上演。

实际上,没有谁会因为讨厌运动或者级长而拿起凶器或闹革命,相反,我们成了电影制作人、记者、活动家和中左翼政治家,对监管、传统和等级制度持怀疑态度。体制接受了我们:有弹性、能够接受质疑当然是这一体制成功的一个原因;另外,英国以私立学校为基础的教育系统也是有史以来持续时间最长、最成功的系统之一。容忍不满是解除武装的最好方式。二十世纪七十年代初,根据威斯敏斯特公学后来的校长约翰·雷的说法,伊顿公学对高年级学生进行的一项政治民意调查发现,百分之八十五的人会投票给保守党,其余的人要么犹豫不决,要么是共产主义者。没人会投票给工党。雷觉得这是意料之中的事——而且非常健康。

也许比叛逆者更有意思的是,有的人逆来顺受并最终以这样或那样的方式享受起了学校生活。他们是大多数,且大部分不是因为害怕或情感缺失所以被迫从众;他们只是喜欢常规,喜欢同学情谊,喜欢世界井然有序的感觉。对许多人来说,一旦理解了,学校就是一个安全和公正的地方:你不需要现代儿童心理学来告诉你这些对孩子的成长有多重要。此外,那些在八岁或更小的年纪被送到寄宿学校的孩子了解学校生活,懂得如何去适应。我的大多数通信者在预备学校过得不开心,在中学时则变得更快乐了。

"监狱"这个词——寄宿学校的孩子们不管快乐与否都

会用它打比喻——不失公正。用社会学家的话说，监狱和学校都是一个"完整的社会"：封闭的机构，内部有其独特的结构和规则；只要你不做出头鸟，那尽可放心，你的旅程会很惬意。有一个老套的笑话——有人这样形容日本战俘营或旺兹沃思监狱："啊，我上过公学，所以也没那么糟糕。"那些公学的老油条会这么说也不奇怪。1999年，当前保守党议员乔纳森·艾特肯（Jonathan Aitken）即将因作伪证入狱时，他对《每日快报》说："身体上要遭的罪我确信能对付得了。我二十世纪五十年代时，在伊顿公学寄宿过，知道在糟糕的封闭环境里应该怎样生活。"斯蒂芬·弗莱（Stephen Fry）*在离开学校后不久因偷信用卡而短暂入狱，他在回忆狱中经历时详细阐述了寄宿学校起到的作用（弗莱从六岁开始上寄宿学校，曾两度被开除）："我知道该怎么取笑那些有权力的人来讨囚犯们的欢心，同时又不冒犯狱警。我知道要怎样保持快乐，想出各种消遣、骗局和恶作剧。我知道如何生存。讽刺的是，我在真正的寄宿学校里却做不到。"

一些社会人类学家将集中营或精神病院制度——特别是不同群体的囚犯为了生存而忍受、顺从权力的做法——与寄宿学校放在一起比较。同样，还有一派信奉弗洛伊德的后帝国历史学家会告诉你，公学教育的性压抑和情感压抑是帝国内在的关键驱动力，是推动年轻的前公学男性们（而不是女性）在温暖、色情的东方战斗、征服和统治的精神引擎。

---

* 译者注：斯蒂芬·弗莱是英国知名喜剧演员、作家和电视主持人。

那些被英国公学锤打得七倒八歪的弗莱什曼们既亢奋又困惑*，但对自己的阶级忠心耿耿，对自己独掌一方的权利确信无疑，他们出发去统治世界了。我们从中学到的是，无论是规划的结果，还是自然的发展，反正香肠厂运转得很不错。

---

* 译者注：弗莱什曼是《汤姆求学记》中一个恶霸式的人物，因酗酒被逐出拉格比公学。二十世纪中后期英国作家乔治·麦克唐纳·弗雷泽（George MacDonald Fraser）以这个人物为主角创作了一系列作品。

20. 阶级、种族、融合

"公学香肠厂"这个词至少可以追溯到二十世纪三十年代，它被用来描绘一群一模一样的男孩，他们异于常人的奇特之处都是被特意地、机械化地制造出来的。这个词有它对的一面，也有它不对的一面。产品的外表固然重要，但更重要的是，他们内化了对社会规则的顺从和学校灌输的理念，其中最明显的是关于种族、阶级和宗教的理念——学校在灌输这几个方面的东西时，通常不太成功。

最明显的失败体现在宗教上。二十世纪的传统学校——不管信仰新教还是天主教——都毫无疑问是基督教学校，但他们并没有培养出一批虔诚的基督徒。学校里的教堂几乎没培养出过狂热的追随者，反而让我和许多人完全脱离了有组织的宗教：就像其他所有让人兴奋的事物一样，宗教信仰如果被过分强调，就会变味儿。诺埃尔·安南（Noel Annan）是一位学者兼社会评论员，也是二十世纪自由主义建制派的顶梁柱，他在二十世纪三十年代就读于斯多中学。他在1990年时写道，学校教授的新教教规把行为规范标准定得太高，不切实际，以至"不得不用一个更具可行性的参照范本来替换备受推崇的绅士法则"。和美国学校比的话，现在的英国学校已经没那么明显的宗教意味了。

关于种族和阶级的观念对人来说更为重要。在二十世纪的大部分时间里，学校里的非白人或犹太人肯定会受到言语上的侮辱，还会被欺凌。保守党小说家安东尼·鲍威尔（Anthony Powell）在回忆二十世纪二十年代的伊顿公学时写道，学校认为他的血统很"邪恶"，认为他是学校此前好几年没有赢得任何体育奖杯的罪魁祸首；更糟的是，这所学校还因为"非雅利安人（即犹太人）学生的比率好像高得过头了"而饱受其他学校鄙视*。明目张胆的公开歧视并不常见，但是今天被认为不可接受的那种随意的种族歧视在二战前后的"上流社会"随处可见，即使是在像乔治·奥威尔那样的左翼知识分子的团体中也不例外。各种中产阶级的俱乐部，无论是共济会，还是高尔夫俱乐部，一直到二十世纪末都对其他种族大门紧闭。

这种种族主义已经渗透到了一些学校的招生制度中。犹太中产阶级家庭的孩子的确从十九世纪初就上公学了：未来的保守党首相本杰明·迪斯雷利（Benjamin Disraeli）的两个兄弟在十九世纪二十年代去了温切斯特公学，而他从八岁左右就在一所规模较小的圣公会学校寄宿。不过在二十世纪，随着反犹主义变本加厉，这种宽容的态度改变了。印度第一

---

* 鲍威尔在文章中接着说，他在校的时候，这一状况就要结束了，让他很"开心"。他故意不说清楚开心是因为非雅利安人的比率不再过高，还是因为反对非雅利安人的歧视行为终结了。

任总理贾瓦哈拉尔·尼赫鲁（Jawaharlal Nehru）在1905年至1907年间就读于哈罗公学，他在回忆录中写道："这里总有股反犹情绪。"（他没有提到这些学生是否也排斥印度人。）哈罗和其他一些公学在招生时，对犹太学生和非基督徒学生实行半保密的配额制度（1945年哈罗公学给犹太学生的最高配额为10%，圣保罗公学到二十世纪七十年代末之前给犹太学生的最高配额为15%）。一些美国的顶尖大学和医学院也是如此。

在我的预备学校里，我们曾非常残忍地对待两个男孩，他们被欺负的原因又和上文所述不同：他们一个是外国人，另一个身患残疾。在我就读的第一所公学伊顿，我们欺负一个获得奖学金的孩子，他的父母在威尔士开商店，而几个来自显赫富有的犹太家庭的男孩，据他们自己的说法，很少或根本没遭过欺负。二十世纪四十年代，出版商安东尼·布朗德在伊顿念书，当时学校里有九名犹太男孩，其中包括他和他的兄弟。"除了在课堂上以基督教的正统观点来讲解基督受难时外，这里几乎没有反犹主义。"我从几大学校的家长和孩子那里得知，现在反犹欺凌确实是个问题：有人认为是一波来自俄罗斯的孩子把偏见带了过来。伊顿公学和老伊顿人对公开的种族主义非常不屑——"这太哈罗了！"他们认为自己没有这种粗俗的缺陷，但事实是，和其他地方一样，伊顿也早存在丑陋的种族主义。尼日利亚人迪利贝·奥尼亚马（Dillibe Onyeama）在1965年成为第一个进入伊顿公学的黑人，他在一本悲伤而引人深思的书中描述了自己的经历，这本书于1972年出版时，骇人听闻的书名引起了轰动：《伊顿公学的黑鬼》。

不过不管是过去还是现在，阶级都是一个更严重的问题。物质财富和口音上的差异也许最容易被注意到，并被刻毒地品头论足——就像奥威尔在小说里写的那样，新生入学时，大孩子会对小孩子父母的财产进行审问——这些经常反映出父母的态度。这在人类学上很容易解释，但它也可能毫无道理可言：我有两名通信者讲到他们第一天来到苏格兰的高登斯顿公学时被同龄人排挤，原因是他们有苏格兰口音。这发生在二十世纪九十年代，而在二十世纪六十年代，查尔斯王子也在那里受到残酷的欺凌，不是因为他不太一样——这是当然的——而是因为他的口音很王室腔。势利以前是、现在也是一种嘲笑别人的粗劣工具，但对维持阶级的向心力至关重要。我们被教导要在语言上把自己与普通人区分开来。"oik"和"pleb"都是公学里的黑话，分别来自希腊语和拉丁语，意思是"平民"*。被赶下台的保守党政客安德鲁·米切尔（Andrew Mitchell）据称会把守卫唐宁街10号的警察称作"该死的plebs"，他曾就读于我的那所预备学校。

在高登斯顿公学成立一百年前，口音是否合宜就已经很重要了。教育史学家们认为，十九世纪末的公学是推广标准的中产阶级英语及说话方式的主要实践者，这使地区口音成为那些试图往上爬之人的障碍。1844年，爱丁堡公学的联合创始人亨利·科伯恩（Henry Cockburn）说，就算只是用苏

---

* oik源自"perioikos"，意思是"房子附近"或"住在我们周围的人"。pleb来自拉丁语"plebs"，意思是"平民"。

格兰口音"说希腊语和拉丁语"也会遭到排挤,而那些爱丁堡的富家子弟甚至听不懂罗伯特·彭斯(Robert Burns)用方言写成的诗句。*(在之前的四代人或更往前的祖先里,我母族这边的亲戚中没有谁有苏格兰口音,尽管他们中的许多人都曾在苏格兰的中学或大学中待过一段时间)。费蒂斯公学一开始把苏格兰短裙作为校服,但很快就抛弃了它们。到了十九世纪中叶,像萨克雷和狄更斯这样的小说家都曾挖苦工人阶级口音以及让孩子们摆脱这种口音的各种努力。在乔治·艾略特的小说《弗洛斯河上的磨坊》中,磨坊老板托利威让小汤姆离开家去牧师那儿念书,其中一个务实的目的就是让孩子拥有优雅的口音:

我父亲花的那些钱只让我学了些零零碎碎的东西,再加几个字母。不过我希望汤姆多读点儿书,能学得和那些家伙一样,说话好听,还会写东西。这样他在诉讼、仲裁和其他事情上就能帮上我的忙。

随着学校愈加成熟,学校里发展出了自己的语言。孩子们会用它来设计入校测试。对每一个新生来说,学习学校内部的暗号和了解学校的地理知识是必须要做的功课,一旦没通过高年级男孩们设置的考试,你就会面临可怕的考验。那

---

* 然而,五十年后,我的曾祖父詹姆斯·伦顿在那里接受了教育,他余生中说话依然带着浓重的爱丁堡口音。

些例如不同运动队帽子的颜色一类的问题根本算不上什么重要知识，测试的重点是折磨你，让你难受，就像让你学习希腊语动词一样（我当年到伊顿时的"队帽颜色测试"就是个玩笑，没给我造成什么麻烦；但是这类入校测试让其他学校的许多男女新生苦不堪言）。你的另一项职责是掌握学校里的俚语。这不仅在学校里有用处，还可以作为阶级的象征和社交的过滤网。我认识一位伊顿毕业生，他现在说话仍然会在名词后面加上'儿'（er 或 ers），比如："来一点午餐儿，伦特儿。"

这是极其古老的用法，就像在动名词中去掉最后一个 g——huntin'，shootin'，fishin'——或者把 off 加长："我告诉了长一官，在哪儿下一车（I told the orficer where to get orf）。"后两者都源于十九世纪初上流社会使用的语言。1933 年《牛津英语词典》的编撰者把后缀 -er 叫作"牛津的 er"（Oxford-er），因为这个后缀好像最早是在十九世纪七十年代于牛津的学生中开始盛行的。很明显，St. Giler 是 St. Giles*，而 Rudder 是指 the exam in Rudiments of Faith and Religion（宗教基础知识考试）。使用 -er 的习惯流传开后，为大家带来了诸如 soccer（足球）、rugger（橄榄球）和 header（队长）这样的词。在哈罗，废纸篓（waste-paper basket）被称为"废子萝儿（wagger-pagger-bagger）"。对于那些喜欢使用它们的人来说，今天这种用法的乐趣——就像二十世纪三十年代一些右翼记者用的学

---

* 译者注：即圣吉尔斯路，牛津的一条路名。

校俚语那样——在于它们既带有讽刺意味,也可以用来展示共同的教育背景。

在二十世纪三十年代,德国记者阿布斯哈根写道:"公学的英语是另外一门语言,不仅在特定单词和短语的意思上与日常英语有别,而且在发音、语调和响亮程度方面也是如此……当他们随意地聊天时,即使是另一阶级的英国人也很难听懂他们在说什么。"他的话今天依然适用,公学的毕业生仍然会使用有学校特色的俚语,把它当作方便的排外手段。我遇到过此前伊顿公学的学生,当他们问"你上过学吗?",并不是想知道你接受过教育没,而是在问"你上过伊顿公学吗?"。

21. 花钱买地位

如果说学校培养了势利和排外情绪，那是因为无论当时还是现在，父母都很看重这些东西。父母花钱的目的是为了确保他们的孩子在面对阶级竞争时能赢在起跑线上——这与培养他们孩子的智力或道德情操一样重要。那些后来成立的为新富的中产阶级服务的学校更是如此，它们因此也遭到势利的老派精英学校的反对。1923年创立了斯多中学的 J. F. 罗克斯伯勒（J. F. Roxburgh）曾不遗余力地寻找贵族子弟来装点学校门面，以此吸引中产阶级，这让他在当时臭名远扬。他一度想在新学校废除劳动处罚和体罚，但又担心会被认为是丢弃传统，最终还是保留了。他曾向另一所新学校的校长表示祝贺，说那位校长的"学生名单很快就会变成德布雷特名鉴（Debrett's）"。德布雷特为不列颠贵族编录名册。

布赖顿公学和切尔滕纳姆公学在十九世纪四十年代才开始招生时，都拒绝接收商人的孩子。很快财政困难迫使他们允许更低阶层家庭的孩子入学。罗素公学（Rossall School）和马尔文公学（Malvern College）罢免了创始委员会的两名成员，一名是酒店经营者，另一名是工厂老板，原因是他们都是"做买卖的"，不能算绅士。如果对更多学校进行调查的话，会有更多材料表明这种态度在当时非常普遍。不过在哈罗公学这样久负盛名的大学校，沃恩博士（Dr. Vaughan，1845—1859年间任校长）在运营学校时并不把阶级设为入学门槛。当一位聪明的母亲问沃恩博士是否对学生家庭有所挑选时，他尖刻地回答说："亲爱的女士，只要你的儿子守规矩，交了学费，就不会有人过问他的社会背景。"

但为了在商业上取得成功，学校必须向家长表明，往日只有通过继承财富或者家族谱系才能进入的精英集团，其实也可以通过购买入场券进入。十九世纪中期创办了拉德利公学的威廉·休厄尔（William Sewell），1872年在一次对男孩们的演讲中很好地表达了这一点："我们公学有许多伟大的用途，其中之一（是）将贵族地位赋予那些没法通过继承来获得这一身份的男孩。"作为一名古典主义者，他使用"贵族"（aristocracy）这个词应该是指其古希腊词根的含义"由最好的人统治"。

一切基本上还是老样子。在我居住的爱丁堡，我遇到过不止一对这样的父母，他们热衷于把女儿从差一些的私立学校转到费蒂斯或高登斯顿读六年级，这么干不是为了让女儿接受更好的教育，而是"为了让她有更优质的同龄人圈"。同样，两百年前父母把女儿送到布赖顿女子学校，是在为她们将来能拥有更好的婚姻做准备。今天许多苏格兰中产阶级的父母仍然将孩子送到南部的寄宿学校去，原因和他们的祖先相同，而他们也大方地承认这和教育没有关系。

在阿斯顿和伊顿，对任何破坏我们那套复杂规则的东西，我们都会表现得残忍、势利和无情。我们这种态度是从家人、老师，特别是同龄人那里学来的。我相信其他青少年也和我们一样排外；不同的是，我们得到保证，我们比其他任何社会群体拥有更多的权力，我们意识到自己的特权，这点令人感到害怕。阿诺德博士把学校的责任限定为教化孩子去开垦世界文明，他的教导至今仍在二十世纪末的学校中回响。我们就这样不假思索地穿过仿哥特式修道院的回廊走进教学场所，我们当中没有谁会去质疑这么做是否妥当。

安东尼·鲍威尔在一篇为他的编辑格雷厄姆·格林撰写的关于伊顿公学的文章中，表达了这些想法。文章发表在杂志《日日夜夜》(Night and Day)上，当时他们都二十九岁。文章的外壳上涂着一层层的讽刺和贬损，这非常伊顿。在描述伊顿和牛津时，鲍威尔就像另一位朋友伊夫林·沃一样，热衷于嘲讽自以为是的局外人。他说，教学颇有成效，"不知怎的，这个国家政府的运营几乎变成了个人事务。就像我们的导师会说：'如果你不学得文明一些，大家都没法在英格兰待了'，而不是：'如果你不学会说法语，将无法享受在巴黎生活。'"当然，鲍威尔接着说，这种教学方式很可能会培养出各种各样的自大狂。

青春期从同龄人那里学到的态度往往不易改变，这很正常，对即便现在也倾向于在自己的群体中工作、结婚和社交的阶层而言更是如此。任何去过英国大学的人都能告诉你，那些公学的孩子是怎样抱团的。这看起来像是出于傲慢，尽管也可能是因为笨拙，但有一点毋庸置疑，在公学系统中循规蹈矩成长起来的那些人基本上都很保守，他们的观点终其一生不会有太大的变化。通常情况下，在他们走上领导岗位后，没有什么信仰体系或者生活观念能干扰他们。鲍里斯·约翰逊以前的新闻报道就可以证实这一点，他在威斯敏斯特和布鲁塞尔写作的报道中充斥着学校俚语，比如"边界人""无赖"等等，对此他也常常自嘲。*学校及其构造组成了一组滤镜，它决定着你看到的世界。

那些公学的离经叛道者经常在晚年改变他们的政治主张，通常是从左转向右。他们中的许多人仍然在对机构的忠诚和厌恶之间摇摆不定——竞争的压力会影响他们公共与私人的生活。哈罗德·尼科尔森爵士是外交官兼工党政治家（通过和奥斯瓦尔德·莫斯利的法西斯主义者们瞎混了一段时间），发表过一系列关于学校的文章，很多由格雷厄姆·格林在1934年出版了。他对学校表现出一种修正主义的态度，几近完美地为母校威灵顿里面的那种循规蹈矩千人一面的状况哀叹，这些话被后世频繁引用："个体完全消失了，一个人只有集体身份，只是一张名单上的名字，或者更确切地说，只是名单上的一个数字……"

不过你可能会对他的精妙表述嗤之以鼻。这当然就是学校存在的意义。父母出钱给孩子买来这些东西是因为他们曾经也拥有它们，而且它们确实有用。尼科尔森做了同样的事：

---

* 这些词即使在他那个时候也已经过时了，我比他早三年去了同一所学校。

他的儿子奈杰尔*和本从八岁起就去上寄宿学校,当他开始给格林供稿的时候两个男孩已经去伊顿了。为后代考虑任何别的选择都会带来麻烦,那意味着你承认所受的教育对你没有一点好处。上寄宿学校的好处大于风险,还是这个结论来得容易——在学校里经历损伤也全是因为你个人的软弱和缺陷。归根结底,仅仅因为你怀有疑虑就不让孩子去经历这一切是不公平的——我现在仍然从我的同学那里听到这样的观点,他们把自己的孩子也送去了同样的学校。

尼科尔森在1934年发表的杂文中做了极其真诚的忏悔。他表达的是这个阶级从没被说破的普遍感受:我们学会了鄙视其他学校的人。对这个阶级来说,这就是学校的意义,过去和现在都如此。

"而且我意识到……我对那些没有获益于公学教育的人有一种显著的反感。这种厌恶不是基于表面的偏见,而是基于经验。没有经历过英国学校严格塑造的人,他们在以后的生活中往往以自我为中心,做事毫无章法,不会体贴人。这些都是令人恼火的缺点……对具创造性的智力有破坏作用。当然我不适合去谴责甚至批评一种我没有体验过的制度,我不知道是不是因为我没有体验过,所以才对它们一直抱有反感。"

专注描写上流社会堕落生活的小说家西蒙·雷文(Simon Raven)也发表过类似的言论,他在1986年写道:

---

* 韦登菲尔德和尼科尔森学校的联合创始人。

在我看来，一个男学生最重要的三种品质是忠诚、节制和公正，而所有这些品质可以用一个词来概括，即"正派"。还有什么比这更好的呢？当然，公学的男孩中也有骗子、混蛋、小偷和专横跋扈、敲诈勒索之徒，但这些人也能从他们接受教育的环境里汲取几分魅力和得体。公学有很多问题，有很多不公正的地方，有残忍无情的一面，也会藏污纳垢，可在我看来，这并没有减损它的魅力，当然也无损于学校毕业生的魅力和特质……我了解（这个世界），我钦佩它，珍惜它，爱它。我为它祝福，希望它从现在到未来永远都好。对于憎恨它、想要摧毁它的人（这样的人很多），对于那些道貌岸然满嘴胡话的社会主义者、满腹牢骚者、败兴的人、帮倒忙的人、自命不凡的假正经、平等主义者——我希望他们淹死在托克斯泰斯的粪便里，并祝愿他们在某个潮湿的周一像个乞丐一样被草草落葬。

满腹牢骚者？读到这里我有些不明白，不过当我给一位"威克汉姆人"（即温切斯特公学的学生）看这段文字后，他的反应再恰当不过："哦，我的天哪。给你写这东西的恐怕是个'卡萨斯人'（指切特豪斯公学的学生）。"

22."不必小题大做"

当然,无论你是一名托洛茨基分子,还是冲撞乐队的粉丝,或者是抱着橄榄球以雷霆之势冲过得分线的硬汉,当你周六下午坐在书房时,大部分经历反映在心理层面上都相差无几。一种充满荷尔蒙的文化,缺少与其他阶层甚至是异性的普通社交接触,坚定地相信面对困境依然要不动声色保持微笑——这些东西孕育非凡的态度。我向作家约翰·朱利叶斯·诺威奇(John Julius Norwich)请教,请他回忆能体现公学精神的经历,他曾在伊顿读书。他回想起来的是这个:

一个男孩自杀了,舍监把整座宿舍的人都叫来,问有谁能给出原因。年轻的大卫·奥姆斯比-戈尔(David Ormsby-Gore)举起手说:"会不会是食物的缘故,先生?"

同样的故事有很多,但这个故事有其典型之处。奥姆斯比-戈尔(后来以哈莱克勋爵的身份成为一位著名的政治家和外交家)是在开玩笑,但这个笑话很复杂:他在嘲笑英国人爱用那种无厘头的故作镇定来掩盖内心的怯懦。因此奥姆斯比-戈尔是在嘲笑自己,嘲笑自己对他人没有同理心和洞察力——但没有这些东西在公学并不会被视为一种缺陷，它还很可能是面对人生考验时的积极力量。干巴巴的幽默和坚定的意志并肩前行，一百多年前统治阶级对情感和身体痛苦那种荒谬的无动于衷，正变成无趣的黑色笑话和趣闻轶事在英国人中间四处流传。有个关于滑铁卢战役的故事，讲述的是人要如何在极端情况下保持勇敢和自制，这个故事在公学里非常受欢迎，大多数公学男孩至今对它记忆犹新。惨烈的滑铁卢战役发生在 1815 年，是英国与拿破仑的最后一战，在这场战役中产生了许多激发英国人优越感的神话。威灵顿公爵和他的副手亨利·佩吉特（Henry Paget，也就是乌克斯布里奇勋爵）一同骑马在战场驰骋，法国炮兵的最后一轮炮击在英军队伍中飞啸而过。乌克斯布里奇突然转向威灵顿喊道："上帝作证，先生，我失去了一条腿！"威灵顿回答说："以上帝的名义，先生，的确是这样！"之后乌克斯布里奇被带到一家农舍，在那里腿的余下部分在没有麻醉的情况下被截除了。外科医生说，乌克斯布里奇甚至没有呻吟一声。

这段对话以及它所体现和激发的精神一直以来因电影和小说而广为流传。巨蟒剧团* 至少两次恶搞了上流社会在战场上那种泰然自若的截肢，第一次是《巨蟒与圣杯》中的黑武士，第二次是在《生命的意义》里塑造了一个十九世纪祖鲁战争中的军官（"如果你去踢足球，"在狮子咬掉帕金斯中尉一条腿后，军医向他建议道，"试着多用另一条腿"）。当然，

---

* 译者注：即蒙提·派森，是英国的一个六人喜剧团体。

贬低英雄主义的故事，尤其是贬低本国民族英雄的事迹，是典型的英式公学自嘲。巨蟒剧团六人组里面有三人上过寄宿制的预备学校或者公学，他们的第一任导演也毕业于寄宿学校。

在对这些咬紧牙关的坚忍者的描述中，最有趣的部分是关于自我意识的：学生本人能意识到这一切有多荒谬。奥姆斯比-戈尔的故事很容易让公学的毕业生发笑（有些人则完全笑不出来），因为它本身在滑稽地模仿训练有素的反应：它和这种荒谬的镇定有关，就好像你在玩一个铤而走险的游戏，看能戏弄舍监到何种程度而不致受罚。我们在下一章会看到，受罚一般是非常痛苦的。

在某种程度上，这是一个内部的笑话，而内部笑话是打造集体的另一种方式。从P.G.沃德豪斯到斯蒂芬·弗莱，这些由成年人讲出来的公学笑话，理应在喜剧的类别中占有一席之地。西蒙·雷文写道，在他离开切特豪斯公学（"因为同性恋而被开除"）几年后，才意识到"我们这些公学的学生觉得感人或有趣的东西，其他人往往觉得虚假、残忍和不明所以"。

但是有一条规则尽管私底下受到嘲笑，大家仍会遵守：不要小题大做。一些历史学家认为压抑情绪的做法是在十九世纪晚期迅速冒出来的。他们指出，在十九世纪七十年代之前，学生和校长在文章中都会直抒胸臆，并不会掩饰分别时的深情与悲切，《汤姆求学记》里面描写了很多真诚的哭泣场面；但是很快眼泪就变得可鄙了，实际上哪怕仅表示最温和的情感也会招来猜忌。"我想应该把这些东西装在肚子里。"霍勒斯·韦切尔（Horace Vachell）的小说《山》（The Hill）中的小男孩建议道。他认为情感外泄不可取——在他的情景下，这份情感是对板球的"喜爱"。和他说话的成年人对他表现出的智慧非常赞赏："啊，如果一件事是好的，那它不会因为压抑而变糟。"

早在心理学进入主流文化之前，寄宿学校的评论者就已经很清楚地意识到压抑情感会产生的影响。作家L. P. 哈特利（L. P. Hartley）呼吁情感解放，颂扬越界的爱情。《山》出版后不久他来到哈罗公学，二十年后——远在他发表《幽情密使》（The Go-Between）或者坦然面对自己的同性恋身份之前——在为格雷厄姆·格林的回忆录提供材料时，哈特利反思自己在学校的时光，写道，这种"情绪萎缩"产生于如下几个方面：相互冲突的行为规范，对成功急功近利的追逐，还有表面上必须保持冷静。

低陷的山谷变成了高耸的山峰，而曾经的雄岭又被掩埋地下，世界无时无刻不在发生巨变，这当然会导致情绪萎缩。当你被六年级的学生咒骂、被朋友伤害、被一颗板球打中时，你必须掩饰自己的痛苦，像大家都知道的那样，咬紧牙关。久而久之，你会发现这么干必然的结果是，在多次重复之后，你什么都感觉不到了……不动声色的英国人之所以不表露情感，是因为他已经失去了表达情感的能力。他一次又一次地压抑自己的情感，到最后终于没有什么可以压抑的了。

这条规则主要要求人们对欲望表现得不为所动。在英国社会，"狂热分子"这个词可能是贬义的，用于批评人们对情感的不当表露，因为这样做有违"好品位""得体的举止"的准则；但是，这种自制力的第二个面向也很重要：这一切都只是表面功夫，专门做给陌生人和这个群体之外的人看的。就像演员在幕布落下之前要一直保持在角色中一样，这个秘密应该保守下去，不为外人所知，这很关键。"不能在仆人面前表露情绪"，这条规则适用于所有的外人，包括外国人、更下层的阶级以及孩子。于是就有了世人皆知的英国人的克制，也有人会用更刻薄的说法来称呼它。

与外人交往的守则非常苛刻。我们现在很容易忘记一个世纪前人们要遵循的"绅士"或"淑女"的行为标准有多严格，特别是在情感方面。在一本标准的礼仪书中，关于"谈话"一章的第一句话就告诉绅士，永远不要在寻常的社交场合中谈论宗教或政治，以免"引起分歧，进而招来纷争"。"绅士当远离激情"——在所有的事情当中，维持绅士风度是最重要的。类似的表述在培养女士的作品中也风行一时，女士同样需要自我控制和约束情感。

而这些规则的灌输必须从学校开始，辅以传说与神话作为例证。英国人镇定自若的故事很早就有了。翻阅爱德华七世时期非凡的历史著作《我们岛上的故事》(*Our Island Story*)，你能读到的几乎都是勇敢者或者说愚昧者的故事，里面充斥着毫无意义的牺牲行为。里面也有勇敢的女人：布狄卡女王英勇地与缺乏体育精神的敌人（罗马帝国）作战，最后以失利告终,她牺牲了她的部落和孩子,但保全了自己的荣誉。在这些精心编写的故事的激励下,罗伯特·布鲁斯(Robert the Bruce)面对失利坚韧不拔;纳尔逊在敌方的炮火下固执地向前冲;当然,还有斯科特在南极的自杀式探险,为完成任务他甘冒荒谬而致命的危险,不惜赌上自己和部下的生命。我们被教导说,英国人的勇敢是独一无二的。

不过,要教育学生,光复述、解释这些故事是不够的,还需要科学来帮忙。1871年,查尔斯·达尔文出版了《人类和动物的表情》(The Expression of Emotions),这本书首次指出人类情感表达的基因来源及它与动物的关系。公学男孩达尔文认为,各种族具有情感普遍性,但他发现英国人是个例外:"英国人很少哭,除非正承受着最剧烈的悲痛;而在欧洲大陆的一些地方,男人流泪要容易、自由得多。"达尔文认为英国人不常流泪的原因,与其说是基因,不如说与文明程度的关系更大。在这本书的同一部分,他说"野蛮人常常因为微不足道的原因而放声大哭",并列举了火地岛和新西兰的例子。他发现的唯一具有普遍性的现象是成年男子很少因身体上的疼痛而哭泣,"无论是文明人还是野蛮人"。

事实上,就在达尔文写这本书的时代,英国人或者说达尔文那个阶层的英国人就不再为自己的感受哭泣了。哈罗德·尼科尔森对此再清楚不过——那件事发生在1850年前后。在此之前,包括皮特(Pitt)、福克斯(Fox)和威灵顿在内的众多政客都曾自然落泪,桂冠诗人丁尼生(Tennyson)在向公众朗读他的诗歌时也曾潸然泪下。然后,突然之间,哭泣成了"不绅士"的行为（尽管尼科尔森说他确实看到过丘吉尔哭，"没有哭出声，但哭得很难受"）。不哭泣，或者根本不表现出任何情绪，似乎已经成为英国一种全国性的消遣方式。在第一次世界大战期间，爱国作家会讨论多愁善感的坏处、软弱和堕落的原因及症状——尽管有些作品会让你怀疑在这个问题上如此大动干戈是不是绅士之举。因此，此后的几代人都隐藏自己的情绪便不足为奇，他们从小就学会了，这样做不仅是安全的，而且是正确的。所以当被问及英国上层阶级的特点时，大多数外国人首先提到的是情感干瘪——或者说平淡克制，看你怎么想了。

如果说英国精英们在 1850 年左右抛弃了情感，那么在 1970 年左右，他们又开始重新发现情感；更确切地说，是阻止他们表达情感的堤坝逐渐坍塌了。一位年迈的亲戚和我谈到如何处理家人去世的问题，以及人们在情感上发生的变化。她说，在二十世纪五十年代，"那个时候，因为有战争，人们都很清楚，如果你要哭，就回到房间锁上门一个人哭"。我还收集了另一些人的故事，主要是男人的，他们对向公众流露自己的情感感到惊恐不安。有人拒绝参加葬礼或追悼会，一些上年纪的男性亲属在这些要求人们流露情感或者同情心的场合常被吓得说不出话来。对许多人来说，悲伤是一种滋扰，随之而来的动物噪音最好能当成个人隐私藏起来。

又过去了一代人之后，父母们开始拥抱和亲吻他们的孩子，儿童发展理论的萌芽渗透进了中产阶级家庭。二十世纪七十年代末，让过于年幼的儿童去寄宿的学制开始走下坡路，但是学校对此予以抵抗。随着英国中产阶级在情感上渐渐变得开放外露，学校却仍然鼓励学生把情感隐藏起来。有几种方法可以做到这一点，其中一种是将情绪问题医学化，把它转化为要医生干预的东西，通过理性的方法也许能解决问题。

家长和老师都曾告诉我寄宿学校里孩子自杀的事，有的自杀未遂，有的真的死了；他们不是被欺负了，不是想家，或者是感到孤独，而是患上了"临床抑郁症"，一位医生这样说。精神疾病的诊断使成年人不必承担疏忽之责，甚至免除了为孩子安排预约以外的其他义务。当然，学校不能承认不快乐是合理的，也不能承认这个严重的问题是可以避免的，这样做会威胁到它们的生存。

让悲伤正常化始于预备学校的第一次离别，那时年幼的寄宿生被哄骗、胁迫着忘记想家、隐藏泪水。当这些孩子快成年的时候，这教训已经被他们完全吸收内化，根深蒂固。二十世纪六十年代，许多寄宿学校的受访者告诉罗伊斯顿·兰伯特和他的团队，永远不要在这里表现出情绪。一个十三岁的孩子给建议说："尽量不要拔高嗓音说话。千万不要哭，你不能看起来很幼稚，这很重要。不要玩康克戏*。"一个十八岁的年轻人说："永远不要显得太紧张，这会让你变得

---

* 编者注：英国的一种传统游戏，两个参与者用七叶树属植物的果实互相敲击，如果一方的果实被击碎了，那么另一方就获胜了。

脆弱。不要表现出无拘无束的热情——这容易让你被批评。要轻松一点，随和一点，不要让他们看出你其实很深沉。最重要的是，要保持一种姿态。"这就是一些人从成人世界那里学到的规则，那个世界张开双臂迎接他们，给他们工作和权力，正是因为他们学会了这些规则。

兰伯特强调，只有在拥有最聪明的学生的学校里才能听到此类对自发状态和表露情感的责难。他不失敏锐地评论道："这一规范部分源于学校培养管理精英的理念，而情绪反应和管理精英可能不太相称；部分源于对'成人'属性的早期训练。"这与兰伯特参观的国立寄宿学校的生存法则形成鲜明的对比。其中一家只有十五年历史的国立寄宿学校——这些学校通常是为武装部队的孩子设立的——给新入学的孩子提供了这样的学习清单："灵巧地使用拳头，尽快打一架，把低年级的当废物看，吸烟，向所在年级的老大学习。"

E. M. 福斯特（E. M. Forster）出版了自己第一部写给成年人看的小说《最漫长的旅程》(*The Longest Journey*)，书中公开批评了他受教育并担任教职的传统学校中那套僵化的制度以及各种繁文缛节。在1920年的一篇名为《英国国民特征随笔》("Notes on the English Character")的文章中，福斯特下了一个惊人的结论，这个结论在今天听来仍然振聋发聩：

因为英国人不是感觉不到——而是害怕去感受。他在公学接受的教育是，感情是糟糕的。当开口说话时他不能表现出极大的喜悦或悲伤，甚至不能把嘴张得太大，否则他的烟斗可能会掉下来。他必须把自己的情绪藏起来，或者只有在非常特殊的场合才能把情绪表露出来。

福斯特的刻薄从何而来一目了然。他在预备学校和汤布里奇中学（Tonbridge School）都曾被严重欺凌。他书生气十足，不招人待见，还是个同性恋，身材瘦小，在任何传统学校都不会感到自在，更不要说是待在一所以醉心体育事业而闻名、意在培养中层殖民地行政官员的工厂似的学校了。福斯特很清楚这一切，他对此的反应是挺身捍卫自己，和那些朝他叫嚷着"他不属于我们"的人抗争——他们知道福斯特无法在公学里破解这一裁决——这是他人生故事中令人动容的一部分。他是一位沉默寡言的勇士，为情感的自然流露、真诚的人际关系而战斗，正是这一点使得他的作品长盛不衰。在同一篇文章中，他对英国公学的产品发表了可能是最严厉的，也是被后人引用最多的一句俏皮话："他们带着四肢发达的身体、庸碌的头脑和尚未发育的心灵奔赴战场。"

如果学校是帝国缔造者的铸币厂，那么我就是帝国终结很久之后从机器里出来的一枚畸形硬币。事实上，伊顿公学以及后来的牛津大学招生办的质检人员发现了我是残次品，把我扔了出来。正如你期待的那样，这是一条运作良好的生产线。伊顿开除的学生数量惊人——在我被开除的那一年，我那幢宿舍里还有五个男孩也被扫地出门，其中三人年纪轻轻就死了——两个自杀，一个死于吸食海洛因导致的艾滋病。

1977年夏天，我放弃了伊顿的求学生涯。我可以想见一整个学期自己都会因违反吸烟喝酒等禁令而被留堂、责罚，期间还得用一个月左右的时间参加中级普通证书的考试。我当时只有十六岁，对一名漂亮的男孩有着柏拉图式的迷恋，我们两个计划一起去冒险。我们决定去巴黎，在那里我们可以当服务员、洗碗工，开始新生活。我们读过伊顿公学的另一位反叛者乔治·奥威尔的书，（认为）他曾在那座令人兴奋的城市里落魄流浪。我们出发没几天，就被法国警察挡在了迪耶普，他们把我们送回英国，交给了家人。父母问我出了什么问题，我没法回答他们。这一切太复杂，我没法描述出来；而且我也不想让他们感到难受。他们已经尽了最大的努力，做出了牺牲，花费不菲，我怎么忍心告诉他们八年的寄宿学校教育教给我的就是这样一个信念：如果成年人设立规定禁止或苦口婆心劝阻我们不要去做某件事，那么几乎可以肯定我们该毫不犹豫地立马去干这件事。

我们俩都被打发回了学校——这是"最后的机会"。我的舍监特别和蔼，极力安慰我。"你们真的相爱吗？"他亲切地问道。他是一个温和的捕食者，我认为——我这么想可能不太合适——他正盘算着现在是不是有机会把我捕获，但这不是十天后我和朋友再次逃走的原因。我们计划好了，要和附近阿斯科特的圣乔治学校（丘吉尔上过的预备学校）的几个女孩晚上在谷仓里碰头，喝酒，吸大麻。我们把自行车和补给都准备好了，可她们在冒险前夕取消了计划，我们失望极了。我们认识的一个女孩在伦敦西区有一套公寓，她愿意让我们睡在她的地板上——也许还会给我们提供些其他东西——所以我们出发了。

这一走我就没有再回去。我年龄更大,所以是主犯。他们进行了常规谈判;我的父母和学校达成一致,我不会被以正式的名义开除,而是"为自己的未来着想"主动离开的。事实似乎确实如此——是我自己做出了选择。我再也没有上过寄宿学校:来到了一个看起来更真实、有趣的世界。即使这样,我也庆幸自己逃脱了。

我并非不喜欢伊顿公学:在我被困在预备学校饱受羞辱五年之后,它看起来是一个令人愉快的去处;然而,我对成年人和他们的制度失去了信心,对宗教和纪律,对荣誉和责任,对传统道德,甚至对善良都失去了信心。接受被拒绝很容易,因为在长大的过程中,我已经习惯了被拒绝:我已经下定决心不想要学校提供的那一套东西。现在,我准备好了,要去学习如何快乐。我希望福斯特能看到,我的心仍然渴望成长。

第四章

学校中的暴力惩罚

23. 接受鞭刑

孩子的小牺牲,僧侣的大享受。

奥伯龙·沃就僧侣开办的天主教学校体罚一事发表评论。他曾在一个学期内保持了学校的最高挨打记录。

1977年春天一个阳光明媚的早晨,我在早餐前被传唤到伊顿公学校长那里接受鞭笞。这感觉有点像去看牙医。迈克尔·麦克拉姆(Michael McCrum)身材高大,脸色阴郁,前额有浓密的黑发,他为人严厉但公正。他已经和我讨论了我的过失——多次被抓到吸烟——以及我要接受的惩罚:要么在那个学期剩下的每个周六的下午去他的花园里帮助砌墙,要么挨三下鞭笞。这个选择并不难。

那时麦克拉姆教我希腊语,我很喜欢这个安静、聪明的人,他让荷马笔下的那些有缺陷的英雄变得栩栩如生。他是那种你希望能给他留下好印象的老师;所以当我穿着燕尾服走向那幢被称为"高年级楼"的老建筑时,首先感到的是些许尴尬。我还有点担心:自己一会儿将会摇摇晃晃地走在伊顿的街道上。朋友坚持要我带上宿舍的舍旗。我们已经把它从旗杆上放了下来,折成整齐的包裹形状,这样我就可以把它塞进内裤里，给臀部加一层保护垫。我们都认为这个点子非常搞笑，还带有挑衅意味，但我不愿意麦克拉姆看到我屁股上隆起一团——我一弯腰他肯定会看到。我不想让他觉得我是个懦夫。

我不担心身体受伤。麦克拉姆身材高大，是一名橄榄球运动员，以前还担任过海军军官，曾直面日本神风敢死队的袭击，但是对学生使用棍棒他不在行。此外，还有传闻说他不愿意体罚学生。他从那位以鞭打学生出名的安东尼·切尼维克斯-特伦奇（Anthony Chenevix-Trench）手中接管学校后，做的第一件事就是禁止男孩们对彼此使用鞭刑。他还规定，学生接受鞭笞时要穿着外裤和内裤。

我知道真正的挨打是什么样的。我第一次挨打的时候还是一个流着鼻涕的八岁小孩，被一个怒气冲冲的醉汉——我们预备学校的校长——拽过去摆好姿势。他用藤条再加上一根富有弹性的干竹竿往我的屁股上招呼，在上面留下了紫色的伤痕，这些印子过了好几周才消退。威廉森不得不命令一些学生不要参加学校运动会，以免他们的伤被外人看到。麦克拉姆的教室曾经的主人基特博士（Dr. Keate）是伊顿公学十九世纪时的一位著名校长，以野蛮鞭笞（常达数小时之久）过许多后来成为国家栋梁的学生而闻名。但今天，十六岁的我对成年人和权威只有强烈的蔑视，唯一能让我感到恐惧的是我的自尊。

当我到达教室时，麦克拉姆正和伊顿协会的一名成员——学生自己选出来的精英——一起等着我。他们两人都打着白色领结,麦克拉姆穿着学士服。我被派到隔壁高年级部去拿挨打用的台子。高年级部是个有回音的大厅,曾经有两百名年龄从六岁到十八岁不等的伊顿公学学生在这里睡觉、吃饭、打架,接受某种形式的教育。按照十八世纪和十九世纪的说法,这里是个"熊窝",一个"非同寻常的野蛮"之所,一个"最不道德的臭坑",它证明了孩子们内心中有天生的邪恶。今天,这里空荡荡的,空气里飘荡着地板蜡的味道,就像一间鲜有访客的教会大堂。

那张台子因年代久远而变得黑黢黢的,就像一件普通的多余家具,被放在桌子下的角落里。台子上用整齐的衬线字体刻着死去男孩名字的首字母。这件老古董当年因伊顿最有名的诗人之一阿尔杰侬·斯温伯恩(Algernon Swinburne)而名垂青史;如今它又因为斯温伯恩对鞭笞一生的书写而为更多人熟知。以下是他手稿165页上的诗歌《鞭笞台》中一个有代表性的诗节:

那些又大又红的山脊膨胀起来,一定很漂亮吧!
老师多么喜欢狠狠鞭打阿尔杰侬啊!
让每一道伤口的血流成细细的条纹
出现在裸露、宽阔、红润的臀部表面。

在斯温伯恩的时代,整个高年级部都会去看"鞭刑"——那是个了不起的娱乐节目。约翰·德拉瓦雷·刘易斯(John Delaware Lewis)在写到十九世纪四十年代时说:"任何脱得开身的人都会不请自来"；如果挨罚的是板球队或者赛艇队的队员，观众人数可能会超过一百。据刘易斯说，受罚者必须裸着下半身跪下，哪怕是已经二十岁了。要遭受这种刑罚的罪行一直没变过："一些特别可憎的事情——吸烟、饮酒，或者溜去阿斯科特。"

桦树鞭是种一直使用到二十世纪六十年代的刑具，一般接近五英尺长，手柄占了三英尺，剩下的两英尺满是枝丫——受罚者的朋友或医生之后要干的事情之一，是要在伤口化脓之前拔出里面大量的碎枝。根据1857—1864年期间就读于伊顿公学的记者詹姆斯·布林斯利·理查兹（James Brinsley Richards）的说法，鞭打的声音"听起来像许多桶水一下子倒出来"。当他第一次去看阿道弗斯·卡特牧师（Reverend Adolphus Carter）对一个名叫内维尔的斜眼卷发小男孩实行鞭笞时，他对发生的一切将信将疑。实际上，当朋友告诉他那张台子的用途时，他还以为他们是在"逗他玩"。看内维尔受了六鞭子后，理查兹"几乎晕了过去。我此前只有过一次这样的感觉，那是看着一个人被吊死"。在1883年回首时，理查兹称这段经历是"无尽的耻辱"。尽管如此，鞭笞直到二十世纪六十年代才在学校废止，而它作为一项对少年犯采用的司法惩罚直到八十年代才被废止。

鞭笞台是一个用厚橡木做的做工粗糙的小台子，分两阶。它其实很轻，比一个骨瘦如柴的老太太重不了多少。我把它搬到校长的教室，经过伊顿协会的那个男孩时，尽可能粗暴地擦过他的身体，以此告诉他，他是个变态偷窥狂和法西斯暴徒。他很了解我，知道我心里在想什么。要是不久之前，他将不会仅仅是这一仪式的旁观者。鞭笞的时候要有两个人"按住"因恐惧或疼痛而扭动的男孩，他会是其中一个。

我审视着这块龟裂的乌木发出的亮光，心想这光泽是不是来自那些早已逝去的男孩的泪和血。我按照指示把台子放在校长办公桌前。校长要求我脱去外套，摆好姿势。他手里拿着一根竹竿，我知道打人时竹竿的长短粗细不打紧，关键要看的是竹竿的软硬程度。我看不出这根竹竿的情况。上一任校长有自己喜欢的棍子，我们过去常常给它们取名字。有一则传闻说，如果行刑的过程中棍子断了，那校长就会免除男孩余下的刑罚。

当我弯下双膝跪在台子的第一阶上时，我想我应该感谢这一刻。当然不是感激惩罚者的大度，也不是感恩这一惩罚给我带来的教益，而是因为这让我有机会亲身体验了那段历史。我知道我父亲从来没有在这里下过跪——他在学校里表现得相当出色，是学生干部——但至少我有一个叔叔在这里吃过亏，肯定还有一些长辈也是这些台阶的老相好。不过我一定是家族历史上最近一个在这里吃鞭子的。接下来发生的事与时代的发展开了个玩笑。三年后，麦克拉姆离开伊顿公学去剑桥的一个学院当主事人，他的继任者废除了伊顿公学的校长鞭刑，虽然有几个更传统的光棍舍监坚持了一两年。

我俯下身去，趴在鞭笞台更高的一阶上，这台子设计得非常适合青少年摆放大腿。我的肚子顶在台子上，屁股抬在空中，躯干则向下前倾，从这个角度能看到一根沾满汗渍的老旧木头杆,我得用手握住它。我就这样等着。此时,你所能做的就是倾听脚步声。那些经验丰富的老油条能从助跑的长度判断出屁股承受的痛感。

有很多关于伊顿公学和其他公学鞭笞学生的传闻。毫无疑问,公众很清楚这种惩罚通常是令人震惊的野蛮行为。在十九世纪,报纸经常报道男孩被严重鞭打以至需要医疗救治的丑闻,《晨报》和《泰晤士报》收到了很多愤怒的来信,哈罗、温切斯特和伊顿公学是这些信件中经常提到的名字。

爱德华·洛克伍德(Edward Lockwood)是马尔伯勒公学的首批学生。该公学成立于1843年,专门招收神职人员的儿子。新学校通常会效法一些古老学校的传统,但马尔伯勒在这方面让其他新学校自叹不如:它创造了一种新的、多层声效的鞭打方式。以下是洛克伍德的叙述:

从老师那可敬的手中甩出的鞭子在我背上画出了彩虹的缤纷色彩;当我在可怕的酷刑下尖叫时,校长会派级长过来告诉我,如果我再发出吓人的声音,他会在老师打完之后再给我添几鞭子。有时候,两位老师会同时鞭打一个学生,就像铁匠在铁砧上轮流敲打那样抽鞭子。

1860年,一名男孩在伊斯特本的一所"最高阶层念的私立学校"被鞭打致死。校长试图隐藏尸体,随后被逮捕并被判处四年刑役。不过这种事很罕见。1874年,什鲁斯伯里公学的校长因鞭打一个把麦芽酒带回书房的男孩而受到报纸的严厉批评。一位支持者写信说，那个学生只不过被白桦树条划了八十八下——"就跟被跳蚤咬了差不多"——但是外科医生发现，十天过去后学生身上的鞭痕还没消。什鲁斯伯里的长官们调查了这件事，并宣布校长的惩罚并不过分；但是，根据《泰晤士报》的报道，他们建议"未来的惩罚应该更多地结合公众的感受和参考其他公学的做法"。历史学家伊恩·吉布森（Ian Gibson）评论说，这一建议应该不是在"说着玩"。他的历史作品《英国恶棍》在开篇就指出，寄宿学校的每个人，无论年纪大小，都经常被鞭答，直到现代也是如此。吉布森认为，这对国民性格和学生的性取向具有巨大而深远的影响。

伊顿公学以在抽鞭子方面手法出色且极端严厉而声名在外，伊顿人也以此为傲。校外各色人等都对下文的故事喜闻乐见：当国王乔治三世在温莎遇到伊顿公学的男孩时，最常说的话题是向他们询问最近挨打的细节。乔治时代的伦敦人曾嘲笑艾尔·库特爵士（Sir Eyre Coote）堕落。库特爵士是国王的前副手、参加过美国独立战争的杰出老兵，也是国会议员、巴斯骑士以及牙买加前总督。十八世纪七十年代他在伊顿公学时就已经品尝过鞭答的味道。1815年有人看到他在基督公学附近溜达，他给男孩们每人两先令，只要他们愿意用鞭子抽他 *，并允许他也对他们如法炮制。

---

* 库特向学校捐赠 1,000 英镑后被判无罪，但被剥夺了军衔和荣誉，并在下一次选举中失去了议会席位。

不过对于许多伊顿的受罚者来说，鞭笞带来的并不是快乐。在这方面对可怕的痛苦和羞辱的描述远远多于笑话。根据许多人的说法，十九世纪初的校长基特博士是一个流着口水的五英尺高的神经病，在鞭打方面有着非人的充沛体力。他的仆人有时不得不制作十几根桦树鞭，以备他一天的鞭打之需。有一次——不妨从众多同类故事中选择一个，来看看他对这件事有多热爱——他在书房外遇到一群男孩，不管三七二十一地把他们都鞭打了一顿，他们抗议说他们不是来挨罚的而是来上坚信礼课的，但他不予理会。

即便如此，基特仍然是伊顿最受爱戴的人物之一，他的名字常在回忆录、纪念馆中被深情地提及，伊顿村的一条主干街道还以他的名字命名。* 由于伊顿公学是最好的学校之一，这个系统中的大部分人都认为那里不可能有太多鞭笞。二十世纪六十年代，当安东尼·切尼维克斯-特伦奇在那里担任校长时，伊顿公学仍抱着扭曲的娱乐玩笑态度对他没完没了的鞭笞予以宽容。最后特伦奇被调换到爱丁堡的费蒂斯公学，也只是因为他酗酒和作为校董的失败惹恼了别人。

但是，在这个夏日的早晨，麦克拉姆的鞭子令人失望——无论是对我还是对在一旁注视的阿尔杰侬·斯温伯恩和艾尔·库特的幽灵来说。当校长的竹竿落在我屁股上时，我怀疑他是不是在做热身准备；但不是，他就这样。"做热身准备"

---

* 基特博士在1809—1834年间任伊顿公学校长，根据学校网站的说法，他是"一个有趣的人"。

的那一下是他最好的一击，可那也不比国王把剑放在新骑士的肩膀上更重。后面两下更轻。我一点儿不痛，完全没有必要亵渎那面舍旗了。

当我站起来的时候，我意识到麦克拉姆先生比我还更难堪，他严肃的脸看起来比之前还消沉。我主动提出握手。他拒绝了：那没有必要。我摇摇晃晃地离开（旗子还在那里，忘了说了），想着我有内幕消息可以公告天下了——就像记者布林斯利·理查兹一百三十年前做的那样，当时卡特牧师也曾手拿桦树鞭站在同一个房间里——那就是鞭打真的没有什么效果。"当站起身来时，我很麻木，毫无羞耻感，无论是为自己所受的惩罚，还是以后我将遭受的其他类似的惩罚。"

那么，鞭笞的目的何在呢？没有证据表明孩子们会因为害怕挨打而表现更好，或者没有实行鞭笞的学校里有更多的麻烦，就像不挨父母打的孩子表现得并不比其他小孩差一样。到二十世纪七十年代，人们已经普遍接受了这样的事实，当学校废除了体罚后，学生之间的欺凌和暴力行为也随之减少。喜欢体罚的老师并不能更好地维持秩序——基特博士的教室里总是传出震耳欲聋的喧闹声。随意的、不公正的鞭打给许多人留下了难以磨灭的阴影。即使在二十世纪七十年代，在我的预备学校，我们仍然会因为写错答案而挨打——例如拉丁作文书写不规范。过去有很多小孩遭受惩罚和羞辱，在今天他们会被诊断为患读写障碍症或自闭症，需接受"特殊教育"。很明显，没有谁能通过挨打学会拼写。

但是疼痛，或许更重要的是羞辱，被认为是广义上的良好教育的重要组成部分。有不少故事对学校的做法持肯定态度，这些故事中的男孩在受到鞭打之后得到了精神上的提升——一种净化。十九世纪六十年代的印度总督劳伦斯勋爵八岁到十二岁间在布里斯托尔日制学校学习，他带着"严肃的满足之情"说起在学校挨鞭子的经历："我在学校时每天都被鞭打，只有一天除外，不过第二天挨了两倍的打。"那些因犯了事而挨打的学生经常说，事后他们心中生出了对老师的敬爱之情。在一些维多利亚时代的记述中，当老师放下笞杖后，学生和老师含着男子汉的泪水拥抱在一起。"然后我扔掉了笞杖……"拉德利公学的创始人兼校长威廉·休厄尔牧师在1847年写道，"当我叫那个男孩站起来时，他用胳膊搂住了我的脖子，我想那是我经历过的最美妙快乐的时刻。"

24. 性和鞭笞

有些历史学家认为，学校的鞭笞制度是激发英国上流社会男性性欲的重要驱力。十九世纪末性交易的一个特点就是迎合顾客在学校习得的口味或者变态行为——事实上，鞭子在接下来的一百年里一直是卖淫的象征之一。人们很早就认识到，性快感和鞭打之间的联系会给学校带来麻烦。十八世纪末，大众学校的先驱、贵格会教徒约瑟夫·兰开斯特（Joseph Lancaster）因为热衷鞭打那些他认为犯了事的小孩而被免职。到了二十世纪初，一些公学男生已经对欧洲最著名的性叛逆者萨德侯爵（Marquis de Sade）有所了解。很多回忆录中讲到，在伊顿公学、马尔伯勒公学和温切斯特公学一些获准可以鞭打学生的级长当中，出现了一股"虐待浪潮"，有不少"放纵的虐待狂"。在十九世纪，像龚古尔兄弟这样老于世故的欧洲人曾详细描写放荡的英国贵族的性品位："他们给爱情带来了可怕的凶残，他们的性欲只能由女人的痛苦来唤起。"

对于英国文化中的鞭笞和性，人们已经写过很多——太多了。其中很大一部分来自那些假装对历史感兴趣的男人，他们用历史爱好来掩饰自己的性癖，这有些可悲，现在就大可不必了。但是，不管那些色情作家多努力试图发掘真相，学校的鞭笞和学生此后人生中的嗜虐倾向之间在心理学上有何种联系，这一点还远没得到清晰的阐释。不过，学校里的鞭打对英国男性隐秘的性行为产生了持久影响，这一点毋庸置疑，毕竟色情作家终究是为市场所驱动。据文学史家德博拉·卢茨（Deborah Lutz）估计，维多利亚时代百分之五十的色情作品都与鞭打有关。

直到二十世纪七十年代，依然还有关于学生鞭笞和虐待狂的情感类小说出版：这是财富出版社（Fortune Press）的主营业务，这家出版社也出版菲利普·拉金（Philip Larkin）、狄兰·托马斯（Dylan Thomas）和罗伊·富勒（Roy Fuller）等诗人的作品（在二十世纪四十年代）。在聪明的年轻诗人们出现作品荒的空档期，财富出版社接连推出了数十本书名如《少年日记》（*Diary of a Teen*）、《废墟男孩》（*Boys in Ruin*）和《跨时空的惩罚》（*Chastisement Across the Ages*）的作品。不过色情文学并不是对现实的直接反映：伊恩·吉布森提出了一个很好的观点，即大量的维多利亚时代的隐秘色情描写（常出现在书信以及权威期刊的专栏和广告中），都围绕着对学校里年轻女性身体的"训诫"展开，而现实中这种事极少发生。

但是，实施训诫的人无论男女都经常对性表现出兴趣，这在众多故事中得到了验证。就像一些学校——比如克鲁克汉姆库特学校（Crookham Court School）——被恋童癖接管了，管理者为了自身的目的运营学校。对一些教师而言，从事这份工作的最主要原因是他们可以从实施身体训诫中获得性快感。斯蒂芬·斯彭德（Stephen Spender）曾这样评价自己就读的预备学校："他们还不如让我在妓院接受鞭子的教育得了。"

艺术家罗杰·弗莱（Roger Fry）曾被校长亨利·斯尼德－金纳斯利牧师鞭打，这位校长也让温斯顿·丘吉尔吃过苦头。弗莱确信，亨利·斯尼德－金纳斯利牧师从精心设计的鞭笞仪式中获得了性刺激，这些鞭笞有时非常暴力，以至斯尼德－金纳斯利和房间里其他人身上都沾到了溅起的鲜血，有一次甚至是粪便。

大一点儿的孩子通常对最微弱的性低语都很警觉，他们经常注意到鞭打者的奇怪行为：老师裤子里的搅动、沉重的呼吸和因兴奋而通红的脸。我可以从自己的研究和收到的来信中找出一百个这样的故事，但下面的这个与众不同。

二十世纪七十年代，在约克郡一所著名的预备学校中，一群十二三岁的学生在最后一个学期的某天晚上被召集到校长的书房，在那里校长要为他们举行告别仪式。校长给他们所有人倒上雪利酒，并按惯例做了一番动情的总结，随后这位穿着睡袍、神态轻松的男人承认，在过去的五年里，他把鞭杖用得得心应手了。这不是道歉——事实上，他说每一次鞭打都是为了让男孩们从中受益，但这是一个历史悠久的古老仪式的序幕。在从他们那里得到了会对即将发生的事情保密的承诺后，校长站了起来，把鞭杖递给离他最近的男孩，然后脱下睡袍。他里面什么也没穿。"现在，孩子们，"他说，"轮到你们了。动手报仇吧。"

难道有人会认为鞭打是一种圣礼，是聪明的父母送给乖孩子的礼物？显然，这与基督教关于无罪受苦的信仰一致。维多利亚时代的人经常引用《旧约·箴言》中的一句话："趁有指望，管教你的儿子，你的心不可任他死亡。"一些基督徒至今仍在用它以及"不打不成器"这样的说法来为体罚张目。这个说法很精练，但并不准确。《圣经》则更严厉："不忍用杖打儿子的是恨恶他。"《旧约·箴言》13：24 的现代译本清楚地表明了痛苦和爱之间的联系："凡拒绝打儿子屁股的，是恨他的；爱儿子的，是从小就管教他的。"很明显，许多人使用这些文本来为虐待做辩护；但也有像迈克尔·麦克拉姆这样的正派人士，"有良知的鞭打者，通过鞭打来涤恶扬善，不管他多么不喜欢这种方式"，诚如一位曾任教于公学的批评家所说的那样。

一些校长一边拍着《圣经》，一边挥舞着鞭杖，对两者的使用都满怀热情，下足了功夫。他们的伪善让许多孩子和宗教渐行渐远也就不足为奇。不管《旧约·箴言》是怎样说的，《新约》看起来好像也没有和孩子们站在一边。罗尔德·达尔是一名宗教怀疑者，他在莱普顿公学目睹了杰弗里·费希尔（Geoffrey Fisher）的暴力之后，思想发生了翻天覆地的转变，杰弗里·费希尔后来成了坎特伯雷大主教：

我不断地告诉自己，如果这个人是上帝在地球上选择的推销员之一，那么这门生意肯定会有大麻烦。当我坐在学校礼拜堂昏暗的灯光下，听他宣讲上帝的羔羊、仁慈和宽恕时，我幼小的心灵变得异常困惑。我很清楚，就在前一天晚上，一个小男孩违反了规定，这位传教士既没有给这个男孩宽恕，也没有给他仁慈，他给的是一顿鞭打。

像许多人一样，达尔在出版他的学生时代回忆录时淡化了对莱普顿里发生的欺凌和鞭打事件的描述；故事相当野蛮，但偶尔也飘出喜剧的音符。不过他的传记作者唐纳德·斯特罗克（Donald Sturrock）发现，达尔在一份早期草稿中更深入地探讨了被鞭打者的心理，指出莱普顿的青少年"完全生活在鞭杖的恐惧下"。在谈到他的同学们聚集在一起检查他屁股上的一条条的伤口，并不带感情地分析鞭打的效果时，达尔写道：

我现在很清楚，对这种邪恶的酷刑男孩们养成了一种奇怪的超然态度，以保持他们的理智。这是一种重要的防御机制。如果他们围住我，同情我，并试图安慰我，我想我们都会崩溃。

鞭笞，甚至是大规模的鞭笞，一直都是公开进行的，这种情况一直持续到二十世纪八十年代。显然，许多老师认为这样的表演应该有观众，无论观众是其他等待鞭打的男孩，还是整个学校的学生。有些历史学家认为，公开鞭笞是一种了不起的仪式，它通过共同经历把公学的学生联系在一起，引发类似于祭祀的狂欢情绪，就好像他们在观看马克西穆斯竞技场的表演或者是泰伯恩的绞刑似的。许多十八世纪和十九世纪的叙述都谈到了那种节日似的气氛和男孩们在这一刻临近时强烈的兴奋之情。

尽管偶尔从公众那里会传来不安的低语,但在二十世纪的大部分时间里,鞭笞在公学里都是神圣的。这种文化,无论是在神话还是现实层面,都深受大众的爱戴,其影响远远超出了学校甚至英国的范围。在二十世纪上半叶出现了大量校园题材的小说、漫画故事,得到大众——包括所有阶级——的青睐。在这些故事里,"抽鞭子"是情节的关键节点,是戏剧性的要素,是学校生活的乐趣之一,也是区分英雄和恶棍的简便方法:无赖和懦夫畏缩躲避,痛哭流涕;好人微笑以对,事后还不忘开个玩笑。对钟情于喜剧电影《一往无前》和常温啤酒的英国人来说,鞭打上流社会的孩子是一种公认的消遣方式。二十世纪五十年代,英国广播公司电视台播放了一档喜剧节目,讲述的是一所"为绅士之子开设的学校"的故事,由吉米·爱德华兹(Jimmy Edwards)饰演鞭打学生的恶棍校长。名字叫《下力气抽哦!》。这个节目非常受欢迎,直到二十世纪七十年代还在电视上不断重播。

很明显,体罚和寄宿与运动一样,是公学整体经历中不可或缺的部分。鞭笞比帝国和死刑存在的时间更长;它比希腊语和拉丁语作为必修课的时间更长,比高礼帽、平顶硬草帽、学长的欺凌和集体足球赛存在的时间更长。在二十世纪六十年代那个伟大的自由化十年接近尾声的时候,1967年终于废除了对成年人的体罚,但即使如此,在134所"校长大会"主要成员中,除了两所之外,其他的私立学校仍然实行鞭笞,其中60%的学校允许学生执行鞭打。我曾就读的预备学校的校长威廉森在1975年遇到了一个问题,当时学校录取了第一个女孩,鲍里斯·约翰逊的妹妹雷切尔。校长的副手告诉他,他不能打这个女孩。老头决定退休。

安吉拉是一位校长的女儿,这位校长曾在南海岸的一所著名寄宿学校任教,然后于二十世纪六十和七十年代又在中部地区的一所寄宿学校担任校长。她早年的记忆包括父亲对男孩们的管教。他会把他们带进他的书房,关上门,然后进行鞭打。"他对我们说他不喜欢做这样的事,但孩子们的父母希望他这样做。我记得他告诉我一位著名的医生如何感谢他鞭打了自己的儿子:'这是为了让他成才。'抚育和管教两项工作都被分包给我父亲了。我觉得这位先生不会伤害自己的儿子,但他很高兴有人代劳。"

学校的一位舍监鞭打学生时特别卖力,而且明显乐在其中——大家都知道这一点,男孩们会告诉安吉拉——"但我父亲不可能干涉。这个老师在这里干了很久,其他老师和一些管理者也会站在他那边。有很多老师和家长认为学校提供的一揽子服务中就包括对学生的惩罚和侮辱。"

安吉拉觉得她父亲左右为难。"那是在二十世纪七十年代初,我想他有一种强烈的感觉,认为鞭笞已经过时了,他希望不要再鞭打学生了。接下来的一件事是男女同校,他会对此表示欢迎。"但他和他的雇主也将这所学校视为抵御当时可怕的社会变革的堡垒。"纪律问题事关长发、耳环、毒品,'不分男女'——这些都是道德秩序崩溃的标志。学校需要坚守阵地,这就是老师、政府和家长们对它的要求。"

25. 走向终结

纵观校园鞭笞的历史，很多成年人写的书籍文章都说，男孩们欢迎鞭笞：它让你疼痛，但对你有好处。这一原则在一开始就被以故事的形式灌输给学生。古代斯巴达少年勇士自我牺牲的勇气是这个神话的核心。"每年一次，所有的男孩会被带到黛安娜神庙，在那里他们会接受严厉的鞭打以考验勇气；那些没有流泪或呻吟的人将会受到应得的表扬。斯巴达小男孩们是如此渴望展示他们的勇气，有些人宁愿被打死也不哼一声。"一篇典型的维多利亚时代晚期的记述这样写道。当达尔文的进化论为大众所熟知，严酷的学校系统——从鞭打到欺凌和劣质食物——开始获得虚假的科学正当性，与《圣经》中的条文暗通款曲："适者生存"开始越来越多地出现在教育材料中。此外，正如奥威尔指出的那样，不只家长和老师，孩子们自己也相信鞭打是有效的，而且不仅是对他们提升道德有效：

有一个叫比查姆的男孩，他毫无头脑可言，但显然热切地渴望得到奖学金。为了帮他实现目标，桑博拿鞭子抽他，像人们对待疲惫倒地的马那样。后来他去阿宾汉姆公学

（Uppingham School）申请奖学金，回来时觉得表现不太理想，一两天后他因为懒惰而受到了严厉的鞭打。"我真希望我是在去考试之前挨这鞭子。"他伤心地说——我觉得这句话很可鄙，但又完全理解。

一些学生对鞭笞情有独钟，其原因可能是对其他选项感到害怕。迈克尔·麦克拉姆给我的选择很常见：要么进行漫长而乏味的劳作，要么接受短暂而剧烈的疼痛；但这一选择有一个未经言明的方面：拒绝鞭笞将让自己陷入被同学们指责为懦弱的境地。在一些面向上层阶级的"进步"学校中，鞭笞很早就被放弃了，这通常是因为它的野蛮，也因为它作为一种纪律工具实际上并不起作用；但对于其他学生以及女子学校的学生来说，另外的惩戒方式可能同样可憎。乔治·豪森（George Howson）被称为"霍尔特的豪森"，因在二十世纪初将诺福克镇的古老文法学校格瑞萨姆（Gresham's School）改造成一所繁荣而激动人心的现代公学而闻名，这所学校今天仍然存在。

他把塑造"理想社会"公民的理念带到了学校里。这一改革在当时颇不寻常：科学被列入课程，体罚被废除。后者被一种"荣誉制度"取代，该制度要求男孩们发现有违反规定的情况后相互举报。就像诗人W. H. 奥登（W. H. Auden）和斯蒂芬·斯彭德的感受——两人的在校时间相隔两年——每个孩子都成了神经兮兮的警察。斯彭德认为豪森是一个暴君，他的纪律制度让学校像"一个法西斯国家"；奥登在1934年写道:"我相信在人类的各项设计中,没有什么能比这更有效地把男孩们变成神经质的无辜者",他还把自己对法西斯主义的反对归因于在格瑞萨姆学校的经历。

两人在学校时都曾受到严重欺凌,觉得学校伤害了他们,尽管他们本很可能会去到其他既让学生相互监视又实行鞭笞的学校。尽管有种种问题,豪森和他的现代制度还是产生了巨大的影响。有意思的是,在"战壕"里幸存下来的学生中,有很多——不仅仅是著名的诗人——后来都去从事非正统的艺术职业。唐纳德·麦克莱恩(Donald Maclean)是这些人中的一个,他是一名外交官兼苏联间谍,在豪森死后不久活跃起来。根据学校网站的记载,1919年,豪森因有110名格瑞萨姆的毕业生死在了第一次世界大战的战场上而悲恸过度离世。

26. 女校中的惩戒

以上有关体罚的统计数据都来自男校，没有关于女子寄宿学校体罚的数据，甚至没找到相关的争论，因为从十九世纪六十年代政府进行调查开始，似乎只有很少的人相信会发生这样的事情；（在十九世纪，女子日制学校会用鞭子打学生，虽然通常都是打手。）但在二十世纪后期，有很多从私立寄宿学校毕业的女性讲述了体罚的事情，既有用皮带或棍子打手心的，也有用拖鞋打屁股的。我的一名女通信者从七岁起就进入一所殖民地的预备学校读书，在那里，女生会因为在课堂上发出笑声等罪名而挨打，同时还伴随着校长儿子的性骚扰。从女性受害者发给我的叙述来看，她们更常受到的是不使用直接暴力的各种变相惩罚——比如被迫喝盐水、被迫注视自己的呕吐物等。无论是对男孩还是女孩，管教举措中的一大因素就是进行当众羞辱。

伊森达·马克斯通·格雷厄姆（Ysenda Maxtone Graham）收集并出版了第二次世界大战以来一些女性在寄宿学校的回忆。她表示，恶意的体罚司空见惯，特别是在修道院里，不过更常见的是关禁闭。让很多写信者刻骨铭心的是语言暴力，"一些失意、愤怒的女人可以做出的恶毒之事"。她还告诉我，二十世纪七十年代有三个女孩试图从她所在的预备学校逃跑，她们受到了鞭答。她们的父母被迫做出选择：让孩子挨鞭子或者是被开除。

显然，在成年人残酷的情感虐待中，鞭打或威胁要使用暴力是常见的招数。很多女性——像很多男性那样——提到，她们曾在挨打的几个小时或者几天前收到学校的处分决定——然后她们必须在恐惧中等待这一刻的来临。格瑞萨姆学校那个为后来的诗人和艺术家们所不齿的荣誉制度，在女子学校中被广泛推行。这种道德困境令学生迷茫和困惑，疑神疑鬼的气氛让青少年变得死气沉沉，缺乏活力。一战期间的小说家伊丽莎白·阿诺特·罗伯逊在一篇题为《英国玫瑰的盆栽棚》("Potting Shed of the English Rose")的文章中这样评价谢伯恩女子学校：

> 每件事都影响到一个人的"荣誉"，这是我们这个狭小的世界里最要命的词。如果有谁违反了规定，她应该到级长那里去认罪，然后进行一番精神上的较量……这个制度创造了我们所能想象得到的最彻底的伪君子。我最初的学校小一些，那里的思想也健康，我们一有机会就会偷偷带糖果进学校：在谢伯恩每次我带糖果回学校，每个人都会煞有介事地拒绝，理由是这违反了学校的规定，最后我被迫把糖果上交给了学校。

罗伯逊的文章——与其说是在表达愤怒，不如说是在嘲讽——描绘了一种极权制度，它极其野蛮地强迫大家"咬紧牙关"（她的原话）、接受无知以及对男人和性的恐惧。这是获得特许的欺凌：尽管它不作用于你的身体，但也许更让你体会到痛苦的滋味。谁对这一制度说不，谁就会在社交中被排挤，陷入落落寡欢。二十年过去了，不断折磨罗伯逊的仍然是那个简单而熟悉的噩梦：

我回到了谢伯恩，从头开始，没有逃脱的机会。内心里我还是现在的我，结了婚，是个作家，等等，但我没法让大家相信这一点，因为我记不起我的书的名字，每个人都向我保证没有我丈夫这个人，我的外表也完全是十五岁时的样子。

二十世纪三十年代，当罗伯逊为格雷厄姆·格林的文集写文章时，有一种观念正被广泛讨论，即学校强加的道德约束和强制执行的制度是不健康的，会扭曲儿童的自然发育过程。在第二次世界大战之前，学校扭曲儿童发育过程的说法也许是私立学校在智力方面所面临的最严峻的挑战，当时很多人严厉地抨击这一制度，视之为社会和教育不平等的根源和延续，并且不只有"左倾"小说家发现了问题。

1938年，一位匿名的公学舍监写道，立足于恐惧的纪律制度是"灾难性的"："它让男孩行事诡秘而狡猾……让他们产生了一种与犯罪行为不相称的负罪感。"它应该与法西斯主义相提并论："这种教育的一个自然结论就是，恐惧让人变得更好，这一点能延续到成年后的生活里……眼下的欧洲正试图以恫吓让人们变得更好，这简直就是公学哲学的又一次爆发。"

27. 抗拒改革

"这是（二十世纪）公学的发明，即老师应该赋予鞭笞本身以道德价值，而他们的刑罚因此也应该有双重目的——纠正错误，同时锻炼学生身体上的勇气……重点是，鞭打本身是一件好事，因为它教会了男孩去接受它。"

前公学学生兼教师，T. C. 沃斯利在他1940年出版的《野蛮人和非利士人：民主与公学》一书中抨击这一系统。

公学的老师认为鞭子的使用有助于他们更好地完成自己的工作——而他们的工作创造了人类所知的最好的教育——这解释了试图废止体罚的多次尝试为什么都以失败告终。几乎所有从事这一行业的人（还有许多那里的毕业生）都对体罚深信不疑。1952年，政府对国立学校教师进行的一项调查发现，77.8%的人强烈赞成体罚，只有5.6%的人赞成废除体罚。

二十世纪七十年代初，安吉拉的父亲在中部地区的公学安顿下来，之后，他作为校长宣布，想废除鞭笞。反对的声音接踵而至：

这些声音部分来自舍监，他们将鞭笞视为他们行使职责、维持纪律的核心工具；部分来自地方管理者，他们强烈认同严厉的纪律本身就有利于塑造性格；特别是那些有军队背景的管理者，他们把体罚看作是让男人成为男人的整个培养方案的关键；还有一部分压力来自父母，他们会在社交场合走到我父亲面前，说鞭笞将被逐渐取消的消息让他们感到震惊。压力非常大，而且是公开的。有好几年的时间他不得不把这个计划暂且搁置。

考虑到其他地区正在发生的事情，这种对变革的抵制愈加显得不同寻常。在西方大部分地区（但不包括美国），从十九世纪开始最晚到二十世纪初，学校就已经废止针对儿童的体罚了。* 1669 年，英国议会收到了一份"儿童请愿书"，抗议"我们的年轻人饱受惯常的严厉校纪之苦"，但三个多世纪以来，这一呼声一直没有得到回应。甚至在二十世纪八十年代，当那些"伟大的"公学开始废除体罚时，学校的毕业生还在议会和《泰晤士报》的信件专栏中坚称，鞭打孩童对英国的生活和繁荣是多么重要。不管怎样，这种做法正在走向终结，至少对年幼的孩子来说是这样。1994 年，在一家周末报纸一篇题为《如果你想让你的孩子挨打该把他们送到哪

---

* 波兰二百年前就开始禁止学校体罚儿童；荷兰 1850 年、法国 1887 年、芬兰 1890 年、俄罗斯 1917 年、挪威 1935 年、瑞典 1928 年、丹麦 1968 年分别开始控制或废除这一惩罚。瑞典在 1979 年将家庭体罚定为非法行为。

间学校》的文章中，作者表示当时只有四所独立的预备学校公开承认他们仍然在使用体罚。

出于纪律目的而把身体攻击行为作为一种惩罚手段，在苏格兰或北爱尔兰的私立学校并不算违法，这种情况直到二十一世纪初才被改变。相比之下，英格兰和威尔士的私立学校稍早几年废止了体罚，而此时国立学校已经废止体罚近二十年了（在欧洲法院做出裁定之后）。可即便如此，事情也没有完全解决。2001年，有40所基督教学校对这项法令提出抗议，在高等法院为体罚争辩（但没有成功），说体罚是"上帝赋予的权利"。甚至在2011年，《泰晤士报教育增刊》的一项调查发现，49%的家长认为，应该允许学校鞭打学生或者掴学生耳光。长期以来，我们的社会一直是一个对儿童非常暴力的社会。

然而，有充分的研究表明，受过体罚的儿童在以后的生活中更有可能患上抑郁和其他功能障碍。密歇根大学的心理学家在2016年进行的一项综合分析，考察了五十年以来做过的75项研究，涉及16.1万名儿童，他们以此来调查受到鞭笞——不包括其他形式的虐待——会产生的影响。该研究得出结论，有99%具有统计学意义的结果"表明鞭打与消极的童年经历导致的后果有相关性"。这些后果包括："道德内化程度低，具有攻击性、反社会行为、外在化行为问题、内在化行为问题、心理健康问题，消极的亲子关系，认知能力受损，自尊低下，以及受到父母身体虐待的风险"。如果这些问题不出现在受鞭笞的儿童身上，那才让人费解。

早在上述研究分析的一百多年前，一些寄宿学校的老师和曾经的学生就公开反对这种"野蛮行为"，认为这只会让男孩变得不合作、叛逆。达夫妮·雷是一名地方法官，也是一名资深教师，曾在一所鞭笞儿童的寄宿学校工作了二十五年。她在1983年写道，她相信"暴力滋生暴力"和"体罚引发欺凌"。这让她遭到了校方的嘲笑，当然也被学生们嘲笑了。

但达夫妮所说的现象在寄宿学校里是显而易见的。哈罗公学被认为是"伟大"的学校中最残忍的（至少在二十世纪上半叶）一所，它以让欺凌成为合理日常以及——说的没错——自杀而臭名昭著。学校里还有最巴洛克式的大男孩对小男孩的惩罚制度。小说家L.P.哈特利在1910年进入这所学校，他记得让他遭到六年级学生"暴打"的一些原因："某个周日把身体伸出窗外太远，干活时把六年级学生的火弄灭了，主干道上没有高年级时走到路的中间……"穿彩色袜子、灰色背心或者戴了错误的领饰都能引来殴打。像我一样，碰到挨打前他会采取一些预防措施——比如穿三条裤子。相比之下，哈特利印象里他的舍监和老师们是聪明、善良和开明的。你稍一动脑子就能想象到，这是因为他们把暴力的工作都交给了男孩们。

罗伊斯顿·兰伯特的研究表明，允许鞭笞的学校往往是欺凌行为最严重的学校——而且鞭笞越多，欺凌就越严重，特别是如果允许年龄较大的孩子鞭打年龄较小的孩子的话。兰伯特还揭露了一些由级长对年幼男孩实施的可怕的准正式体罚：有一所学校用浸过盐水的绳子鞭打学生面部，针对不同的罪行抽打固定的次数，还有一种名为"别针手指"的俄罗斯轮盘赌游戏，用几何圆规的脚尖来刺受害者的手指。

女子学校有一些由学生执行的纪律处分听起来更加残酷。给我写信的艾莉森·科利特来自瑞得梅德学校（The Red Maids' School），她说她被同学"赶到考文垂"（在那里她饱受冷遇和排斥）待了一年半，因为她拒绝服从那些年龄大的女生。

在大多数学校里，欺凌似乎已经获得了许可；这是纪律制度的一部分，在师资短缺的情况下，也可以廉价而自动地运作。如果学生之间相互施暴，他们对外人往往会更残忍——不管是对其他城镇还是其他学校来的"蠢货"。那些喜欢欺凌别人的人在成年后往往会继续这样做：达夫妮·雷讲述了一个故事，一位级长被指控虐待战俘，而此前他在她丈夫掌管的一所学校里就很横行霸道。一个人如果经受过公学暴力惩戒的洗礼，离开学校后他对其他人——无论是殖民地的不守规矩的原住民还是低年级的学生——似乎都不会表现出多少怜悯和同情心。这种联系常见于批评公学的左翼人士的论述中，最早是在二十世纪初由萧伯纳提出。

这位剧作家是十九世纪末二十世纪初左翼中极具影响力的人物。在学校受到的暴力给他留下了创伤，这成为他后来文学创作的源泉，就跟许多当时有明确政治倾向的作家一样。萧伯纳的经历为我们提供了一个活生生的例子，让我们可以洞察一种群体心理和后来被命名为"正常化"的过程。他在戏剧《错姻缘》（*Misalliance*，1914年）的序言中写道："我们从孩童时期起就是鞭刑狂。我们什么时候才能意识到，有必要仔细地去审视已经习惯的每一件事，因为我们可以习惯任何东西，无论一开始它多么令人厌恶。"

最重要的一点——时至今日也依旧是最具挑战性的一点——是父母们对此完全知情。即使他们没有亲身经历过，从自己的孩子、文学、八卦消息，他们也可以得到足够的证据，知道学校、特别是寄宿学校中存在的身体和情感暴力。研究维多利亚时代教育的历史学家约翰·霍尼（John Honey）总结道：

到目前为止，我们所审视的残忍、羞辱、鞭打、疾病和贫穷等等这些方面，非但没有对家长起到阻吓作用，反而愈加使他们对制造坚忍的产品趋之若鹜，这种产品"自立自强""面对打击毫不退缩"，学校赋予了学生这些在家庭中很难培养出的品质，为他们成为大人进入社会做好了准备……对"骄纵"的鄙视此后成了为陈旧的建筑、破裂的下水管道、公开鞭刑进行辩护的理由；成了劝说学生忍受残酷欺凌的说辞，当然蓝星公学和赫斯彼朋特公学（Hurstpierpoint College）在宣传册中，并没有对它们这些"教学方法"或想达到的目的进行明确说明。

在二十世纪的大部分时间里，除了排水沟和疾病之外，学校几乎没有太大的变化。没有人提出要求让它们做出改变。

第五章

爱与性

28."禁欲之战"

公学是滋生罪恶的温床。不管这种情况是否能避免,这都是毋庸置疑的事实。没有人能在一所大的公学走过一遭之后仍然对人世之恶*无知无识;没有尝过那碗中之毒的更是少之又少。

托马斯·阿诺德博士,1828—1842年任拉格比公学校长,
在布道中如是说

唯一让我坚持下去的就是爱。我从来不敢接触任何人。我以为我会进监狱——以及坠入地狱。

约翰·贝奇曼(John Betjeman)

在寄宿学校的青少年中性一直是个受欢迎的话题。说到

---

* 维多利亚时代中期的人用"恶"(vice,evil)来表示叛逆、赌博之类的罪。"不道德"(immorality)则更多意味着手淫或者其他恶习。1896年,有人指责温斯顿·丘吉尔在桑赫斯特当学员期间犯下了"奥斯卡·王尔德式的严重不道德罪行",温斯顿·丘吉尔以诽谤为由提起控诉并取得胜诉。

怎样锻造学生的心理，学校能做的似乎就是想方设法控制或压制孩子们的性欲。从自慰到月经，只要是和生殖器官有关的事情，传统的寄宿学校在行使教育之职时没有哪件不是失败的。相反，在他们的掌控下，无知、偏见、恐惧和内疚在孩子心中滋长——其中有些是他们故意造成的。英国所有学校的性教育史都充满了愚蠢的错误和意识形态导向的失败，时至今日仍然如此。(英国的青少年怀孕率在西欧位列榜首，尽管这个数字正在下降。)在单一性别寄宿学校这个封闭且荷尔蒙旺盛的世界里，担起性教育之职的都是些半吊子专家、卫道士和性紊乱者，确实难免会发生一些匪夷所思的事情。

关于这些稀奇古怪、有时甚至危险的做法对英国的统治阶级有着怎样的影响，很多人都进行了推测和想象。从维多利亚时代的教育中涌现出一系列有趣的性别刻板印象：鞭刑狂、手握发梳的女同性恋体育老师、四处搜寻猎物的男老师、患有恐女症的英格兰上流社会的性冷淡男、新婚之夜不知所措的处男处女们。最后一类中最有名的是十九世纪艺术评论家和唯美主义者约翰·拉斯金（John Ruskin）。他在新婚之夜被吓晕了过去，因为他发现妻子竟然有阴毛，和古典女性雕像大不相同。(这个故事不见得是真的，但大众对它喜爱有加。)艾菲·拉斯金（Effie Ruskin）当时只有十九岁，六年后她与丈夫离婚，理由是在这段婚姻中他们一直没圆房。上述性关系可能都是老生常谈，但它们都源于这样一个事实，即学校在教授性知识方面就和他们处理很多事情一样无能透顶。

十九世纪末，就在学校规范维持纪律方法的同时，校长们遭遇了一场巨大的道德恐慌。盖索恩－哈迪写道，对性的恐惧"像中世纪的瘟疫一样席卷了公学，肆无忌惮地在宿舍、更衣室和自习室内侵扰破坏，时而令人煎熬，时而让人愉悦，它占据布道的讲坛，决定社交生活的形式，左右纪律的细节，对课程、运动，甚至是建筑都产生了影响……"

一些历史书籍认为，十九世纪末正规学校兴起的体育热潮，源于这样一个观点，即锻炼身体可以消耗人的精力，从而消除同性恋行为。蒂姆·卡德（Tim Card）在伊顿公学的官方史书中写道："戏剧停止了，体育比赛变得越来越重要……[校长埃德蒙·沃尔（Edmond Warre）]已经利用他的影响力来推广赛艇运动，并禁止大家去静水区域撑船或者游玩，因为他怀疑那么干存在道德风险。"沃尔博士曾就读于伊顿公学，所以他可能对这类事情略知一二。不过性真的改变了学校的建筑吗？我想盖索恩－哈迪指的是十九世纪末男生宿舍被分成几个隔间的惯常做法，这样在熄灯的时候，隔间就可以从外面上锁，但这不足以阻止那些好色之徒。在威灵顿，校长爱德华·本森（Edward Benson）在隔间上缠了铁丝网。本森在1857年执掌这所新学校之前曾在拉格比公学工作，所以你可以假设他在处理年轻人的动物本性方面颇有经验。（本森的六个孩子都没结婚。）

直到现代，学校仍在改造各种设备以控制孩子们的性欲——比如拆除洗手间的门，建造成排通透的房间。斯多中学的第一任校长 J. F. 罗克斯伯勒在设计学校的礼拜堂（于1929年开放使用）时告诉建筑师，唱诗班的座位不应该面对面，这样会利于学生交换"贪婪的眼神"。克里斯托弗·希钦斯（Christopher Hitchens）写道，二十世纪六十年代在雷斯公学（The Leys School），男孩们不得不集体大便，一起洗澡，但即使这样也不能阻止他们相互手淫。这种警惕和谨慎往往伴随着一些奇怪的规定，剥夺了孩子们正常的隐私，比如到现在很多人仍坚持认为儿童应该裸泳。所有这些背后有一个逻辑依据，正如约翰·雷在二十世纪六十年代任教于哈罗时所发现的那样。

雷试图叫停室外游泳池的裸泳行为，部分原因是为了让女性也可以使用游泳池。男孩们对这一举措感到高兴，许多老师却以道德原因提出激烈的反对。学校的牧师用证据告诉雷："我发现男孩们穿着泳裤比裸体更色情。"（这与十九世纪末拉格比公学校长——同时兼任牧师——的担忧形成鲜明对比，后者曾设计出一款新型弹性橄榄球短裤，以使男孩的膝盖在混战中也不致裸露。*）

即使在维多利亚时代人们对宿舍里各种疯狂行为的恐慌达到最高峰的时候，也有人嘲笑说这一切不过是危言耸听。他们告诉人们冷静下来，不必小题大做。这当然是出于"咬紧牙关"的特性。1881年，克利夫顿公学校长J. M. 威尔逊（J. M. Wilson）发表了一场题为《道德与公学》("Morality and

---

* 这位校长是约翰·珀西瓦尔（John Percival），他在克利夫顿公学成名，然后在1887年成为拉格比公学校长，后来成为赫里福德主教。相比其保守的一面，他任命了男子公学中的第一位女教师：玛丽·贝瑟尔·博克莱尔（Marie Bethell Beauclerc）。

the Public School")的演讲,这场演讲被广泛报道,开启了英国有史以来第一波关于性教育的辩论。

威尔逊以一个可怕的警告开启他的演讲:"我认为必须承认这是一个事实,某种意义上的不道德行为——对此我不必细说大家也明白——最近正在英国上层阶级中,特别是在大城市中增加。"他认为这个事实,连同困扰这个国家的一些"荒淫"事件的爆发,是从那些有名的公学开始的,往往发生在十一岁或更小的男孩身上,尽管很可能在"中产阶级的学校"中也会发现同样的问题。

威尔逊的文章沉闷乏味,但传达的信息却令人惶恐。他为老师们提出"补救措施"来应对这种不道德行为对整个国家的威胁:劳其筋骨,使其"筋疲力尽",夺其闲暇,使其屈从"机械安排";佐以宿舍隔间或守护贞洁的金属装置,以及被证明具有抗春药效果的宗教信仰。他的演讲被提交给教育协会,后来以小册子的形式出版,获得了广泛的报道。《教育杂志》对"各种陋习"和"僧侣之恶"进行了猛烈抨击,对威尔逊"揭露上流社会教育的毒瘤"的努力大加赞赏。

不过《教育杂志》的来信栏目收到许多怒火中烧的言辞,其中有一封署名"Olim Etoniensis",即老伊顿人。他对人们的争执不屑一顾。他说学校里不是没有不道德行为——不道德行为多的是——但是不道德行为的后果"被可笑地歪曲了",只要看看那一长串和他同时代的道德败坏者的名单就清楚了。如果威尔逊牧师是正确的,那么:

当然，我确实看到了身体的损害，一些人从此堕入了悲惨的深渊，成了形容枯槁、萎靡不振、精神错乱的受害者（而不是殉道者），或者是被主流社会抛弃的异类。现在来看看我发现了什么？可还有许多男孩长成了内阁部长、政治家、官员、神职人员、乡绅，等等；他们几乎无一例外成了受人尊敬的父亲，他们的家庭兴旺而富裕……其中的寓意需要点出，一种难以治愈的恶——庆幸的是——并不一定导向灾难性的结果……威尔逊先生能说出有多少男孩或者说男人，他们的毁灭可以归因于他所说的不道德呢？

持这种观点的并不只有这位老伊顿人。在维多利亚时代的期刊上像他这样的人多的是，这些人上蹿下跳、满怀热情地为学校的鞭笞制度辩护；而在接下来的三四十年里，道学家们牢牢掌控着局面，用值得信赖的工具与学生内在的动物天性做斗争：布道、《圣经》、鞭子、剧烈的体育锻炼，偶尔还会用上一种有专利的小装置，这东西以锡和皮革制成，能够保护学生的贞洁。

29. 生而有罪

> 美丽：外表美丽，但内在腐败，就像男孩一样。
>
> 马尔伯勒公学的校长凝视着秋叶说道，1920年

在处理"不道德行为"方面，校长们显然对孩子们很不信任。一些人认为最好的方法是完全否定这些行为。许多女性在回忆录中谈到女校长如何不遗余力地隐藏和控制性爱，避免学生接触。"我们的女校长鼓励学生相信性是肮脏的，一想到或提到就有辱人格。婚姻是为地位较低的人和愚蠢的人准备的。"在伊森达·马克斯通·格雷厄姆的女子寄宿学校故事集中，她说校长们会把《广播时报》节目标题中暗示"性"的字眼儿剪下来，或将书中含有粗鲁内容的页面粘在一起："女孩们会把书举到阳光下，她们用这种方法收集那些让她们心动的单词。"

在阿斯科特，机警的圣玛丽女子中学（St. Mary's School）禁止教师讲授乔叟笔下的那位朴实的原始女权主义者巴斯妇的故事，尽管它被列在中学毕业会考的大纲里。在一些修道院学校，直到二十世纪女孩们都不允许看自己的身体，她们洗澡时要穿着印花布罩衣，手臂在罩衣里面，头露在外面。

小说家安东尼娅·怀特（Antonia White）写道，在她们的修道院学校，有一次一位修女温和地提醒她不应该蜷缩着睡觉。"假设，我的孩子，你在夜里死了，"修女说，"这是一个来迎接我们亲爱的主的合适姿势吗？"* 她说安东尼娅应该仰卧着睡觉，腿伸直，双手交叉放在胸前。安东尼娅·怀特还写道，印花布罩衣系在脖子上，一直垂到脚后跟，"简直让人没法洗澡"。所以她干脆躺下来享受热水，任由"外套像充气的气球一样膨胀，罩着我直到铃声响起"。在其他一些看重宗教信仰的女子学校，女孩们洗澡时都穿着泳衣，"以免冒犯天使"。

许多维多利亚时代的人认为，女性对性不太在意。"大多数女性（对她们来说这是件值得高兴的事）并不那么在乎各种形式的性感受。"二十世纪中叶的生育专家威廉·阿克顿博士（Dr. William Acton）写道。那些女校长几乎都单身，她们把这一观念奉为圭臬，一直到二十世纪都是如此。二十世纪七十年代之前，大多数关于女子寄宿学校的描述常把男孩和生育看成是威胁。一旦真的出现性的迹象，女子学校会做出极端严厉的反应。直到二十世纪末，童贞一直都备受珍视，至少受到父母的珍视。就像在许多父权文化中一样，女孩的贞操必须受到严密的保护。男孩有时可以逍遥法外，很多女孩却因为与男孩在一起而被开除，尽管两人的关系远没有到

---

* 利平顿是怀特的第一部小说《五月霜冻》（*Frost in May*）中虚构的学校的名字。她后来说，一些读者的来信让她意识到，那里什么都没有改变；无论写作时间是十九世纪八十年代还是二十世纪二十年代，对学校来说全都一样。这所学校现在叫沃丁翰学校（Woldingham School）。

上床的程度。这类故事有很多。二十世纪八十年代初，在威克姆阿贝学校（Wycombe Abbey School），两名女孩因向站在学校围墙外的男孩露出腿而被迫离开学校。当意识到沿海岸路行驶、必经过学校的公交车其顶层的乘客可能会瞥见学校的运动场时，罗丁女子学校在运动场周围竖起了木板。

在二十世纪五十年代和六十年代，一些学校甚至在校外也要求完全的性别隔离。谢伯恩和切尔滕纳姆既有女孩的寄宿学校，也有男孩的寄宿学校。在那两座城市里，男孩和女孩有各自被指定活动的街道：每个学生都会领到一张彩色地图。违反规定可能意味着将被开除。在一所地方公学，男孩们被告知他们可以与镇上文法学校的女孩交往，但不能与普通现代中学的女孩交往。

二十世纪八十年代，贝拉·巴瑟斯特还在上学，那个时代的性解放带来了更多的困惑。"英语老师告诉我们，她一生中最幸福的一天是她离婚那天；英语文学老师会指着《德伯家的苔丝》中安吉尔·克莱尔的雪茄，提醒我们它的深刻含义；（一个男性员工）喜欢追着那些十一岁的孩子到灌木丛里玩耍；生物老师除了生孩子以外什么话题都讲。"

在男子学校里，对女性的恐惧似乎和对性征明显的男孩的恐惧一样强烈。二十世纪六十年代，哈罗公学的校长向镇上的店主发出指示，要求当男孩们可能会进到他们店里时，要阻止"年轻女孩"出现在柜台后面。二十世纪七十年代，马尔伯勒的一位舍监反对男女同校的一个理由是，1969年几个女孩的到来已经极大地刺激了男孩们，导致校内同性恋增加。下面这个故事来自约翰·雷,他写道,在传统的男校里,人们对女性的态度是"负面的,甚至是敌视的"。1966年,他来到陶顿公学(Taunton School)担任校长,他的妻子在第一个周日和他一起参加了学校礼拜堂的仪式,她的到来让牧师、老师和男孩们惊骇不已——"就好像在雅典学院里介绍一个脱衣舞演员"。将近一年后才有男孩和达夫妮·雷说话。整整一个世纪里,这一切都没有多大的改变:"异性被鄙视和憎恨,被当作淫秽之物对待。"罗伯特·格雷夫斯(Robert Graves)写道,他曾在1909年进入切特豪斯读书。从这些学校诞生了被认为是二十世纪英国上流社会男性典型特征的厌女症。

虽然现在看起来很滑稽,但成年人的态度——无论是出自偏见还是纯粹的无知——给孩子带来了痛苦,特别是对已经感受到孤独或不快乐的孩子。许多人在对异性的恐惧和无知中长大,不仅如此,他们对自己的身体也表现出恐惧和无知。许多在二十世纪七八十年代到寄宿学校念书的女性,讲了不少她们经期曾经历的羞耻之事。对其中一些人来说,她们只是不知道生育方面的实用知识而已;对另一些人来说,羞耻和耻辱感已经附加到任何与性有关的事情上。在修道院学校,修女拒绝解释卫生防护知识或者会处罚穿戴胸罩的女孩,这样的事情不胜枚举。在其他一些学校,大家习惯于完全不提月经,甚至朋友之间也如此。另一名二十世纪七十年代在威克姆阿贝读书的女性回忆说,当她第一次来月经的时候,一位愤怒的老师强迫她拿着血迹斑斑的床单穿过走廊。

30. "邪恶的兽性"

在一些极端的情况下，衰退的外在迹象会非常明显。身体矮小虚弱，发育不良，眼睛凹陷，眼底阴影深重，脸色蜡黄或苍白，脸上满是粉刺，手又潮又凉，皮肤湿答答的。这个男孩避开外人，一个人蹑手蹑脚地走来走去，加入同学们的活动时满脸都是厌恶之情。他不能直视任何人，衣着日渐邋遢，脏兮兮的。他的智力开始退化，头脑越发迟钝，如果他的恶习持续下去，他最终可能会变成说胡话的白痴或者一个暴脾气的病秧子。这样的男孩在堕落的各个阶段都可以看到，我们描述的只是他们发展到最终状态的结果。

威廉·阿克顿博士，1857年

这些谴责手淫的可怕老生常谈和说教（爱德华时代一位校长曾给出异常简洁的建议："如果你碰了它，它就会掉下来"）一直到二十世纪七十年代都被用来吓唬孩子。在十九世纪和二十世纪初，学校会驱逐手淫者，因为担心他们会把恶行传染给其他人："下流"在当时的人眼中是一种病毒。人们普遍认为手淫不仅会导致愚蠢，还会导致同性恋倾向和谋杀；

风气如此,也难怪会发生孩子因内疚和羞耻而自杀的事件。在其他地方,关于手淫的教育导致了令人意想不到的结果。小说家阿瑟·考尔德-马歇尔回忆起在二十世纪二十年代,他所在的宗教学校圣保罗公学过去常常在假期里带男孩们去参加祈祷活动。在那里,年长的孩子们的任务是警告最小的孩子手淫的风险。过去,十几岁的教官们常常竟相让最漂亮的年轻人当他们的学生;而在我得到的描述中,成年人或年龄较大的男学生教较小的孩子手淫相当普遍。

即使时至今日,羞耻感依然存在;一些男性曾告诉我,他们几十年里一直为手淫可能带来的破坏性影响担惊受怕,这些观念都是在二十世纪五十年代和六十年代由学校灌输给他们的。看看当代美国福音派的宣传就知道,手淫者要面对地狱和精神错乱的双重威胁,这对青少年的思想产生了强大的冲击。在威廉·阿克顿之后,人们的观念已经随医学发展而改变,但是英国学校仍然在不紧不慢地原地踏步,就像它们对待大部分儿童教育发展科学方面取得的进展一样。爱德华七世时代的男孩们仍然被告知"一盎司*的精液抵得上四十盎司的血"。1920年,十三岁的卡思伯特·沃斯利来到马尔伯勒,他的舍监见识略高一些:他告诉年轻的卡思伯特,如果发现"有白色物质从你的私处渗出……不要担心,这只是一种病,跟麻疹差不多"。

直到现代,公学仍然用恐吓的方式阻止孩子们手淫。一

---

* 编者注:英制质量和容量单位。

直到二十世纪五十年代，男孩、女孩的口袋都还是缝住的；一些女子寄宿学校禁止使用长柄发梳。二十世纪七十年代，一所修道院学校要求女孩们睡觉时将手放在床罩外。1965年戴维·黑尔（David Hare）利用自己的间隔年在克雷格公学（Cranleigh School）任教，他听到喜欢打橄榄球的基督徒校长向男孩们演讲，阐述手淫和未经许可借用自行车的双重罪恶。企鹅出版社在二十世纪六七十年代出版了 J. A. 哈德菲尔德（J. A. Hadfield）的《童年和青少年》（*Childhood and Adolescence*），书中对"自我爱抚"大加指责，说经历"过度刺激"的女孩们在婚姻中会变得冷淡。此书后来一再重版。即使在今天，信奉天主教或正统派犹太教的青少年也必须为手淫这样的"罪恶"忏悔。

1974年我十三岁，不过我不记得有人警告过我不要手淫。虽然这种行为通常是私下进行的，但我的朋友中没有谁认为这是什么可耻的事。据我所知，它并不像在克里斯托弗·希钦斯的学校那样或像在其他许多学校中那样被当作一项大家参与其中的竞技运动。有些人说，他们在预备学校很早就学会了手淫，以至手淫成了他们的"暖心毯"，一种"抚慰"，一根多年离不开的情感拐杖；还有人把手淫看作是一种在随波逐流的世界里宣示自由和个性的方式。

31. 生活的真相

沃特菲尔德先生（Mr. Waterfield）以前常常会对将要毕业的男孩们说点儿"题外话"。这是一次勇敢又令人难以置信的性教育尝试，对这些年轻人步入世界助益颇多。他问的问题总是一样的，因此大家都准备好了答案。他的第一个问题通常是："知道这些事是在夜里干吗？"我们不是很清楚他指的什么，但是知道他需要的答案是"不"。我们就是这么回答的……他接着问第二个问题：

"你知道小孩是从哪里来的吗？"

"不知道，先生。"我说，看起来天真无邪。（我当时的确如此。）

"好吧，"他说，"你知道女人身体前面有个洞吗？"

我记得在家里看见我妹妹洗澡时露出的肚脐眼儿，于是回答道："知道，先生。"

"哦，那就是小孩出生的地方。再见。谢谢你为我们所做的一切，并祝你在伊顿好运。"

板球评论员布赖恩·约翰斯顿（Brian Johnston）
回忆他在预备学校坦普尔格罗夫的经历

整个二十世纪的大多数性教育课程都不尽如人意。切尔滕纳姆女子学院的一名学生这样回忆一位医生针对十四岁以上的孩子开展的幻灯片讲座:"有一张两只青蛙在水箱里的照片,其中一只青蛙跳到了另一只的上面。医生用手杖敲屏幕说:'这个就是你!就这么回事!'……直到我去了牛津,才了解到事情的真相。当一个男人解开裤子扣时,我简直被吓坏了。"

这种事多的是。小说家西奥多拉·本森(Theodora Benson)写道,寄宿学校快成年的女孩们会互相询问小孩是怎么来的。"我对此有些模糊的印象,但不太确定,所以好心地回答说,我可以告诉她,不过这样做只会让我们俩都难堪。"为了强调保持童贞的重要性,大部分面向女生的性教育围绕着疾病和怀孕展开,将两者的风险夸大(基本上不讲解预防措施),这种情况一直持续到二十世纪末。他们甚至用暧昧的隐喻来灌输贞操观。"我想让大家试想一下,你走进书店,"二十世纪七十年代阿斯科特圣玛丽女子中学的一位修女老师这样对她的学生说,"你买了一本非常漂亮的新书,这本书是布面精装的,每一页都那么新,那么脆。你打开它,满心欢喜地开始阅读。现在,请你们想一想,和一本被翻过许多遍的、脏兮兮的、到处是折角的旧平装书相比,这本书要好多少。"本森坚称,她和她所有的同龄人长大后都"完全正常":但她这样的只占少数。很多和她同时代的女性说,她们花了很多年的时间,经历了不止一段婚姻,才找到自己的性生活。本森也承认,"过度强调荣誉"是造成诸多痛苦的根源。

跟在大多数事情上一样，他们没有告诉我们那些我们需要知道的东西。我和布赖恩·约翰斯顿一样，在十三岁时嘲笑我的预备学校校长传授的性知识。从他的讲话中我没有学到什么新东西，只是知道他身体肯定出了什么可怕的毛病，因为他说有一次"当我在罗德板球场看球时，身体发出紧急信号，但我没'去解决'"。我们琢磨着他的膀胱真的爆了吗。在二十世纪七十年代中期，当我们只有十三岁的时候，我们以为自己对性了解得很通透。有人会在寝室里做全套的讲解，我们中的许多人在彼此身上做过实验；但实际上我们需要知道的——以及不知道的——事情还有很多：性疾病，不同的性取向，以及其中最神秘的——女性和女性在这个过程中究竟是如何参与进来的。很多孩子被各种委婉表达弄得晕头转向。"如果一个男人把另一个男人带到房间的角落里和另外一个男人说话，这个男人不应该听从。"这是二十世纪三十年代一位马尔伯勒公学的老师给一名年轻学生提出的严肃建议。

这部悲喜剧中最明显的错误是，我们从来没被告知，我们最先应该说什么，而且该声嘶力竭地说出来：如果有年龄更大或者更强壮的人试图让你做些你认为不对的事情，或者你不喜欢的事情，你应该毫不畏惧地说出来。NSPCC的研究表明，即使在今天，大多数受到性虐待的儿童也是直到成年才敢吐露实情——而这还是发生在老师们都学习过怎样帮助学生"揭露真相"的"防身"课程的年代。我的那个时代则大不相同，教我们性知识的校长比利·威廉森非常明确地表示，如果有人揭露他的员工的所作所为，为此受罚的将是我们，而不是他们。

并不是所有的传统学校都对各种不合法的性行为避而不谈。艾丽斯代尔·希克森（Alisdare Hickson）在《毒碗》（*The Poisoned Bowl*）中记录了很多发生在公学的与性有关的轶事。她讲了一个故事，有一所学校进行了三次性相关的讲座，其中一次是告诫新来的十三岁男孩们要"避开年龄较大的男孩"；有一次是告诫十六岁的学生"要避开年幼的男孩"；还有一次是建议毕业生们"远离皮卡迪利广场"。直到1993年，性教育才成为必修课在英国的学校中普及。虽然即使这样，在课堂上谈论的也仅限严格意义上的生理知识。保守党政府在1988年通过一项法律，在地方当局开办的学校中禁止自由讨论任何有关性取向的问题；而在二十世纪八十年代中期对艾滋病的恐慌到来之前，似乎没有任何一所学校——无论是国立的还是私立的——开展过任何关于避孕的教育活动。

公学为青少年的成长创造了一个扭曲的环境，这并不只因为学校里只有一种性别的孩子——直到二十世纪八十年代大多数学校都是这样的。许多来到公学（中学）的孩子，从八岁开始，一年中有八个月或更长时间与家人分离，他们经历了由此导致的痛苦的心理过程。正如我们看到的那样，有些人成功地挺了过来，另一些人则在到达一个更广阔、危险的世界时充满恐惧和困惑。传统心理学认为，所有这些人，无论坚强与否，都会变得缺乏自信、情感淡漠。"所有没安全感的孩子都带着一颗受伤的自尊心；如果你没有感受过父母无条件的爱，你不会觉得自己值得被人爱。"

我们当中最幸运的人将这些缺憾和需求转化为了友谊和爱情。我们无从判断那些年纪轻轻就离开家、缺少父母之爱和关怀的孩子，是否会与他们的同龄人形成更热情紧密的联系。这方面的文献都是围绕那些早年遭受过性虐待、情感无处寄托的孩子叙述的。这种创伤的后遗症之一是受害者在私生活中往往会放浪形骸，因为他们试图掌握自身的性和性吸引力。

有一点再清楚不过，就像大多数成长中的青少年一样，在他们身上激情和欲望始终如影随形。十九世纪有许多感人的故事讲述了男学生之间充满爱意的柏拉图式友谊，他们一起玩耍，吟诗。后来，有关同性恋的法律被重新定义，且随着公学开始讨论"缺少男子气概"的观念，一切都改变了：但在十九世纪八十年代之前，十几岁的男孩并不害怕用"爱"这个词来形容他们彼此或者他们与老师之间的情感。让他们害怕的是异性。

在女子学校，对类似关系的描述耐人寻味。大多数女子学校容忍不同年龄女孩之间以"热恋"或"迷恋"的形式相爱。要把这些关系处理好可不容易："亲爱的安吉拉，你愿意做我的**密友**吗？帕特说她不再是我的**密友**了，只做我的**好友**。我必须有一个**密友**，所以**请**和我在一起吧。爱你，吻你。"一个女学生在笔记本上写下了这样的话。那些学校的女性在回忆起当时的求爱和嬉笑怒骂时常常都面带笑意。权力是各种组合关系的核心。年轻的女孩通常扮演忠实的追随者角色，她们会选择一个漂亮的级长或者"长腿的运动健将"作为崇拜的对象，然后为她执行一些小任务，在一个仪式上赠送礼物，这一切听起来既像崇拜又像爱情。在此类记录中，没有人提到这些关系造成了何种持久的伤害，或者任何超出拥抱和牵手之外的身体行为。"她们会主动提出想帮你倒废纸篓，或者会给你一张纸条，上面写着：'你今天在礼拜堂时看起来美极了。'这是学校整个内在交流体系的一部分。"伊森达·马克斯通·格雷厄姆的一位受访者回忆道。这些仪式在走读学校中几乎不存在。这一切现在看起来可能令人着迷，但它们毫无疑问也显示出了学校的一个可怕失误，即未能告诉那些在封闭环境中长大的女孩，外部的现实世界有多危险。巴瑟斯特告诉我："不要低估我们有多着迷于性，我们有多为身为处女而羞耻。我们渴望体验，可因为对异性如此天真无知，我们中的很多人都让自己陷入了愚蠢而危险的境地——换句话说，就是被强奸了。"

对于青春期的男孩来说，情感关系当然是校园生活天然的一部分。我们的关系通常不像女孩们的那么纯洁，并不止于柏拉图式的求爱仪式。许多十三岁的孩子说，他们像是被赶进一个卖牛的市场，在那里马上有人对他们进行估价，对他们的长相做出评判。在一些学校里，有"婊子""甜心""娈童""天使""酷哥""假小子""荡妇"这些取材于古老的等级制度和仪式的角色，还有仆人、装饰品或情趣用品等来为"纨绔子弟""诸神"和级长服务，后者将来会被长大的低年级学生取代。当你还是一个处于系统底层的小男孩时，最后那个事实是你能得到的唯一安慰。从十八世纪和十九世纪对伊顿公学的描述来看，我在伊顿公学的时候，这种结构没有发生太大变化，尽管胁迫可能会少一些。约翰·阿丁顿·西蒙兹（John Addington Symonds）既是诗人也是第一位同性恋历史学家，他在十九世纪五十年代就读于哈罗。那时候，夜晚的宿舍和自习室"淫秽得令人难以置信"。以下内容摘自他的回忆录，在这个部分他的表达已经很克制了：

每个长得好看的男孩都有一个女人的名字，他们要么被认为是公共妓女，要么被认为是某个大块头的"婊子"。"婊子"是一个常用的词，指的是把自己供奉给其他人的男孩。性行为、相互手淫以及男孩们一起在床上玩闹，这样的事大家难免都会碰上几回。这里面没有优雅，没有柔情，也没有激情，只有动物的欲望。这一切让我感到厌恶和憎恨。

正如他的传记作者指出的那样，西蒙兹的感情实际上更为复杂。他爱上过几个男孩。尽管他后来结婚生子，但他的日记清楚地表明，他很大程度上是同性恋。在哈罗，他声称自己成功地抵制了"野兽们"的进攻，保住了"清白之身"；但后来哈罗最著名的校长沃恩博士因与一名学生发生关系而被解雇，里面就有他的功劳。学校内的卖淫行为，无论是随意的还是有组织的，一直到现代都是个问题，而且经常成为丑闻的主题。通过拉格比后来某位校长的陈述，我们可知，十九世纪末，在一所"最重要的公学"中，高年级学生让一个漂亮的小男孩为他暖床仍然是常见的事。

另一种面向成年读者的校园类作品也涌现了出来，它们最关心的话题之一就是性。亚历克·沃（Alec Waugh）那部臭名昭著的小说《青春织布机》（*The Loom of Youth*，1917）是这类作品的开山之作，里面充斥着令人反感的内容。它不是第一部公开谈论男学生之间爱情的小说，* 但肯定是最露骨的。亚历克是伊夫林的哥哥，他在十八岁时写下这部小说，当时他刚被迫从谢伯恩公学退学（因身陷同性恋丑闻）。次年他来到佛兰德担任机枪手，并出版了这本书。它引起的轰动和自身销量与当年的《汤姆求学记》不相上下。这部小说现在读起来会让人觉得很普通，但在当时，它确实把一些学校生活的内容——"同性恋、污言秽语以及对体育的狂热"——展现了出来，让公众大开眼界。这些日常生活，按几乎和作者同时代的 T.C. 沃斯利的说法，是老师和老男孩之间"秘而不宣"的东西。到1918年3月，亚历克在战争中成了英雄，

---

* 哈洛维恩·迪安·法勒的小说《埃里克，一点一点》（1858）是第一本描写校园中的爱与情欲的作品，这部作品面市以来一直被嘲笑，尤其因为书中对不道德行为特别是手淫给予的歇斯底里的警告。手淫"会污染爱情，并让人英年早逝"，尽管一些不谙世事的小孩会对这句话的所指摸不着头脑。

并被敌军捕获。尽管如此,他还是被以全票通过驱逐出了谢伯恩的校友会。

要说父母对那些每天发生的事一无所知那是不可能的,至少父亲肯定是知道的。在那本销量超过狄更斯小说的作品中,乡绅布朗对这些都心知肚明,他警告马上要去拉格比公学的小汤姆:"如果学校还是像我那个时代那样,你会看到很多残忍的事情,遇到很多无赖之徒,听到很多恶言秽语。"那些在同一时期建立起来的学校都在采取行动。拉德利公学的创始校长威廉·休厄尔牧师写道,他已经受够了这样的观念,即"一个男生必须经历对一切都漠不关心、没有宗教信仰、了解(确切地说是熟悉)罪恶和肮脏的过程,才能形成有男子气概的性格"。他下令晚上锁起学校里所有的门,给一楼的窗户安上铁条,任何人不得单独离开学校的领地。从其他学校来的运动队要被审查是否存在道德风险。休厄尔警告寄宿的学生:

我们会经常检查宿舍——我自己,我的同事,级长,有必要的话甚至会派出秘密线人——突然来到你们面前,出现在你们中间,直到我们认为你们已经有能力抵制独处的诱惑。

这套严酷的管理制度没有持续多久。到二十世纪四十年代,"浪漫的同性恋英雄崇拜"和迷恋帅气的年轻男孩——也就是众所周知的"酷小子"（stiggs）*——的风气在拉德利似乎已经见怪不怪了。几个老男孩告诉了艾丽斯代尔·希克森一些有趣的故事，后者正在汇编发生在公学的和性有关的轶事。有两个男孩相恋了，在他们那段众人皆知的恋情的热恋期，早晨礼拜堂的赞美诗是这样的："每天早上的爱都是新的——我们醒来，起床，为之证明。"唱完这句后，"所有学生都笑疯了"。

到二十世纪五十年代和六十年代，部分女子学校不再允许年轻女孩和年龄较大的女孩之间那种热烈的柏拉图式的友情，并采取了一些残酷的干预手段，而这往往让她们的浪漫史变得更加悲伤，更令人神往。一些学校制定了明确的条规来禁止同性之爱，并让孩子们付诸实践：二十世纪六十年代中期在罗伊斯顿·兰伯特参观的很多学校中，这些规定仍然存在，尤其在一些对同性恋持警惕态度的学校里，直到今天依然如此。

在大多数单一性别的学校中，学生之间产生爱慕之情是常有之事。在二十世纪二三十年代，那些喜欢嘲弄维多利亚时代道德观的作家，如亚历克·沃和伊夫林·沃兄弟、西里尔·康诺利、W. H. 奥登和格雷厄姆·格林，都兴致勃勃地说到课堂外的爱欲。康诺利在他的回忆录《远大前程之敌》

---

* 莱普顿公学的学生也爱用这个词，这是英国广播公司《英国疯狂汽车秀》节目中一个不爱说话、戴着头盔的驾驶员的名字。杰里米·克拉克森（Jeremy Clarkson）是这个节目中最出名的主持人，他和节目的导演都毕业于莱普顿公学。

(*Enemies of Promise*，1938年）中热情洋溢地描述了他在伊顿公学的爱情生活。唯美主义小组里的风流韵事是他待在这儿时唯一的快乐，以至在三十七岁之前，他一直认为自己是同性恋。（不过，离开学校时，他还没有性经验，甚至没自慰过。）

其他作家，从E. M. 福斯特的秘密小说《莫瑞斯》（*Maurice*）到朱利安·米切尔（Julian Mitchell）二十世纪八十年代创作的剧本和电影《同窗之爱》（*Another Country*），都把男学生之间的爱情看成是对严酷的威权主义颇具浪漫色彩的反叛。这一传统始于十九世纪的阿尔弗雷德·丁尼生，他写的很多作品都是关于学校里的那些漂亮男孩的，讲述他们充满激情的柏拉图式的爱情故事，传达的信息通常是，一旦成为成年人他们就永远不会爱得如此彻底和纯粹了。（尽管当他们后来再次相遇时，会发现自己年轻时迷恋的对象原来如此乏味。）盖索恩－哈迪试图用统计数据来总结这段时期：百分之二十五的男孩有过"桃色事件"，百分之九十的男孩感受过"浪漫的激情"。

在1934年的一篇文章中，二十九岁的格雷厄姆·格林——他的父亲是一名校长——总结了当时至少在左翼知识分子中非常盛行的观念："这是一种奇怪的制度，但所有公学都习以为常，它阻断了正常的性关系，却又严厉惩罚任何临时的替代品。这和国家的做法很相似，它不给那些失业的人养家糊口的手段，他就只能去偷窃，而当他这么做时又将面临惩罚。"

231

与此同时，一场提倡宽容的革命正在发生，尽管它的速度如一只胆小而保守的蜗牛。卡思伯特·沃斯利在1940年发表了大部头作品《野蛮人和非利士人：民主与公学》，对私立教育进行大胆的抨击，他的批评可能反映了体制内部的主流观点。书中说："十岁至十五岁之间的青少年大多数是同性恋者。"考虑到沃斯利自己就是同性恋，同时也是寄宿学校的老师和学生，我们没有理由怀疑他的话。当时人们普遍认为，"同性恋"的风气无伤大雅，这本身也是一种借口。既然如此，同性恋为什么会被视为有罪呢？C. S.刘易斯在他1955年写作的有关马尔文公学的回忆录中问道。他四十年前就读于这所学校。"没有证据表明这会导致'永久性的性扭曲'。他们的热情会从男孩身上转到女孩身上，如果他们生活的环境中有女孩的话。"

在现代，说某人为"基佬"当然是一种冒犯，特别是在我的学校，但我们当中很少有人认为我们与朋友之间的亲密关系和一些尝试会决定我们一生的性取向。如果这听起来令人困惑，那么可以想一想我们在二十世纪七十年代末也接受了朋克政治和同性恋；我们视之为令人兴奋的反叛文化，远比双性的华丽摇滚激动人心：我们都跟着汤姆·罗宾逊乐队唱《我是gay，我很快乐》，然后转向乔治男孩*。在女子学校，人们的态度也在迅速改变。我在十七岁时碰上了人生中第一

---

* 译者注：乔治男孩（Boy George）为英国歌手，是二十世纪八十年代英国新浪漫时期最具号召力的流行偶像之一。

个真正意义上的情敌，那是一所著名寄宿学校的女班长，我和她争夺我第一个认真交往的女朋友。按照我当时的理解，在那所学校里，高年级女孩和低年级女孩发生关系是相当时髦的，这让我非常焦虑。事实并非如此，但作为一名中学六年级的学生，我告诉每个人我为自己是双性恋而自豪。

到了二十世纪六十年代中期，寄宿学校的青少年们觉得可以向政府资助的社会学家罗伊斯顿·兰伯特和他的团队吐露他们的性生活。（兰伯特在随后出版的《温室社会》一书中说，他和他的研究人员并没有问关于性的问题，"但我们在这方面得到了大量的信息"。他们走访了六十六所寄宿学校，向学生发放问卷，收到的答案里面有百分之九十提到了性。这让兰伯特得出一个惊人的结论："性是一个他们作为个体和集体存在的重要因素。"）他对性的长篇论述震惊了研究人员和广大读者（这本书是一部信息量极大的社会人类学著作，很受欢迎，被多次重印）。在他的受访者中（总计超过1.3万人），有"大量男孩"说，寄宿生活"刺激了学生的同性恋本能"，许多人于是根据自己的感觉行事。一些人假装是同性恋，因为这是一件很酷的事情：一个十六岁的孩子说："如果你想加入大部队，赶快抓个低年级学生吧，让他当你的'跟屁虫'。"其他男孩则对这一强加给他们的事实感到不满。"我们过于沉溺于对方了，开始变得只想着男孩。"一所国立寄宿学校的两名学生说。另一个十七岁的公学男孩说，在这里你必须要有坚强的意志力才能不成为同性恋。还有一些人则无动于衷，有一个十六岁的孩子说："我不担心变成同性恋，我只觉得这么干很快乐。"

在二十世纪六十年代，一些学校里仍有类型化的角色扮演游戏，比如叫一些男孩"性感宝贝""骚货"；强迫的性服务也依然存在，年龄大的学生用钱从年龄小的学生那里购买性服务的事还时有发生，情况跟十九世纪时不相上下。一位受试者说："如果你有一张漂亮的脸，那就当心了：很快就会有人来排队。"有一所学校对性行为不加谴责，反而把表露情感当作一种更严重的罪行。还有另一种情况，绯闻可以"带来声望"。不过这些人当中也有人心怀担忧："一些人害怕被发现，另一些人对同性恋的道德内涵顾虑重重，还有的人不得不与内心的罪恶感做斗争。"兰伯特的样本中没有任何一所女子学校，他调查了十五所男女同校的学校，没有发现其中的女孩有什么异样，在那里女孩受到的监管要比男孩严格得多。

兰伯特的研究是此类研究中唯一一项获得教育和科学部资助的，因此，它的结论也就成了官方的结论：青少年对性非常感兴趣。"对青少年来说……发展、控制和实现他们的性冲动这个问题具有压倒一切的重要性，它支配着这个群体的地下生活的诸多方面，贯穿于他们的谈话、形象以及所作所为中。"如果说以上发现并不令人意外，那么下面这一点也许会让政府感到担心：大量证据表明，单一性别寄宿学校的学生通常在心理和性方面有创伤记忆。

对青少年来说，如何应对这种创伤因人而异。克里斯托弗·希钦斯在二十世纪五十年代末和六十年代初就读于寄宿学校，他在回忆录《希奇-22》(Hitch-22)中，描述了他的同学们如何对相互手淫乐此不疲（在这个过程中从不进行眼神交流）；但他补充说，这些男孩中百分之九十的人"会揍你，如果你暗示他们的所作所为是同性恋……这么做的理由大家都心照不宣：既然身边没有女孩，那只好先拿这个练练手"。

希钦斯喜欢雷斯学校的"修道院式的性爱闹剧"，他不缺乏伴侣，并且和我们许多人一样，也曾坠入爱河。他说，在爱情无所依托的时候，学过维多利亚时代浪漫主义诗歌的他很容易受"浪漫田园诗幻想"的影响。一个叫盖伊的男孩甘心做他的伴侣。当盖伊和希钦斯的关系被一个嫉妒的"粗脖子体育官僚"曝光时，学校从此禁止他们和对方说话。这种对爱情的惩罚既浪漫又恰当，这说不定也是当年兰斯洛特和桂妮薇儿*受到的惩罚。希钦斯写道："当时，我隐隐约约觉得，自己可能会因此丧命。这让我忧心忡忡。"

---

* 译者注：兰斯洛特和桂妮薇儿为亚瑟王传说中的人物，前者是亚瑟王手下的骑士，后者是亚瑟王的妻子，两人坠入爱河背叛了亚瑟王。

32. 解放

我们当中许多在二十世纪末的校园里生活过的人都能讲出与希钦斯类似的故事，并像他一样，对这些故事一笑置之；但在进行信件交流和采访的过程中，我得到了一些男性的叙述，这些关系给他们造成了严重的困扰。有一些人认为他们是因为在学校的经历而"变成同性恋"的，他们有时会因此而不受人待见；另有几个人对我说，由于学校的问题，他们终生怀疑自己的性取向，并害怕同性恋者——"他们是恋童癖，这是一回事"——一名男子对我说。这些人大多是年长的男性；年轻的男性似乎一般都能将自愿的性行为与被强迫的性行为区分开来。

性欺凌和欺凌一样普遍，新生当值制度（fagging）就是其中一部分。在伊顿公学，选择你能找到的最漂亮的男孩做跟班被认为是天经地义的事（尽管这并不意味着你和他会发生性关系）；在斯多和其他学校则有拿抚慰做交易的制度。"他们从不使用暴力。"记者兼报纸编辑佩里格林·沃索恩（Peregrine Worsthorne）说。他宣称自己在学校的艺术教室里被一个小男孩乔治·梅利（George Melly）"勾引"，乔治·梅利后来成了著名的爵士乐歌手。"在那里鸡奸多的是，"沃索恩告诉《卫报》说,"还有其他的事——但我不认为发生过什么残忍的事情。"

沃索恩这种语气在寄宿生中很常见:把青少年时代的胡作非为和糟糕事歪曲成趣事。当他刚到斯多时,男孩们几乎把他淹死在浴缸里。他一直和他的男性朋友睡在一起,直到二十多岁。也许斯多并不怎么残忍,其他学校可就是另一回事了。乔治·蒙比尔特(George Monbiot)对他在二十世纪七十年代就读的预备学校的描述不同寻常:"新来的男孩差不多都要被级长猥亵一番,偶尔还会被鸡奸。性侵犯过去是,现在也可能仍然是预备学校生活的特色之一,就像油炸面包和英国斗牛犬一样。"

在我收到的信件和进行的采访中,有很多人说到鸡奸。这应该不令人惊讶,在警方现在调查的强奸或强奸未遂案件中,有近十分之一的受害者是男性。随着作为鸡奸受害者有损于男子气概的那种耻辱感的减少,如今出版的回忆录中有更多人讲述了寄宿学校里发生的强奸。罗伯特·蒙塔古(Robert Montagu)讲述了二十世纪六十年代伊顿公学发生的强奸案,他当时不得不出面干预,以阻止受害者自杀。唱片节目主持人约翰·皮尔(Jonh Peel)于五十年代中期在什鲁斯伯里公学待过,他在自传中描写了年纪较大的学习监督员(级长)是如何相互交换年轻男孩的。皮尔的叙述一如既往地平静,但我们能看到文字之下即将跃然而出的怒火:

一般来说,他们对做爱不感兴趣,但正如我们所看到的,他们更感兴趣的是我们知道的那种放松方式——按摩，或者是获得一些温暖，假如没有低年级学弟可享用，或者没有"家养猎犬"可以同床共枕的话。由于我在家里几乎不用身体表达感情——我想，每个在家的男孩大概都如此——我对这样的关注受宠若惊，同时我也明白，我唯一可以求助的对象就是那些想要把我抱在怀里的人。

最终，一个级长把十三四岁的皮尔引诱到什鲁斯伯里公墓的一间公共厕所中，在那里把他强奸了。"奇怪的是，尽管我非常厌恶这段经历，它并没有给我带来特别的创伤，我想我已经习惯了那种结构性的性虐待。"他写道。直到三十年后，当他和妻子碰巧开车经过什鲁斯伯里的那间厕所时，他才向她倾诉了这件事。

从这些描述中浮现的另一个细节是，并非在所有的学校中都会发现性行为，但如果一个学校的老师里有性捕食者，男孩之间似乎就会有更多的性行为。那些指出学校里成年人性侵事件的人，往往会进一步提到学生之间普遍存在的性行为，其程度让他们感到震惊。不过，我也听说过一些没有虐待记录的学校，学生基本上很快乐，在十二岁左右表现得生龙活虎。"我们当时的性别意识很令人惊讶。"一位写信人这样描述他在二十世纪七十年代末所就读的寄宿制预备学校，这所学校是男女同校，名气很大。学校黑暗的电影之夜允许女孩和男孩进行"亲密接触"，老师们从不加阻拦。这可能更多地反映了那个时期的特点而不是前青春期性行为的特点；

今天的学校更紧张和敏感,他们能否接受这样的事情,我对此表示怀疑。

尽管社会对性的控制开始有所松弛,但它仍然会时不时引发愤怒的道德声讨和不同寻常的道德净化活动。二十世纪二三十年代,哈罗经常因为同性恋的缘故集体开除男孩。二十世纪三十年代,在伊顿公学有两百名男孩被发现是"相互手淫俱乐部"的成员,他们的父母被传唤,一名学生因鸡奸而被开除。1892年,布赖顿公学关闭了整幢宿舍楼,并开除了十一名男孩,试图根除同性恋病毒。不过,随着二十世纪慢慢地流逝,道德恐慌也逐渐消退。

在起起落落的求学生涯中,我先后上过伊顿公学和布赖顿公学;男学生之间的确有性行为,尽管大家不会公开地谈论。假如这两所学校发现了问题,我认为他们对学生的处罚不会有开除那么严厉,除非涉及欺凌,或者两者年龄差距过大。学校承认,至少在单一性别的寄宿学校中,对那些处于被关禁闭般状态的年轻人来说,这是一个人类学的真实境况。有这样一个故事,二十世纪三十年代一位颇具魅力的校长,当家长问他是如何"处理"学生间的同性恋问题时,他回答说:"哦,我还没有把同性恋作为必修课呢,如果您是这个意思的话。"到了二十世纪六十年代,弗朗西斯·惠恩还在哈罗上学时,一位老师因公开声明自己的底线而广为人知:"我不介意相互手淫,但是鸡奸不行。"约翰·雷在二十世纪七八十年代任威斯敏斯特公学的校长,他记得哈罗的一位舍监曾将自己的一名学生称为"校园妓女"。当然,大多数教师,无论是当时的还是现在的，都经历过同样的制度。他们认为正常的事情在外人看来多少是奇怪和错误的。

雷是所有这些"伟大"公学校长中第一位公开谈论性问题的，而且他还是在当校长期间这么干的。在1980年出版的一本富有争议的书中，他仍然是个老保守派，坚持单一性别教育的优点。雷曾在寄宿学校接受教育，在接手这所最古老保守的学校之前，他曾在哈罗和其他传统寄宿学校任教。他很确定，同性恋关系会"蓬勃发展"，包括卖淫在内的事情也会发生。他也很确定，他在那些古老的单一性别学校看到了学生受到的伤害，在那里，青少年的性欲被迫"转向自身"，任何温柔或深沉的情感都会被强行压抑：

如果认为公学出来的**所有**男孩都存在情感上的缺陷，那将是荒谬的；但在老式的寄宿学校中，有出现这种情况的风险……在那个充满各种禁令、几乎完全没有隐私的狭小世界里，生存依赖于能否把你的情感隐藏起来。结果，一些——也许是很多——男孩发现，他们成为成年人之后无法自由地表达爱。出现这种情况的风险很大。他们的情感状况就像集中营里的囚犯：他们被严酷囚禁的时间太长了，当获得自由的机会来临时，他们却裹足不前。也许这才是单一性别寄宿学校学生的心理问题所在，而不是同性恋或者伪同性恋。

雷的感受得到了广泛的认同，包括从1969年开始担任伊顿公学现代化负责人的迈克尔·麦克拉姆，但这是条慢车道。直到1971年，才有第一所传统的私立寄宿中学奥克汉（Oakham School）（并非像彼得莱斯和达廷顿这样少见的开明学校）开始完全实行男女同校制度。1979年，在210所校长大会所谓的"精英"学校中，只有26所是男女同校的。伊顿公学在七十年代中期只有几个女孩，都是教师的孩子，虽然麦克拉姆和他招募的开明员工确实鼓励学生与邻近学校的女孩们跳舞和辩论。二十世纪八十年代，在威克姆阿贝学校，所有六年级的女孩都加入了苏格兰舞蹈协会："这样我们就可以亲吻伊顿公学的学生了。"

但这并没有真正地解决问题：这些交流没有让我们变得更文明，即使有这可能。一个女孩回忆校际舞会时称之为"卖牛市场……闹哄哄的"："我似乎记得最终目标是在尽可能短的时间内和尽可能多的男孩亲热。"男孩们的目标也一样，我们会问："你到手了几个？"我们都被学校培养得有很强的竞争意识。

当然，男女同校也是一个政治问题，自由派改革者与保守派在这个议题上争论不休。1969年，马尔伯勒成为第一所录取女孩的名校：当时的校长后来表示，他这样做是为了"摒弃学校中残留的许多野蛮行为和权威主义，这些野蛮行为和权威主义被视为（在某些地区仍然是）公学精神的核心"。他认为这些女孩将"巩固自由主义立场"，抵御"法西斯主义的反弹"。

我读过的一所学校布赖顿公学，在二十世纪七十年代末时，有几个上六年级的寄宿女孩：面对数百名对她们评头论足、争先恐后彰显存在感的男孩以及他们注视的目光，这些女孩的生活并不轻松。在原先的男校实行男女同校教育的初期，许多女性有过可怕的经历。今天，少数学校仍然只招一种性别的学生，主要是因为学校管理者相信把青少年男女分开对他们的学业成绩有利。一些较老的观念仍然存在。即将离任的伊顿公学校长托尼·利特尔（Tony Little）在2015年发表了一篇演讲，他说，"在单一性别的环境中，你可以让纯真保持得更久一些"。许多前寄宿生会对此笑而不语。

现在大家会嘲笑这些不合时宜的东西，但是在当年，青春期的困惑、偏见和无助给许多人以及那些后来和他们一起生活的人带来了巨大的痛苦。我收到的信件中有很多人谈到性带来的羞耻和困惑，所有这些本是可以避免的，现在却带给很多人终生的影响。学校应该为自己的失职受到责备，当这种失职伴随着对性隐私的侵犯时，其影响可能是毁灭性的，特别是在孩子已经学会了隐藏情感的情况下。下面的这封信讲述了写信者在想方设法躲开试图抚摸他的老师之后发生的事情。

当父亲带我回去度周末时，我在车里给他讲了发生的事。他最初的反应是："嗯，我看得出这让你心烦意乱。"对我来说这听起来像我没必要心烦意乱一样。他确实和校长谈过这件事，校长也找过我询问情况。他开始可能认为我在恶意撒谎，但后来他应该是相信我了，因为他解除了那位老师的宿舍管理员助理的职务，不让他在晚上到宿舍巡逻了，但这位老师保住了自己的工作，被安排去教二级英语。

我认为我并不是唯一一个被他上下其手的男孩，但出于某种原因，我成了众人皆知的骚扰对象，也许正因为这个原因，在接下来的几年里，有几个大一点的男孩总来找我的麻烦。我把这件事告诉了我的监护人（父亲和校长），因为我知道发生的事是不对的，但我得到的反应像是把它扫到地毯下藏起来，而不是予以处理，以表明这种行为是错误的、不能容忍的。结果，我失去了判断是非的道德参照，不能满怀信心地对性侵说不，而这种信心是非常必要的。

我离开学校时依然没有解决自己的性取向问题，而我后来所处的社会团体是以宗教为基础的，完全不能容忍同性恋。我很高兴在那里找到了朋友，并满怀热情地加入进去，在这个过程中，我不知不觉地把钉子敲进了自己的棺材。三十岁那年，我结婚了，此后二十八年，我一直和妻子在一起，但是九年前我崩溃了，我终于发现自己是同性恋。我怨恨寄宿学校，是它把我搞得一团糟，让我不了解自己，以致到今天的地步。如果有机会回去的话，我会做出不同的人生选择。

学校里关于性的故事有很多种结局。一些从公学毕业的成年人现在可以回过头去，看看当年学校里的不正当关系是有害的还是有益的，哪怕这种关系的源头是不快乐或者是情感上的缺失。就连在报纸专栏中抨击"娘娘腔"的佩里格林·沃索恩，在八十多岁的时候也愉快地回忆起他在学校和军队中的恋情。"我差点儿成了同性恋，但那时有太多的压力迫使我不能爱同性。"他在 2011 年时说。

C.S. 刘易斯怀着辛酸的同情写到马尔文公学〔他称这里为"怀文"（Wyvern）〕里发生的爱情故事。马尔文公学是一所残酷而墨守成规的学校，那里老套的权力和等级框架制约着年轻生命的成长。"从精神上讲，最致命的事情是学校生活几乎完全被社会竞争主导着；要继续前进，要达到顶峰，或者要保持在顶峰……这就是为什么，"他带着非凡的镇定总结道，"我不能把同龄人（他指的是年龄较大和年龄较小的男孩之间的爱情）当作学校里的邪恶之首。残忍肯定比欲望更邪恶。"他接着说：

> 如果我们这些了解像怀文这样的学校的人敢于说出真相，我们将不得不说，无论鸡奸本身是多么邪恶，在那个时代和地点，它都是某些美好情感的唯一立足点或是得以生长的缝隙。
>
> 它是唯一能制衡社会竞争的力量；在被争斗的野心燃起熊熊大火的沙漠中，它是唯一的绿洲（尽管这片绿洲只有杂草和臭水）。它使画面变得柔和。堕落是留下的唯一纽带，维系着一些自发的、没有计算的东西，让它们得以被偷偷地保留下来。柏拉图终归是对的。爱神，即使被推翻在地，被抹黑，被扭曲，被弄脏，仍然带着神性的痕迹。

显然，正如约翰·雷所言，对于 C.S. 刘易斯或其他数以万计从公学毕业的学生来说，并不存在情感上的缺失，性关系和浪漫情史足以让他们的感情世界丰富多彩。到了七十年代，英国终于迎来了曙光：学校被性无知和野蛮统治达百年之久的漫漫长夜终于走到了尽头。负罪感逐渐消退，当年看似不合规矩或可耻的事情成了我们当中很多人的苦涩回忆，而那些陌生环境强加给我们的各种关系，真爱也罢，情欲也罢，都成为错综复杂的成长故事的一部分，它们曾经是用来培育厌女症和性别歧视的养料，如今只是一份留给学校和上层阶级的遗产。从人类学的角度看这件事很有意思，但有一点，依旧迫切且重要，学校还没有完整地告诉孩子们他们的权利，没有鼓励他们说出实话，没有警告他们那些坏心眼儿的人会利用他们最善良的本能——忠诚和勇敢——来让他们保持缄默。伦敦市长暴力侵害妇女和女孩小组联合会主席琼·史密斯（Joan Smith）在2016年3月写道：

  指望孩子们能预料到他们信任的人会对他们做出这种事（性侵）是不可能的。这就是为什么我们需要告诉他们一些预警信号，确保他们知道一旦某人的行为让他们不安，他们应该如何求助。会发生这种事情的一个显而易见的地方是学校，但是有一支庞大的游说势力，它致力于反对引入任何关于性和人际关系的必修课，他们的理由是没有必要让孩子"意识到性别"。事实恰恰相反：剥夺孩子了解世界的权利会增大他们面对恋童癖的风险，而恋童癖可能会给他们造成终生难愈的伤害。

这是一个悖论，最早可以追溯到维多利亚时代的性困惑。学校以及它们所教育的阶层通过否认孩子们正常的性特征，将他们置于更大的风险之中，让他们面临更严重的问题，包括成人具有攻击性的性侵犯。然而，就在史密斯写下上述这段话的同一个月，当时的教育部部长尼基·摩根（Nicky Morgan）再次拒绝了一项要求将性教育作为必修课的呼吁，尽管该呼吁得到警方和一百个组织的支持。人们很难不将这种懈怠迟钝与政治联系在一起。保守党必须为私立学校的问题承担一定的责任，因为几十年来，保守党一直拒绝对私立学校进行监管和检查，其原因就深深植根于那种"咬紧牙关、处变不惊"的原则。正如我下一章试图要说明的，"它从未对我造成任何伤害"这句话一直是那些虐待孩子之人的帮凶。

第六章

格兰姆斯船长和胡克船长

33. "倒霉嗜好"

> 有些人不喜欢小男孩,有些人又太喜欢了。
> 伊夫林·沃《一知半解》(A Little Learning)

一群毕业于寄宿学校的男男女女坐下来,聊起当年那些让他们遭罪的老师,各种笑话马上就来了。这些人说话干巴巴的,略带忧郁,争强好胜——但通常都非常有趣。我们在学校学会了用幽默去处理苦难,尽管这些笑话常常会让外人感到不解,甚至觉得被冒犯。"你要用举重若轻的方式处理生活中那些严肃的事情。"我曾听到一个前公学的男孩这样对他的女朋友说。他讲述自己被性侵的经过,这么做不是为了博大家一笑,但是我们其余的人都把它当笑话听,乐不可支。我们轮流分享自己经历的荒谬、离谱、滑稽的事;最后,另一名已经成年的前公学男孩以他十三岁时多次被强奸的痛苦经历结束了所有的故事。谈话就此终止,不是因为尴尬,而是因为他的故事无可匹敌。

因此性虐待教师这个角色在英国文学中甫一亮相,立刻成了一个伟大的喜剧角色也就不足为奇了。伊夫林·沃在1928年出版了《衰落与瓦解》(Decline and Fall),小说中的格兰姆斯船长是一个随遇而安的独腿骗子，他到威尔士的预备学校填补了一个教职空缺。这所威尔士的预备学校被评定为不及格后，名誉扫地，沃笔下的主人公保罗·彭尼费瑟就是这所学校的学生。在沃这部他二十五岁出版的半自传体小说中，格兰姆斯只是一个跑龙套的，但是他恣意妄为的犯罪方式让他深受几代读者的喜爱：在充满不确定因素的二十世纪二十年代，这个人物奏响的音符与人们首次听到的反资产阶级旋律颇为合拍，从那以后，它就一直在那些质疑公认道德的人身上回响。

对那些在二十世纪中叶上过学的英国人来说，格兰姆斯一定会让他们想起某种类型的男老师。他们通常在某场战争中受过伤，行事不可预测，令人着迷又让人害怕，在他们乏闷的教室里总飘着硫黄的味道，他们的职业生涯常常在没有任何解释的情况下戛然而止。当我十来岁读《衰落与瓦解》时，心目中的格兰姆斯就长了张我们数学老师的脸。基恩先生是个年轻的爱尔兰人，他有根手指受过伤，样子吓人；他行为乖张，动不动就发脾气，生气的时候会把孩子扔下楼梯。如果你不走运恰好和他单独待在一起，为了翻你的内裤，他会给你糖果。像那些老师一样，他也走得很匆忙。我的一个通信人写道：

我在萨里郡中学的老师大多刚从二战战场回来，身上有一种崇尚暴力和爱虐待人的倾向（这种倾向也许在战前就有）。他们会毫不留情地让我们"巡游"；但他们要的不仅仅

249

是体罚学生,他们还要在这个过程中羞辱学生。当然,用现代的话说,我们只能"打落牙齿往肚子里咽",不能抱怨,不能表现出"软弱"。为什么不?因为如果我们说出被虐待的真实情况,家里人不会向我们表示同情。

对格兰姆斯在来到可怕的拉纳巴城堡学校之前犯下了哪些罪行,以及是什么原因促使他匆忙离开,作者只给了零星的暗示。校长拒绝透露内情。尽管沃想作惊人之语,但在二十世纪二十年代,他没法呈现那样的细节。这本身就告诉了老练的读者很多东西。

格兰姆斯船长的原型——一个名叫理查德或者"迪克"·杨的人——和沃一起于1925年在阿诺德学院当老师,这所预备学校就是《衰落与瓦解》中拉纳巴城堡学校的原型。沃在一封信中告诉一位朋友,他的这位同事是"乏味的同性恋,只谈论睡着的男孩有多美",但是他们在学校附近的酒吧里成了酒友。沃离开学校后,他们还有来往。"登比郡的杨堕落了,他成了令人相当厌烦的家伙,一直在喝酒。他在树篱里引诱了一个在车库上班的男孩。"

在他的半自传小说《一知半解》中,沃坦率地谈到了杨(他仍然叫他格兰姆斯)。他说起初这个同事让他感到困惑:为什么一个有私人收入的人会选择将自己放逐到威尔士阴暗荒野中一所差劲儿的学校?

他的缺点(或者说长处)很快就显露出来了。一两周后,学校安排了一整天假日来庆祝校长的生日,但对教师助理们来说这可不是假期。清晨,整个学校被挤得水泄不通,大家都被赶到斯诺登山的山坡上,在那里玩游戏,开午间野餐会……当一切结束后,孩子们都上床睡觉了,我们坐在休息室里哀叹着一天的劳累,只有格兰姆斯带着伊特鲁里亚葬礼雕像般的得意微笑坐在那里。

"我承认我玩得很开心。"我们抱怨时他说。

我们以怀疑的目光看着他。"你过得很开心?你发现了什么好玩的?"

"诺克斯·米诺,"格兰姆斯说,脸上洋溢着幸福的纯真,"我觉得比赛有点太喧闹了,所以我把诺克斯·米诺带到了岩石后面,脱下他的小靴子和袜子,解开我的裤子,把他可爱的小脚放在那里,体验了最令人满意的一次释放。"

虽然这则轶事很令人生疑,但毫无疑问的是,杨表现出的"非凡的坦率"和恣意妄为吸引了沃。在沃的笔下,他坏事做尽,却总能全身而退,沃所有关于他的描写都流露着欣赏:

……被威灵顿开除,被牛津开除,被迫辞去在军队中的职务;毫无征兆地离开四所学校,其中三次是在学期过半时因为鸡奸学生而被带走,另一次是因为他连续六个晚上喝醉了。然而,他依然能够轻松地找到工作,一份比一份好。

沃当然有或曾经有过同性恋倾向，但令沃羡慕的是杨热情洋溢的果断，对享乐的追求和痴迷——还有他的私人收入。其中原委并不难明白。沃的文字，无论是私人的还是公开的，都弥漫着愤世嫉俗的情绪和对传统道德的蔑视，这一点与当时具有强烈自我意识的寄宿学校毕业生的作品颇为相似。他的哥哥亚历克写了一本有名的小说，讲的是男孩之间的爱情丑闻，故事发生的地点就是亚历克曾就读的谢伯恩公学。对不道德行为，大部分学校标榜的严厉规定和他们在现实中实际处理时存在着多大的差异，沃心知肚明。

用今天的心理治疗术语来说，我们必须将各种冲突"正常化"。做到这一点的方法是接受发生的事，或者遵循问题的逻辑，质疑成年人在道德和社会规定上的条条框框。沃和很多人一样，热爱传统英国文化，但厌恶那些最伟大的英国文化倡导者的虚伪和自欺欺人，他们试图调和这两者的矛盾，而这种努力变成了一把双刃剑：这既是他们艺术创作的引擎，也是他们抑郁和愤怒的来源。沃从一名朋克小说家、一个阶级和一代人的反叛者，向乖戾的乡村绅士、天主教徒和保守主义者的转变，有一个清晰的脉络。这也是其他许多人的经历，这些人因为那种恶心的虚伪而始终无法与社会达成和解。

在沃看来，杨的行为没有什么好责备的。根本没有。相反，他令人钦佩。杨"从不欺骗"。诚实，尤其是对朋友诚实，对许多从公学走出来的作家来说，是最基本的美德——有时甚至被看作是唯一的美德。正如我们已经看到的，学校传递的主要道德信息——遍布在校园的每一个角落——是反对撒谎。这一点即使是反叛者也会同意。

对于沃来说,格兰姆斯的小爱好是完全可以原谅的,甚至是值得称赞的,因为他藐视社会习俗的行为带着时代的气息。在他看来,最重要的是,格兰姆斯/杨没有犯更恶劣的罪:乏味(除了有时他喝了太多酒,或者聊了太多关于小男孩的事,这些都不对沃的胃口)。他可能是——也的确就是——一个猥亵儿童者,但他也是沃创造的一个极其伟大的喜剧人物。这一课至关重要——遵守那些明显虚伪的性规定是狭隘的资产阶级做派——而英国上流社会一直想要展现出来的是令人腻烦的自大,以为自己对这类事无所不知。当他们想到自己的孩子在学校可能面临的危险时,有谁会做出不同的反应吗?

沃在《一知半解》中也说:"恋童"在学校里很平常。"助理教师在希思山来了又去、去了又来……他们根据各自的口味,用英国学院式那种温和态度俘获我们,用近乎猥亵的方式抚摸我们,以近乎残忍的方式鞭打我们、拽我们、扯我们的头发。"

"近乎"这个词所暗示的公认界限到今天已经发生了偏移,但他说这种行为在学校里司空见惯是对的。我在伊顿公学时有一位非常喜欢的老师:我们那时十三岁,当我们站在他的办公桌前订正作业时,他会懒洋洋地把手放在我们的大腿上来回移动。(这很常见——有很多描写类似的"温柔骚扰"的叙述,借用一封来信里的用词)。这令人不快,但我想他可能比我更尴尬:为了原谅佩恩先生——他也是我的舍监——我过去常常对自己说,这是他抚摸他的金毛拉布拉多犬的方式。当然,要是今天他这么干可能已经被捕了。

据我所知,迪克·杨从未被捕,尽管他在很多地方与男孩发生过性关系,有些地方远没有寄宿学校来得安全——比如说火车站候车室。与小说中不同的是,他一直担任教职,直到1928年——也就是他和沃在拉纳巴共事的三年后。之后杨成了一名律师。1934年他出版了小说《预备学校谋杀案》。这部小说包含了杨对沃的报复:在小说中有一个和沃很像的角色,这次轮到他是个恋童癖了。1971年杨在贫困中去世。

伊夫林·沃按照惯例把自己的儿子送到了一所寄宿制预备学校——奥哈罗斯天主教学校(All Hallows Catholic College),两个月前这个男孩才刚过完六岁的生日。在那里一位格兰姆斯正等着他。在他的回忆录中,奥伯龙·沃讲述了自己是如何遇见一位抽烟斗的校长F. H. R. 迪克斯(F. H. R. Dix)的,迪克斯同时也是学校的所有者。他在战争中受了伤,行事和格兰姆斯一样乖张,尽管他要比后者暴力得多。迪克斯喜欢看小男孩成群结队赤裸着身子,在他不发脾气打人的时候,他常常会把男孩们的头发一簇簇拔下来。五十一岁的奥伯龙写道:"即便是现在,我一闻到烟斗的烟味也会有强烈逃跑的冲动。"其他人回忆起迪克斯都说他为人残忍,是个虐待狂;但直到今天,他仍然被誉为一位伟大的校长:为了纪念他,这所天主教学校有一项年度奖学金就以他的名字命名。

1977年,奥伯龙·沃在《旁观者》杂志上发表文章描述了利用寄宿学校机制的阶层和在寄宿学校工作的性捕食者之间的特殊关系：

上层和中上层阶级的成员（我们、有品位的读者、漂亮人士）总是通过把孩子送到寄宿学校来摆脱他们。我们都知道这些机构的教学人员中有恋童癖，虽然只有一小部分，但是这个数量已经够显著了。我们可能会对孩子们的非人遭遇感到内疚，但想到他们将接受到更好的教育，而且我们为此做出了巨大的经济牺牲，我们又平静了下来。

那些准备正视这一问题的父母承认——我很惊讶同代人中有这么多人向我保证，同性恋现在已经从英国的预备学校和公学中销声匿迹了——选择自己照顾孩子的人，日子过得很惨很辛苦，但也不乏安慰。

这可以解释为什么我们对那些在资产阶级社会长大的不幸者采取了相当宽容的态度。我们的宽容态度不适用于儿童强奸犯或侵犯少女者，但如果受伤害的是大一些的男孩，我们会认为这是用很小的代价去换取男孩们发展完整性格的契机以及诸如此类的好处，这些都是拜与父母分离所赐。

奥伯龙和他父亲一样喜欢开玩笑，但他没有把自己的孩子送去寄宿学校。

34. 吐露心迹

理查德·迈纳茨哈根（Richard Meinertzhagen）是士兵、间谍、科学家、运动员和鸟类学家，正是那种英国青少年小说中的典型人物。他具有贵族气质，勇敢而狡猾，写作者们塑造了一个如此完美的帝国时代的超级英雄，以至让他看上去像个恶搞角色。他是"背包计"的创造者——这仅仅是他众多冒险经历中的一例——这是一种故意泄露作战机密的计谋，目的是愚弄敌人，误导他们把部队部署在错误的地方。他机智而冷静，这对塑造男孩们心目中丰满又坚毅隐忍的英雄形象很重要。"为什么要浪费一顿美餐呢？"迈纳茨哈根一边说，一边狼吞虎咽地吃完了一位德国军官的圣诞晚餐，这位军官刚刚在餐桌边被他杀死了。这事发生在1916年的坦噶尼喀。两年后他出现在俄罗斯，设法营救沙皇的一个女儿。迈纳茨哈根经历许多险境和羞辱后，最终幸存了下来：他是邦德和布尔道格·德拉蒙德的结合体，但格调上要稍逊一筹。

迈纳茨哈根去世后，人们一直把他当作英雄来崇拜，他也是一部被大幅修订的传记的主人公。他曾被指控犯有欺诈罪和谋杀罪，被认为是杀害他的女继承人（第二任妻子）的凶手；但没有人细想过他在预备学校遭受虐待的事，也没有人质疑他从中获得的非凡的心理洞察力。如果这些事并没发生过，那么你可能会问，为什么这个心高气傲的男人要把它们说出来？

1964年，八十六岁的迈纳茨哈根出版了他的回忆录《黑羊日记》。他声称这部回忆录是基于他从1884年六岁就开始写的七十卷日记编纂的。这是一部结构松散的作品，里面有名人轶事、战争故事和各种叙述，包括与偷猎者和女骗子的相遇，以及和奥斯卡·王尔德、塞西尔·罗兹的会面。在所有这一切中，你可以找到一段简短的叙述，留有很明显的原始日记的痕迹，讲述他在萨塞克斯的方希尔学校的时光。

1889年5月，迈纳茨哈根的父母将他从约克郡的寄宿学校艾斯加斯预备学校转到英格兰南部的学校，原因是他的健康状况不佳。他们选择了位于萨塞克斯、邻近东格林斯特德的方希尔。学校由沃尔特·拉德克利夫和阿什顿·拉德克利夫（Walter and Ashton Radcliffe）两兄弟掌管，他们的父亲创办了学校。刚到不久，十岁的迈纳茨哈根就向母亲抱怨说，他害怕"残忍的"沃尔特·拉德克利夫，他"让我在要上床睡觉的时候站在他面前"，并威胁要打男孩一顿。"请不要告诉丹（迈纳茨哈根的哥哥）。我可以马上回家吗？"信的结尾写道。这封信被保存了下来，和他母亲的文件放在一起。

乔治娜·迈纳茨哈根（Georgina Meinertzhagen）是著名的波特姐妹中的一员，这对姐妹忙于做慈善和组织政治活动。乔治娜回信告诉儿子，老师不会在没有充分理由的情况下惩罚小男孩，而且"任何惩罚都是我自愿接受的"。就跟他之前和之后的许多小男孩一样，理查德感到绝望。"如果我没法向母亲求助,那我还能向谁求助呢?"

很快,事情"变糟了一百倍":

沃尔特总是在我上床睡觉后来我的房间。(理查德被从宿舍转移到一个单人间,学校没给任何解释)。我带着一种厌恶和反感看着那个人。上门闩并不能起到保护的作用,因为第二天门闩就被拆掉了。多年来,我一直不明白他这么做是什么意思。我试图靠祈祷来寻求庇护,但那是徒劳的,因为他会突然把我一把提起来。之后不久,我在教室里受到羞辱,沃尔特让我回答一些他知道我肯定答不出来的语法难题。有人拿来了一根棍子,我被打了,不是一次,而是好多次,他每次下手都很重,这让人害怕,但整个学期都没有停,每周我都会挨三四次打。有时我伤痕累累,血流不止,没法玩游戏了,晚上也睡不着觉。我被彻底吓坏了,感到羞愧,心烦意乱,惊恐不已。

六月底,理查德·迈纳茨哈根再次向母亲求助。

亲爱的妈妈:

沃尔特是个魔鬼,非常残忍,他一周要打我很多次,因为他说我很顽固。我太害怕了,有时都没法说出话来,我想我该杀了他,因为我太恨他了。请一定要把我带走,因为上次我被打得流了很多血,可我在这里从来没有做过任何错事,被打都是因为他恨我。请过来和沃尔特谈谈。拜托,请帮帮我。

他没有告诉她沃尔特晚上去他房间的事——"另一桩让我羞于启齿的遭遇"——七十五年后他也没有向我们细述事情的经过。同样，在我收到的信件中，许多人提到他们曾告诉父母自己挨打、受欺凌的事，但对更可耻的性侵行为往往三缄其口。沉默的原因可能是因为参与其中生出的共谋感，这很普遍，也可能是因为施虐者的威胁；但是，害怕自己不被信任同样有巨大的威慑力。

迈纳茨哈根夫人坚信她儿子遭的罪都是为了他好，没有什么能动摇这一点。你会想，如果她发现了沃尔特的性侵行为，结果会不会有所不同。即便是之后，理查德的哥哥丹在十一岁的弟弟暑假回到家时，发现他身上的伤，提出疑问，她却依然什么也没做。迈纳茨哈根受到的伤害和被激发的愤怒都显而易见。

如果我的哪个孩子（他有一个女儿和两个儿子）放学回家时，背部和臀部因瘀伤青一块紫一块的，内衣因为凝结的血而粘在背上，我会感到愤怒和痛苦……我绝对不会再让儿子回学校忍受虐待狂的施暴，我也会给儿子尽可能多的爱和同情，努力治愈他心里的创伤，消除这些糟糕事对他性格造成的影响。可我母亲一看到我的伤痕就对我说，"你在学校的表现一定很糟吧"。

迈纳茨哈根一生都对母亲心怀怨恨：不是因为她把他送到寄宿学校，而是因为她不相信他。你不禁会想——儿童心理治疗师知道其中的机制——他是在用挨打来吸引她的注意，希望她注意到他无法说出口的性虐待，但是乔治娜·迈纳茨哈根拒绝了儿子求救的呼声，从来没有过问。理查德的反应非常极端：

就在那一刻，我的内心崩溃了。那一刻似乎有什么东西离我而去，美好的东西，而一些邪恶的东西进入了我的灵魂。即使是现在，我仍然能感觉到那一刻的痛苦。难道是上帝抛弃了我，魔鬼取代了他的位置吗？那些离我而去的东西再也没有回来，我也无法赶走在那一刻钻入我体内的邪恶。

像其他许多孩子一样，一旦意识到成年人正义系统的失效，一个戏剧性的决定随之而来，那就是从根本上拒绝整个信仰体系。这种感觉促使十四岁的我在伊顿公学宣布（带着强烈的自尊），我不会成为基督徒，因为我遇到的很多成年基督徒都是野兽和伪君子。这些反叛和决绝的行为带给我快感，许多前寄宿生都曾对这种感觉有过生动的描述。

不过，这样就决定了你是一个邪恶之人吗？这其实也很常见。一名男子写信给我，讲述了二十年前他在一所我就读过的学校里的糟糕经历——主要是遭遇了不公正的鞭笞——他说，为此感到的愤怒让他变得"像魔鬼一样专注，换个说法就是渴望获得成功"，他认识到规则对他来说形同虚设，他认为这就是自己腰缠万贯的原因。他补充说："如果一个小孩崩溃了或者生性软弱，他会死去。"精神分析学家弗朗西斯·格里尔（Francis Grier）谈到了这样一种病人，他们认为自己是邪恶的所以才会被送去寄宿学校。"在那个年纪，你很容易认为坏的是你而不是你的父母。"

上述认知会锻造人的习惯，影响人的生存方式，从而决定一个人的人生。对迈纳茨哈根来说就是这样，但是拒绝、推翻现存秩序并不一定能治愈创伤，也不一定能抚慰孩子心中的伤痛。对于许多孩子来说，这些创伤会产生另外一个结果——我收到的信函中许多人都反复提到——就是作为一种保护机制，一个人会有意识地分裂成两个自我，这是人格障碍精神学中的一个概念。我的几名通信者得到了这样的诊断结果，现在它成了他们讲述起起落落的人生过往的一个部分，他们总是将这种症状归因于他人。

类似的现象还有心理学所说的解离（dissociation）：前寄宿生也谈到，他们的"内心世界正变得与日常世界脱节"，或者是感觉自己"站在远处，以超然的旁观者的状态经历着自己的人生"。阅读理查德·迈纳茨哈根的日记很有趣，因为在写下这本日记的时候，英国国家医疗服务体系实现认知行为治疗的时代还远未到来。1889年11月8日，他回到方希尔，回到施虐者的手中。"沃尔特又开始了，这个畜生。"他写道：

有两个"我"，一个是外在的、看得见的我，阴郁、爱争吵、心胸狭窄、多疑；另一个我在内心里与所有这些事情做斗争，渴望得到一点点鼓励和欣赏，希望有一天在某个地方能找到爱和平静。

两个"我"的存在，使其中的一个"我"可以去做另一个"我"不赞成的事。四周后，他正在考虑杀死沃尔特。然后，他陷入了沮丧之中："期末快到了，但我觉得我不在乎回不回家。我觉得自己毫无可取之处，是个流浪汉，被遗弃了，半死不活的。我相信我身上有好的一面，但都被践踏和碾碎了。"

迈纳茨哈根一直待在方希尔，直到1891年7月毕业。他对一切感到"非常沮丧"，但他确实学会了反击沃尔特，有一次他用棍子打了沃尔特的头，然后逃离了学校，希望自己会被开除。他没有过多考虑方希尔带给他的长期影响。他透露，那之后很多年中，他在性方面都很拘谨，缺乏经验，不敢和人接触。不过他确实说过：

即使是现在（在1967年，他去世之前三年），当和我的许多家人待在一起时，某种程度上，我总觉得自己像个陌生人。童年的亲密关系在成年后不能持久，除非它一直没有被打断……我对普世之爱的虚幻梦想在方希尔破灭了。

迈纳茨哈根接下来去了哈罗，在那里他和"孤独男孩"温斯顿·丘吉尔并肩战斗，后者的年纪稍长。不久他参了军。一些知名人士被他迷住了：第一次世界大战时在任的首相劳合·乔治（Lloyd George）写道，迈纳茨哈根是他在军队中遇到过的"最有头脑、最成功的人"中的一个。劳合·乔治还补充说："他的聪明才智会让他多疑，阻碍他作为军人晋升到最高级别。"也有许多人没那么钦佩他。那些不为所动的人可能会同意这个观点：邪恶在迈纳茨哈根的灵魂中找到了一席之地。他和他的部队曾在东非进行大屠杀，他死后，被指控为至少两起残忍谋杀案的案犯。*

还有一位批评迈纳茨哈根的人，是帝国的另一位孤胆英雄，T. E. 劳伦斯（T. E. Lawrence）。这位斗士称迈纳茨哈根为"野蛮人"。在《智慧的七大支柱》（*Seven Pillars of Wisdom*）中，劳伦斯写到迈纳茨哈根"对敌人有着不道德的炽烈仇恨"（指的是他在1917年巴勒斯坦战役期间对奥斯曼土耳其人的仇恨）：

迈纳茨哈根没有折中的措施。他是个逻辑主义者，也是最深沉的理想主义者，如此执着于自己的信念，以致愿意让邪恶去驾驭善的战车……他是一个战略家，一个地理学家，一个内心大笑而外表却不动声色的高手；他用无耻的伎俩欺骗敌人（或朋友）并以此为乐，就像他用非洲圆头手杖把一群走投无路的德国人一个接一个地砸得脑浆四溅。他的本能为强健的身体和野蛮的大脑所左右，这种大脑不会受制于怀疑或习惯，它会选择最好的路径来实现自己的目标。

---

* 创作惊悚小说和牛仔小说的布赖恩·加菲尔德（Brian Garfield）在他的书《迈纳茨哈根之谜：大骗子的生平与传说》（*The Meinertzhagen Mystery: The Life and Legend of a Colossal Fraud*）中描绘了一位迷人的谎言大师，他毫无道德可言，如此痴迷于撒谎，以至于他虚构了一切，从与希特勒的会面到数千份鸟类发现记录以及七十卷日记。

理查德·迈纳茨哈根到底经历了什么？是什么心理机制让这个富有同理心和洞察力的人变成一个无可否认的反社会狂人？他身上存在诸多悖论：道德和不道德，爱和恨，冷酷和温柔，自嘲和自吹自擂。他一直被邪恶的欲念控制着，被他作恶的能力支配。迈纳茨哈根并非孤例，但是他对自我的高度认知值得注意。

你不由假设，问题的答案存在于迈纳茨哈根在十一岁时构建的双重自我。自我的分裂使他既是敌人眼中的虐待狂和杀人犯，也是他的日记里和其他人的描述中那个敏感而有品行的人。有一点可以肯定，在这出长达八十年的心理剧的开头和结尾，在迈纳茨哈根的苦难和不可否认的成就背后，站着另一个双面人：方希尔学校的校长沃尔特。

35. 不同的时代

一些学校对老师和孩子睡觉不以为意。达廷顿学堂在1926年成立，学校实行男女同校，在治校理念上较为进步和开放，实行的各种措施都远早于"摇摆的六十年代"。威廉·柯里（William Curry）在1930年至1957年期间担任达廷顿的校长，此前他曾在彼得莱斯中学任教，这是一所因对性行为宽容而在整个二十世纪臭名昭著的学校。1936年，达廷顿学堂母公司的一名董事怒气冲冲地写信给柯里，询问学校是否鼓励教职员工和学生之间发生关系，柯里自己是否也有份儿。

柯里的回答可能让这个人不满意。"大多数在国内被抚养长大的英国女孩，在学龄期间她们不想发生完全的性关系。"在达廷顿，由年龄较大的学生组成的"团体"也会参与学校的管理。二十世纪五十年代在一次会议中，这些学生讨论了一名女学生与一名男老师"有染"的案例，虽然大多数人不支持性行为，但是对两人的恋爱关系持肯定态度，因为"与所爱的人进行身体接触对她来说并不是坏事"。

"简"在二十世纪七十年代初就读于这所学校。罗伊斯顿·兰伯特是当时的校长，他是一位富有开拓精神的社会学家，会调查孩子们对学校的感受。"简"对他记忆犹新，且印象很好：他是真的在意她和其他孩子的感受，为他们解决问题，为她争取最好的东西，这样的成年人并不多见。"简"与另一位高级教师发生了性关系。她现在说，这没给她造成什么伤害，尽管她当时只有十四岁。"这不是强迫的，而且只持续了一段时间——当他把注意力转向我的一个朋友时，一切就结束了。"她相信其他老师一定知道这位老师的事情，尽管她没有证据证明这一点。性行为和食用违禁药品在学校中非常普遍，没有受到多少监管。兰伯特只当了三年校长，而他离开似乎是因为在商业战略问题上与学校董事会发生了争执，与道德政策无关。

早年间，兰伯特曾从私立和公立中学的学生那里收集证词，帮助我们了解寄宿学校中成年人性侵学生的问题发展到了什么地步，这是我们目前能得到的最接近确凿证据的材料，但它并不能让人得出确切的结论，反而令人很不安。有一个十二岁的孩子，他这样回答了"你在学校生活中遇到了什么问题"：

我不喜欢舍监汤普金斯先生。他的思想非常肮脏，这也影响到他的行为。他会在厕所和浴室里盯着你看。当他用鞭子打人的时候，会打你任何地方，手臂，腿，背上的任何地方。校长警告他不要太好色。没人喜欢他。

同样的事情还有很多。在另一所学校，一名舍监被指控试图"占一名学生的便宜"，并"让校乐团成员脱下校服"。

还有一所学校，有三个孩子提醒兰伯特的研究人员留意某些教职员工——"夹紧双腿"。这类事情可能是恶意编造的，但兰伯特对此很重视："在这些学校里，考虑到这类评论和其他支持证据的不断出现，我们不得不认为它们是可信的。"

但兰伯特没有进一步挖掘。事实上，他隐瞒了这一信息。"这些只是他们评论中的一小部分，绝不是最耸人听闻的——我们的研究文件中保留了更多令人不安的叙述。"职业上的不安似乎阻止了他报告任何指控。正如作家兼心理治疗师尼克·达夫尔所评论的那样，考虑到这些孩子面对的危险，兰伯特什么都没做显得耐人寻味。"也许是因为这些叙述用词粗俗，口吻戏谑，让他觉得是孩子幼稚的恶作剧。"

但是那些从事关注儿童性虐待工作的人应该明白这个问题，孩子们描述这种情况的语言，无论是涉及性骚扰、性引诱，还是性行为，无一例外是幼稚的，还往往是退化的，因为它涉及孩子们不知道如何谈论的事情，他们确实不知道该怎么对成年人说。

兰伯特用一句奇怪的话驳斥了有关教师和孩子之间发生性行为的报道，他声称在他们收集证词的"66所学校中只有4所普遍存在这一问题"；但正如达夫尔指出的那样，在6%的样本学校中，有大量孩子透露了相关信息——四分之三的学生提到这个话题。如果把这个比率放到所有学校的学生中，那意味着每个班级将至少有一个孩子受到过类似侵扰。考虑到学生还要承受"保密"的压力，这样的结论几乎是板上钉钉的：成年人在学校中的性侵行为被低估了，而且很可能一直被严重低估。美国在二十世纪针对天主教会虐待儿童的官方调查也得出了类似的比率：大约 6.5% 的天主教牧师被指控猥亵儿童，这一比率在二十世纪七十年代达到顶峰。

从寄宿制预备学校中能收集到的关于成年人性侵的叙述就更少了，但这并不是因为那里没有发生虐待事件，而更可能是因为从来没有研究人员系统地调查过这个问题。维维恩·布伦登为自己的书收集了很多已出版的资料，并采访了 90 名毕业于预备学校的男性和女性。她在书中写道："一般来说，性在有关预备学校生活的回忆录中并不是非常重要的内容，更不会在给家人的信中提及。事实上，我们可以有把握地说，这些还没发育的男孩大多数是……清白的。"她的结论并不可靠：首先，信件审查会排除任何告密的可能，而且她的通信者中很少有人在回忆录里提到幼年时期的性经历。

布伦登写道，她从来没有问过学校里是否有恋童癖，尽管在一个受访者的叙述中，她得知了几个类似于考尔迪科特事件（即学校有成群的成年施虐者）的故事——"狂热的恋童癖"。总的来说，研究这些学校的现代历史学家似乎都被一类人误导了，这些人不仅在性问题上是出了名的谨慎，而且因训练整肃能够对可耻的丑闻三缄其口，尤其是在爆料可能会损害其权力的情况下。最近的一部历史作品——作者是英国《金融时报》教育专栏的前记者戴维·特纳（David

Turner）——只提及了十九世纪中期伊顿公学几个众人皆知的例子，简单地谈论了老师性侵学生的问题。特纳仅用了一个段落去驳斥自那以后的所有陈述和指控，他的结论是仅有"极少数"公学中的老师对学生实施过性侵。

永远不会有统计数据。我收到的八百多份关于寄宿制预备学校和公学的叙述，讲到的几乎都是不快乐的经历，并且其中一半以上提到了来自成年人的某种形式的猥亵或侵犯（通常两者兼而有之），这些行为在当时已经构成犯罪（我把鞭笞排除在外，因为在1998年之前鞭笞是合法的）。女性通信者更多地描述心理和情感上受到的虐待，但也有讲到被成年人性侵的。

在二十世纪末之前，人们把有关性的问题看成是非常私密的事情，对此他们通常会保持谨慎态度。把这些原因（以及销毁个人日记的习惯）结合在一起，也许可以解释为什么那么多关于孩子和老师之间的"浪漫依恋"的故事没有被认为是身体关系。盖索恩-哈迪写道，维多利亚时代的男女校长通常都未婚，他们"不谈论性"。

这并不完全符合事实，但这种语言对青少年来说一定很难理解：很明显"恶习"可以意味从"手淫"到"不按时起床"的任何事情。这一切在一个世纪过去之后几乎没什么改变。在奥伯龙·沃的预备学校里，学生曾流行在宿舍里"模仿男性性行为"，学校发现之后对学生进行了审问，奥伯龙·沃描述了审问的经过。副校长用"不雅"来代指这件事。

"你和克赖顿-斯图尔特在一起时会干不雅的事吗？"他问，"你和尼文在一起时会干不雅的事吗？"

当沃暗示上层阶级知道他们的孩子很可能受到恋童癖的关照时，他也许是在和《旁观者》的读者开玩笑——大家都知道他是个讽刺作家。可我们很难不得出这个结论，他说的是对的。我和一些记者——比如《泰晤士报》记者安德鲁·诺福克（Andrew Norfolk）——的调查表明，在人们的记忆中，至少有四分之一的英国寄宿学校发生过确凿可信的成年人性侵事件——对这些性侵行为以及对它们的失察，成年人似乎至少要在法律上承担失职的责任。

但这可能仍然低估了问题的严重性。在我们或当局能够深入调查的少数几所学校里，媒体曾报道发生过一宗或几宗刑事袭击事件，结果却往往不止于此。在高登斯顿、阿伯鲁尔豪斯、艾伦豪斯、克鲁克汉姆库特、考尔迪科特、圣保罗以及科利特克特预备学校和其他许多地方，一个冒出水面的案子，往往会带出更多的案子。学校里很少存在独自作案的性犯罪者：长期的群体性犯罪要普遍得多。带着这个观点，我试图从不同的角度来看待学校历史上的一些可疑之处。

36. 宽容的传统

在考察最臭名昭著的几桩丑闻时，历史学家往往会对那些高级教师网开一面，比如哈罗公学的查尔斯·沃恩（Charles Vaughan）、伊顿公学的威廉·约翰逊·科里（William Johnson Cory）和奥斯卡·布朗宁（Oscar Browning），在布莱德菲尔德、伊顿和费蒂斯都待过的安东尼·切尼维克斯-特伦奇，虽然他们对学生的所作所为肯定会导致自己被解雇，但因为一些性侵行为并没有受到指控或者被具体指认，这就意味着这些老师也只是受到怀疑。其他研究人员，如乔纳森·盖索恩-哈迪则倾向于认为在每件秘闻背后都存在性行为。

不过，我收到的第一手资料表明，许多老师在和一些学生结成"浪漫"的柏拉图式关系的同时，他们往往会和另一个孩子发生性行为。这种浪漫是一种"引诱"，也是一种试探，看看进一步的行动是否可能。它符合恋童癖患者的行为模式，负责治疗性罪犯的专业人员对此非常熟悉。一名曾多次被判有罪的惯犯向我讲述了他的经历，在说到他如何对年幼的预备学校的学生下手时，他所用的语言充满了十来岁青少年的浪漫色彩。一个"性感的"男孩也许"迷上"他了，或者他"迷上了"一个"性感的"男孩；友谊不断发展，并在多次调情和试探之后，最终发展成一种性关系。

长期担任伊顿公学舍监的蒂姆·卡德在1994年出版了一部开创性的历史作品（和几乎其他所有作品不同的是，它敢于正视该学校制度的黑暗时刻），在书中他考察了维多利亚时代涉及师生关系的各种丑闻。他提出了令人信服的证据，证明在十九世纪末为伊顿公学引来诸多流言蜚语的几桩恋情中都存在性的因素。他引用一段没有注明来源的文字说，"对性的渴望"正在折磨威廉·约翰逊，这位著名诗人是伊顿受人尊敬的老师，他的学生中有三位后来成了首相，其中包括我的曾叔祖阿瑟·贝尔福（Arthur Balfour）。后来约翰逊长达二十六年的教职生涯戛然而止。像当时的许多单身教师一样，他上学、工作都在伊顿，只是中间去剑桥待过一段时间。

约翰逊和奥斯卡·布朗宁（另一位著名教师，他于1875年被迫离开学校）都喜欢长相漂亮的男孩。约翰逊喜欢在自己的房间里安排"真人画场景"，让一群孩子相互拥抱，看着他们彼此抚摸和亲吻。这两位教师在事业上都蒸蒸日上，直到他们犯下了当局不能忽视的错误——尽管导致他们事业受挫的是傲慢。这正常吗？很难说。那些没有获邀参加派对的伊顿学生肯定认为有什么不对劲儿。戴维·亨特-布莱尔爵士（Sir David Hunter-Blair）在他1939年出版的回忆录中写道，现代的伊顿与1870年时的伊顿之间存在着"巨大且重要"的差异。"老师——舍监和管理班级的老师——现在都是正常人。在我那个时代，他们（几乎无一例外）都是怪胎……在学生生命中最关键的时期，（他的舍监）作为一个该对他们的道德、信仰和智力福祉负责的老师，是一个无可救药和令人悲哀的失败者。"

约翰逊有一个令人羡慕的小圈子，里面有一群漂亮的青少年，大部分是出色的运动员。他给他们写深情款款的信，这些信在今天的人读来，不会想到是老师写给学生的。"我渴望梦见埃利奥特，我一周比一周更加爱慕他。"他在给十五岁的雷金纳德·布雷特（Reginald Brett）的信中写道。[当时十七岁的弗朗西斯·埃利奥特（Francis Elliott）是伊顿公学赛艇八人组的舵手，他的父亲是一位英国贵族大使。他后来也成了一名杰出的外交官。]四年后，也就是1871年，一封约翰逊写给另一个男孩的告白信落到了伊顿公学校长的手中。这导致他的处境急转直下。他的离开可能是因为一位家长的坚持，其他历史学家声称他是学校内部权力斗争的牺牲品；但更可能的原因是性，因为正如已经指出的那样，如果约翰逊实际上并没有对男生实施性侵，那么考虑到那个时代的态度，他为什么会被解雇？

那是一个与现在很不同的时代。卡德是另一位对伊顿有着深厚感情的单身汉，无论是作为男人还是男孩，学生还是老师，他把这个故事称为"许多老师的范例，这些老师之所以成为伟大的老师，是因为他们被自己的学生吸引，钟情于学生"。卡德是宽容的："在柏拉图的观念中，小男孩可以从大男孩或者男人的爱中获得回报，学到智慧和良好的品行，参考这一观念，（约翰逊的）行为也许是符合情理的……在可能造成的情感伤害和给予的鼓励之间，我们该如何权衡呢？"

这是一个很好的问题，许多学生和教师对此都有过思考。好老师很可能会在情感上或性方面被孩子们吸引，这是一种颇为流行的看法。2016年，科尔姆·托宾（Colm Tóibín）透露，爱尔兰独立运动的一位英雄帕德里克·皮尔斯（Pádraig Pearse）在他在都柏林建立并经营的学校里，既是一名备受学生喜爱的教师，也是一名性捕食者。帕德里克·皮尔斯在1916年复活节起义后被处决。戴维·黑尔在他的回忆录中写道，G先生是一位富有魅力的法语教师，他很狂野、不可预测、容易模仿："拥有所有男学生最喜欢的一切。"在1958年，G先生在古板的滨海贝克斯希尔（Bexhill-on-Sea）及其最高档的私立学校哈伍德预备学校（Harewood Preparatory School）中显得充满异国情调。一天，黑尔在自己的法语作文纸上发现在分数九（满分十）的边上有个红色墨水写的单词"mignon"（甜心）。

十一岁的黑尔和二十多岁的老师之间产生了柏拉图式的爱情。G先生要求热情洋溢的拥抱（"即使那样，当我意识到这些需求不会变成露骨的性需求时，还是如释重负"），而作为回报——黑尔很受用——男孩得到了一个文教计划，内容包括老师会带他去电影院和剧院。他写道，G先生打开了他的眼界，让他看到了当时和现在他最感兴趣的一切。虽然，你可能会想，这个男孩和这个男人如果一直被限制在寄宿学校内的话，他们之间会有一段怎样的柏拉图式的关系。

这段关系一直持续着,直到某天,黑尔的母亲打断了G先生打算开车带黑尔去电影院看《哈瓦那特派员》的计划。"G先生对你已经够好了。"她宣布道。这段爱情结束了,但近六十年后,黑尔在接受采访时仍在思考这些事情所激发的持久情绪,与掌权者的、甚至是无性的关系也会给孩子带来"非常强烈的负罪感":"你总觉得自己是错的,永远永远不可能是对的。这种感觉真的在很长一段时间中主导了我的生活。"

经过这次以及之后的几段相遇,黑尔(在他的回忆录中)写道:

在我就读的所有学校里,有许多这样的教师,他们选择这门职业是有原因的,他们想在年轻男孩的陪伴下度过一整天。把这些受折磨的不可能幸福的灵魂称为恋童癖者,听起来像是在说他们是贪心的掠食者。在当时,我们觉得他们只是需要绕开的地雷。

伊夫林·沃反思了J. F. 罗克斯伯勒的性行为以及他与男孩间柏拉图式的恋爱关系后说,大多数好的校长——我想,女校长也是如此——本质上就是同性恋——否则他们怎么能忍受自己的工作呢? J. F. 罗克斯伯勒是他在蓝星学院(四十年后黑尔也就读于这所学校)读书时的校长。这本是一句玩笑话,说话的人想用幽默的方式告诉别人自己有多讨厌孩子,但它也确实听起来像每个对维多利亚时代及之后的教育者心存疑虑之人熟悉的音符:"希腊之爱"——他指出,这个词被"不明就里的学者和神职人员们自由使用着,直到奥斯卡·王尔德受审"。

37. 恋童癖现身

如果说格兰姆斯船长是第一个出现在英国小说中的恋童癖教师,那么卡思伯特·沃斯利(或者叫 T. C. 沃斯利)就是第一个在自传中出柜的人。沃斯利所处年代和沃很接近,他曾长时间与禁欲型的性习俗抗辩,从他孩提时代在寄宿学校开始,一直持续到他成为威灵顿以及之后高登斯顿的老师。1967 年伴随着沃斯利的回忆录《穿法兰绒衣的傻瓜》(*Flannelled Fool*)的出版,这场斗争有了一个了不起的结尾。这是英国同性恋史上历史性的文本(也是一本极具娱乐性的读物),正如评论家谢里登·莫利(Sheridan Morley)兴致勃勃评说的那样:第一次见这样的自传,一个 MCC 兼加里克俱乐部的成员在书中公开出柜了。*

莫利拿了一本新出版的《穿法兰绒衣的傻瓜》给诺埃尔·科沃德(Noël Coward),希望说服这位演员在自己正在写的传记中出柜。"不可能,"科沃德驳斥道,"你忘了,即使

---

* 译者注:MCC 是指古老而宏伟的马里波恩板球俱乐部(Marylebone Cricket Club);加里克俱乐部(Garrick Club)是艺术家、演员和作家俱乐部,在伦敦几乎是独一无二的,它成立于 1831 年,至今仍不允许女性成为会员。

卡思伯特·沃斯利和老鼠睡过觉,伟大的英国公众也不会在意,而我的那班老夫人确实在意我,我可不想失去她们的好感,即使是为追求真理也不行。在我看来,真理一直被高估了,就像性本身一样。"

关于沃斯利出柜的影响,科沃德说得可能没错,但那一年伦敦的文艺界还在适应成人同性恋的合法化,沃斯利的坦诚确实令人大吃一惊。沃斯利曾是《新政治家》的文学编辑,后来是英国《金融时报》的戏剧评论员,老于世故的伦敦人都知道他是同性恋,也知道他过去是社会主义革命派作家和活动家(他参加过西班牙内战)。这一点——以及他在板球场上的声誉——与人们对同性恋原先的刻板印象是冲突的;沃斯利的简历以及他的出柜方式更符合把同性恋解放作为一场政治运动的新观念。此外,卡思伯特·沃斯利很早就猛烈抨击过培养和雇用他的私立教育系统。

《穿法兰绒衣的傻瓜》是一部诙谐轻快的作品,讲述了沃斯利在英格兰最辉煌显耀的地方度过的漫长青春期——古老学校的走廊、剑桥的学院和一座座郁郁葱葱的板球场;但是,这个展示出英国最好一面的舞台,也是充斥着虚伪、困惑和欲望的社会竞技场。他在书中写道,他十三岁到十八岁期间就读的马尔伯勒公学中"到处弥漫着色情化的同性激情"——"大多数老师"都有份儿。

沃斯利对此解释说,他们经常把这种激情升华为对学校体育明星的英雄崇拜,就像体育本身就是性活动的升华一样。"我隐藏自己对性的压抑……我在运动场上发现了普遍的同性间的情欲,这可以满足我的性取向,使之保持'纯洁'。虽然道德家们可能认为这是一个可预估的结果,但我有充分的理由不认同他们的观点。"沃斯利十三岁那年,一群年龄较大的男孩向他传授了性知识——他们常常用棍子鸡奸他,但他暗地里很享受。在他向一名老师告状后,一些学生被开除了,这让他感到羞愧,因为他没跟老师说他们用了棍子,只告诉了老师他们说脏话。

无论你怎么看待他的自我分析,毫无疑问的是,沃斯利的困惑给他带来了很大的麻烦。内疚是他对寄宿学校制度不满的根源。在经过二十年可笑的忐忑之后,二十世纪四十年代时,他把自己的不满交给了左翼出版商,投入到反对私立学校的辩争之中。

在沃斯利最终长大之前,他通过自己的分析对整个系统有了更清晰的认知。直到二十五岁左右,他才与一名在慕尼黑度假时认识的德国男子进行了令他满意的欢爱,但那时已是二十世纪三十年代,沃斯利成了一所公学的高级教师,这所学校——威灵顿公学——比他自己的学校更传统、更压抑。

在威灵顿,沃斯利与男孩们经历了一系列热烈的关系,以各种理由勉强避开了可怕的性交陷阱,过程并不顺利,也不愉快。他的人生一团糟,充斥着未实现的愿望和道德上的困惑。通常都是男孩们挑起了风流事,但是一旦东窗事发,他们就会被开除,他也会被炒鱿鱼,如果不是去坐牢的话。他后来承认自己的虚伪:"我曾对(另一位老师)的性态度表示愤慨,却没有意识到我自己放纵的理由也同样会受到合理质疑。"

男孩们和他调情，半裸着来到他的房间向他献身（后来有人问他为什么不接受他们）。他在假期里曾带着一个热情似火的男孩去巴黎和威尔士旅行，沃斯利相信这个男孩和学校里的其他男孩有过性行为，但当沃斯利向他暗示发展生理关系时，那个男孩拒绝了——"他根本不喜欢我"。

作为学校改革运动的一部分，沃斯利安排了一位著名的"性学家"詹姆森博士来给年龄较大的学生讲课。（这激怒了部分工作人员，最主要的原因是这位专家是一名女性。）讲座结束后，沃斯利私下里找了那位专家，小心翼翼地承认自己"过于喜欢一个男孩"。

"你是说你爱上他了吗？"

我自己没有用过这种说法，但是面对这个问题，我觉得的确是这样。是的，一定是这样。

"好的。"她继续她那无礼且直截了当的盘问，"发展到什么程度了？"

根本就没有"发展"这回事，尽管在一个强势的、步步紧逼的女人面前，这听起来像怯生生的忏悔。

"你的意思是，"她不太相信他，继续道，"你没有用手握住他下面吗？"

啊！啊！啊！在她步步紧逼的追问下，我几乎要吐了。不要说现实的盘算，就是在幻想中我也没有想到这样的过程。这个完全陌生的建议让我大吃一惊，甚至连后来的反感都记不住了。

"没有，真的没有。"

"啊，真不幸，"她带着鼓励的语气轻快地结束了谈话，"真不走运。但不要紧，那是下一步要做的，不是吗？"

沃斯利的故事对当时的社会态度有独特的描述。我们的时代变得更宽容了，但那仅适用于成年人之间的性行为。针对最低合法性同意年龄和成年人在照顾孩子的义务方面的规定，不管是从法律层面，还是社会层面来说，二十世纪三十年代都要宽松得多——正如沃斯利那位可怕的、步步紧逼的性学家所表现出的。在人们的记忆中，那时英国的最低合法性同意年龄只有十二岁，* 跟英国统治的印度和其他亚热带殖民地一样（据信，那里的女孩"熟"得更早）。

1885年，英国的最低合法性同意年龄被修改为了十六岁，但直到二十世纪六十年代末，当妇女权利进入政治文化议程后，儿童的权利才成为人们的议题。也许就在那个时候，反对成人与儿童发生性行为的态度变得坚定起来，就像二十世纪八十年代打击恋童癖信息交换中心（Paedophile Information Exchange）所显示的那样，该中心的成员中也包括几名教师；但即使是在那个时候，社会对儿童遭受的性虐待的本质和严重程度还没有充分的认知。在2013年发表的一篇文章中，精

---

* 在英国，性同意年龄（异性性行为）在1875年提高到了13岁，在1885年提高到了16岁。今天，尽管新的国际法为"18岁以下的儿童"提供免受剥削和虐待的保护，但包括德国在内的许多欧洲国家的性同意年龄仍然是15岁。

神分析学家和研究虐童事件的资深专家朱迪思·特罗韦尔（Judith Trowell）表示，直到二十世纪七十年代末八十年代初，针对幼儿的性虐待才开始被广泛认为是有害的。

这并不是说我们可以纵容卡思伯特·沃斯利在他的学生的帮助下笨手笨脚地走向性成熟。有趣的是，像他这样的猥亵儿童的人，尽管在道德上饱受折磨，在二十世纪三十年代却没有像现在这样受到社会规则——如果不是法律——的约束。此外，我们现在认为这是显而易见的，即青少年会因为与成年人的性接触而受到伤害，即使这种性接触征得了同意，可在那个时代的文学或心理学中我们几乎找不到与之相关的具体描述。所有这一切都无法帮助"沃斯利们"克服他们的嗜好，正如我们将看到的那样，从他们的违法行为中诞生了下一代犯罪的教师——二十世纪七十年代在我的学校和其他许多学校内性侵儿童与青少年的成年人。

38. "男孩之爱"

沃斯利和其他恋童的人有各种冠冕堂皇的理由为自己的行为辩护。这些理由既有道德上的，也有文化上的，经过了数代情感混乱、性意识困惑的"鸡奸老学究们"的打磨——就像我的一位通信者所称呼的那样。直到二十世纪七十年代末，这些学校的教学内容主要还是教授古典作品，所以大多数男孩在十几岁的时候就对老师和学生、年长的斗士和年轻的斗士之间的爱情故事耳熟能详。

大多数维多利亚时代编校古典文本的出版商都会选择一些涉及同性之爱的擦边球故事，尽管他们确实审查了大量异性恋的情诗，也有一些关于那类文本是否适合出版的讨论。希罗多德、柏拉图和色诺芬的作品都写到了"派德拉斯迪亚"（Paiderastia），即"男孩之爱"。大多数当时的评论家把它当作一种重要的社会现象，至少在希腊城市的贵族中是这样的。最重要的古代哲学家苏格拉底是他的学生兼战友阿尔西比亚德的情人（在某种意义上是）：苏格拉底因"腐化青年罪"而受审，随后被迫饮毒自杀，这是苏格拉底的另一个学生柏拉图作品中的戏剧性高潮。在文艺复兴时期，意大利新柏拉图主义者认为，鸡奸行为是古希腊老师通过身体将美德或智慧传递给学生的手段,文艺复兴时期的人们显然对这一观念身体力行(并在整个欧洲宣传)。维多利亚时代的老师们的工作是为帝国的事业准备好源源不断为之效力的学生,他们不可能对这些故事视而不见。希腊故事不仅表明同性恋是一种教育工具,而且还表明,成为恋人的男人具有超凡的战斗力,这对他们的事业有益。

在二十世纪的大部分时间里,"希腊爱情"仍然是对鸡奸或男同性恋的一种常见的委婉说法。伽倪墨得斯、欧律阿罗斯、帕特洛克罗斯、约拿单和纳喀索斯,那些古老故事中神和士兵们爱慕的对象,一次次地出现在刻画同性之恋的地下文学中。像奥斯卡·王尔德这样的唯美主义者和知识分子有一种始终如一的信念,即男人之间的爱无论在智力还是在身体上都高于其他任何种类的爱。《圣经》也支持他们的观点:"我兄约拿单哪,我为你悲伤!我甚喜悦你!你向我发的爱情奇妙非常,过于妇女的爱情。"大卫王在《旧约·撒母耳记》第二章哀悼他死去的朋友时这样说道。

一些女同性恋者也认为同性之间的爱情超越其他爱情。在十九世纪末建立的女子寄宿学校中,许多女老师和男老师一样,都是用拉丁语和希腊语接受教育的。她们从来自莱斯沃斯岛的萨福的诗歌片段中,找到古典时代存在女同性恋的依据,尽管没有证据表明同样的师生关系也存在于古希腊贵族女性的生活中。

随着男性之间的爱越发被包容,并在文化上逐渐获得认可,十九世纪和二十世纪的许多同性取向的教师深受鼓舞:

由于对其他文明知之甚少,他们盛赞古典时期的文明比维多利亚女王之前的任何文明都要优越。尽管带有神话色彩,这部恋童癖的民间历史及其黄金时代的前身确实为性捕食者提供了文化基础和正当性,他们会把自己的行为看作是在实践一种古老而有益的教学方法。

当然,随着对奥斯卡·王尔德的审判,以及其他维多利亚时代晚期的法庭案件受到关注,城市同性恋生活的一些现实逐渐浮出水面,宽容的气氛消失了。普通公众被蒙在鼓里,但特权阶层知道法庭上披露的男妓和破旧酒店那些肮脏的床单是怎么回事。王尔德被判两年的苦役;他失去了家庭,生活和事业也基本上到此为止了。不过,人们对古典作品中男色关系的学术兴趣有增无减,这些论文和书籍的作者,许多人本身就是喜欢同性的教师。

其中最有名的是约翰·阿丁顿·西蒙兹(John Addington Symonds)。他在1873年写了一本名为《希腊伦理中的一个问题》(*A Problem in Greek Ethics*)的专著,这使他成为早期同性恋解放运动的英雄。虽然这本书当时只印刷出版了十本,其影响却很巨大:它第一次正面地描述了古典时期的男色关系。他还将男性代词重新放到米开朗基罗的爱情诗中,在米开朗基罗去世四百年后揭示了这位艺术家的同性恋身份。作为一名学生,他在哈罗公学的同性恋校长查尔斯·沃恩的下台中扮演了重要角色。

在"同性恋"这个词被创造出来之前,这些有教养的维多利亚时代的绅士自称是乌拉尼亚人(指的是女神阿佛洛狄特·乌拉尼亚，一个由男神乌拉诺斯创造的女神），但让这个词变得广为人知的是乌拉尼亚诗人，他们创作并出版了大量古典风味的感伤诗歌，对年轻、美丽的男性进行了大胆的感官描写。约翰·阿丁顿·西蒙兹就是其中之一：他的诗歌可能太过甜腻和卖弄风情，但其勇气不可否认。在《大卫与约拿单的相遇》（1878）中，约拿单拥抱了年轻的大卫："在他充满力量的怀抱中／（还有）那个吻／灵魂交织在一起，幸福缠绕在一处。"这首诗现在读起来并不令人震惊，但当初写作时，距废除"鸡奸犯"死刑不过二十年的时间。

其他乌拉尼亚老师兼诗人的作品现在读来不仅不令人悲伤，反而颇具喜感。其中最多产的是常被称作 J. G. F 的约翰·甘布里尔·尼科尔森（John Gambril Nicholson）。他于 1884 年至 1925 年间先后在几个小规模的公学和文法学校任教。他的每本薄薄的诗集（还有一本回忆录《唱诗班男孩的爱》）都献给了一个他教过的男孩。《拉兹洛夫花环》*（1911）是献给维克多·拉什福斯（Victor Rushforth）的，需要说明的是，后来这位拉什福斯结婚生子，在印度公务员系统中担任金融专家。尼科尔森的诗歌通常都以刻骨铭心的失望收场——被爱的少年对长者的追求避之不及，留下他在孤独的路上凄凉地踽踽独行，对世事愈加洞明，对美趋之愈甚。

埃德温·布拉德福德牧师／博士（Reverend Doctor Edwin Bradford）是一名最成功的描写男孩间爱情的诗人，他和尼

---

* 译者注：拉兹洛夫是一种芳香草本植物的俗称。

科尔森形成了鲜明的对比。布拉德福德写了一些道德说教的公学故事以及许多描绘男子气概的清新诗篇，显示了乌拉尼亚艺术形式的转变，它已经从埃德蒙·格罗斯（Edmund Grosse）和奥斯卡·王尔德式的微妙暗示过渡到某种向吉卜林致敬的东西，转而加入《继续下去》（Carry on）的阵营*。

这些诗很质朴，而现在读来最打动人的正是它们的真诚。《终于！》是一个轻松的小故事，一个男人傍晚从教堂出来，在路上出柜了。他在路上遇到一个"害羞的小家伙"，两人商讨一番后——没有任何其他解释——最终在一片小树林里完成了一次酣畅淋漓的结合。布拉德福德一生中出版了十卷诗集，从 1913 年的《过于妇女的爱情及其他诗歌》（Passing the Love of Women and Other Poems）** 开始，到《少年时代》（Boyhood，1930）结束。它们都在主流媒体上得到了称赞，没有受到任何质疑；布拉德福德一直承担诺福克集镇牧师的日常工作直到 1944 年去世，享年 84 岁。他的粉丝中有诗人约翰·贝奇曼和 W. H. 奥登，尽管深得他们喜爱的是布拉德福德诗歌中那种无意而为的喜剧感。

---

* 译者注：《继续下去》是美国作家雷思博·罗厄尔（Rainbow Rowell）的奇幻小说，小说的主人公是同志。

** 编者注：这部诗集名使用了《圣经·旧约·撒母耳记下》中的典故，大卫王对约拿单说："我兄约拿单哪，我为你悲伤！我甚喜悦你！你向我发的爱情奇妙非常，过于妇女的爱情。"

召唤

爱神已经飞走，越飞越远：

爱神已经飞走，飞得很远！

乌拉尼亚之子，生于大海，

挚爱少年和自由。

强壮，自制，挺拔，自由，

今天，他正大步前进！

他大声召唤那些人，那些人：

他大声召唤那些人——

离开那个拿着粉扑与眉笔的姑娘，

跟着那个男孩，他像圣人一样美丽……

乌拉尼亚人不只包括诗人和作家，其中一位最有名望的亨利·斯科特·图克（Henry Scott Tuke）是位社会画家。一名历史学家说，图克描绘的"男孩们"的身体不比雷诺阿画的女性身体差。图克多年潜心于此，留下了大量画作，专画肤色粉白光洁的年轻人在浅水中裸游。[图克的作品售价至少要25万英镑；埃尔顿·约翰（Elton John）收藏有八幅。]他的模特通常是男学生——其中一个是被自己的舍监带去给图克当模特的。二十世纪三十年代中期，卡思伯特·沃斯利在威灵顿的一位同事有一幅图克的大幅画作，就放在他学校的房间里，这幅画名叫《夏日佳人》，画的是"一位光彩照人的翩翩美少年赤裸着躺在草地上"。学校的校长曾受邀去参观画作，他的评价只有"美，太美了"。

沃斯利和拥有这幅画作的老师罗兰·斯坦斯（Roland Staines）上过床。尽管罗兰在学校里谨言慎行，但沃斯利深信他"显然是我们现在应该称之为女王的人"。沃斯利写道："罗兰是一位非常出色的老师，而且他完全控制住了自己的喜好……他的规则很简单，那就是当男孩们在学校的时候，他们是神圣的。他从未偏离这一点。可一旦他们离开，那就是另一回事了。"斯坦斯在学校附近有一座很大的豪宅，在那里他可以和他的学生为所欲为，或继续他与沃斯利的私情。沃斯利快乐地总结道："因为他喜欢的男孩本来就是同性恋，所以没有造成什么伤害。"这种观点很普遍：我从前寄宿生那里收到的许多信件中，都讲到老师以某种接触身体的方式来测试学生的反应，一旦发现学生不服从，他们就马上停止，转而到其他学生那里碰运气。不过，这也并不意味着公开的拒绝总是能让他们就此收手，或者对性捕食者有任何的效果。

沃斯利最终也离开了威灵顿，因为他的欲望没有得到满足，同时也因为他未能解决自己的道德疑虑。他与异性恋同事就学校现代化问题争执不下，后者逐渐起疑：他们称他为"红色老师"，对他对男孩们的爱慕冷嘲热讽；但是，正如沃斯利所说，他们永远不会完全相信一个如此擅长板球的人会在其他方面那么邪恶。

他最终设法和一个他在校外辅导的十三岁的男孩好上了；但是，尽管（他告诉我们）男孩很饥渴，沃斯利自己却遭遇不举。糟糕点儿的作家或者品行差一些的人可能会因此做个单身汉校长了此一生，把他们的孤独转化为苦中带甜的诗歌，倾诉他们对男孩的未尽之爱；但卡思伯特·沃斯利将挫败转化为了行动，（在新成立的实验学校高登斯顿度过了莫名其妙的几个月后）他去追求了正在他心中觉醒的社会主义信仰，作为一名救护车司机参与了西班牙内战。三十岁的他终于长大成人。他开始写作。他的第一本书《战争背后》(Behind the Battle, 1939年）讲述了他在西班牙的生活，他接下来的三本书，包括《老派学校领带的终结》(The End of the Old School Tie)，以及《野蛮人和非利士人：民主与公学》，呼吁废除公学，清除他与之长久抗争的虚伪道德。

英国的自由派精英承认并容忍男性知识分子间的同性恋行为，还在1967年最终将其合法化。这些男人如果是在其他地方生活会不安全，但在英国，他们找到了避风港：不仅在寄宿学校，而且像在牛津、剑桥部分只有男性的学院这类学术机构、教堂，甚至军队（仅限军官）中。有证据表明，女子学校可能也有类似的用途。有人指出，未婚女教师和那些单身男教师一样是寄宿学校的特色之一。十九世纪末，50名来自主要女子学校的女校长中有48人没有结婚；1975年，抽查的19名校长中只有2人结婚。当然，许多女性进入教育行业成为教师或家庭教师，是因为维多利亚时代的英国没有给她们提供其他可选择的职业。第一次世界大战后，有大量未婚女性，究其原因很简单，她们中很多人的潜在配偶都死在了战场上。

学校对同性恋的宽容与整个社会的态度完全矛盾。在英国世俗社会，同性性行为不仅是一种犯罪（对男性而非女性），受到严格的监管、惩罚，而且在大多数社会环境中都是一种不可接受的行为，比非暴力的恋童癖显得更加不可接受。当然同性性行为和恋童癖不该混为一谈，但是从寄宿学校及其周围大量关于同性恋的地下和色情文学中冒出来一个丑陋的分支，它暗示一些男人和年龄较大的男孩认为，和成人之间被禁止的男性同性恋行为相比，与孩童发生关系没有那么严重，堕落程度更低。这种想法和实施性侵的天主教牧师进行道德辩护的说辞雷同，这些牧师认为，和与小孩发生性关系相比，与成年人发生性关系更有可能送他们下地狱。《圣经》对恋童癖只字未提。

当那些情感上不健全的人无法从成年人那里获得满足时，他就会爱上一个孩子并与之发生关系，这是一种满足欲望的方式——根据性犯罪心理学家的说法，这是最常见的一类恋童癖的主要动机。这就是沃斯利的状态，也是他在为自己辩护时最没有把握之处。在与他辅导的十三岁孩子交合失败的那晚之后，他想要是有一个值得信任和钦佩的男人曾在同样的年龄"用温柔和爱教会了我身体的用途"就好了，"这可能会让一切变得不同。这将不再是一种诱惑行为，而是一种教育行为"。

正如我们前面所看到的，这些男人和男孩之间的爱古已有之、已获社会特许的观念，拼凑成一种哲学，对在这种宽容的态度下长大的男人伸出了援手。当这些先天不足的男人离开他们的学校，进入到一个对非法性行为零容忍的、不那么友好的世界里，那么私立学校可以为他们提供一个终生的避风港。即使是在二十世纪三十年代非常严厉且重视道德观念的威灵顿公学，沃斯利也找到了两位同事向他敞开怀抱。他宣称——像伊夫林·沃一样——"大多数老师很明显或多或少是同性恋，就像大多数老师是……单身汉一样"。

你必须离开沃和沃斯利温文尔雅的书页——以及乌拉尼亚诗人满是甜言蜜语、东拉西扯的诗篇——才能了解那些单身男人在扑向他们负责照看的孩子时实际上是在做什么。这是一个复杂的故事，读起来令人难受和痛心。看看那些十九世纪末和二十世纪描述校园中性行为的文献——包括发表的和地下流传的——你会发现，里面除了未实现的爱情带来的痛苦之外，找不到其他的痛苦；但是，没有发表的证词给出了一幅截然不同的景象，对孩子来说，和成年人的性接触大多数是在被侵犯，非常可怕，不管成年人认为自己多么善良。此外，它经常伴随着恫吓或者真正的暴力，过去和现在都是如此。沃斯利们所珍爱的那种真诚的默许——如果你相信一个孩子会同意这样的事情的话——不是常规，而是例外。胁迫要常见得多。

39. 伤害

在我第一次报道了阿斯顿和其他学校的性侵事件后，我给收到的所有来信建立了一个数据库，这可以帮助我和报社了解需要调查的内容和人员，也使我可以去帮助其中的一些写信人，他们请求我帮忙和学校的其他人取得联系，这么做通常是为了寻找别的受害人一起走投诉和补救的程序。

我开始着手给最初的 340 起指控分类，它们之中有些涉及犯罪行为：从极端暴力、渎职到性侵犯，严重程度不一而足。我没有把惩戒性暴力比如鞭笞包括进来，这在二十世纪末之前是合法的；也没把轻微渎职行为算进来。在孩童身体安全方面的疏忽被视为违法行为，但法律设定了一个相当高的门槛：没有给孩子提供食物、衣服或住所。"情感疏忽"直到 2015 年才在英国被定为刑事犯罪。

这些指控中的大多数点出了具体的学校，总共有 105 所学校榜上有名。不过并不是平均每所学校都有超过 3 起指控，这会误导人；一些学校受到的指控比其他学校多得多，其中一所多达 21 项，时间跨度长达 35 年。我总共发现了大约 250 起构成刑事性侵犯罪的指控，主要平均分布在三个十年中：二十世纪五十年代有 64 起指控涉及成年人在校园内对儿童的虐待，六十年代有69起，七十年代有87起，从1980年开始到现在只有16起。

大多数学校只有一起指控，或者说只提到了一个施虐者，但是犯罪的行为类型多种多样；有十所学校受到的指控涉及一个时期内的四五名老师，这类情况通常出现在二十世纪七十年代。一般情况下，一位写信人会说出几个老师的名字。那么，打个比方，如果琼斯说在圣凯克学校校长常常殴打赤裸的孩子，直到把他们打得流血，而拉丁语老师和钢琴老师则曾私下抚摸他们，这将算作数据库中的三个条目。

但是也有一些热门学校：它们受到的指控成堆，指控者众多，所有指控集中在几名老师身上。大部分的陈述讲的都是新事件——我收到的指控中没有多少是针对那些性侵行为广为人知或者受到起诉的学校；也有一些陈述来自八九十岁的老人，描述的事件可以追溯到二十世纪三十年代末。最近的一起发生在2012年，从二十世纪九十年代中期就几乎没有了。（这并不意味着学校的管理得到了改善，因为人们有一种普遍的倾向，到了晚年才会想把事情都说出来。我的大多数写信人只是在他们的孩子到了上学的年龄时才开始反思他们自己在学校时的生活。）大部分事件——这250起——发生在1950年至1985年之间。

分析这些数字我还发现了其他有趣的细节：全部指控中有47起来自女性，占总数的12%，这之中有23人提到了性虐待。其中4名施虐者是成年女性，有2人是天主教寄宿学校的修女。（国家统计数据声称，在成年人对儿童实施的性虐待中，由女性单独实施的占5%，甚至更少。）其他来自女性的指控大多涉及心理虐待和照料疏忽，它们似乎越过了法律界限，因此值得收录在数据库中。一所著名女子学校的一名"虐待狂"修女会对女孩们进行体罚，并羞辱她们：一名前学生记得，她八岁那年有一天吃早餐时，被要求把尿湿的床垫搬到楼下，把它展示给全校师生看。在另一所著名的学校，一名负责比赛的女老师会检查女孩们的身体，看看她们是否真的来了月经，无法参加比赛。

一名女性在二十世纪八十年代就读于肯特郡一所著名女子学校，她告诉我那里的学生是如何因为害怕老师而患上厌食症。当时她只有八岁，像许多孩子一样，感到没人能给她安慰，即使是负责教牧关怀的女性也不能：

要描述女舍监对我们有多糟糕，那真是说也说不完：她们让我们一直穿同一条裤子，这样她们就不需要洗东西了；一直骂我们是小贱货；读我们给家里写的信，这样我们就不敢在信里抱怨了（还告诉我们，如果抱怨，我们的父母会多么不高兴）；如果我们在熄灯后交谈的话，她们会让我们大晚上穿着薄薄的睡衣站在宿舍外（有一次让我站在浴室里）。从她们那里，我们没有得到作为小女孩所渴望和需要的一丝一毫的爱和关怀。

她接着写道：

我在十一二岁的时候经历过老师的性虐待，我寻思这在多大程度上也导致了我觉得自己毫无价值，无法控制自己的生活。干这事的是我们管理比赛的老师哈曼·克拉克小姐（现已去世）。学校里有个笑话，我们游泳后该轮流顶着换衣室的门，这样她就不能进来帮我们穿衣服了。她会敲门。

一个周日，她把我从公共休息室叫出来，然后把我带到一个漆黑的衣帽间里，那里没有其他人出入。她让我坐在她的大腿上，告诉她我为什么这么不开心，我讨厌哪些老师。我不知道她有没有摸过我，我不记得了；但我知道的是，当时我觉得不舒服，觉得这么做是不对的。我不知道这是否是性虐待，但是她后来把我对老师的评价一五一十地告诉了那些老师。她让我发誓决不把漆黑衣帽间里发生的事告诉任何人，因为她向我保证，我说的话会让老师们生气。我也永远没法告诉父母，因为我很小的时候就被教导，不能说自己不快乐，以免让他们沮丧。因此，我退回到我的安全世界，在那里我让自己饿着，找回了一点自控力。他们不能把这些从我身上夺走。

还出现了其他类型的虐待。在大约50起虐待报告中，只有15%的人曾向警方报案——只有一所女子学校受到指控。其中六所是国立寄宿学校，通常是为了满足军队或海外公务员家庭的需求而建立的，这一制度至今仍在延续，这类学校盛产特别的恐怖故事。有一所伦敦近郊的学校，就像大多数同类学校那样，"自称是传统的公学"，它既有走读生，也有寄宿生。给我写信的"保罗"在1977年到1984年间在这所学校读书：

第一年里，我被每个人当作受气包中的受气包……大约有120名到130名学生，包括级长，他们会羞辱、殴打低年级的学生，公开让这些孩子难堪，将这些孩子视为自己的私人奴隶。回过头来看，老师们似乎放弃了纪律方面的责任，对级长的过分行为视而不见。

在我的前四个学期（第一年和第二年的第一个学期）中，每一次吃早餐和晚餐的时候，如果我加入其他男孩和他们坐在一起，他们就会离开桌子到其他地方去吃。我每天两顿饭都是一个人独自吃的。每学期10周，一共四个学期，天天如此。在1977年到1979年间近200次用餐时间里，我一直都是最后一个拿到饭菜的，因为他们打我，推我，戳我，侮辱我，朝我吐口水，用拳头把我赶到队列后面。在同一间食堂用餐的老师什么也没做。级长们不但没有采取任何措施来阻止他们，反而积极鼓励这种粗暴行为。

我被级长们召去他们的寝室，为他们烤面包、整理房间、铺床和泡茶，挨他们的打。他们用板球棒、曲棍球棒、钉子底的橄榄球靴和拳头殴打我，把湿毛巾拧成鞭子状抽我……这些施虐者乐此不疲。因为那些年龄大的男孩欺负我却不用挨罚，我成了大家的目标。他们把我击垮了……

我没有被性侵，但他们在心理上和情感上杀死了我，夺走了我的自信。我现在是个冷酷无情的人，很难对人形成一种情感上的依恋，或者执着于我认为是情感依恋的东西。

我回信给保罗，询问是否可以引用他信中的话时，他同意了，然后他说，之前他告诉我他没有受到性虐待是错的。一名摄影老师曾让保罗和另一名初中男孩在暗房里陪他"练习鞭打"："我们衣服都穿得好好的，如果他真做了什么跟性虐待有关的事，应该是在我们离开房间之后干的，在暗房里我们每人挨了六鞭子。"

我怀疑保罗之前没有提到这件离奇的事情，是因为在他那些可怕记忆组成的噩梦景象中，这件事并不是很突出；但是，这位老师在暗房里对这两个大概是自愿的男孩所干的事，显然是他的故事里唯一可能引发刑事调查的。他的叙述反映了许多人的经历：人们描述了一个机构，在这里暴力、纪律、情感折磨和性虐待融合成一个不幸的小孩永不终结的噩梦，一种挥之不去的疑虑；而这一切并不属于世界的反常一面，世界本来就是这样的。

巢和环

我一把数据库整理好，就去拜访了安德鲁·诺福克。他可以说是英国记者中唯一能被称为调查儿童虐待情况专家的人。他自2012年以来，一直是伦敦《泰晤士报》的首席调查记者，而这十年来，他的大部分时间都花在调查制度性的性虐待和有组织的掩盖上。他住在英格兰北部，在那里他接触到了十几岁的白人女孩在罗瑟勒姆和其他地方被年长的亚洲男子虐待和控制从事卖淫活动的事。他详细地分析了当局所犯的可怕错误,即未能对此进行深入调查,或者没有看清虐待行为的真面目:一种流行病。

安德鲁头发花白,烟瘾很大,他只有五十岁,但看起来要更老些。2014年夏天的一个下午,我们在纽卡斯尔见了面,当时我一直忙于把虐待儿童的那些第一人称的叙述梳理出来,已经干了几个月了。同样的事安德鲁干了四年,他看上去非常疲惫。我们谈到了整理这些故事所涉及的工作量,谈到了处理每起事件所需的情感投入,谈到了我们消化悲剧的能力是多么有限。他也在做噩梦。这份工作糟糕透顶,让他身心俱疲。

我们要做的是交换各自的笔记。我们想了解这些事牵涉的范围有多广,我们的材料中需要别人来弥补的空缺有多大。他已经在《泰晤士报》上公布了一份包含130所独立学校的名单,其中大部分是寄宿学校,这些学校的教师"涉嫌对儿童实施性犯罪"。这份报道涵盖了过去五十年的儿童性虐待事件,大部分是最近被揭露的,很多是因老师拥有不雅图片而被定罪的案件。如果加上我们所知的那些受到多起指控但没有被调查的学校,这个数字将上升到200多所,接近全国所有独立寄宿学校的一半。在将我的名单和他的名单进行比较之后,我们发现两者鲜有重叠:大部分情况下我们是在与不同的人打交道,而不是记者们常碰到的那些会接连不断投诉的人。我们又一次被这类事件发生范围之广震惊了。"你看吧，"安德鲁说，"如果到最后有哪一所七十年代的寄宿学校能够置身事外，我会很惊讶。"

我们把那份部分校名标红的学校名单过了一遍，下午的大部分时间花在了这件事上。这些是我们认为需要调查的地方，原因可能是这些学校涉及众多投诉，或者是其中的罪行令人发指，又或者是被指控的施虐者仍然有能力伤害其他的孩子。除了那些已经有警方进行调查的学校之外，我们总共可以识别出10所以上这样的学校，但我们两人都知道自己的能力有限，媒体的兴趣也有限。不止一次有人对我说："性侵儿童这样的话题卖不出报纸。"

我本以为我们也许能追踪到一位多年来连续作案的教师，一个连环罪犯，一个格兰姆斯，他一路凭着运气从一个学校到另一个学校，从少年犯感化院或者看护中心到气派的公学，肆无忌惮地向孩子们伸出罪恶之手。在收集到的故事中，有很多这样的例子，一些老师因猥亵儿童被解雇了，结果受害者又发现他们到了另一家机构工作。这种情况经常发生，就好像在寄宿学校的经营手册中规定了这么一条：让家长先冷静下来，让那个小伙子带着推荐信上路。在我自己的经历中就有这么一例。那位经常使用暴力的数学老师基恩先生，给了我一块糖，让我允许他把手放进我的短裤里。在我母亲投诉后不久，基恩先生就离开了学校。几年后，当我问起他时，一位当时在阿斯顿任职的老师告诉我说："一个糟糕的人，大喊大叫，没待多久。估计是被我们赶走的。"

但在阿斯顿预备学校1972年的简报中透露了更多的信

息，在一份离校的男孩和老师的名单上写着："基恩先生将在伯恩茅斯的一所寄宿学校任职。"这令人震惊，但这还不算完。最终萨塞克斯警方在2010年找到了他的死亡证明，他的职业一栏里写着"学校教师"。当初教我的时候，他还很年轻，可能有二十五六岁；因此，如果基恩真的一直待在学校里，这意味着在四十多年的时间中，我和父母的不作为让很多孩子们暴露于一个暴力的性犯罪者的威胁之下。（我没有找到他的更多信息，警方也不会向我公布任何东西。）因此，多年来我在追踪施虐者时，兴趣超出了一名记者的职责范围。此外，这种事情是如何发生的，这种宽容的文化是怎样允许一个人连续犯下恶行，而这个人带来的影响可能会造成怎样长久的痛苦，我被这些问题吸引了。我想把它们记录下来，去理解个中原委。

但是我和安德鲁的数据都没有给出答案。有一些老师在两三所学校辗转任职的例子，可一般来说，他们的职业生涯已经结束。他们最后要么进了监狱，要么就不见踪影。其他人——我意识到这比解雇更令人吃惊——从没有离开他们犯事的学校。我读到这样的报道，有的老师有些小爱好——常见的是在更衣室拍照——已经在学校内广为人知，但他们依然在那里待了几十年。这样的人通常出现在学校扎堆的地方，在那里性暴力、身体暴力和情感暴力泛滥成灾，以致你不得不想象，普通的非暴力恋童癖根本没人注意。

40. 地狱学校

下面我要来描述一所这样的学校。虽然这所学校几年前已经关闭了,在这里我还是不能把它的名字说出来,因为围绕这所学校的司法调查仍在进行中。这是一所标准的预备学校,房屋是英国中部一座宏伟的古老乡村别墅,有大约100名年龄在六到十三岁的寄宿生。学校教授古典课程,目标是把学生送进那些名气大的公学。学校自十九世纪中叶就存在了,小有名气,颇受贵族们的追捧,吸引他们一代一代把孩子往里面送,里面怎么回事他们心知肚明。

这所学校——我们就叫它城堡吧——同时引起了我和安德鲁·诺福克的兴趣,因为它在表格里的内容一团糟,很引人注目。对于这所学校,我有20份不同的证词,但有一批投诉集中在二十世纪七十年代中期的一段时间。六名不同的教师被点名,他们所做的事在我的数据库中使用的1-5级评分中都得了4分或5分(5分意味着成年人经常对孩子进行强迫和暴力的性接触)。在这种类型的预备学校里,全职的教职员工顶多十来个。如果这些说法是可信的,那么他们中有一半都是恋童癖罪犯。最严重的性侵指控集中在学校的曲棍球队,对此我目前无法详细说明。

我采访了学校的一位老师，问他在那个与世隔绝的封闭小社会里怎么会没有注意到发生的事。他轻快地回答说，哦，那时候没人接受过保护儿童方面的培训。这种培训直到二十世纪八十年代末才问世。"哦，敢肯定如果我当时知道现在知道的情况，绝对会有所行动。"我怀疑地看着他。这个人已经在顶级私立学校教了四十多年书，他自己也是一名父亲。一些受害者说，他们已经把发生的事情告诉他了，他有一半员工在滥用职权。"你没有发现什么不对劲儿的地方吗？"我问他。"哦，"他带着懊悔的笑容说，"这是我们有过的最好的曲棍球队。"

最终，有两名老教师被解雇，但为时已晚，有二十个甚至更多的孩子被拉入他们的圈子。后来，这两名老师中有一个不知所踪，另一个是教练，去了国外的一所寄宿学校继续教书。其他六人中有三人继续在城堡任教，直到他们退休或城堡关闭。十三年来，那些以前的学生一直试图让警方进行调查或申请民事赔偿。他们还没有成功。

这个故事中的关键人物是起初雇用这些人的校长，已经永远没有办法调查他了，因为他在二十年前就去世了；但是——我们姑且称他为康拉德吧——是他让城堡在这份表格中脱颖而出的。康拉德掌管了这所学校三十多年。在信件中有很多关于他的描述：他是一个暴力、可怕的酒鬼，也有不止一个学生称他为"一名真正伟大的老师"。他像维多利亚时代的教师那样鞭打孩子们，在这方面他精力旺盛、乐此不疲，学生挨打的罪名既荒唐（"使用太多牙膏"）又悲哀（"在礼拜堂哭泣"）。康拉德会因为学生不遵守纪律或没学懂而教训他们，比如一张不及格的试卷很可能会招来一顿打，在熄灯后说话也一样。

他打起撒谎的学生来格外卖力——从维多利亚时代开始，撒谎这一罪行总是受到最严厉的惩罚。他会在喝醉酒、发脾气的时候打人，也会在经过一番深思熟虑之后冷血地拿起棍子。男孩们更喜欢后者。反正两种情况下都要挨打，都疼，通常还都会留血，但他喝醉的时候没有准头，很吓人：有一次他一棍子打歪了，划伤了一个学生的耳朵。不过他清醒时的愤怒可能更可怕。有人记得："走进教室时，康拉德会把一根棍子放在裤腿里。有一次，他狠狠地打了一个倒霉学生的书桌，力量很大以至木屑都飞到他脸上去了。这名学生因为恐惧，一口吐在了康拉德身上，然后他被拖出去送进了禁闭室。"

有几次，他在一个下午就把学校里的一百个男孩都打了一遍。他有成捆的桦树鞭，到二十世纪六十年代伊顿公学废除这种惩罚方式后，他就像大多数校长一样改用竹竿。此外，他还有一堆体育用品可以派上用场：皮革马鞭、板球球棒、台球杆——"我记得当他最喜欢的球杆打在 X 的背上折断时，我们都开心极了"——一根铁头高尔夫球杆和一把玩波板球的拍子。"他真的用了高尔夫球杆吗？"我问道。"嗯，他是一位小有名气的业余高尔夫球手，"一名写信者告诉我，"总是在练习挥杆。"另一个人说，他的确用过高尔夫球杆，但他是倒过来打的，用手柄的地方打那个男孩的背部。在康拉德书房低矮的天花板上，那里的石膏有一些痕迹，它可以告诉我们他挥舞武器时力量有多大。

几位写信人言之凿凿地说,康拉德年轻时很可爱。一位后来成为作家兼知名出版商的学生告诉我,在他和康拉德相处的日子中,康拉德虽然是个"喜欢鞭笞学生的老师",但也是一名让人激动、鼓舞人心的"魔术师"。到他掌管城堡的时候,也就是战后不久,康拉德似乎已经和大多数人认定的那个他合为一体。那是"一头浸泡在杜松子酒里尖叫的野兽","又壮又高……看着让人害怕,而且大部分时候完全不可预测"——像这样的表达出现在很多叙述中——一点小事就会让他火冒三丈——一个放错位置的动词,教堂里咯咯的笑声,地板上的一块海绵。尽管如此,从家长的角度来看,他显然是一位好校长(当时没有董事或理事):学校在接下来的三十年里蓬勃发展,学生人数翻了一番,还修建了体育馆和游泳池。城堡保持着获取公学学术奖学金学生数量之最的记录。学校在曲棍球和其他运动上很出色,在与附近其他预备学校(当然,不包括国立预备学校)举行的无休止的比赛中表现抢眼。

康拉德是这家机构的唯一所有人,他一定是个优秀的推销员。他的客户似乎变得越来越时髦。在二十世纪五十年代,这所学校迎合了当地专业人士的需要,接收了律师和医生的儿子,以及和以前一样,还有许多军人的儿子。到了六十年代末,有德国贵族、英国贵族和新的金融精英的孩子加入进来。学校的宣传册以及在当时出版的英国独立学校指南中有关它的条目显示,学校的目标坚定地指向伊顿公学和温切斯特公学，它的费用也比大多数学校要贵。

在我收到的回忆中，没有任何人提到康拉德在性方面对学生有不当举止。很难想象，一个如此显赫的人会让自己轻易地暴露在别人的攻击之下。他已婚，他的妻子对孩子们来说是一个可怕的人物，负责管理学校的房屋：学校里如果有什么风吹草动，就算是那些发生在紧闭的门后的事，她也不可能不知情。虽然从他实施惩罚的方式判断，他并非仅仅是个鞭刑狂。他喜欢煞有介事地把鞭笞仪式延长，这是一种复杂的虐待狂的行为特征。

康拉德和其他他那种类型的人一样，是私立寄宿学校鼎盛时期的产物。如同学校的管理机制和古典课程，他执行的纪律制度也是从维多利亚时代照抄过来的。康拉德的惩戒兼具准司法性和戏剧性的特点，时间拖得很长，好几天学校都会围着它转。如果康拉德当时怒不可遏，"被告"可能会立即遭到鞭笞，但一般情况下整个执行过程需要花一周的时间。首先一项罪行被发现，"被告"被抓住，并被当众宣判有罪，然后康拉德将会退下去考虑惩戒的问题。他也许会给"罪犯"提供选择——一般都是令人厌恶的选项——是长时间的留堂，还是一时的皮肉之苦？你是想要穿着睡衣挨六鞭子，还是光着屁股挨三下？你是愿意三鞭子一次领完，还是分三个晚上慢慢消受？男孩们对这些带来痛苦的谜语议论纷纷。康拉德肯定会公布学生的选择，而"懦弱"——比如选择留堂——是种原罪。在早会上，康拉德喜欢向全校讲述头天晚上纪律处分的经过："史密斯和琼斯像绅士一样对待这件事，而麦克塔维什却像个小宝宝一样哭得稀里哗啦。"像这样的残忍事件很多,对那些现在回忆往事的人来说,这比鞭打本身更重要。

康拉德对他的教师也不留情面。他曾无休止地嘲笑一位老师的口吃,有时还用古希腊语。他会给他不喜欢的成年人和男孩起侮辱性的绰号,比如"鸡崽子"或"蛆虫"。他会想方设法让整个学校都使用这些外号,以取代孩子的本名。有时他的残忍似乎来自愚蠢。一名有残疾的学生即将来到学校,康拉德向全校简要介绍了这名学生的情况。他接着说,如果有任何人侮辱"麻痹症患者"或对他不友好,将会挨打。于是,当那孩子来到学校后,没有人愿意接近他。

康拉德并不是一个虚构的人物。他可能是一个复合体:有那么多男校长——以及一些女校长——做事方式和他如出一辙,甚至说话的方式也和他很像。心理上的残忍和愚蠢——就像上一个例子表现出的——是建构这一形象的最常见的因素。一百多年里,有这样一个粗暴的老师,从斯奎尔斯开始,在虚构的小说中反复出现,同时也贯穿了真实的学校历史。他们精心策划如何伤害、打击孩子们,把这当作本职工作,他们过着愚弄成年人的双重生活,不过孩子们可以看穿他们。暴力,无论合法的,还是不合法的,都是这些反社会的人物用于伤害改造孩子的工具,跟公开羞辱一个样儿。

我读过很多关于这些恶魔男女的故事。他们当中的许多人在双重人格的生活中不能自拔:他们虐待孩童的方式几乎是在炫耀他们所获得的惊人权力和自由。有一位考尔迪科特学校二十世纪七十年代的毕业生,向我简明地讲述了如父母般温文尔雅的长辈和残暴的施虐者两种形象是如何结合在一起的。他告诉我，他的母亲是怎样来到学校与副校长乔治·希尔见面喝茶，后者向她保证她十一岁的儿子在这里会健康快乐的。"她离开了。他强奸我的时候，我还能听到她的车驶入车道的声音。"

如果认为这些人只是憎恨孩子，憎恨快乐，就把他们看得太简单了。他们的心态比这要复杂得多。包括罗尔德·达尔、伊恩·弗莱明和安东尼·霍洛维茨（Anthony Horowitz）在内的许多成为作家的前寄宿生，都从他们学校的老师身上汲取养分，创造了生动的怪物式的成年人。J. M. 巴里的小说《彼得·潘》讲述的就是成人与童年两个不同时期之间的矛盾，展现了成人和儿童两个不同世界的冲突。故事的主要反派人物胡克船长是根据一位预备学校的虐待狂校长创作出来的，这并不让人意外。他"面容憔悴……脸上长满胡须，皮肤黝黑"，是"（肯辛顿）花园的破坏者"。巴里在八岁时曾去格拉斯哥公学寄宿，那是苏格兰第一所按照英格兰模式建立的私立学校，他可能在那里见过胡克船长的原型。他后来称胡克为"伊顿老男孩"；而通过赋予海盗这个形象以孩子气的恶毒和虚张声势的魅力，巴里捕捉到了这些怪物是如何迷惑和欺骗他们的员工、学生和家长们的。

他们是令人印象深刻的领导者，通常是独资商人，他们将复杂的管理技能与销售技巧相结合，说服父母在孩子的教育上花费大笔资金。在康拉德过去学生的记忆中，他的身姿依然若隐若现。他们中的许多人对他仍抱有扭曲的崇拜之情，而一些人则好像爱上了他。这很常见。康诺利和奥威尔在圣塞浦路斯读书时的女校长是西塞莉·威尔克斯（Cicely Wilkes），她和回忆录或小说中的那些人一样不诚实、无情、爱摆布别人，但两人对她的描述激怒了很多以前的学生，他们纷纷站出来为她激烈地辩护。

或许这并不令人意外。预备学校管理手册中的另一个特色是优等生和问题学生制度。康拉德在这方面很在行：像许多老师一样，他有自己特别喜欢的学生和视为恶棍的学生。他会把前者打磨得金光闪闪，把他们捧得很高，训练成奖学金男孩和板球明星；他称后者为撒谎怪、骗子、注定失败之人，他们未来的结果和在学校里的样子没有区别：都是炮灰。更广阔的社会中的等级制度在学校中得到了又一次排演。

大部分学生认为他在性方面并不活跃。他与一个女人结婚，似乎只是为了谋求某种便利，用这个女人的积蓄为学校提供资金支持；但显然，按照维多利亚时代教育家们制定的经典模式，他对最喜欢的学生有一种强烈的情感依恋。他的一个在二十世纪五十年代就读的学生写道：

我认为（康拉德）在与他的恋童癖好做斗争，这可能使他变得更糟了。他总是喝酒。他对某些男孩［其中有（一名男孩在未来成了这所学校的校长）］的情感非常强烈，为他们痴迷。他的脾气就写在脸上，经常毫无征兆地爆发出来。我在他班上待了三年。他曾因为一个学生的一些琐碎过失而鞭笞了——用"剥皮"可能更贴切些——全班学生，这样的事每学期至少发生一次。我记得有一次康拉德怒气冲冲地走过自己那张巨大的办公桌，抓住一个男孩的头发，把他从狭小的书桌拉出来，用手上能拿到的任何东西打他。

至少有五名康拉德最喜欢的学生在大学毕业后立即回到中学任教，其中一人造成了灾难性的后果。在管理学校期间，康拉德专横地使用他那不受质疑的权力，精心策划、小心翼翼地在精神上打击那些他不喜欢的孩子。在这个过程中，某种奇怪的欲望起了作用，但是没有一个研究性畸变的心理学家能对此给出一个概念。当然，针对绝对权力的精神病理学研究必定涉足性，可在我搜索了儿童性虐待者心理那叠薄薄的学术文献后，没有找到任何内容可以解释康拉德这类人的行为。

康拉德一定意识到他在雇佣性罪犯。他们的人数如此之多——确实很多，以至于在他管理期间（我只有部分记录），有一半的员工被指控犯有刑事性暴力犯罪。即使是在战争期间，学校搬到苏格兰去的那段田园牧歌般的时光里，也有一个老师"骚扰学生，有一天早上他干脆就失踪了"。在二十世纪六十年代末和七十年代初，学校有十几名全职教师，包括两名女性：其中六名男性被指控对孩子实施性侵犯，其罪名从抚摸孩子的私处到插入式性行为不一而足。四十年后，当警方开始调查针对学校日渐增多的指控时，其中一名男子竟然被四十名不同的原告指控。在二十世纪六十年代初，三名教师"现在会被认为是恋童癖"，一位通信者解释说。（"康拉德不是这样的人，他只是狂躁的虐待狂。"他继续说道。）在二十世纪四十年代末和五十年代初，曾有四名工作人员被指控为暴力性侵者；有人告诉我（尽管我没有找到相关的法庭记录），其中一人当时因对男孩不轨而入狱了。这些被欺侮的男孩不是学生，而是住在附近村庄的孩子。

另一位老师出现在城堡的所有叙述中，通常是毕业生追溯过往时才想起的。他是名法语老师，喜欢在比赛更衣室里闲逛，爱"把手伸进你的短裤里检查你是否穿了内裤"。这项奇怪的职责成为贯穿他整个职业生涯的任务。我收到的叙述中，从二十世纪五十年代初到七十年代末在那儿读书的写信人，都提到了这位从事检查学生内裤工作的法语老师。没有人抱怨他的行为，这难道是因为他已经结婚生子的缘故吗？或者是因为尽管这种骚扰令人反感，但并没让人感到害怕？还是因为和强奸以及鞭笞相比，这算不上什么，以至每个人都没把它当回事？此外，城堡还雇用了这么一个人，他是礼拜堂的管风琴手，也是音乐课老师和临时的数学老师。他在钢琴课或代数课上会抚摸孩子们，这么干了大约三十年，从来没有受到质疑，也没有被训诫。他还惩罚了我的一位通信者的孩子，每次有孩子犯错，他都会用铅笔戳他们的大腿。

这种性行为因不具威胁性所以更容易被忽视，它在所有预备学校、甚至是许多中学中都存在。在我收到的故事里，最常提到的是兼任摄影师的老师。通常情况下，他们是最好心、最受欢迎的（或者至少是最不瘆人的）老师。他们会躲在淋浴间或更衣室里拍摄孩子们脱衣服的照片，这虽然引起

311

了大家的注意，但是大家并未多想，那些通信者也是在长大成人之后才觉得蹊跷的。有时摄影师会引诱孩子们摆裸体姿势，有时这种情况是被学校允许的。我有一个姐姐，她从八岁起就在西萨塞克斯著名的"进步"预备学校温德尔沙姆上学，三十年后，她在一次聚会上遇到一名男子，他说的话让她大吃一惊。他说："哦，我们厨房墙上有一张你的裸照。"这位老师在学校的运动会上向参观者出售他为这些面带微笑、赤身裸体的孩子们拍的照片。那是个纯真的时代：这么做似乎没什么坏处，还很可爱，甚至对父母来说也是如此；但孩子们知道那不是：他们给这个人取了个外号叫兰迪·安迪*。

在包括城堡在内的许多学校里，裸泳是一项规定。戴维·黑尔说，在蓝星公学，学校要求男孩们裸泳，"借口说如果我们穿上泳裤，衣服上的纤维会堵塞游泳池的过滤器。这不太可能发生"。来访的牧师会从阳台上看着游泳池里的男孩们。

很难去剖析这种宽容文化：虐待情况如此普遍，而监管——无论是学校内部还是学校之外的——的失效如此不同寻常，你很难不去设想，是否有某种恶意在操纵这一切。也难怪许多私立学校中的性暴力受害者和那些来自国立护理机构的受害者一样，认为其中有阴谋；但我认为，大部分故事

---

* 译者注：兰迪·安迪（Randy Andy）是英国民众给英国王子安德鲁取的外号，他因深陷一系列性丑闻而得此名。

背后都是较低级别的犯罪,在几乎所有这些故事背后的,是无能、懒惰、错位的忠诚,以及责任感的缺失、对照看弱者这份工作在法律认知上的偏差。

性犯罪者是怎样从容地从一所学校转到另一所学校的,并没有一个明确的模式。这种情况肯定发生过,而且发生过很多次;但是当你检查这些案例时,你将闻到的不是阴谋的味道,而是制度失效和懒政的味道。即使在今天,恋童癖也能找到这样的工作,让他们可以接触到易受伤害的儿童(任何不是由父母照顾的儿童都是易受伤害的);类似事件经常出现在媒体上。2014年,一所私立学校——伦敦国际学校——的教师威廉·瓦伊(William Vahey)被揭露在学校旅行途中给六十名儿童下药,然后对他们进行性侵,还给他们拍照。那所学校以及其他几所他曾待过的学校,收到了大量对他的投诉。他曾在加利福尼亚州因性侵儿童被判有罪,英国警方从其他警察机关获得的儿童色情摄影师的名单上也有他的名字,但英国警方没有警力资源进行调查。在被曝光之前,瓦伊离开学校时,校长给他写了一封热情洋溢的推荐信。

无能、缺少资源、不上心和没兴趣是常见的成人所犯下的无关痛痒的罪行,但它们带来的痛苦并不会因此而减轻。当他们出现的时候,无所事事的校长或学校督学认定这些成年人具备最好的品行,任由他们给孩子造成巨大的伤害。正如在天主教会开办的学校和机构里发生的事所表明的那样,那些地方管理松散,而且人们理所当然地认为里面的人都很善良,因此让掠夺成性的恋童癖在里头如鱼得水。

在十九世纪和二十世纪的大部分时间里，尽力掩盖丑闻是私立学校系统的普遍做法。这确实带有阴谋的成分，或者像是在掩饰为自身利益而犯的荒谬愚蠢的错误。这就好像所有的学校都被一个聪明的罪犯偷窃了一样，但尴尬的是他们从来没报告过这件事。不应该把性侵犯的事报告给警察，是不成文的规定。这就是我母亲的遭遇：校长的老婆软硬兼施，让她放弃对数学老师基恩先生采取行动，而这名气冲冲的老师喜欢把手伸进我们的内裤里。

二十世纪九十年代，一位家长收到了高登斯顿学校财务主管的信，后者向他保证，一个喜欢给孩子下药然后抚摸他们、给他们拍照的老师将不会再教书了——这是达成不起诉协议的交换条件。在数据库中，在所有那些家长或学校都意识到老师犯有虐待儿童罪的案例中，最终向警方报案的不到5%，而且通常是因为家长坚持才报案的。（我获悉的大多数案件基本来自事发多年后提交诉讼的文件。）在高登斯顿学校的这起事件中，同一名男子曾两次因在学校性侵学生而被举报到警方那里，但两次都经学校的协调安排未获起诉。大部分情况下，就像考尔迪科特预备学校的案子一样，当起诉启动的时候，调查又常因技术原因而告失败。在苏格兰，这样的案件几乎不可能起诉，因为苏格兰法律要求必须有另一名证人来证实指控。

不难理解为什么学校会竭尽全力避免起诉。这种事情的曝光和一些金主的离开可能会让学校关门：很多学校的财务状况都不稳定。因此，一旦遭遇格兰姆斯船长，常见的解决方案是用保证和威胁来安抚父母（"如果你的小男孩被拖上法庭怎么办？"他们会这样讲道理，"他将要和琼斯先生对质，媒体也会到场"），让被投诉的老师卷铺盖走人，在推荐信里只字不提他们的小爱好，任由他们去别处继续事业，追逐他们的趣味。在我的数据库中，大约有50个案例是以这种方式"处理"的。在城堡里所有上述情况都发生过，但在它存在的140年里，没有一位教师因对孩子犯下的罪行而被捕，更不用说被起诉了，尽管我手头有针对二十多个老师的指控是可信的。即使在今天，学校也没有义务向外部机构报告对其教职员工的指控。

在城堡和其他几所私立学校里，司法调查仍然在进行当中。你可能很容易就得出这样的看法：最糟糕的情况就是实际发生的这一切。"性侵犯已经达到产业规模"是记者的老生常谈，这句话确实有道理。二十世纪的一些看护机构——其中许多是由教会运营的——是有组织的恋童机器，能永不休止地运转下去。性侵儿童的文化具有地方色彩，人们对此睁一只眼闭一只眼，而且代代相传。当年受到性侵的孩子可能会回来，并找到地方性侵其他孩子——这种可怕的循环似乎已经在考尔迪科特校长彼得·赖特（Peter Wright）的案例中上演。彼得·赖特在2013年因多项虐待罪而入狱。二十世纪四十年代时他也是那里的学生，那时孩子和成年人之间的性行为很常见。另一名考尔迪科特的教师约翰·阿德森（John Addison）在2013年被判对他的学生犯有六项罪行。阿德森是一名十九岁的实习教师；就在六年前，他还是那里的学生。他告诉判他有罪的法庭，他小时候也曾被性侵。其他受害者指出，二十世纪七十年代初，阿德森曾在学校被赖特性侵。

最不寻常的是，城堡和考尔迪科特一样，都是家族学校——由家族经营，也由家族赞助。除了康拉德，其他所有的校长都把自己的孩子安置在学校里；当地家族也一代又一代地把他们的孩子送到那里。二十世纪七十年代，两位十九世纪的校长兼校产所有人的全部后代都在那里上学。我们可以轻易得出结论，在那里被性虐待过的成年人又将自己的孩子置于同样的恐怖处境中。

情况比表面看上去的要普遍得多。维维恩·布伦登的一位受访者对她讲述了他的学校艾伦豪斯的情况。这所萨里郡臭名昭著的预备学校于1986年关闭了，多年来里面出现过许多恋童癖教师，挺不寻常，有一名最近被起诉了。在这些性侵教师中，受访者认识其中的一位校长，他喜欢在学生洗澡时"不适当地"抚摸他们。（一群家长最终说服他去度长假了。）但最让受害者感到害怕的是，他的父亲也上过这所学校，当时校长也是这一位。"他的父亲可能知道发生了什么事……这是这段经历最让他难以释怀的地方。"布伦登写道。我们中很多人在知道父母也曾在同一所学校经历过同样的事后，很苦恼。

一所预备学校的一名毕业生告诉我，他将自己所经历的创伤和暴力长期深埋心底。在他的学校，那里的体罚行为被代代重复，已经成了一种习惯。像许多给我写信的人一样，在中年婚姻破裂时他接受了心理治疗,然后他才开始承认和理解所发生的事情。他谈到自己的父亲在学校里的悲惨遭遇,现在他可以看出这和他自己的非常相似。他这样结束了这个可怕的故事:"尽管如此,我还是在两个儿子八岁时把他们送走了。他们也很痛苦。我们永远学不会。"

第七章

直面恶魔

我应该早意识到,校长尽管身着长袍,手托研钵,但远不是圣人。您恨自己吗,还是恨那些您鞭打的人?您爱他们吗?——真恶心。您相信您在帮他们吗?当夜晚来临,您有没有把内疚的回忆放回您损缺的大脑?

小说家大卫·贝内迪克特斯(David Benedictus)在给伊顿公学兼费蒂斯公学的校长安东尼·切尼维克斯-特伦奇的信中写道。

41. 走近恋童癖

在爱丁堡短暂夏日的一个金色午后,我坐下来看一些恋童癖如何为自己的行为解释。在这个项目开始时,我就想采访一名性侵者,会见一个利用职权侵犯儿童的人,并向他提问。

要找到恋童癖并不是件容易的事,即使你相信,根据英国政府儿童事务委员会公布的数字,英国每年有225,000名儿童受到性侵。我不知道虐待儿童者有多少是有工作的,但这个数据一定意味着虐待儿童者的数量超过了全科医生的数量。(据英国警方估计,每年仅儿童色情的消费者就达到50,000—60,000)。作为一名记者,我非常清楚,如果提问的方法得当,被访者往往愿意吐露心迹;但首先,我必须找到方法去接近性犯罪者。

尽管我寻找性侵者的动机很明确,但我仍有些忐忑。我得到的许多对痛苦的校园生活的描述都清楚地表明,在寄宿经历造成的心理伤害这一宏大图景之下,身体虐待,甚至性虐待通常不是最重要的问题;终生的创伤往往是情感方面的——离别、失去安全感和隐私,以及欺凌造成的扭曲,学校刻意为之的精神压制导致的乖戾;但是,在2015年颁布

"重罪法案"之前,"情感忽视"和对儿童的心理虐待在英国并不算犯罪。

因此,从某种程度上说,我寻找学校里的性侵者其实是另有所图。这并不是说有必要向公众证明这件事已经发生了,而且是大规模发生;也不是说要揭示这些罪行基本上被有条不紊地掩盖了,就好像处理这类问题的方法在《如何运营寄宿学校》手册中列出来了一样。我必须承认,我之所以想见施虐者,是因为他们让我着迷。他们的童年因遭遇残忍而变态的成年人变得可悲,但最可悲也最讽刺的是,当他们长大成人,童年的遭遇又让他们无法找到爱和幸福,让其中的一些成了新的性捕食者。我可以轻而易举地把自己想象成他们当中的一员。在心理层面上我是交了什么好运才逃过了这一劫?一位已婚的前寄宿生朋友拒绝考虑要孩子,他非常害怕这个世界或他自己会对孩子造成的伤害。

我没法把自己就读的学校里对我们进行身体虐待的那些人带到我的录音机前。四位老师——一位在伊顿公学,三位在我的预备学校——摸过我(以一种符合对儿童性侵犯的最低标准的方式),我知道他们都去世了。这令人遗憾。作为一名自视甚高的记者,我渴望上门和基恩先生面对面交锋,在采访中揭露他灵魂的真面目。这可以算作我的报复,也可以说是以其人之道还治其人之身;但是,一个月前,负责调查阿斯顿预备学校的警司打电话告诉我,他们找到了基恩的线索,发现他五年前就死了。她为没有当面告诉我这个"令人痛心的消息"而道歉。我感到失望,而不是难受。我已经知道这样的消息对一些幸存者来说有多么难受,他们不仅无法寻求法律上的正义,而且永远失去了复仇的希望。

为了寻找恋童癖,我去找了那些从事心理康复工作的人,希望从他们那里可以找到线索,但他们都无能为力:"首先,因为病人隐私保密原则,我们不能把病人的名字透露给外人。再说,你想象一下,医生会认为让性犯罪者与记者交谈对治疗有好处吗?"最后,我找到了唐纳德·芬勒特(Donald Findlater)。我应该一开始就去找他的。唐纳德头发浓密,两眼炯炯有神。他毕生致力于治疗性犯罪者,他在伍尔弗科特诊所(Wolvercote Clinic)工作,和露西·费思富尔基金会(The Lucy Faithfull Foundation)有合作关系。唐纳德对解决体制问题及政策文化持开放态度,这种政策文化容易让那些想要与儿童发生性行为的人得手。他在儿童安全和惩治性犯罪方面是出了名的态度鲜明,也颇具争议。他喜欢直视着你的眼睛,问你是否真的对刚才说的话有把握。他质问道:"但是家庭能为优质地养育孩子创造所有条件吗?"在我见到他的那天,唐纳德正为他在昆士兰土著社区的工作忧虑重重。在那里,乱伦式虐童是一个根深蒂固的问题,与那个千疮百孔的社会中的人类学有千丝万缕的联系。

每次那些研究心理学的学者和医生听到我说想谈谈寄宿学校、谈谈那些"含着金钥匙出生的小孩"所受到的虐待时,他们都会睁大眼睛呆呆地盯着我,对此我早已习惯,但是唐纳德很感兴趣。他能看到——至少他礼节性地同意——那些发生在为精英们的孩子设立的学校里的事,和为英国大众的孩子设立的学校里出现的犯罪及管理不当,有着内在的联系,事实上那些遍布全国的模仿维多利亚时代学校制度的教育机构都肯定深受影响。

但是,就像在社会工作的所有领域一样,他力有不及。网络儿童色情是目前露西·费思富尔基金会的工作重心[*],这比我寻找过往施虐者的工作要紧迫得多。据估计,70%—85%的儿童性虐待发生在家庭内部或家庭周围——"乱伦的性虐者只是懒惰的恋童癖",他引用一位同事的话说。他拿出最近的一份欧洲报告,该报告显示,欧洲有五分之一的儿童曾遭受过某种形式的"性暴力"。(大多数关于儿童性虐待的研究使用"不恰当的触摸"作为基本定义。)在一本有趣的研究作品《侵犯人身份》中,作者柯丝蒂·赫德森博士(Dr. Kirsty Hudson)对二十二名被判有罪的虐童者进行了抽样调查,发现只有一人性侵了陌生的孩子,其中八人侵犯的都是自己的亲属。

关注家庭内的侵犯是唐纳德工作中最重要的部分。我开始明白,他和他的同事面临着人类性行为的基本问题,其可怕的影响在今天正越发严重。唐纳德说:"好吧,如果只有九分之一的事件最终报了案,那么其余的发生了什么呢?这难道不是最重要的吗?"显然,历史研究不是他们要优先考虑的。我几乎忍不住要承认,我想见恋童癖的原因和职业无关,只是我自己对这个问题着迷;不管怎么样,我认为他多少猜

---

[*] 唐纳德·芬勒特在那之后离开了露西·费思富尔基金会。

到了一点。

唐纳德的工作包括警示那些可能雇佣性犯罪者的人，所以今天他让我坐下来看一些他向主教们展示的视频。他和他的同事录下了对恋童癖牧师的审讯，其中一些以前当过老师。这些人之所以可以参加康复计划，是因为他们承认自己犯了罪——在被判有罪的性犯罪者中，有百分之三十的人会坚决否认罪行。

在一家空荡荡的餐厅深处，阳光透过外窗射入，唐纳德让我坐好，然后打开了一台笔记本电脑，递给我一副耳机，还准备了一壶浓咖啡。我在想我是不是在接受测试：对这些材料的反应可能会决定我能否获得更多信息。"你确定要这么做吗？"他亲切地问道。我刚开始没反应过来他是什么意思，接着我明白了：这些虐待儿童的罪犯的供词让人听得如坐针毡。

我意识到，在我急于见到施虐者的时候，还没有想清楚这一点。就在上周，当我重读读者写来的信件时，那些对悲惨时光的描述让我流下了眼泪——触动我的不是某个特别的细节，尽管所有的故事都给我带来感同身受的痛楚，但让我流泪的是痛苦和不公正的累积。我读着这些故事，为这本书做笔记，三天过去了，这一切已经变得无法承受。"我是个搞研究的，"我告诉唐纳德，"我知道什么时候该停下来。"

42. 弗雷德和柯林

开始播放第一个视频。这位被解职的牧师很慈祥。因为经常在病房和忏悔室说话，他的爱尔兰口音既柔和又亲切，语调平缓；但这些都是表面的。当我突然从他的眼神中，从他低垂的下巴上，发现了一丝邪恶时，身体不由微微一震：那是一个自嘲式的轻浮鬼脸，他正在表达悔恨。我感到体内一阵恶心，觉得眼睛刺痛。我意识到唐纳德就在沙发边俯身看着我，于是摘下耳机，暂停了视频。

"你还好吗？"

"这个……"我不想显得不专业，"我的情绪有点上来了。"唐纳德点点头。"我对自己的共情感到困惑。事实上，我会想象他们肩膀上托着的是我老师们的脸。"我确实可以：我想着比利·威廉森正在摄影机前；我可以看到他，就像这些上了年纪的爱尔兰人一样，几根稀疏的头发扫过他们的秃顶，面带懊悔之色，正回忆着自己不光彩的往事，说话的声音是那么有耐心、充满权威，和他们向家长通报孩子捣蛋的语气如出一辙。

当我看这些视频的时候，我感觉他们是在自己漫长的人生故事中进行着某一场景下的表演，这一最新的情节揭露出他们自我的另一个部分。不出所料,我的共情起作用了,它如此不加批判,如此容易受到影响,这令我感到厌恶。我是一个易在情感上与人产生共鸣的人。我在笔记本上写道:"一个卑鄙的爱尔兰恋童癖像汉尼拔·莱克特*一样控制着我。"

第一个视频的讲述者是"弗雷德"。他是一个七十多岁的男人,稀疏的白发梳得整整齐齐,脸上布满粉色与红色的斑点,就像大英帝国的地图般。他小声地对着镜头说,学校如何为恋童癖大开方便之门:"课堂让你可以轻易地接触到孩子们……你被他们信任着,在教室里工作,每天有一百到一百五十个孩子经过你的房间,你可以单独接近某个孩子。"听起来他像是在描述一个观察野生动物的隐蔽之所似的。

他接着详述自己的作案手法。他首先从识别容易得手的孩子开始,理想情况下这个孩子没有父亲或者父亲是个酒鬼。然后,他还会辅导孩子的学业或帮助他们复习备考,不厌其烦地向那些需要帮助的母亲施以援手。"我会尽最大努力帮助这个家庭,但不幸的是,个中原因不是她想的那样。"他不动声色地讲述着自己如何寻找、捕获猎物的故事,形容词"不幸的"是他的讲述中唯一刺耳的词。他在道歉吗?故事又重回老调子:"我会成为这个男孩可以依赖的朋友:说来伤心,我性侵过的很多男孩都出身贫穷……对他们来说,我就像父

---

* 译者注:汉尼拔·莱克特是小说及电影《沉默的羔羊》中食人医生的名字。他既变态凶残又充满个人魅力。

亲一样。"

"说来伤心"？谁在伤心？他的话听上去很不真诚，尤其是他讲起喜欢寻找哪种类型的男孩时——尽管没有人问这个问题——在那么短暂的一刻中，他看上去像来了精神。"好看，偏瘦，羸弱。我喜欢脸上带着微笑的男孩。"但是，撇开这个时刻，他这五分钟的叙述没带任何感情。在结束部分他以同样平淡的语气讲述了他强迫学生进行的性行为，还有拍照——以及受害者的数量：三十年来有七名受害者被性侵了。七名受害者，而他没有被定罪。你看到的仿佛只是一具空壳，里面的羞耻感、欲望和骄傲都已被抽空，他的罪行、事业以及生命也都烟消云散了。

第二位受访者"柯林"要有活力得多。虽然他和前一位一样乏味，在摄像机面前像只被钉在一张卡片上的飞蛾，但他生命力旺盛，仍然在挣扎。他脸上带着腼腆的世故，眼睛里闪着光，显示出他仍然打算去哄骗、勾引、玩弄学生。他让我发抖。

他的供认历时八分钟，和第一位牧师的叙述大同小异——同样是筛选出那些容易得手的学生，然后精心准备，步步为营。但是，他的声音里透着欢愉。他怡然自得地向我们展示他的策略。有人告诉我，对"偏爱型恋童癖"来说，设置陷阱、引诱孩子和其他行动一样让他们感到兴奋。诱惑是游戏，它的策略包括掩饰真实意图和掩盖自己的行为。一些智力超群的罪犯可能会泄露自己的行迹，因为他们很自负，渴望被赏识，希望有人钦佩他们所做的一切。

在某个时刻，采访者说，他想提一个问题，这个问题是所有面对镜头的牧师都被问到的：你是如何做到同时侍奉上帝又性侵儿童的？柯林早有了答案，他自信地说：

没有办法，这是我的弱点——上帝真的理解这一点。看看那些辛苦的工作，看看好人们都得到了什么。过去我有时会和它斗争，其他时候会听之任之。在斗争的时候，我能感受到别人的斗争，对他们的痛苦感同身受。如果我不是身处其中，如果我没有经历过这些挣扎，我就无法移情于他们。我是上帝手中一根折断的芦苇，真的。上帝了解我，他知道我从何而来，一切都由他决定，我什么也没做。

他的自怜自艾使得一对大眼睛变得浑浊，但是浑浊的下面隐藏着他的傲慢自大。柯林认为——而且没有迹象表明他曾对此有所怀疑——他对孩子的性侵使他成了一个更好的牧师，而上帝也对此表示同意。不仅仅是因为他内心的挣扎使他更容易理解教区里人们的各种挣扎——什么？亵渎上帝？跟成年人私通？——而是，所有那些让他被教民们接受、让他可以接近孩子的"辛苦的工作"，比如露营旅行、参加拳击俱乐部，都可以被算作是减轻罪责的赎罪，他的说法就好像他正在给自己写一封推荐信似的。我想问的问题是上帝还信任你吗？但是带子已经结束了。

唐纳德在我开始看录像之前说过，他给我看这些录像的用意是让我了解不同类型的恋童癖性侵者。他把他们分成三类：偏爱型恋童癖、机会主义式的恋童癖和情境式的恋童癖。"第一类的主要兴趣是与儿童性交。这类人深思熟虑、满怀期待，创造机会去达成所愿。机会主义式的恋童癖是反社会的，不一定对儿童有兴趣，或者说儿童不是他们唯一的兴趣，他们为寻求刺激而犯罪。最后一类是患有精神疾病，但是只有百分之三的侵犯儿童的罪犯体现出这种特征。"

情境式犯罪可以举杰里米·福里斯特（Jeremy Forrest）为例。他是一名学校的老师，在2015年的夏天，和他"爱上"的一名十五岁的女学生私奔到了法国，成为当时各种八卦报纸上轰动一时的新闻人物。"他的事另有隐情。"唐纳德说，"一个普普通通的人，社会关系处理不佳，情感生活混乱，迷恋那个学生，那个学生在情感上对他也有依恋。他的年龄在三十五岁到四十岁之间，通常情况下他是知道正常的界限的，但是他却做出了令人不齿的事，他的行为对自身也造成了伤害。

"大部分情景式罪犯想要的是情爱关系，想要得到顺从，"唐纳德解释道，"他们想要感受到他们所做的善超过了犯罪。比较典型的就是那种和站街的孩子发生关系的性侵者。'我在解救这些孩子，我的所作所为都是出于爱和关怀，比他们干的活儿高尚多了。'这就是他们的推脱之词。"

一个听起来让人震惊的消息是，被收监的性犯罪者中有百分之三十的人对指控矢口否认。他们相信自己是无辜的，或者认为他们所做的事不应该被视为犯罪。许多人谈到恋爱，好像这可以减轻罪责。

当录像结束后，唐纳德和我聊了一会儿。我问他，在给恋童癖分类的时候，是否审视过在儿童托管机构工作的罪犯的具体特征，在那些地方暴力非常常见。那些获准"为了孩子好"而鞭笞孩子的校长们，他们招募的员工会不会本身就是恋童癖？我告诉他，我收到的信件里有许多人讲到老师，这些老师显然从鞭笞行为中获得了性满足。他们似乎跨越了恋童癖类型的界限——既偏爱，又机会主义；而且，最重要的是，他们不寻求受害者的同意，这与大部分的恋童癖不同——包括我刚刚看到的牧师。唐纳德同意，这项研究看起来留有空白——机构中获得特许的施虐者。

这并非唯一的空白。我来找唐纳德是因为我们都看到的问题：在封闭的圈子中——从金科拉男孩之家*到我收到的信件里涉及的私立学校——工作的虐童者犯下罪行的证据。专门研究虐待儿童的犯罪学教授西蒙·哈克特（Simon Hackett）在和我交谈时提出"招募问题"。二十世纪九十年代，他作为一名社工在调查北威尔士儿童之家的丑闻时第一次接触到了这个问题。这是封闭的或孤立的机构的一个特点：一名占据主导地位的男性进入了一家封闭的机构，并很快招募了其他恋童癖。"问题是，这些人一般都是年轻人，没有任何前科。他们在被捕后接受采访时会告诉你：'我有女朋友，我是个正常人，我这辈子从来没有这样看待孩子；但

---

* 译者注：金科拉男孩之家是位于贝尔法斯特的一家为15岁—18岁的男孩提供居所的机构，1980年爆出有组织的性侵丑闻。

他是如此强大,你没办法说不。他创造了一些令人感到刺激的东西,组织了一个帮派,制造了一个我们可以分享的秘密。'"这位男性首领组织团队策略的关键不仅仅是找到安全可靠并能俘获孩童的同事,而是招募和启动环节本身就是令他兴奋的部分。可正如柯丝蒂·赫德森证实的那样,针对机构中儿童性虐待的学术研究非常之少,而且现在的研究都是针对个体的,没有探究群体犯罪的。尽管公众对恋童癖团伙感到恐慌,但人们的共识是,除了分享色情作品之外,这样的圈子非常罕见。

在为和唐纳德的后续谈话设计问题时,我意识到自己有点儿走火入魔了。警示信号是——胸腔的下部隆起,觉得一阵恶心。这不是研究,我正忙着给施虐者分门别类——就像一位收藏家试图将林奈的命名法*应用于一批新的外来昆虫一样,唐纳德·芬勒特、斯蒂芬·斯莫尔本(Stephen Smallbone)、柯丝蒂·赫德森、西蒙·哈克特,以及所有其他研究人员和医生,他们有充足的理由去这样做,因为他们在寻找有效的治疗方法和更好的保护儿童的措施,他们需要了解犯罪者的类型;但我这么做只是因为我最终需要为自己的立场找到一个理由,就像所有的受害者、那些沉迷于为审判收集证据的幸存者,以及要求法律赔偿和公众调查的活动家一样。

---

* 译者注:即林奈双名法,是生物种类的一种命名规则。按照这一方法,每个物种的名字都分为两个部分:属名加上种名。

对真相的挖掘可能会让人发狂。在我众多的通信者和受访者中，很容易发现患有自闭症的受害者。在收集罪证、了解情况的冲动之下，我也需要尽量避免去修复遭受的伤害；但这也许是难以避免的，调查工作又显然需要专注力。可这么干有成效吗？我已经知道、阅读了许许多多幸存者的痛苦经历，他们在法庭上崩溃，或者因寻求复仇或道歉无果而变得歇斯底里。虐待孩童是一个故事，被以文件盒、卡片索引和搜索引擎的通宵狂欢来讲述。继续向前，继续向前，我的脑海里播放着这首歌曲。

因此，为了结束这次挖掘行动，我开始给最近被判在寄宿学校虐待儿童的男子写信。写信的对象有的是，一家机构的另一起历史性虐待案件每周都会从我的谷歌新闻通告里弹出来两三次。我的大部分信件寄给了沃顿皇家监狱，这是北安普敦郡的一座监狱，自1990年以来一直关押着低风险的性犯罪者。至于其他已被释放或被判缓刑的人（对年长的人来说并不少见），我通过互联网搜索到所有可能的家庭地址，写信联系他们。这是一次需要耐心的钓鱼行动。

其中一封信收到了回应。在萨里郡一家报纸的一篇法庭报道中，我看到了一名连环施虐者，这名男子之前曾三次入狱，都是因为侵犯儿童的罪行，其中包括对一名十岁男孩实施性侵和"媒体犯罪"——这是检察官的说法——即拥有、制作或传播非法图像。在最近的一起案件中，他因二十世纪七十年代和八十年代在一所寄宿学校所犯的多项罪名被拘留。我从几名以前的学生那里听说过这个学校，那是一个不太太平的地方。这名男子现年七十多岁,已被判处缓刑。令检方律师和警方大为不满的是,法官的结论是,服刑时间过长可能会不利于他作为一名改过自新的性犯罪者"进步"。

43. 莫瑞斯

这位我称之为莫瑞斯的男子在收到我的信当天就给我回了电子邮件。他说他很"荣幸"收到来信。事实上，他正在写自己在寄宿学校的经历，希望有一天能出版。

我多年来一直对这个课题很感兴趣。我自己也当了二十年的校长，现在退休了，自然有充分的理由从多个角度来探讨这个问题。就像许多上寄宿学校的男孩一样，无论是在预备学校还是在公学，我不仅与其他男孩发生过关系，还与许多老师发生过关系，因此我认为这是一个非常重要的话题。

我给他打了电话，我们约定下周在约克郡的一个海滨小镇见面。莫瑞斯说他要给我做午饭，他听起来很兴奋，但事情没有这么顺利。他临阵退缩了。他改了会面地点，然后将会面无限期地推迟了。他说他把我关于寄宿学校经历的一些新闻稿寄给了关系亲密的朋友，他们建议他不要信任我。这些朋友中有一位是王室律师，认为我对自己的经历怀恨在心，寻求报复，显然也从中获利。他们说，也许我很愤愤不平，因为我显然从优质的教育中受益，而如今却负担不起让自己的孩子接受同样的教育。更重要的是，我那些关于寄宿学校的文章"轻率""忘恩负义"。在其他电子邮件中，他表现得更亲切些：在一封邮件里，他说他不想告诉我他在寄宿学校的经历，因为他认为我可能会觉得这一切太痛苦了。

我很同情他，理解他的犹豫。即使你不是一个愤世嫉俗的人也会明白，对一个被判有罪的儿童性骚扰犯来说，从任何记者那里获得公平听证的机会都是有限的：他们几乎没有机会在报纸上看到他们想要的报道。众所周知，记者们尽可痛骂那些被判有罪的猥亵儿童者，他们对记者的威胁性不比死掉的人大。此外，作为一个在社区中隐姓埋名的连环虐童罪犯，让他担惊受怕的东西已经够多了，特别对一个七十四岁身体欠佳的老人来说尤其如此。在不留情面的现代英国，在一个公众对儿童安全歇斯底里重视的时代，莫瑞斯的社会地位肯定低于毒贩，或许更接近时不时冒出来的退休纳粹集中营看守。莫瑞斯要么是愚蠢，要么就是没有意识到这一点，才会抱着轻松的心态接受记者的访谈，特别是像我这样的记者，一个自称在学校饱受虐待的幸存者。

最后莫瑞斯表达了许多疑虑后，告诉我他认为我是真诚的，他放弃听从朋友的意见。事实上，他说跟我交谈也许会给他的文学创作帮上点忙，其中包括他的自传和一部写给孩子的长篇幻想作品。因此，在一个下午，我们做了一番长谈，或者说，在令人疲倦的三个半小时里，我在电话里倾听他吐露一切。我们彼此开诚布公；他的语气很平淡，没什么情绪起伏，有时甚至带着法律条文般的刻板冷漠。

"根据我自己的经验,从所谓性虐待的角度来说,我是在八岁时开始过上这种生活的。不是跟男人一起,我得补充一句,是跟大男孩们在一起。刚过九岁生日,我就跟一个男人,一个学校老师,有些纠缠不清——我想这可以被叫作轻度性虐待吧,不过是爱抚之类的东西。他会叫我去上额外的阅读课,然后他的手会滑进我的裤子……我觉得很愉快,完全没有反抗过。我觉得自己是最被他认可的学生。

"我在童子军中也有过类似的经历。在童子军……但之后我十岁时,祖父在罗汉普顿找到了一所规定期限的寄宿学校,这是个非常封闭的地方。学校里只有四十个男孩。两栋建筑由一条长长的走廊连接在一起,一边住大男孩,另一边住小男孩。隔壁住着一个非常富有的德国人,他是一名写色情文学的作家,专门写男孩子。他会让我们用他的游泳池。当然,那时候大家都是裸泳,所以我在十一岁的时候就和他有染了……

"在成为这所学校的寄宿生后不久,我交了一个朋友,叫杰克。我刚到学校不过几周。他把我介绍给那里的一个老师,这个老师教我们法语,负责学校的邮票俱乐部,还组建了一个唱诗班。巧合的是,这一点我和他(成年后工作的第一所学校)的情况非常相似……他有个极为巧妙的计划,让某些男孩沉迷于他的癖好,那就是在晚上我们上床睡觉的时候,他会进来确认我们是否足够暖和,这需要他把手放在被子和毯子下面。我们穿着睡衣,传统睡衣是用绳子系着的,他会把手伸进毯子,放在我们身体上,然后如果没有遭到反对,他会把手滑到我们的睡衣上衣里，放在我们的胸口和肚子裸露的皮肤上；同样，如果我们没有加以阻止，他就认为我们顺从于他了。这种事几乎每天晚上都会发生。"

莫瑞斯不疾不徐地讲述着他的故事，每句话都经过深思熟虑，好像在往墙上一块一块地砌砖头。他说话的方式缓慢而平淡，带有中部地区的口音，偶尔流露出老式的时髦气息。我很难插得上话。他所说的并不是什么新东西，这可能是最常见的寄宿学校虐待事件：深受学生信赖的老师像父母那样对孩子说晚安，把手滑进被子里，摸索着试探孩子的反应。成人告诉我这很可怕、怪异、令人难堪，有的人说他躺在床上一动不动，假装什么也没发生；有的甚至说自己像灵魂出窍般离开了身体，从空中俯视着一切。少数人说，他们觉得这令人兴奋、有趣。当然，羞愧和困惑也随之而来："如果这是令人愉快的，我怎么能称之为虐待呢？"莫瑞斯表示，他并不感到困惑。

我说，你那时才十岁。当这一切发生的时候你有什么感觉？

"我爱死它了。我知道这听起来很愚蠢……但我就是很喜欢。我要非常坦率地告诉你，在我的整个童年时期，我找不出哪怕一次不愉快的经历。"他停顿了一下，"除了一次，我十一岁的时候，在罗汉普顿公地（Roehampton Common）被三个比我大很多的男孩强奸了……"太可怕了，我说，真不幸。"是的，这是一次痛苦的经历……"他的声音仍然很平淡，"我从小就有过很多性经历，但是……都是男孩间干的事。刚开始是'我给你看看我的,你也给我看看你的'之类的。更糟糕的是,我不认识那些男孩,我以前从未见过他们。"

他继续讲这故事,可怕又沉闷。它的细节是可信的,尽管莫瑞斯的一些观点让人目瞪口呆,但之后的一些事使故事没那么耸人听闻。莫瑞斯和一个十几岁的男妓交上了朋友,后者保护了他,把强奸犯揍了一顿;学校隔壁的那个色情作家给几个小男孩拍了照片;那位喜欢在被子里对孩子们上下其手的法语老师把莫瑞斯带到书房,想对他做自己和杰克在这里干的事。

你觉得你是被胁迫的吗?你觉得你认同这些成年人的性侵吗?

"不是认同,也许应该说同意。"

我不确定两者有什么区别——他是说有人给他好处了,就像基恩先生在学校里对我做的那样?

"没有人给我什么好处。"

当他停下来时,我说,你告诉我你是个不受欢迎的孩子,不受你母亲待见(莫瑞斯告诉我她是个"假正经",讨厌他小时候赤裸的身体——更喜欢他的妹妹)。"有人会说,你会喜欢老师这样关注你,因为你渴望身体上的温暖和抚慰?"

他对此表示同意;"那是肯定的,你不是第一个这样说的人。每个孩子都有爱和情感的需求。当父母不能给予孩子爱和情感的时候,孩子就会求助于那些能够这样做的人;所以我非常爱我的祖父母,特别是我的祖父。如果一个男人、一位校长或者是童子军的队长,对孩子表现得友好、亲切和热心，那么孩子自然而然就会被吸引。"

我不禁想起了约翰·皮尔在回忆录中所讲的故事。在什鲁斯伯里公学有一位孤独的十三岁男孩，学校里只有几位级长对他友善，会出手相助，但代价是他要和他们上床。

这就是为什么人们对过早寄宿有所顾虑，我说道，这会让孩子们容易受到成年人的伤害。"是的，"他说，"当然是这样。我的朋友杰克从来没提到过他父母。他和叔叔婶婶住在一起，每个学期都寄宿。从八岁起他就和名叫格里的法语老师交往了。他是个俊俏的男孩，老师很喜欢他，给他任何东西……"

什么东西？我问。爱？安全感？

不是。"邮票。"莫瑞斯说，"格里是集邮俱乐部的指导老师。他会给他偏爱的男孩一些相当罕见的邮票。实际上，我的邮票收藏随着年龄的增长也增加了，我在那里待了三年，拿到了自己的第一枚'黑便士'*。"

洗完澡后，莫瑞斯会穿着睡衣去格里的书房，在那里挑几张邮票。"他会解开睡衣，然后，接下来的事你知道的。那很好。我每次走都带着奖赏，可能是一张罕见的邮票，或者两三张更常见的邮票。杰克也一样。"他停顿了一下，"直到我十一岁零四个月大时，他才鸡奸了我。我知道他和杰克做过很多次，因为杰克告诉了我。"

---

* 译者注：黑便士是英国 1840 年首次发行的一便士邮票，是世界上第一枚可粘贴在信封上的邮票。

学校里满是恋童癖。格里还和其他两名男孩交往，另外有两名老师也这样。副校长喜欢用拖鞋抽男孩们的光屁股教训他们——用的力气很小，打得一点不疼，之后他会轻拍刚抽打的部位以示关爱。然后还有个园丁，他喜欢男孩们，喜欢看他们光着身子在游泳池里游泳。管理宿舍的高年级男孩会把年幼男孩叫到自己的床上（"不过是男孩们耍耍威风"），但是，莫瑞斯坚持认为，这之中从来没有胁迫。他不喜欢其他男人，所以没有和他们发生关系。他在成长过程中遇到的唯一暴力或强迫行为就是发生在罗汉普顿公地的强奸。

因此，校长和格里在二十世纪三十年代创立的这所学校，实际上是为那些想和孩子们上床的男人服务的吗？我问道。莫瑞斯听起来很生气，这还是头一次："那些用非黑即白的方式来看待事物的人是没法理解这个问题的。当孩子需要爱和关怀的时候他会求助于老师，一个好孩子需要这样才能健康地成长；但是，按照某些人的说法，这个孩子会遭到性虐待。"

莫瑞斯坚持认为他所拥有的关系只是一种交换，用性换取父母之爱。格里是个善良、正派的君子，孩子们碰到问题了首先想到的就是他，不管是弄脏了运动服还是偷了零食，他总是可以为孩子们提供帮助。"如果你有任何顾虑，任何问题，都可以找他。我的法语一塌糊涂，但如果你找他，告诉他你没法翻译这个句子，他会说：'别担心，到我的书房来，我们一起解决。'他不会碰我，而我离开时，已经明白怎么翻译这个句子。事实上，亚历克斯，每个人都爱他，没有人说过一句他的坏话。"

如果你今天见到格里,会对他有什么感觉?

"我很想再见到他。我会请他吃饭,好好地闲聊一番,追忆往事,感谢他给我的所有帮助,诸如此类。我对他没有敌意。"

但是他利用职位对你做了不好的事,你不会因此怨恨他吗?

"一点也不。他让我在那里的生活很美好。"

他本来可以不用和你发生关系也做到这一点的。

"他当然可以,但在我看来,这是不可或缺的一部分。他没有伤害我,也没有给我造成任何不适或痛苦。我朋友杰克,当我到学校的时候,他已经和格里保持了两年的关系,他对此很享受,可能就是因为这样,他把我介绍给了格里。"

我想知道杰克后来怎么样了?莫瑞斯也不知情。他的朋友们常常会从他的生活中消失,但他仍然和带人殴打那几个强奸犯的男妓保持着联系。我们又回到他是否对格里感到愤怒这个话题。

"当时,我这样一个幼小的男孩,离开了父母的爱和关怀,没有体面的家庭生活,被一个三岁的妹妹抢走了长辈的所有关注,突然来到了一个地方,在那里有一个人体面地把我置于其保护之下,给我爱和关注,我怎么可能会对此有怨言呢?"

我们停顿了一下。

"但是现在回想起来,"他接着说,"六十年过去了……

你说的很对,他确实利用了我、杰克和其他人。无论如何,诚实地说,他夺走了我的纯真……不,我不能这么说。是的……"他停了下来,声音听起来很苍老。他已经不间断地讲了一个小时。"我是不是受害者有待商榷。当然我自己觉得不是。当我离开学校的时候,我对和他分开感到非常难过。很多年里,我经常想起他。我不知道他后来怎么样了,也许他被人发现,名誉扫地了。"

我稍微引着他说得再深入些。他早年学生时代的记忆都很快乐吗?他在给我的一封信中提到了一些悲伤的往事。"很少,而且时间相隔也久。或者,我应该说,我不记得了,也许我不想记住这些事。

"这一切造成的唯一问题,"他说,语气就好像他提到的是轻度麻疹,"就是我成年后开始教书。我对学生做的就是当年他对我做的。没有插入之类的事,但是事情有它另外的一面。我利用了所处的环境,这显然不应该发生。他们是我的受害者,他们去学校是为了学习,而不是为了被猥亵。他们信任我,而我滥用了这份信任。"他说最后一句话时语气平淡,好像在重复课堂上的一句话。

我敢说,你会对你侵犯过的男孩这么说,但我想,你自己不是这样认为的。他坚定地说:"对,我不这样认为。很奇怪,对吧?"

我说这很有意思。他想了想。

"我在监狱里时要参加一些课程,难免会遇到其他性犯罪者,他们有的是对男孩下手,有的是对女孩下手,有的是对女人，各种类型都有。所有那些侵犯男孩的罪犯，小时候都曾和老师或者男人发生过关系，但是其中没有一个人会说：'啊，真可怕！太糟糕了！'一个都没有。从他们的角度来说，他们觉得这是有益的，对他们有好处，他们觉得很愉快。没有负面的看法，都是肯定的。他们是不是有隐瞒真实的想法，隐瞒悲伤，我不知道；但是他们都说，他们犯罪的一个原因是，用他们自己的话来说，他们也曾被这么对待过，他们很享受这个过程。我也一样，因此，我认为其他男孩也同样会喜欢。

"现在我知道，事情并不总是这样，有的人小时候被侵犯时，对每分每秒都恨之入骨，但是他们太害怕了，什么也做不了。孩子们无法表达他们的感受，不能跟人说有个男人碰了他，这在我看来实在是太可怕了。"

我告诉他，有不少人给我写信，跟我说成年人对他们做的那些事并没有对他们造成伤害，但是我认为，这些信暗示了非常重要的一点：时间让他们与发生的一切达成了和解，他们已经把往事接受为生活的一部分。这不是健康的反应，这只是在一个没有安全感、没有能信任的成人和值得依靠的爱的环境中，唯一可行的无奈之举。他们背负着创伤：很多人曾在那种被记忆玷污的生活里苟延残喘，但莫瑞斯没有体会到这些。

"我只遇到过一个男人因预备学校发生的事而深受其害（他说了一个有名的天主教名字），那是因为那次侵犯是暴力的，他是被强迫的。"

343

1955年，十三岁的莫瑞斯离开了罗汉普顿的预备学校。距他"名誉扫地"尚有二十年的时光。他的父亲在监狱里（因犯销赃罪），于是他去了祖父母那里，和他们生活在一起。他在公学入学考试中失利，因此在之后的两年里，家人给他雇了一个私人教师。这个教师是"邻村一个非常好的人"。他和莫瑞斯保持关系直到莫瑞斯十八岁，没人对此感到奇怪。

他的祖父是一名英国军队的少将，对莫瑞斯的事有所了解：年轻的莫瑞斯曾告诉他，童子军领队阿克拉对他动手动脚。他的祖父什么也没做——"这不是鸡奸，算不上什么，没什么大不了的"。他向孙子解释了"希腊爱情"，后来又告诉孙子，他在公学时也与年龄更大的男孩有过暧昧。"十七岁的男孩跳到漂亮的十三岁男孩身上，这种事很正常。"他说。莫瑞斯从他的话中得到了安慰。

他真的认为这是普遍状况吗？哦，是的，他是这么对我说的。他见过这种事，做过研究，和很多人谈过。在所有的学校里，男孩之间、成人和男孩之间发生关系很普遍。一个十岁的孩子为了零食把自己出卖给十三岁的孩子，老师们有一长串的"宠儿"，这种事"是传统"。

莫瑞斯接着去了牛津郡的一所小型公学，后来去了牛津大学，在那里他获得了一个英语的学位。他知道自己是同性恋（他不喜欢"基佬"这个称呼）；但他说，除了和一个学生有染以外，他二十多岁的时候没有性经历。他想成为一名室内设计师，但不知道从何入手，只好靠给孩子们做家教为生。

"那会儿,我对性没有兴趣,我过得很好,什么事都没有。"这种情况持续到1974年,三十二岁的莫瑞斯在沃金附近一所名校找到了一份工作。他说,在那之前,他从未考虑过和孩子发生关系,但是在这所现在已经关闭的学校里,成年人与孩子发生关系很普遍,就像在罗汉普顿的预备学校里一样。

他说:"这让我回想起了童年,重新点燃了我对男孩的热情。我一到那儿,要接替的是一个二十出头的年轻人,我从他手上接过了教授英语、《圣经》、拉丁语和历史等课程的工作。他被要求离开,因为他与一个长相迷人的十一岁男孩的暧昧关系曝光了。我是从那个男孩那里知道这件事的,虽然我们只是朋友,(这个男孩和那名年轻老师)一直交往。这名老师去了莱瑟黑德郊外的另一所预备学校教书,后来他又因同样的原因被踢出学校,接着他又找到了一份工作,去了另一所预备学校,没有人问任何问题。就在我来之前,学校的另一位老师也有过同样的经历。没有人对学生父母吐露一个字。当我在那里的时候,我们有一个老师,他住在学校,有一个自己的房间,他会在房间里招待男孩们。当男孩来看他的时候,他会一丝不挂地在那里抽烟。他被解雇了,但不是因为这个,而是因为他给了一个男孩一支烟。

"当我到学校去的时候,校长没有问任何问题。对我的生活、经历和背景,学校没有做任何调查。我只在那里待了几个月就得知,从战前就一直在那里的副校长会把他喜欢的男孩叫到书房去。孩子们都在谈论这件事,我知道,因为我有自己的眼线。孩子们信任我,他们知道我是个通情达理的聪明人，不会泄密。他们告诉了我一些不应该让老师知道的事情——哪些男孩在进行秘密活动，和谁在一起。可我有什么资格告发别人呢？男孩们都很高兴。"

莫瑞斯的声音提高了。让他感到愤怒的是，对于一个对儿童怀有邪念的人来说，做成这件事是如此简单。"这太容易了。对于任何人来说，无论是汤姆、迪克，还是哈里，在一所男校找到一份工作，寄宿，根本不需要回答任何问题，简直不可思议。你不需要推荐信。直到过一段时间后，当他的那点嗜好突然显露出来时，他才会卷铺盖走人。仅此而已，一走了之！显然，校长担心这件事会泄露出去，担心父母会把他们的孩子带走，因此他会为雇员离职找个借口——诸如这个老师家里有人去世之类的。父母们也不想知道真相，他们的鸵鸟综合征从没治好过。"

所以，你觉得你也可以在学校为所欲为？

"多多少少吧。我认为男孩们喜欢我，就跟我喜欢他们一样。我尽己所能给他们关爱，以适当的方式——抛开事情的另一面不讲。我真的爱他们，他们也爱我。我就像个叔叔。有一天，一个男孩走过来对我说，'先生，我希望您是我的父亲'。我永远也忘不了那一天。"

除了承担教学大纲一半的教学任务外，莫瑞斯还参加了学校露营旅行，并教授艺术、摄影和体育。有一次他收到警告，不要过于照顾孩子们的身体，不要把他们背在肩上。

"他们太喜欢你了，我甚至不敢拍拍他们的头。"校长曾不无遗憾地告诉他。

"当然，另一方面，我也在不断地侵犯他们。怎么做到的！太奇怪了！如果有人来问我，我会说，我一点都不知道！不知道！"莫瑞斯笑了。

他会把选中的男孩带到他在学校阁楼上建造的一个小房间内——法庭称之为"密室"。在那里，他会给他们喝苹果酒，为他们拍照，"让事情自然地发生，但没有鸡奸"。在他到达学校三十七年后，他最终因这些罪行受审，指控包括抚摸男孩的下体。目击者说，他发起了性行为，并让他们做出回应。莫瑞斯不肯告诉我他和多少男孩有过关系，但其中一名男子说，交欢和苹果酒会每周都会进行，正是这名男子提供的证据把莫瑞斯带上了法庭。

他为什么会做这样的事，对此他自己是怎么想的？

"从那以后的好几年里，我参加了一些课程，见了心理医生，在朋友和其他专业人士的帮助下，我现在明白了自己为什么会做这样的事。当我还是个男孩的时候，我从这种事情中看到的是积极的一面，我希望以某种方式延续这种关系，让其他男孩也享受这种关系。但是你这样想是不是太天真了？我太天真了！"学校里的男生同意了吗？至少口头上没有，"我总是相当确定，我想要和他们建立这种关系时，他们的意愿不会为我的意志所左右，而且他们中没有一个人对此不满意。事实上，情况恰恰相反。"

长期以来内向、孤独的莫瑞斯，终于在学校大放异彩。他是一个开跑车的炫酷年轻教师，交游广阔，深得学校家长的喜爱。他是一名活跃的年轻保守党人，参加各种会议，还见过玛格丽特·撒切尔（Margaret Thatcher）。他与其他喜欢男孩的男人交往，见面吃饭，交换儿童的照片和视频。在其中一次聚会上，他遇到了一位小有名气的BBC人士和两位伊顿公学的老师，其中一位是我的舍监雷夫·佩恩（Raef Payne）。（佩恩当时在学校里就已经公开"出柜"了。）莫瑞斯没有出柜，但他如同生活在田园诗里般，在工作中获得了满足感，无论是在社会意义上还是在生理方面。

随着我们的谈话进入到第三个小时，他越来越自相矛盾：性行为是错误的，但也是无害的。我们的谈话结束之后，他给我发了一封电子邮件来谈自己"另外的想法"。这是一封东拉西扯的信，透露了学校里的交往有多泛滥。他讲述在一次露营旅行中，目睹了一个十三岁的孩子和四个十岁的孩子在采摘工的小屋里互相打闹的情景——当时他认为那没有丝毫害处。"我不认为那里发生的事情对孩子们有任何真正的危险，因为他们从来没有表露出明显的恐惧、不安、情绪失控或不开心，至少我看不出来。"

他一次又一次地告诉我，这些孩子是如何被"剥夺"正常的家庭生活和爱的。他认为学校默许这种关系是因为他们知道孩子们有必须满足的情感需求。考虑到这一点，他和其他人的所作所为是没有问题的，但也不能毫无限制。强迫性的关系和进入身体是不对的；手淫可以。

就像大多数处于社会边缘的普通七十四岁老人一样，莫瑞斯对很多事情都很生气，他认为政客、心理学家、记者、社会工作者、警察都是无能、不诚实且"邪恶"的。

莫瑞斯在沃金学校的快乐时光在1984年戛然而止。他从神坛跌落了下来。"当时我和一个十一岁的男孩非常亲近。我们彼此相爱，可以这么说。不管人们怎么认为，小男孩和其他人一样有能力去爱，但是……"我听说，这时一些关于性教育的课程起作用了，"这是一种错误的影响，他是个男孩，而我是个男人。他理解不了也处理不来这种情况。"

但是，我说，根据法律定义，孩子是无法同意与成年人发生关系的。

他承认在经过康复治疗后他认识到了这一点。当时，他相信孩子们已经"默许"了——就像他小时候一样。甚至不止"默许"："当我还是个孩子的时候，我会鼓励他们这样做，这些年来我遇到的很多男孩也都这样。"

随之而来的事情重演了莫瑞斯和他的朋友杰克在十一岁时发生的一切。情人带着他的朋友一起来，这孩子年纪更小些儿。莫瑞斯"摸"了这个男孩。然后灾难降临了：另一个老师打了这个孩子。当他下一次回家时，他把这件事告诉了父母，并补充说，"噢，还有，（莫瑞斯）先生碰了我的小鸡鸡"。

男孩的家长提出了抗议。莫瑞斯被要求立即离开。"那是我的世界末日。"校长和他的副手深感遗憾，他们主动提供帮助。圣诞节时校长给他寄来一张正面有一只白鸽的卡片。莫瑞斯找到了另一份教书的工作。

十八年后，莫瑞斯透露说，一位他在学校"最亲密的朋友"——按他的说法——也是他的学生，因为"不满足所得"而向公众披露了内情。他向警方发表了一份声明，指控莫瑞斯性侵，但调查不了了之。又过了八年，在2010年，同一名前学生和另外两名学生提出了进一步的指控。莫瑞斯受审，并被判十二项性侵罪以及与儿童发生性关系罪名成立。"谢天谢地，法官很聪明。"莫瑞斯说，"他说，考虑到你修过课程，而且认罪了，你以前也进过监狱，我判你入狱十八个月，缓刑两年执行。"根据法庭的报告，法官说宣判前的报告对莫瑞斯"异常有利"，称莫瑞斯是一个"改过自新的人，风险很低"。事实上，莫瑞斯曾两次被判十八个月的刑期，但都没有进监狱。

记录显示，在失去沃金学校的工作后，他曾被起诉了四次，两度入狱，总共服刑六年。1988年，他因侵犯一名男孩并拍照而遭起诉，在监狱服刑两年。然后在1994年，他执教的一名十岁的孩子遭到侵犯，他因此被判处十年监禁，并服刑四年。下一次起诉是在2003年，罪名是拥有儿童色情DVD。为此，作为缓刑刑期的一部分，他参加了一个改造性犯罪者的项目。这不是他第一次参加这类项目，但之前的一次是由监狱官员和"愚蠢的女学生开办的，她们刚刚离开大学，拿到心理学学位……这完全是在浪费时间"。这一次项目做得很好，帮助他在孩子们是否可以真诚地表示同意的问题上，"打破了我认知上长久以来的顽固障碍"。这个课程让他更开心了吗？"哦，是的，当然，"他肯定地说，"我心安了。"

我问他，他今天会怎样用他的知识来更好地保护儿童。他坚定地说："我们需要有常识的人到学校去，向孩子们解释说，有些人叫作恋童癖，他们很危险……告诉他们，如果有人缠着他们，有人盯着他们看，就通知其他人。必须告诉他们，让一个男人碰他们，会毁掉他们的余生。不能指望孩子们理解这一点。"这一切听起来很有道理。NSPCC 会同意，要让孩子们大声说出来，需要的不仅仅是鼓励。

我说："所以你现在必须接受这一点，你的生活被那些侵犯你的男人毁了。""不，我永远不能这么说。我没被怎么伤害，我没有受到任何伤害。人们需要理解，有一些人像我一样遭受了这些事情，嗯，听着，我不仅克服了它，而且已经按本来面目接受了它。我情不自禁地想，这是咬紧牙关的坚定原则最纯粹的表达，在逆境中胜出。"

那天晚上，我梦见自己身处我们当地的购物中心，站在上层的走廊里，靠着栏杆，看着下面的人群。由于某种原因，我穿着睡衣，但没有穿睡裤；当我意识到这一点时，我发现一名保安正目瞪口呆地盯着我。他能看到我的下体，他开始大喊大叫起来。接下来，我飞奔穿过商场的走廊，在拐角处滑倒，撞到墙被弹开了，仍然半裸着，身后有一群穿着白色贝壳套装的男孩在追赶：他们想杀了我这个恋童癖。他们在拉我的袖子，我尽己所能大声呼救。我醒来，满头大汗，还在大喊大叫。我的妻子半睡半醒，伸出一只胳膊告诉我，没事了，别怕。

第八章

公学出品

44. 余波

他们一再告诉我们,在伊顿他们什么也没有教给我们。这可能是真的。我觉得这点他们教得很好。

1916年,赫伯特·普卢默将军(General Herbert Plumer)在伊顿公学老校友晚宴上发表的讲话

从二十世纪四十年代末开始,每年有10,000到16,000名男女学生从寄宿学校毕业,直到二十世纪八十年代,寄宿学校的声望开始下降。今天在世的英国人中可能有大约一百万人有过寄宿经历。自2000年至今,寄宿人数一直稳定在七万左右,从二十世纪六十年代可能达到的155,000人的峰值起,逐年下降。即使是现在,送孩子去寄宿学校的父母中超过一半自己也接受过同样的教育。

对于富裕的英国父母和越来越多的外国父母来说,这个系统是有效的:它一直为学生提供大学入学资格、就业机会和有影响力的人脉。针对社会实权阶层——法官、政客、高级军官、银行董事、记者——的受教育程度的统计数据显示,私立学校一如既往地为这些职位输出人才。对于破碎的家庭、单亲父母、事业至上者,或者被孩子们的需求和问题压得喘

不过气的人来说，寄宿学校仍然如从前一样是现成的解决方案：为孩子提供社会可接受的住宿服务。今天一处显著的不同在于，按实际价值计算，现在的寄宿费大约是我和我祖父上学时的三倍——许多寄宿公学的住宿费超过30,000英镑。（1974年我去伊顿公学的时候，一年的费用是861英镑，相当于今天的10,300英镑。2017年，该校一年的费用为32,000英镑，不含额外收费。）

因此，在现代史上，寄宿学校的费用第一次超出了英国大部分普通工薪阶层的承受范围。越来越多入学的儿童来自俄罗斯、非洲和中国的新富阶层：外国人在寄宿生中的占比达到了30%。这是一个有品牌意识的客户群。按英国《金融时报》的报道，伊顿公学就是教育界的杜嘉班纳，但这所学校仍保有入学门槛，包括要求学生能熟练掌握英语，这会让一些俄罗斯和亚洲学生望而却步。其他学校则被迫适应环境，开始办英语补习班，并接受外国学生正在成为他们业务主体这一事实。斯多、切特豪斯和威灵顿这些名校都拥有大量留学生。位于悬崖上的罗丁公学曾是"女才子"的乐土，是一家生产身体坚韧、意志坚强的英国女性的工厂，如今里面一半的学生都是外国人。在另一所招收优秀女孩的卡波翰学校（Cobham Hall School），这一比例在低年级学生中为40%，在六年级学生中达到60%。不过，这两所学校的总人数都减少了一半。一些学校不得不承诺减少海外学生的数量，因为如果海外的孩子没有和真正的英国学生打成一片，他们的家长会很不高兴；一家为德国和意大利家长服务的机构只推荐那些能保证至少有80%的纯正英国学生的学校。

在英国,寄宿学校招收外国学童的业务每年能带来近10亿英镑的收入;这门生意是如此有利可图,以至哈罗、雷普顿、马尔伯勒等公学的分校从马来西亚到哈萨克斯坦遍地开花,仅阿联酋就有六所英国公学,精英俱乐部校长大会成员中有五十二名海外成员。正如伊顿公学的校训所说"愿伊顿辉煌",伊顿公学现在确实如日中天。它的竞争对手和那些山寨公学也是如此。

仍然还有成千上万的英国有钱人把孩子送到寄宿学校。他们一直都知道其中的风险。根据维维恩·布伦登对一百名前预备学校学生的调查,三分之一的人认为当时的经历非常不愉快,另有三分之一的人觉得好坏参半。和一般的研究者相比,他们对我更坦诚,因为我也在公学待过。大部分和我交谈过的前寄宿生——除了那些受过性侵的——都赞同其中一个人的话:"大多时候很无聊,有的时候也很有趣,但有些时候绝对是可怕的。"我怀疑,现在大约有60%的人会觉得他们的在校生活总体来说并不是积极正面的。不管统计数据怎么说,寄宿生的经历和普通大众的显著不同,后者中有一半人把自己的学生时代称为一生中最快乐的时光。

当然,很多前寄宿生跟我联系主要是因为学校对他们或者他们爱的人处理不当;但即使是从最糟糕的经历中,前寄宿生们也能得出各种不同的结论。这些人日常里能言善辩、风趣幽默,善于自我批评,他们也很快地对自己的记忆表示怀疑,用讽刺和模棱两可来淡化自己记忆中的痛楚。这群人在学校中学到的都是维多利亚时代的那一套道德和规范,对他们来说赤裸裸地直抒胸臆简直是犯罪。他们把自嘲和机智当伪装,对外人掩盖那些他们羞于展示给别人看的东西,甚至对他们最亲近的人也如此。"不要小题大做"仍然是他们的座右铭,有时这样的故事会令你不胜其烦,让你感到绝望,让你恨不得在结痂的伤口上倒一剂药水,以求和所有那些遮遮掩掩、畏首畏尾做个了断。

十三岁离开预备学校时,我心中只有解脱,就好像刑满释放的犯人。十八岁离开就读的最后一所公学时,我欢天喜地,心里充满欲望和希冀。像很多人那样,我并没有对寄宿生涯予以否定或者排斥,那段经历不管有多糟糕,终究造就了今天的我。我觉得自己是个反叛者,对此我很满意——是学校让我愤怒,使我成为一名斗士,去反抗那些我认为不公正或独断专行的制度。我将走出学校,向我的第一所学校的校长比利·威廉森证明,当年他一再骂我一无是处是大错特错。大量的证据表明,许多来自各种学校的人都有同样的如释重负的感觉。他们的生活曾长期被恶棍和傻瓜束缚、制约,如今他们终于获得了自由。

在接下来二十多年的生活里,我做了一些事情,我后来意识到这些事在前寄宿生当中很常见,而愤愤不平的也不仅仅是那些被赶出校门的人。我是个瘾君子,对兴奋剂和麻醉药上瘾,沉迷于肾上腺素、狂笑以及性行为。我还是一个对爱上瘾的人,这让我很烦恼——我想知道女人想要我,对我死心塌地，但一旦确定了这一点，我又会将她们抛下继续前进。我讨厌自己这种伤害别人的做法，试图对它置之不理。像很多人一样，我在工作中寻求刺激和危险。我成了战地记者。我也受到越来越多抑郁和焦虑的侵扰。我发现自己无法在机构里工作，除非我的老板是个女人——我不能接受男性权威。有时候当女人拒绝了我，我痛到难以忍受，我不明白这是怎么回事。

当我最终遇到自己心爱的女人，并且和她共同孕育了一个孩子时，我终于意识到我必须弄明白是什么让我变成现在的我；也就是在那时，我发现还有其他许多人，有男有女，都被同样的疑问压得喘不过气来。对局外人来说，我们看起来自信、自大、自私，不在乎他人，缺乏同理心。这种典型形象令人悲哀——我们的口音向其他英国人展示着这些性格特征；但是，不管表面闪烁着多么耀眼的光芒，里面藏着的却是一个自我怀疑、困惑的灵魂，一生都囿于他从八岁到十三岁的经历，只能在人生的道路上蹒跚前行。

对于大多数前寄宿生来说，几十年过去之后，他们才开始反思学校里发生的事情。引发这种分析的可能是婚姻问题，或者他们的孩子到了能上寄宿学校的年龄，也可能是职业生涯的挫败：突然之间失去地位，被机构抛弃，这是寄宿学校的学生处理不来的。当人们思考自己或者别人身上的缺陷时，他们就会开始追溯源头。有时反思也来自心理咨询。"寄宿学校综合征"领域的心理治疗师在文章中讨论过，病人会先一再谈论他的焦虑和抑郁，经过一段时间之后，过早离家的问题才会浮出水面。有些人在反思之后会问，他们的——或者他们父母的——情感发展正不正常，接下来发生的事情往往就是家庭关系不睦。一些刚有孩子的年轻父母阅读育儿手册，也许在这个过程中首次了解到健康的依恋关系对一个充满爱心、安全感和情绪稳定的成年人有多重要，因此他们开始质疑自己小时候的依恋关系。

在我听过的故事里还涉及其他的主题。那些清醒意识到发生了什么的人，常能看清自己情感上的缺失。有几封信来自年长的男性，他们读过我的文章，在信中他们首先讲述了自己在生活中取得的物质上的成功，然后反驳我，说当年发生在他们身上的事不能算是性侵——和性没有一点关系，他们只是受到了欺凌，有些不开心而已，但这样的经历让他们更坚强，让他们能更好地应对你死我活的商业世界；接下来就是半心半意地承认，他们对自己的人生感到失望："当然，婚姻上我做得不好——三任妻子，三次离婚，一团糟。现在我意识到，我还是一个人过更好，这有点悲哀。"尼克·达夫尔写道，这种寄宿学校的毕业生"对自己都缺乏同情心"。另一个我认识的治疗师谈到一名六十多岁的前寄宿生，他是个成功的商人，他向医生承认："我不认识自己。"他把自己的这种情感归结为小时候的习惯，那时候他脆弱、焦虑，为了保护自己而幻想出一个"虚假的自我"。要重新发现真正的自我也许要耗费一生的时间。

许多人认为，成年后的孤独是赢得成功所要付出的合理代价。"寄宿学校教会我要自给自足，别抱怨，即使学校给我灌输了一些我不喜欢的性格特点。(就像我们在学校里学到的那些东西——'不要爱任何人,只信任少数人,永远要自食其力'。)"有一个人这样写道。他们的字里行间经常会流露出深沉的贯穿一生的愤怒,但也有些人来信只是为了告诉我他们很好。下面的这封信写得非常坦诚:

到八九岁或者也可能是十岁的时候,我明白了一个道理:这个世界很奇妙,在这里一个人可以凭狡猾和欺骗大杀四方,而且你攻击的对象地位越高,他就越脆弱。这种态度让我在新闻界、法律界和商界立足。不求帮助,也不施舍。

写信来的女士通常不会那么公开地表达愤怒,但她们对损失的评估同样坦率。"我意识到我不再想念别人,"一位十三岁上寄宿学校的女士告诉我,"如果我的孩子不在,或者我的丈夫不在,我完全不会想念他们。我现在意识到,这是我在学校学到的。学校教会了我不要去感受伤害或痛苦——你谁都不需要。"

我想,她没有在寄宿学校的生活中发现任何积极的东西,而对这段经历怀有一种矛盾心态的人非常多。即使是对那些有客观证据表明遭遇很悲惨的人,我发现他们仍然在问,这一切是不是最好的安排。有缺陷的童年可能是最好的童年,这种可以追溯到十八世纪的观念,在今天仍然没有消失。马赛尔·普鲁斯特(Marcel Proust)写道:"快乐有益于身体,但悲伤才能发展心灵的力量。"他的话被添加到了一个主题之中，这个主题在西方思想谱系中已回响了四个世纪之久。

这些学校在其出品的毕业生当中植入了一个致命的疑虑，那就是他们不能够相信自己的判断，他们会认为那些比自己更年长、更优秀的人肯定知道得更清楚。毕竟父母做出把他们送走的决定，就是为了他们的利益和快乐着想。因此，他们认为自己不开心很可能是自己搞错了。要是他们能振作起来，再努力一点呢？或者问题可能出在他们身上。一旦这种怀疑站稳脚跟，一切都将受到怀疑。如果老师把手放在他们的下体上，也许这也是对的。如果你曾受到欺负，那你也可以欺负那些弱小、不招人待见的人，这也是正确的。通常情况下，你从这些遭遇中学到的教训是，那些悲伤和痛苦都是你应得的。事实证明，这种观念一旦树立就很难摆脱。

这种心理会让你产生愧疚感，对你的所作所为感到内疚，而对现在的成年人来说，这很明显是不对的。你愧疚，因为你让父母失望了，他们爱你，为你上学做出了牺牲，你因没能做成的事而感到愧疚。最近，我收到一封感人的信，写信者是我文章的读者，他为在预备学校欺负过我而向我道歉。他小心翼翼地说，我不需要接受他的道歉，甚至不需要回应，但"如果您想要见我，和我面对面谈谈的话，我听候您的差遣"。

我从来没有听说过他，他把我和别人搞混了，但我还是联系了他，感谢他，并向他解释了情况。他告诉了我他的故事，他是如何被欺负的，然后又变成了一个欺凌弱小的人。很明显，是他自己需要得到道歉。你会意识到，罪恶感一直存在着，它会以某种方式不经意间冒出来。

反常的反应非常普遍。以下是一名男子的描述，他讲述了自己在一所管理不善的学校遭受的痛苦，这段经历在某种程度上改变了他的生活。如今，他的愤怒消散在了自我批评中：

我收到了（校刊），在其中一期我读到那位当年犹豫着想要性侵我的老师最近才退休，他教了一辈子的书。我不能肯定自己记对了他的名字，我觉得没记错；我深感内疚，不知道他可能还性侵过多少男孩或女孩。我当年应该说出真相吗？现在太晚了，我想——我的记忆已经不再清晰，无法向警方提供证据了。

另一个常见的主题是寄宿生可能会给他们周围的人带来痛苦，亲友试图去爱他们，而他们却没有能力去接受别人的爱并从中受益。这里有一些非常悲伤的故事，是由轻生者的姐妹、母亲、前配偶讲述的，她们认真分析了亲人自杀与挥霍生命的原因及其带来的影响；被宠爱的男孩和女孩在某个九月的上午离家出走后再也没有回来，至少没谁知道他们回来过。

我的一位同样在伊顿念过书的朋友写道，痛苦具有黏性，它经年累月地附着在许多事情的表面，把事情搞得面目全非。这里有一则故事，以拜访一座古老的预备学校开始，这是一座漂亮的乡下学校，现在因一系列涉及精神和身体虐待的事件而臭名昭著：

以前的死党带我回去过一次，我们参观了一下。当我们来到小宿舍时，我问他是否在那里受到过欺凌或性侵。我这么问的原因是，那时（他当时大约三十五岁）他已经表现出酗酒的迹象，这种迹象后来给我们各自的生活带来了灾难，也破坏了他美丽女儿的生活，他从未见过她。

他否认了这一点，但他确实告诉我，他曾两次逃出学校；一次逃到他母亲居住的小镇，直到被重新抓回去。我记得当他告诉我**他的母亲从未被学校告知他逃走时**，我感到非常震惊。直到今天她还不知道。校长显然斥责了他，并威胁说，如果他泄露了秘密就会受到各种惩罚。我记得我一开始想到的是："他们到底为什么不告诉她——你肯定很不开心"，以及"你母亲就住在几英里外，又不用工作——你当初为什么要去寄宿呢？"。

不管怎么说，当他否认自己受过虐待或欺凌时，我以为他是在撒谎，他可怕的酗酒肯定源于深藏心底的某件不为人知的事。有时他会连着三周狂饮烂醉，直到进了急诊室，我收到急诊室电话后不得不去救他。这对我们两人来说都完全无法忍受。他从来不是一个"社交"饮酒者，每次都是直接对着酒瓶喝，毫无快乐可言，好像他不想活了一样。

现在，在看了你的文章之后，我觉得可能背后没有什么"事件"。寄宿生活造成的伤害是微妙的。缺少安全感和信任，学校对他离家出走的反应粗暴残忍，所有这些以及其他许多小事，一点一滴叠加累积，在他心底留下了永久的印迹。

在参观学校时，他略带神气地告诉我，事实上他并没有真的想家，他只是有些早熟，故意"假装"想家，这样负责他们宿舍的漂亮女孩就会过来，在睡前给他一个额外的拥抱。他那时大约十岁。十岁的他迫切想要一个拥抱，并为此不得不对自己和我撒谎，把这点渴望归结为性早熟。一个人是怎么会想到这些的？一向循规蹈矩的我当时感到吃惊，对他多有苛责。现在，我只想为他痛哭一场。

不管怎样，我们仍然保持着联系，但不再像以前那样亲密了。他没有工作，在过去的六年里，一直依靠残障补贴生活；他成了一个坐在轮椅上的成年酒鬼，偶尔去市中心向行人讨点零钱。

他曾经被人**爱过**，他的女儿爱他，我也深爱着他，但**他无法去爱别人**。他比我见过的任何人都缺乏爱的能力。我现在心里明白了，他在学校的经历需要为此承担部分甚至是全部的责任。

如果我把那些表达无处宣泄的愤怒的信件放到一边——愤怒看起来是对那样的经历相当合理的回应——我会发现其余大部分信件的叙述都多少带有自我怀疑的色彩，写信者渴望从寄宿经历中找到一些有价值的东西。这或许是一种健康的应对方式，但有的时候，当我阅读这些信件时，我会对那个孩子心生怜悯，没有人在乎他真正和正当的需求，更没有人去满足他的这些需求，即使是他身边的成年人也一样。人们一次又一次地想方设法为自己辩护、找借口。父母的所有罪都被赦免了：他们正在离婚，他们身体不适，他们在国外从事重要的工作。你经常会听说一位母亲或父亲去世了，或者两人都去世了，所以最好的解决办法当然是把悲伤的孩子送到寄宿学校去。乔伊·莎弗莱恩写到了一位病人，对他来说，家里无法忍受，学校是避难所。"至少在寄宿学校，你知道惩罚来自哪里。"一位通信者曾经告诉我，虽然他很痛苦，但很明显他必须在六岁时离开家，因为在家里生活是不可能的：他的母亲是个酒鬼，患有抑郁症，经常不起床，也不给他东西吃；再说了，他父亲也上过寄宿学校；然后他停顿了一下，有了一个新的想法："也许我把事情弄混了，可能是因为我离开家她才变得抑郁的。"

曾经的愤怒最后都会以不同的方式消散。一位女士告诉我，她相信六岁时和父母的分离让她更爱他们了："首先，他们不必应付我这个令人讨厌的十来岁的小孩。"所以，基于同样的原则，她也把自己的孩子送去了寄宿学校。一对老夫妇告诉我，他们想念自己子女的童年时期，这让他们很恼火。现在，看着每天去上学的孙子孙女们，他们明白了这个差异。"那时我们为什么会那么做？我们到底在想什么？"

另一名女性告诉我她在学校里受到性虐待，但她的愤怒并不指向老师，而是指向她的父母："我告诉了他们，但他们什么都没做。即使是三十年后的现在，我也觉得无法理解和容忍，尤其是现在我有了自己的孩子。"对于许多人来说，接受父母让他们失望是如此痛苦，所以不如将责任转移到别的方面——学校、文化、政府——来得轻松。

45. 理解

有的人试图在一片废墟中寻找有价值的东西。他们的愿望非常迫切，超出了普通的前寄宿生的那种矛盾心理。按照学校的规定，自我怜悯当然是一种罪，就像不忠一样罪不可赦；所以学校是地狱，但也有欢乐的时刻。许多人在学校找到了朋友，他们在可怕的环境中相互扶持，友谊一直维持到现在；校长反复无常的残暴引发了学生对权威的蔑视，并导致了他们终身对政治充满热情；那时的教育放任又古板，但是拉丁语散文和提供奖学金的学科比现在的孩子们所学的任何一门都要好得多；在学校那种孤单、缺失朋友的现实中形成的独处性格，为一种非凡的生活形态埋下了伏笔，即自足和冒险。"我们将会失去乔治·奥威尔、罗尔德·达尔或者约翰·克利斯（John Cleese）*以及斯蒂芬·弗莱——如果没有他们悲惨的寄宿经历的话。"这是一个非常流行的论调。

另一代人则会指出，罗伯特·塞西尔勋爵在伊顿公学过得很凄惨。在那里他一直受到欺凌，经历了五年煎熬之后终因身体和心理问题而退学。根据他的传记作者安德鲁·罗

---

* 译者注：约翰·克利斯是英国著名演员、制作人，早年是巨蟒剧团的一员。

伯茨的记述，这段经历让他此后一生都生活在抑郁中，坚信"人类的天性"在本质上是邪恶的。直到生命结束，他都宁愿横穿马路也不愿意碰上一个伊顿校友。可是，你看，他照样担任了三届首相，成为索尔兹伯里侯爵。

这些所谓的积极的缺陷也有另一面：面对一个需要用爱和关怀去化解的家庭问题，身有缺陷的丈夫或妻子会计划另一次横穿大西洋的单人航海之旅。一个男人有着这样的习惯：一旦碰到争吵，他就会夺门而出，去把一棵树砍倒。"我们房子周围都没剩下几棵树了！"他的妻子喊道。除了和那些"了解我"的老同学在一起，他无法与任何人一起度过一段快乐轻松的时光。他惧怕向外人坦承遇到的问题和自己的弱点——因此排除了任何寻求帮助，比如进行婚姻咨询的可能。一旦碰到别的深受其害的人攻击这个机构，他必定会挺身而出，奋起捍卫它的声誉，哪怕他自己也对它恨之入骨。"他可以抱怨妈妈，但其他人不行。"一个朋友提到她前男友曾说过这样的话。"妈妈？""我是这样称呼他的学校的。对他来说，学校就是他的妈妈，永远都是。"

在那些经历过最完整的寄宿生活的幸存者当中，乔治·奥威尔可能是最著名的。一个具有讽刺意味的冰冷事实是，那些充分利用了在寄宿学校所受到的压迫的人，他们身上又往往集中体现了受害者的诸多特征。其中之一就是紧迫感，永远无法放松下来（因为魔鬼驱赶空闲的人去工作……），他们总是不停地找事做，找活干。奥威尔很成功，他玩命般地工作，非常高产。然而，他从没认可过自己。在

367

《1984》和《动物农场》大获成功之后,他写道(几个月后,他便因肺结核去世了):

从我的第一本书出版到现在已经有十六年了,从我开始在杂志上发表文章起大约也过了二十一年。在这段时间里,几乎每一天我都觉得自己无所事事,每一天都做不完手头的工作,我的作品数量少得可怜。即使是在那些每天写作十个小时,或者每周完成四到五篇文章的日子里,我也无法摆脱那种神经质般的紧迫感,觉得自己在虚度人生……每次刚写完一本书,在第二天我就变得忧心忡忡,想着下一部作品还没有开始,甚至担心自己已经江郎才尽,再也没有下一部作品了。如果我回过头去看看自己写的作品数量,会发现那还是可观的,但是我没办法安下心来。

奥威尔可能是在通过这种尼克·达夫尔所说的"工作狂时间表"来逃避过去:在这场往往始于痛苦的学生时代的终生危机中,大多数人会想办法保全自身。善于自我反省的成年人会意识到这个习惯及其带来的麻烦,但他们又常对是否能改变自己感到绝望。因此,在二十世纪九十年代,当人们认识到寄宿经历会带来可被认知和治疗的心理症状时——主要是因为有像达夫尔和莎弗莱恩等心理治疗师做的工作——许多人如释重负,就像在海难中套上了救生圈。用达夫尔的话说,寄宿学校的幸存者是一个新的俱乐部,另一个兄弟会,在这里,大家能以一种安全的方式来回顾过往的经历和它带来的后遗症，不会孤身一人，也不会违反公学的规定。它可能带来戏剧性的变化：一名前寄宿生描述说，他在三十岁的时候仍然是一个"沉默寡言的小学生"。在接受了心理治疗之后，他终于能够为父亲的去世哭泣。这个故事唯一积极的一面是，谈论这段经历似乎真的有帮助。

看看二十世纪和二十一世纪那些对公学系统的评论，你可能会得出结论，在大多数人眼中这个系统在很大程度上是一场灾难，对英国和英国势力所触及的世界其他地方来说，都如此。也许百分之九十的评论都是反对公学的，公学系统之外的捍卫者寥寥无几。正如我们看到的，正统的公学产品不太善于表达充满激情的信仰。二十世纪几个相信这一系统的作家，如鲍威尔和沃，固执地把自己的热情伪装成讽刺，以至派不上多大用场。那些持怀疑论调的人或反对者往往小心翼翼，避免说出太直截了当的评判。毕竟，这样做可能会被认为是狂热者，或者是一个乏味的固执己见分子。前寄宿生佩里格林·沃索恩曾是《星期日电讯报》的编辑，也是为数不多的直言不讳的捍卫者。他认为"民主需要精英"，政府应该支持学校，因为学校是生产精英的最好的机构，然而这一论点没有获得多少支持。（不管怎么说，国家通过给学校实行慈善机构的税收优惠，确实给学校提供了支持。）

许多人憎恨他们的学校，但当学校受到没有资格的外人指责时，他们又会挺身捍卫学校的原则。记者乔治·蒙比尔特因对寄宿学校经历的描述而受到批评，他写道："由于私立学校在塑造孩子性格方面效果显著，对很多学生来说，攻击学校就是攻击所有就读过这所学校的人，这时，最卑微的受害者也会变成它最凶猛的捍卫者。我都不记得听过多少次那些情感缺失的人宣称'学校没对我造成任何伤害'。"

对于研究寄宿学校毕业生的心理分析师和治疗师来说，这并不令人费解：这是一个"正常化"的过程，通过这个过程，人们和痛苦经历或创伤性事件的记忆达成和解。他们需要做的是重新编辑这些记忆，让它们的破坏性变小，让自己可以和它们愉快地共处。你是错的，而这个系统是对的，这个结论来得容易，尤其是对那些自信心在这段经历中受到损害的人来说更是如此。反对这个观点要困难得多，这意味着反对一切造就了你的东西，包括你父母的一片苦心。前寄宿生最终的正常化——也是最普遍的正常化——是认定他们的经历不管多么不堪，都是正常的、有用的，因此他们自己的孩子也应该经历同样的过程。（这种解释虽然合乎逻辑，但任何上过寄宿学校的人，都不可能向研究寄宿学校综合征的医生辩护：他们只是在经历正常化的过程。）

正常化的影响之一是他们有时会对那些持不同意见者感到很愤怒，甚至是过度的愤怒。通常当《泰晤士报》或《每日电讯报》刊登批评学校的文章时，这些读者的反应会非常激烈。2015年，《泰晤士报》刊登了一篇对精神分析学家乔伊·莎弗莱恩的精心采访，标题颇为挑衅："寄宿学校会伤害你一辈子吗？"收到的批评大致百分之七十来自学校的支持者，百分之三十来自反对者。后者大部分是相当理性的，前者则多火冒三丈出言不逊。"我说管好你自己的事。把你的共产主义观点留给自己吧。"其中一位说道。他认为莎弗莱恩不仅是"错误的",而且"乖张、搞帮派","不诚实"。其他人提出了"更好"的观点:

这个男人(文章中提到的病人)应该心存感激。如果他没有上过寄宿学校,那他很可能不会混得这么好,也负担不起看心理治疗师的费用。他应该感谢他的幸运星。

"但是一切都改变了,对吗?"紧张的父母和回首往事的前寄宿生问我。答案是否定的:很多事情都变了,但并不是一切都变了。寄宿学校仍然是寄宿学校。

46. 今天

今天，那些运营最佳的现代预备学校会认真对待分离带给孩子的潜在危害。寄宿不再是过去的六周或十二周的刑期，这一点对孩子来说确实意义重大。当一个寄宿生知道只用离家五天，他的感受和一个想着期中假仍然遥遥无期的孩子肯定不同。英国私立学校委员会（ISC）在2016年称，在小学寄宿的4,809名孩子中，略低于一半的人是全日制寄宿——其余的是弹性寄宿或周寄宿。

另一个重要的变化体现在交流上。过去父母们常被告知要远离孩子，现在他们不再那么畏首畏尾了。如果有需要的话，孩子们可以很容易地通过电话或脸书和家人联系；但也有一些人仍然"抛弃"他们的孩子，这是一位来自最顶尖学校舍监的用词。他告诉我："有时候我觉得我们是在为富人照顾孩子。有些父母在滥用我们，他们根本就不应该生孩子。"当然，这样的事情不能对那些需要听这话的人说。

另一个改变的地方是学校雇佣罪犯的数量。正如我们已经看到的，在二十世纪下半叶，数百所学校的招聘条件都宽松得令人难以置信。1989年的"儿童法案"改变了这一切——这都归功于克鲁克汉姆库特学校丑闻的曝光。这所学校被一个臭名昭著的恋童癖买了下来,专为自己和朋友们寻欢作乐提供方便。经过几十年的抵制后,私立学校终于被迫向真正的审查程序敞开大门,并不得不认真对待"儿童保护"这件事。

2004年通过的另一项法案也被引入到寄宿学校,该法案规定了寄宿学校的一些最低标准,以解决心理健康、"快乐"、隐私以及孩子们的权利等问题——我那位老校长非从棺材里爬出来不可。该法案甚至要求允许学生投诉,并规定了他们的床铺必须"干净、舒适、足够暖和"。还有一些关于"限制"的具体规定——这是对发生在那些古老公学中之事的一个严厉回应——以确保级长不滥用他们的职权,并规定"工作人员应积极寻找失踪的寄宿生"。

很显然,这些机构会隐藏、掩盖可能对它们不利的消息。孩子们仍然面临着受到伤害或性侵的风险,因为保守秘密、禁止告状、咬紧牙关的规则仍然大行其道。英国广播公司(BBC)最近提出了一项信息公开的请求,结果显示,2012年至2014年间,英格兰警方接到了5,500起学校性犯罪的报告,包括600起强奸案——其中20%是儿童对儿童的侵犯。如果你相信还有这样的事件没有被报道出来,那么真实的数字至少要高出三倍。

私立学校还存在另一个严重的问题。教育部目前对寄宿学校里学生和成人之间关系的规定模糊不清、存在矛盾。其中有一项规定要求:"任何进入员工宿舍的寄宿者都应受到适当的监管,不应涉及不当的照顾、关爱或者师生之间不当的一对一接触"，但是对如何监管或报告又语焉不详。除了学校的入职培训外，教师或看护者不需要接受任何培训。事实上，保守党的教育部部长们一段时间以来一直在推动一项新举措，使不合格的教师可以入职所有学校：他们已经获准进入了很多学校。

更严重的是，现在私立学校的校长报告性虐待或体罚的责任更轻了，还比不上我上学的时候。就如"马上行动"的创始人考尔迪科特学校的毕业生汤姆·佩里（Tom Perry）所说：

五十年来，保护儿童的基本原则没有改变，因为对推测和已知的虐待行为进行"酌情报告"的失败模式没有改变。同样，不管别人把他们吹得怎样天花乱坠，任何一位校长或官员所做的保证，宣称学校在保护儿童方面"现在已经不同以往了"的说法，都不值得信赖。因为整个模式本身就是不正确的。

一个关键的改变是寄宿学校的经济状况：学费的大幅上涨意味着他们有条件对员工雇佣进行更严格的把关。同时，网络色情（和廉价的国外旅行）为恋童癖提供了新的满足欲望的渠道。互联网还允许学校对未来入职的教师进行更彻底的审查，尽管仍然有漏网之鱼。不过，许多学校依旧奉行掩盖真相的做法，这么做的动机——避免尴尬或者支出费用——依然存在。如果我们想有效地保护身处各种机构中的儿童，不管是在寄宿学校还是足球俱乐部，我们都必须发动、支持一场由各方参与的运动，用法律的形式＊将一些必要的改变确立下来。

围绕着宏伟的学校有一圈碎石，踩上去会传出一种舒适的嘎吱声。你会想，他们把学校藏得更深了。对我这样一个从寄宿学校走出来的男人来说，来到这种地方并不轻松。心率加速。我开始四处看，仔细地听，保持警惕，以求安全。这是一所英国顶尖学府夏季学期的第一天，砾石上挤满了度假归来的 SUV 和出租车，板球场和宽敞的草坪刚刚割过，空气中弥漫着清新的味道。所有这些声音和气味——从男孩的汗水到抛光的地板，或者那些割草机的轰鸣——都会改变记忆。我认识一些人，当他们开车经过他们当年的学校时会惊恐万分。

在中央建筑巨大的橡木门内——是维多利亚时代的房子，但用的是五百年前的建筑风格——树立着一个声名狼藉的虐童者。他戴着闪闪发光的眼镜，穿着一件皱巴巴的花呢西装，显得那么可爱。他的肖像挂在学校光亮的玄关大厅里，里面的陈列室中挂着学校历任校长的肖像，他们比他还要严厉得多——如果你非要从中选择一位来照顾你的孩子，他会是你的选择。他的外表很具欺骗性。他是个酒鬼，还是个恶毒的鞭刑狂：他的许多受害者都确信他从这种行为中获得了性快

＊ 在本书的网页 www.stiffupperlipbook.com 可以找到更多这方面的信息。

感。他至少被一所公学解雇过。许多人的生活因他而扭曲了，这些人现在还健在。这所学校收到警告说不要雇佣他——但他们还是聘请了他。他最终在担任校长期间去世了。今天，尽管学校以前的学生发出过抗议，他的肖像仍然立在门口，向每一位参观者致意。

现在鞭笞已经不复存在，寄宿学校早就改头换面。首先，在学校自选、组织成立的校长大会的成员中，83%的学校夸耀自己拥有内部咨询服务。我来这儿是为了参加一个研讨会，这个会由学校组织，主讲的励志演说家此前是一所寄宿学校的舍监。他今天的演讲题目是"如何培养自信的孩子"。他的名字叫詹姆斯·肖恩（James Shone），他有自己的慈善机构"我行，我是"，他在全国的私立学校巡回演讲，向老师、学生和家长讲授"如何建立自尊"以及其他类似的主题。

你可能会认为这个题目和那些特权阶层的儿童没太大的关系，他们上的可是这个国家最昂贵的学校啊；但不久之后，大部分家长还是进到这座宏伟的新哥特式建筑里，聚集在楼上的房间倾听演讲，他们马上就要再次和自己的孩子告别，让孩子在学校里待上几周或几个月。这是一个我会在肖恩的演讲结束之后提出的问题，我还会谈到这样的事实，即使是HMC自己的统计数据也表明，现在成功的压力比以往任何时候都要大，孩子们正在受罪。会议的研究显示，有三分之二的精英独立学校校长担心他们学生的心理健康状况。自我伤害、饮食失调、抑郁和网络欺凌都越来越令人担忧。"我们怎样才能让自信的金色气球膨胀起来呢？"肖恩问观众。

如今自信面临着一个残酷的威胁，这在我那个时代是不存在的：如果你在一年一度的内部考试中表现不够好，学校有权将你开除。老师们告诉我，这完全是因为学校面临着在考试排行榜上取得好成绩的压力，而这种压力来自如果他们没能取得好成绩，家长们就会把孩子送去其他地方。如果因为表现不佳而被开除，那么肖恩会认为这个青少年的自信心受到了怎样的影响呢？我可以感觉到我的脉搏正在加速，因为我将在精神上对抗我的宿敌，黑板前的老师。

演讲开始了。他给我们播放了一段YouTube上的视频，里面有一群女性在绕着田径跑道奔跑，其中一人绊倒了，但她勇敢地重返赛场。詹姆斯·肖恩说："这故事的意义是，摔倒并不要紧，关键是站起来。"我不得不眯起眼睛才能看清屏幕，因为春天的阳光正透过哥特式的窗户在室内进行着一场激光表演。肖恩还在东拉西扯侃侃而谈。他配不上我酝酿已久的愤怒。这些父母正在欣然接受格言，把它们当金科玉律。我心里一阵难过：在这一年中最可爱的一天，我们在这里做什么？我的儿子和女儿正在附近踢足球。坐在这里的许多人将在未来六周——甚至十二周——内看不到他们的孩子。他们什么时候才能有机会把肖恩的建议应用到后代身上呢？一个小时过去了：我在提问环节前溜了出来，想趁着还有阳光，带我的孩子们去公园玩。

致　谢

非常感谢许多人在我三年的研究和写作过程中给这本书提供的支持、建议和帮助。有些人的名字我不能提起。我特别要感谢贝拉·巴瑟斯特（Bella Bathurst）、彼得拉·克拉姆西（Petra Cramsie）、尼克·达夫尔（Nick Duffell）、罗伯特·达尔林普尔（Robert Dalrymple）、菲利普·伊德（Philip Eade）、乔克·恩科姆（Jock Encombe）、萨曼莎·弗格森（Samantha Fergusson）、比亚·亨明（Bea Hemming）、弗洛伦斯·英格尔比（Florence Ingleby）、露西·朱克斯（Lucy Juckes）、露辛达·麦克尼尔（Lucinda McNeile）、埃德·马里奥特（Ed Marriott）、吉尔·莫尔顿（Gill Moreton）、西蒙·米尔恩（Simon Milne）、卢里德·尼科尔（Ruaridh Nicoll）、安德鲁·诺福克（Andrew Norfolk）、西蒙·帕特里奇（Simon Partridge）、卡罗利娜·萨顿（Karolina Sutton）、弗朗西斯·惠恩（Francis Wheen），以及在《观察家报》与韦登菲尔德和尼科尔森出版社（Weidenfeld & Nicolson）的许多朋友，当然还有我所有可爱的家人，包括齐吉（Ziggy）。

参考文献

依照图书页码顺序整理的更多注解与材料资源可在 stiffupperlipbook.com 网站查询。

我由衷感谢以下图书的作者和出版机构：

Jonathan Gathorne-Hardy, *The Public School Phenomenon*(Hodder & Stoughton 1977 and Faber Finds 2014(e-book)

Jeffrey Richards, *Happiest Days: The Public Schools in English Fiction*(MUP, 1988)

J. R. De S. Honey, *Tom Brown's Universe: The Development of the Public School in the 19th Century* (Millington, 1977)

Vyvyen Brendon, *Prep School Children: A Class Apart over Two Centuries*(Continuum, 2009)

Royston Lambert with Spencer Millham, *The Hothouse Society*(Weidenfeld & Nicolson, 1968). Rights for use of this material are held by Peters, Fraser & Dunlop.

George Orwell, *Collected Essays, Journalism and Letters Vol 4*(Copyright © George Orwell,1970) and 'Such, Such Were the Joys'(Copyright © George Orwell, 1952) are reprinted by permission of Bill Hamilton as the Literary Executor of the Estate of the Late Sonia Brownell Orwell.

引言

The Public Schools from Within: A Collection of Essays on Public School Education mainly by School Masters(Sampson Low, Marston, 1906)

Royston Lambert, *The Chance of a Lifetime*(Weidenfeld & Nicolson, 1975)

Jill E. Korbin(ed), *Child Abuse and Neglect: Cross-cultural Perspectives*(University of California Press, 1981)

第一章 离家

Andrew Birkin, *J. M. Barrie and the Lost Boys*(Yale University Press, 1979)

Auberon Waugh, *Will This Do?*(Arrow Books, 1991)

Rupert Everett, *Red Carpets and other Banana Skins*(Little, Brown, 2006)

Vyvyen Brendon, *Children of the Raj*(Weidenfeld & Nicolson, 2005)

John Chandos, *Boys Together: English Public Schools 1800—1864*(Hutchinson, 1984)

Winston Churchill, *My Early Life*(1930)

Vyvyen Brendon, *Prep School Children*(Continuum, 2009)

J. A. Mangan(ed), *Benefits Bestowed: Education and British Imperialism*,particularly Donald Leinster-McKay's essay on the nineteenth-century prep school, p. 56.

Hugh Montgomery-Massingberd, *Daydream Believer*(Pan Macmillan, 2001)

Desmond FitzGerald, *Many Parts: the Life and Travels of a Soldier, Engineer and Arbitrator in Africa and Beyond*(The Radcliffe Press, 2007)

Christina Hardyment, *Dream Babies*(Harper & Row, 1983)

Ian Gibson, *The English Vice:Beating,Sex and Shame in Victorian England and after*(Duckworth, 1978)

Joy Schaverien, *Boarding School Syndrome: The Psychological Trauma of the 'Privileged Child'*(Routledge, 2015)

Nick Duffell and Thurstine Basset,*Trauma,Abandonment and Privilege*(Routledge, 2016)

Robin Balbernie, 'Foundation years and the UK Government's life strategy', www.pipuk.org.uk

Heledd Hart and Katya Rubia, 'Neuroimaging of child abuse: a critical review', *Front. Hum. Neurosci.*,19 March 2012

William F. Cornell(1988), quoted in William F. Cornell, Anne de Graaf, TrudiNewton, Moniek Thunnissen(eds), *Into TA: A Comprehensive Textbook on Transactional Analysis*(Karnac Books, 2016)

Valerie Sinason, Introduction, V. Sinason(ed), *Memory in Dispute*(Karnac Books, 1998)

第二章 安顿下来

C. S. Lewis, *Surprised by Joy*(1955, HarperCollins edition,2002)

Royston Lambert and Spencer Millham, *The Hothouse Society*(Weidenfeld & Nicolson, 1968)

David Limond, 'From a position of prominence to one of almost total obscurity: Royston James

Lambert and Dartington Hall', *Journal of Historical Biography*, Autumn 2012

Adam Sisman, *John le Carré: the Biography*(Bloomsbury, 2015)

Vyvyen Brendon, *Prep School Children* as previously cited

Roald Dahl, *Boy: Tales of Childhood*(Random House, 2012)

Victor Lytton, *The Life of Edward Bulwer, First Lord Lytton*(Macmillan, 1913)

Daphne Rae, *A World Apart*(1983)

Selina Hastings, *The Red Earl*(Bloomsbury, 2014)

T. C. Worsley, *Barbarians and Philistines: Democracy and the Public Schools*(Robert Hale, 1940)

Colin Luke(dir), *Forty Minutes:*'The Making of Them'(BBC TV episode, 1994)

Andrew Roberts, *Salisbury: Victorian Titan*(Weidenfeld, 1999)

A. N. Wilson, *The Victorians*(Random House, 2002)

Claudia Nelson, *Invisible Men: Fatherhood in Victorian Periodicals, 1850—1910*(University of Georgia Press, 2010)

Joy Schaverien,*op cit.*

George Orwell,'Such, Such Were the Joys'

Jeremy Lewis, *Cyril Connolly: A Life*(Random House, 2012)

Arthur Marshall, *Whimpering in the Rhododendrons: the Splendours and Miseries of the English Prep School*(Collins, 1982)

Evelyn Waugh, *A Little Learning: the First Volume of an Autobiography*(1964)

Harry Thompson, *Peter Cook: a Biography*(Hachette UK, 2011)

Jeffrey Richards, *Happiest Days: The Public Schools in English Fiction*(MUP, 1988)

Jeremy Lewis, *Cyril Connolly: A Life*(Random House, 2012)

Po Bronson & Ashley Merriman, *Nurture Shock*(Ebury Press, 2009)

Julie Beck,'When Nostalgia was a Disease', *The Atlantic*, August 2013

第三章 在公学长大

J. R. De S. Honey, *Tom Brown's Universe: The Development of the Public School in the 19th Century* (Millington, 1977)

Kathryn Tidrick, *Empire and the English Character*(I. B. Tauris, 1992)

A. N. Wilson, op. cit.

Derek Gillard, *Education in England*(2011),www.educationengland.org.uk

T. C. Worsley, op. cit.

Alice Renton, *Tyrant or Victim? A History of the British Governess*(Weidenfeld & Nicolson, 1991)

Leonard Woolf, *Sowing: an Autobiography of the Years 1880—1904*(Hogarth Press, 1960)

Mark Peel, *The New Meritocracy: A History of UK Independent Schools 1979—2014*(Elliott & Thompson, 2015)

Simon Raven, *The Old School*(Hamish Hamilton, 1986)

David Turner, *The Old Boys-the Decline and Rise of the Public Schools*(2015)

Grahm Greene(ed), *The Old School*(Jonathan Cape, 1934)

Raymond Chapman, *Forms of Speech in Victorian Fiction*(Routledge, 2014)

J. A. Mangan(ed), *Benefits Bestowed: Education and British Imperialism,* particularly Donald Leinster-McKay's essay on the nineteenth-century prep school, p. 56.

John Horne, Alan Tomlinson, Gary Whannel, *Understanding Sport: An Introduction to the Sociological and Cultural Analysis of Sport*(Taylor and Francis,1999)

Karl Heinz Abshagen, *König, Lords und Gentlemen*(Stuttgart,1938;English translation published 1939 by William Heinemann)

John Wakeford, *The Cloistered Elite: A Sociological Analysis of the English Public Boarding School*(Macmillan,1969)

Julian Barnes, *The Sense of an Ending*(Jonathan Cape, 2015)

Erving Goffman, *Asylums*(Anchor Books, DoubleDay 1961)

Stephen Fry, *Moab is My Washpot*(Arrow Books, 2004)

Herbert Asquith, *Moments of Memory*(Hutchinson, 1938)

F. Anstey, *Vice Versa: a Lesson to Fathers*(1882)

Thomas Hughes, *Tom Brown's School Days*(1857)

Claudia Nelson, *Invisible Men: Fatherhood in Victorian Periodicals, 1850—1910*(University of Georgia Press, 2010)

Jeremy Lewis, *Cyril Connolly: A Life*(Random House, 2012)

Evelyn Waugh, op. cit.

Po Bronson & Ashley Merriman, *Nurture Shock*(Ebury Press, 2009)

Julie Beck,'When Nostalgia was a Disease', *The Atlantic,* August 2013

第四章　学校中的暴力惩罚

Ian Gibson, op. cit.

R. Bosworth Smith, *Life of Lord Lawrence*(1883)

Alexander Waugh, *Fathers and Sons*(Hachette, 2016)

Edward Lockwood, *Early Days of Marlborough College*(1893)

Rictor Norton, *Homosexuality in Eighteenth Century England, a source book*, http://rictornorton.co.uk/eighteen/bits.htm

Deborah Lutz, *Pleasure Bound: Victorian Sex Rebels and the New Eroticism*(W. W. Norton, 2011)

Donald Sturrock, 'Roald Dahl's Schooldays', *Daily Telegraph*, 8 August 2010

A. Hay Tod, *Charterhouse*(1900)

Helene Adeline Guerber, *The Story of the Greeks*(1896)

Stephen Spender, *World Within World*(Hamish Hamilton, 1951)

Graham Greene(ed), *The Old School*, op. cit.

Daphne Rae, op. cit.

Ysenda Maxtone Graham, *Terms & Conditions: Life in Girls' Boarding Schools, 1939—1979*(Slightly Foxed, www.foxedquarterly.com, 2016)

Various, *The Assistant Master Speaks*(Kegan Paul, 1938)

Elizabeth T. Gershoff, Andrew Grogan-Kaylor, 'Spanking and Child Outcomes: Old Controversies and New Meta-Analyses', *Journal of Family Psychology*, June 2016.

Alec Waugh, *The Loom of Youth*(1917)

第五章　爱与性

Tim Card, *Eton Renewed: a History from 1860 to the Present Day*(John Murray, 1994)

J. M. Wilson, *Morality in Public Schools and Its Relation to Religion*(Macmillan, 1882)

Y. Maxtone Graham, op. cit.

William Acton, *The Functions and Disorders of the Reproductive Organs in Childhood, Youth, Adult Age, and Advanced Life*(1862)

Florence Tamagne, *A History of Homosexuality in Europe*, Volume I(Algora, 2007)

Cyril Connolly, *Enemies of Promise*(Routledge and Kegan Paul, 1938)

T. C. Worsley, *Flannelled Fool*(Alan Ross,1967); *Barbarians and Philistines: Democracy and the Public Schools*(Robert Hale,1940)

J. A. Hadfield, *Childhood and Adolescence*(Pelican, 1967)

Alisdare Hickson, *The Poisoned Bowl: Sex and the Public School*(Duckworth, 1996)

John Chandos, op. cit.

Dean Farrar, *Eric, or Little by Little*(1858)

A. K. Boyd, *The History of Radley College, 1847—1947*(Blackwell, 1948)

Christopher Hitchens, *Hitch-22: A Memoir*(Atlantic Books, 2011)

John Peel, *Margrave of the Marshes*(Bantam Press, 2005)

Lord Rothschild, *Meditations of a Broomstick*(Collins,1977)

Alec Waugh, *The Loom of Youth*(1917)

第六章　格兰姆斯船长和胡克船长

Evelyn Waugh, *Decline and Fall*(1938), *A Little Learning*

Auberon Waugh,'Suffer the Little Children', *Spectator*, 30 September 1977

Philip Eade, *Evelyn Waugh: A Life Revisited*(Weidenfeld & Nicolson, 2016)

Richard Meinertzhagen, *Diary of a Black Sheep*(Oliver & Boyd, 1964)

Brian Garfield, *The Meinertzhagen Mystery*(Potomac Books,2007)

Nick Duffell, *The Making of Them*(Lone Arrow Press, 2010)

A. W. Richard Sipe, 'Secret sex in the Catholic system', *National Catholic Reporter*, 28 March 2010

David Turner, op. cit.

Colm Tóibín, 'After I am hanged my portrait will be interesting', *London Review of Books*, 31 March 2016

David Hare, *The Blue Touch Paper*(Faber, 2015)

Eileen McGinley and Arturo Varchevker(eds), *Enduring Trauma Through the Life Cycle*(Karnac, 2013)

Matt Cook et al, *A Gay History of Britain*(Greenwood, 2007)

第七章　直面恶魔

J. Brown, 'Preventing child sexual abuse: towards a national strategy ', NSPCC(2015)

第八章　公学出品

Andrew Roberts, *Salisbury: Victorian Titan*(Weidenfeld & Nicolson,1999)

Derek Gillard, op. cit.

Headmasters' and Headmistresses' Conference, 'First data on mental health trends', October 2015;http://www.hmc.org.uk/

京权图字：01-2020-0296

Copyright © ALEX RENTON, 2017
Simplified Chinese translation copyright © 2022 by Foreign Language Teaching and Research Publishing Co., Ltd. All rights reserved.

图书在版编目（CIP）数据

沉默的校园 /（英）亚历克斯·伦顿（Alex Renton）著；何非译. -- 北京：外语教学与研究出版社，2021.11
书名原文：Stiff Upper Lip: Secrets, Crimes and the Schooling of a Ruling Class
ISBN 978-7-5213-3153-0

Ⅰ. ①沉… Ⅱ. ①亚… ②何… Ⅲ. ①纪实文学－作品集－英国－现代 Ⅳ. ①I561.55

中国版本图书馆 CIP 数据核字（2021）第 228179 号

出版人	王　芳
项目策划	张　颖
责任编辑	徐晓雨
责任校对	张　畅
装帧设计	鲁明静
出版发行	外语教学与研究出版社
社　　址	北京市西三环北路19号（100089）
网　　址	https://www.fltrp.com
印　　刷	三河市北燕印装有限公司
开　　本	889×1194　1/32
印　　张	13
版　　次	2022年6月第1版 2022年6月第1次印刷
书　　号	ISBN 978-7-5213-3153-0
定　　价	65.00元

购书咨询：(010)88819926　电子邮箱：club@fltrp.com
外研书店：https://waiyants.tmall.com
凡印刷、装订质量问题，请联系我社印制部
联系电话：(010)61207896　电子邮箱：zhijian@fltrp.com
凡侵权、盗版书籍线索，请联系我社法律事务部
举报电话：(010)88817519　电子邮箱：banquan@fltrp.com
物料号：331530001